真景累ヶ淵

三遊亭円朝

目次

真景累ケ淵

一

今日《こんにち》より怪談のお話を申し上げまするが、怪談ばなしと申すは近来大きに廃《すた》りまして、あまり寄席《せき》でいたす者もございません、と申すものは、幽霊というものはない、まったく神経病だということになりましたから、怪談は開化先生がたはおきらいなさることでございます。それゆえに久しく廃っておりましたが、今日《こんにち》になってみると、かえって古めかしいほうが、耳新しいように思われます。これはもとより信じてお聞きあそばすことではございませんから、あるいは流違いの怪談ばなしがよかろうというお勧めにつきまして、名題《なだい》を真景累ヶ淵《しんけいかさねがふち》と申し、下総国羽生村《しもうさのくにはにゅう》と申す所の、累の後日のお話でございまするが、これは幽霊が引き続いて出まする、気味の悪いお話でございます。なれどもこれはその昔、幽霊というものがあるとわたくしどもも存じておりましたから、なにか不意に怪しいものを見ると、おお怖い、変なもの、ありゃあ幽霊じゃあないかと驚きましたが、ただいまでは幽霊がないものとあきらめましたから、とんと怖いことはございません。狐《きつね》にばかされるということはあるわけのものでないから、神経病、また天狗にさらわれるということもないからやっぱり神経病と申して、なんでも怖いものはみな神経病におっつけてしまいますが、現在ひらけたえらいかたで、幽霊は必ずないものと定めても、鼻の先へ怪しいものが出ればアッと言ってしりもちをつくのは、やっぱり神経がちと怪しいのでございましょう。ところがある物知りのかたは、「いやいや西洋にも幽霊がある。けっしてないとはいわれぬ。必ずあるに違いない」とおっしゃるから、わたくしどもは「へえ、そうでございますか。幽霊はやっぱりありますかな」と言うと、またほかの物知りのかたは、「なに、けっしてない。幽霊なんというはあるわけのものではない」とおっしゃるから、「へえ、さようでございますか、ないというほうがほんとうでげしょう」とどちらへも寄らずさわらず、ただ言うなり次第に、ないといえばない、あるといえばある、と言っておればすみまするが、ごく大昔に断見《だんけん》の論というがあって、これはいま申す哲学というようなもので、この派の論師の論には、目に見えないものはないに違いない、どんなものでも目の前にあるものでなければあるとは言わせぬ、たとえどんな理論があっても、目に見えぬものはないに違いないということを説きました。するとそこへ釈迦が出て、おまえの言うのはまちがっている、それにいったいないというほうが迷っているのだ、と言い出したから、ますますわからなくなりまして、「へえ、それではあるのがないので、ないのがあるのですか」と言うと、「いや、そうでもない」というので、つまりどちらかたしかにわかりません。釈迦というイたずら者が世に出でて多くの人を迷わするかな、と申す狂歌もありまするとで、わたくしどもはどちらへでも知恵のあるかたがおっしゃるほうへついてまいりまするが、つまり悪いことをせぬかたには幽霊というものはけっしてございませんが、人を殺して物を取るというような悪事をする者には必ず幽霊がありまする。これがすなわち神経病といって、自分の幽霊をしょっているようなことをいたします。たとえばあいつを殺したときにこういう顔つきをしてにらんだが、もしやおれを恨んでいやあしないか、ということがひとつ胸にあって胸に幽霊をこしらえたら、なにを見ても絶えず怪しい姿に見えます。またその執念の深い人は、生きていながら幽霊になることがございます。もちろん死んでから出るときまっているが、わたくしは見たこともございませんが、ずいぶん生きながら出る幽霊がございます。かの執念深いと申すのは恐ろしいもので、よく婦人が、嫉妬《しっと》のために、散らし髪で仲人《なこうど》のところへ駆けてゆく途中で、お巡《まわ》りにでっくわしても、少しもお巡りが目にはいりませんから、突き当たるはずみにお巡りの顔にかぶりつくようなこともございます。また金を溜めて大事にすると念が残るということもあり、金を取る者へ念が取り付いたなんということも、よくある話でございます。

ただいまのことではありませんが、昔根津の七軒町《しちけんちょう》に皆川宗悦《みながわそうえつ》と申す鍼医《はりい》がございまして、この皆川宗悦が、ぽつぽつと鼠が巣を造るように溜めた金で、高利貸しを始めたのが病みつきで、だんだん少しずつ溜まるに従っていよいよおもしろくなりますから、たいした金ではありませんが、諸方へ高い利息で貸し付けてございます。ところが宗悦は五十の坂を越してから女房に別れ、娘が二人あって、姉は志賀《しが》と申して十九歳、妹は園《その》と申して十七歳でございますから、その二人を楽しみに、夜中《やちゅう》の寒いのもいとわず療治をしてはわずかの金を取ってまいり、その中から半分はのけておいて、少し溜まるとこれを五両一分で貸そうというのが楽しみでございます。安永《あんえい》二年十二月二十日のこと

で、空は雪催しでいったいに曇り、日光おろしの風は身にしみて寒い日、すると宗悦はなにか考えておりましたが、

宗「姉《あんね》えや、姉《あんね》えや」

志「あい……もっと火を入れてあげようかえ」

宗「なに火はもういいが、おいおい押し詰まるから、小日向《こびなた》のほうへ催促に行こうと思うのだが、また出てゆくのはおっくうだから、牛込のほうへ行って由兵衛《よしべえ》さんのとこへも顔を出したいし、それから小日向のお屋敷へ行ったり四ツ谷へも回ったりするから、泊まりがけで五、六軒やってこようと思う。牛込は少し面倒で、今から行っちゃあ遅いからあした行くことにしようと思うが、小日向のはずるいから早く行かないとなあ」

志「でもお父《とつ》さん、ほんとうに寒いよ。もし降ってくるといけないからあした早くおいでなさいな」

宗「いやそうでない。雪は催していてもなかなか降らぬから、雪催しでちっと寒いが、降らぬうちに早く行って来よう、なにを出してくんな、綿のたくさんはいった半纏《はんてん》を。あれをひっかけてそうして奴蛇《やっこじゃ》の目《め》の傘《かさ》を持って、傘は紐《ひも》をつけて斜《はす》にしょって行くようにしてくんな。ひょっと降ると困るから。なに頭巾《ずきん》をかぶれば寒くないよ」

志「だけれどもきょうはたいそう遅いから」

宗「いいえそうではない」

と言うと妹《いもと》のお園が、

園「お父さん早く帰っておくれ。ほんとうに寒いから、遅いと心配だから」
宗「なに心配はない、お土産《みや》を買ってくる」
と言って出まするると、いわゆる虫が知らせるというのか、宗悦の後ろ影を見送ります。
宗悦は前鼻緒のゆるんだ下駄《げた》をはいてガラガラ出てまいりまして、牛込の懇意の家《うち》へ一、二軒寄って、少し遅くはなりましたが、小日向服部坂上《こびなたはっとりざかうえ》の深見新左衛門《ふかみしんざえもん》と申すお屋敷へ回ってまいります。この深見新左衛門というのは、小普請組《こぶしんぐみ》で、奉公人も少ない、いたって貧乏なお屋敷で、殿様は毎日御酒ばかりあがっているから、畳などは縁《へり》がずたずたになっており、畳はただみばかりでたたはないようなわけでございます。
宗「お頼み申しますお頼み申します」
新「おいたれか取次ぎがありますぜ。奥方、取次ぎがありますよ」
奥「どうれ」
というので、奉公人が少ないから奥様が取次ぎをなさる。

二

奥「おや、よくおいでだ、さあ、あがんな、久しくおいでではなかったねえ」
宗「へえ、これは奥様お出迎いで恐れ入ります」
奥「さあおあがり。ちょうど殿様もおいでで、いま御酒《ごしゅ》をあがってる。さあ、通りな。

明りを出してもむだだから手を取ろう、さあ」
宗「これは恐れ入ります。なにか足にひっかかりましたからちょっと」
奥「なにね畳がずたずたになってるから足にひっかかるのだよ……殿様宗悦が」
新「いやこれはどうも珍しい、よく来た、まことに久しく会わなかったな。この寒いのによく訪ねてくれた」
宗「へえ、殿様ごきげんよう。まことにそののちはごぶさたをいたしましてございます。どうもおいおい月迫《げっぱく》いたしまして、お寒さが強うございますがなにもお変わりもございませんで、宗悦身にとりまして恐悦に存じます」
新「先ごろはせっかく訪《たず》ねてくれたところがあいにく不在で会わなかったがどうも遠いからのう、なかなか訪ねるたって容易でない。よくそれでも心にかけて訪ねてくれた。あまり寒いからいま一人で一杯始めて相手ほしやと思っていたところ。遠慮はいらぬ、別懇の間だ、さあ」
宗「へえ、ありがたいことで、家内のお兼《かね》が御奉公をいたした縁合いで、盲人があがりましても、じきじき殿様がお会いあそばしてくださるというのは、まことにありがたいことでございますが、へえ、なにどういたしまして」
奥「宗悦やお茶をここに置くよ」
宗「へえ、これはどうも恐れ入ります」
新「奥方、宗悦が久し振りで来たからなんでも有合《ありあ》いでひとつ、ずいぶん飲めるから飲ましてやりましょう。ええ奥方、勘蔵《かんぞう》はおらぬかえ、え、なに、なにかちょっと、少しはあろう、まあまあ宗悦こちらへ来な。かえって鯣《するめ》ぐらいのほうがよい。ずいぶん酔うものだよ。さあずっとそばへ来な。奥方頼みます」

奥「宗悦ゆるりと」

というので、別に奉公人がありませんから、奥様が台所でこしらえるのでございます。

新「宗悦よく来た、さあひとつ」

宗「へえ、これは恐れ入ります、頂戴いたします、へえもう……おっとこぼれます」

新「これは感心、どうもその猪《ちょ》口の中へ指を突っ込んでかげんをはかるというのはそこは盲人でも感服なもの。まあ宗悦よく来たな、なんと心得て来た」

宗「へえ、なんといって殿様、申し上げるのはお気の毒でげすが、先年御用達《ごようだ》っておいたあの金子《きんす》のことでございます。ほかとは違いまして、兼《かね》が御奉公をいたしましたお屋敷のことでございますから、ほかよりは利分をお安くいたしまして、十五両一分で御用達ったのはわずか三十金でございますが、あれぎりなんともございませんから、再度まいりましたところが、なにぶん御不都合の御様子でございますから遠慮いたしておるうちに、もうちょうど足掛け三年になります。え、まことにことしは不手回りで融通が悪うございます、へえ、あまり延引《えんにん》になりますから、へえ、どうか今日《こんにち》は御返金を願いたく出ましてございます、へえ、どうか今日はぜひ半金でもいただきませんではまことに困りますから」

新「そりゃあどうもいかん。まことに不都合だがのう、当家も続いて不如意でのう、どうも返したくは心得ているが、いろいろそのどうも入用があってなにぶんさしつかえるからもうちっと待てえ」

宗「殿様え、あなたはいつあがっても都合が悪いから待てとおっしゃいますがね、いつあがれば御返金になるということをしっかりうかがいませんでは困ります、へえ、たしかにいつ幾日《いつか》とおっしゃいませんでは、わたくしはこういう不自由なからだで根津から小日向まで、杖を引っ張って山坂を越してくるのでげすから、ただできぬとばかりおっしゃっては困ります。三年越しになってもまだできぬというのは、あんまりばかばかしい。きょうはぜひ半分でも頂戴して帰らんければ帰られません。なんぼなんでもあんまりわがままでげすからなア」

新「わがままといっても返せぬからいたしかたがない。ええ、いくら振ろうとしてもない袖《そで》は振れぬというたとえのとおりで、返せぬというものを無理に取ろうという道理はあるまい。返せなければいかがいたした」

宗「返せぬとおっしゃるが、人のものを借りて返さぬということはありません。天下の直参《じきさん》のかたが盲人の金を借りていいてできないから返せぬとおっしゃってははなはだ迷惑をいたします。そのうえ義理が重なっておりますから遠慮して催促もいたしませんが、たいてい四月《よつき》縛りか長くても五月《いつつき》というところを、便々《べんべん》と安い利で御用達て申しておいたのでげすから、へえ、どうか今日御返金を願います、ばかばかしい、幾度来たって果てしがつきませんからなあ」
新「これ、なんだ大声をいたすな、なんだ、やせても枯れても天下の直参が、長らく奉公をした縁合いをもって、このとおりじきじきに目通りを許して、杯でもとらすわけだから、少しは遠慮ということがなければならぬ。しかるをなんだ、あまりばかばかしいとはどういう主意をもってかくのごとく悪口を申すか、このたわけめ、なんだ、無礼のことを申さば切り捨てたってもよいわけだ」
宗「やあ、これはべらぼうらしゅうございます。こりゃあきっと承りましょう。あんまりといえばばかばかしい。なんでげすか、金を借りておきながら催促に来ると、切り捨ててもよいとおっしゃるか。また金が返せぬから切ってしまうとは、あんまり理不尽じゃあありませんか。いくら旗本でも素町人《すちょうにん》でも、理に二つはありません、さあ切るなら切ってみろ、旗本も犬の糞もあるものか」
と宗悦がたけりたってつっかかると、こちらは元来御酒の上が悪いから、
新「なに、ふらちなことを」
と立ち上がろうとして、よろけるとたんに刀掛けの刀に手がかかると、切る気ではありませんが、無我夢中ですらりと引き抜き、
新「このくそたわけめが」
と浴びせかけましたから、肩先深く切り込みました。

三

新左衛門は少しもそれが目にはいらぬとみえて、

新「なんだこのたわけめ、これここをどこと心得ておる。天下の直参の宅へまいって なんだ、このばか者め、奥方、宗悦が食べ酔ってまいってとやこう申して困るから帰してください、よう奥方」

と言われて奥方は少しもご存じございませんから手燭をつけて殿様のところへ行ってみると、腕は冴え刃物はよし、さっというはずみに肩から乳のあたりまで切り込まれている死骸を見て、奥方はただべたべたべたと畳の上にすわって、

奥「殿様、あなたなにをあそばしたのでございます。たとえ宗悦がどのような悪いことがありましても別懇な間でございますのに、なんでお手打ちにあそばした、ええ殿様」

新「なに、ただ背打《むねう》ちに」

と言って、見ると、持っている一刀が真っ赤に鮮血《のり》に染《そ》みているので、はっとお驚きになると酔いが少しさめまして、

新「奥方心配せんでもよろしい、なにも驚くことはありません。これが無礼を言い悪口たらたら申して捨ておきがたいから、一打ちにいたしたのであるから、その趣をちょ

っと頭へ届ければよろしい」

なに、人を殺してよいことがあるものか、とはいうものの、このことが表向きになれば家にも障ると思いますから、自身に宗悦の死骸を油紙に包んで、すっぽり封印をつけておりますると、なんにも知りませんから田舎者の下男が、

男「へえ、葛籠《つづら》を買ってまいりました」

新「なんだ」

男「へえ、ただいま帰りました」

新「うむ、三右衛門《さんえもん》か、さあ、ここへはいれ」

三「へえ、お申しつけの葛籠を買ってまいりましたがどちらへ持ってまいります」

新「ああこれ三右衛門、幸い貴様に頼むがな、実は貴様も存じているとおり、宗悦から少しばかり借りておる。ところがその金の催促に来て、きょうはできぬと言ったらふらちな悪口を言うから、捨ておきがたいによって一刀両断に切ったのだ」

三「へえ、それはどうも驚きました」

新「しっ、なにも子細はない。頭へ届けさえすれば子細はないことだが、だんだん物入りが続いている上にまた物入りでは実に迷惑をいたす。ことには一時面倒というのは、もうおいおい月迫いたしておるというわけで、てまえは長く正当《せいとう》に勤めてくれたからまことにひまを出すのもいやだけれども、どうかこの死骸を、人知れず、ちょうどよろしいその葛籠へ入れてどこかへ捨てて、そうして貴様は在所の下総へ帰ってくれよ」

三「へえ、まことに、それはまあ困ります」

新「困るったって、多分に手当てをやりたいが、どうも多分にはないから十金やろうが、けっして口外をしてはならぬぞ。もし口外すると、おれの懐から十両もらったかどがあるから、貴様も同罪になるからそう思っていろ。万一このことが漏れたら貴様の口から漏れたものと思うから、どこまでも草を分けて尋ね出しても手討ちにせんければならぬ」

三「へえ捨てまするのはそれは捨てもいたしましょうし、また人に知れぬようにもいたしますが、わたくしは臆病《おくびょう》で、仏のはいった葛籠を、一人でしょっていくのは気味が悪うございますから、たれかと差担《さしにな》いで」

新「万一にもこのことが世間へ流布してはならぬから貴様に頼むのだ。もししょえぬと言えばよんどころない、貴様も切らんければならぬ」

三「ええ、しょいます、しょいます」

というので十両もらいました。ただいまではなんでもございませんが、そのころ十両と申すとなかなかたいした金でございますから、死人をしょって三右衛門がこの屋敷を出るは出ましたが、どうしてもこれを捨てることができません、と申すは、臆病でございますから少し寂しい所を歩くというと、死人が背中にあることを思い出して身の毛が立つほど怖いから、なるたけにぎやかな所ばかり歩いているから、どうしても捨てることができません。そのうちにどこへ捨てたか葛籠を捨てて三右衛門は下総の在所へ帰ってしまうと、根津七軒町の喜連川《きつれがわ》様のお屋敷の手前に、秋葉《あきは》の原《はら》があって、その原のわきに自身番がございます。それから付いて回って四、五間まいりますと、幅広の路地がありまして、その裏に住まっておりまするのは上方《かみがた》の人でございますが、この人は長屋じゅうでも狡猾者《こうかつもの》の大欲張《よくば》りというくらいの人、この上方者が家主《いえぬし》のところへまいりまして、

上「へいこんにちは、おはようございます」

家主女房「おや、おいでなさい、なにか御用かえ」

上「へえこんにちは、旦那《だんな》はんはお留守でございますか、へえ、それはどちらへ、さようでございますか、実はなあ、わたくしは昨夜盗賊に出会いましたによって、お届けをしようと思いましたが、なにぶん届けをするのは心配でなあ、世間へ知れてはよくあるまいから、どうもなあ、その荷物が出さえすればよいと思うておりました。実はわたしの嬶《かか》の妹《いもと》がお屋敷奉公をしたところが、奥さんの気に入られて、お暇をいただく時に途方もない結構な物を品々《しなじな》いただいて、葛籠に一杯あるを、どこか行くところの定まるまで預かってくれえというのを預けられて、家に置くと、盗賊に出会うて、その葛籠がなくなったによって、わたしはえらい心配をいたしまして、もし、これからその義理ある妹《いもと》へどうしようと、実は嬶に相談しておりまするると、秋葉のわきに葛籠を捨ててありますから、あれを引き取ってまいりとうございますが、旦那はんが居やはらんければ、引き取られぬでございましょうか」

女房「おやおや、そうかえ、それじゃあね、亭主《うち》はおりませんが、総助《そうすけ》さんに頼んで引き取っておいでなさい」

上「へい、ありがとうございます。それでは総助はんに頼んで引き取りを入れまして」

と横着者で、これから総助という町代を頼んで、引き取りを入れて、とうとうしょって帰ってきました。

四

上「へえ、ただいま総助はんにお頼み申してこのとおりせおうてまいりました」

家主女房「おやたいそうりっぱな葛籠ですねえ」

上「へえ、これがのうなってはならんとたいそう心配しておりました。へえありがとうございます」

女房「どうしてそこに捨てていったのでしょう」

上「それはわたしが不動の金縛りというのをやりましたによって、からだがしびれて動かれないので、置いていったのでございましょ、ええ、へいまことにありがたいもので、旦那がお帰りになったらよろしゅうお礼のところを願います、へえさようなら」

とこれから路地の角《かど》から四軒目《しけんめ》に住んでおりますから、水口《みずぐち》のところをあけて、上「おいちょっと手を掛けてくれえ」

妻「あい、おやりっぱな葛籠じゃあないか」

上「どうじゃ、ちゃんと引き取りを入れてせおうてきたのじゃから、どこからも尻も宮も来やへん、や、なんでもこれは屋敷から盗んできた物に違いないが、屋敷で取られたというては、家事不取締りになるによって容易に届けまへん。また置いていったどろぼうはわたしの葛籠だといって訴えることはできまへん。してみればどこからも尻宮の来る気づかいはないによって、わたしが引き取りを入れて引き取ったのじゃ。中にはえらい金目の縫模様や紋付きもあるかしれんから、どのようにも売りさばきがついたら、多分の金を持って、ずっと上方へ二人で走ってしまえばけっして知れる気づかいはなしじゃ」

妻「そうかえ、まあちょっとあけてごらんな」

上「それでも葛籠をあけて中から出る品物がえらい紋付きや熨斗目《のしめ》や縫の裲襠《うちかけ》でもあると、こういう貧乏長屋にある物でないというところから、ひょっとして足をつけられてはならんから、夜さり夜中にそっとあけて、わぬしと二人でしろものを分けるがええわ」

妻「そうだねえ、うれしいこと。お屋敷から出た物じゃあそんな物はないかしらぬが、もし花色裏の着物があったら一つ取っておいておくれよ」

上「それは取っておくとも」

妻「もしちょいとわたしに挿《さ》せそうな櫛笄《くしこうがい》があったら」
上「それも承知や」
妻「ようよう運が向いてきたねえ」
上「まあ酒を買うて」
というのでこれから楽しみ酒を飲んで喜んで寝まする。するといちばん奥の長屋に一人者があって、そこに一人の居候《いそうろう》がおりましたが、これはそのころ遊び人といって天下禁制の裸でくすぶっているやつ。
○「おい甚太《じんた》甚太」
甚「ア、ア、ア、ハアー、ン、アーもう食えねえ」
○「おい寝ぼけちゃあいけねえ、おい、起きねえか、ええ、静かにしろ、もう時刻はいいぜ」
甚「何を」
○「何をじゃあねえ、忘れちゃあしようがねえなあ、だから獣肉《ももんじい》をおごったじゃあねえか」
甚「あの肉を食うとどてら一枚《いちめえ》違うというから半纏《はんてん》を質に置いてしまったが、おう、めっぽう寒くなったから当てにゃあならねえぜ、ほんとうに冗談じゃあねえ」
○「おい上方者の葛籠を盗むんだぜ」
甚「うん、違えねえ、そうだっけ、忘れてしまった、こう、あいつあふてえやつだなあ、畜生だれも引き取り手がねえと思ってずうずうしく引き取りやあがって、中のしろものをさばいていい正月をしようというりょうけんだが、ほんとうにどこまでふてえかしれねえなあ」

○「うん、あいつはいまちょうど食らい酔って寝ていやあがるうちにそっと持ってきて中をあばいてやろうじゃあねえか。あとで気がついて騒いだってもともとあいつの物でねえから、自分の身がけんのんで大きく言うこたあできねえのさ」

甚「だがひょっと目をさましてキャアバアと言ったときにゃあ一つ長屋の者で面《つら》を知ってるぜ」

○「なにそりゃあ真っ黒に面《つら》を塗ってほっかぶりをしてな、丹波の国からいけどりましたという荒熊のような妙な面になっていきゃあたとえ面を見られたってわかりゃあしねえから、てめえと二人で面を塗っていって取ってやろう」

甚「こりゃあいいや、さあやろう、墨を塗るかえ」

○「墨の欠けぐれえはあるけれども墨をすってちゃあ遅いから鍋墨《なべずみ》かなにか塗っていこう」

甚「そりゃあよかろう。なんだってわかりゃあしねえ」

○「釜《かま》の下へ手を突っ込んで釜の煤《すす》を塗ろう。なに知れやあしねえ」

というので釜の煤を真っ黒に塗って、すっとこかぶりをいたしまして、

○「どうだこれじゃあわかるめえ」

甚「うん」
○「ハ、ハ、ハ、妙な面だぜ」
甚「おいおい、笑いなさんな、気味が悪《わり》いや、目がぴかぴか光って歯が白くってなんともいえねえ面だぜ」
○「なにてめえだってそうだあな」
とこれからそっと出かけて上方者の家《うち》の水口の戸をあけてとうとう盗んできました。人が取ったのをまた盗み出すというふといやつでございます。
甚「こう、ぐうぐうぐうぐう寝ていやあがったなあ、おかしいじゃあねえか、寝ている面はあんまり欲張った面でもねえぜ」
○「おい、表を締めねえ。人が見るとばつが悪《わり》いからよ、それ行燈《あんどん》をそっちへやっちまっちゃあ見ることができやあしねえ、ほんとうにこんな金目の物を一時《いちどき》に取ったほど楽しみなこたあねえぜ、こう、あんまり明るすぎらあ、行燈へなにかかけねえ」
甚「なにをかけよう」
○「着物でもなんでもいいから早くかけやな」
甚「着物だって着る物がありゃあなにも心配しやあしねえ」
○「なんでも薄っ暗くなるようにそのぼろをひっかけろ、なんでも暗くせえなればいいや、お、封印がついてらあ、ええ面を出すな、てめえは居候だからあるじが見てそれからあとで見やあがれ」

甚「うん、なに居候でもあるじでも露顕をして縛られるのは同罪だよ」
○「そりゃあ言わなくっても決まってるわ」
というのでこれから封印を切って、
○「なんだか暗くって知れねえ」
甚「どれ見せや」
○「しっしっ」

五

甚「兄いなにを考《かんげ》えてるんだ」
○「どうも妙だなあ、中に油紙《あぶらつかみ》があるぜ」
甚「なに、油紙がある、そりゃあ模様物や友禅《ゆうぜん》の染物がへえってるから雨がかかってもいいように手当てがしてあるんだ」
○「敷き紙が二重になってるぜ」
と言いながら、四方の油紙のかかっているこちらの片隅をあけて楽しみそうに手を入れると、ぐにゃり。
○「おや」
甚「なんだなんだ」

○「変だなあ」
甚「なんだえ」
○「ふん、どうも変だ」
甚「そう一人でぐずぐず楽しまずにちっと見せやな」
○「ええ黙ってろ、なんだか坊主の頭みたようなものがあるぞ」
甚「うん、なにちっとも驚くこたあねえ、結構じゃあねえか」
○「なにが結構だ」
甚「そりゃあおめえ踊りの衣装だろう。御殿の狂言の衣装の上に坊主の鬘《かつら》が載ってるんだ、それをおめえが押さえたんだあな」
○「でも芝居で使う坊主の鬘はすべすべしてるが、この坊主の鬘はざらざらしてるぜ」
甚「なにざらざらしてるならもじ、い、ら、というのがある。きっとそれだろう」
○「うんそうか」
甚「だからおれに見せやというんだ」
○「でも坊主の頭のある道理はねえからなあ、まあまあ待ちねえおれが見るから」
とまた二度目に手を入れると今度はひやり。
○「うは、うは、うは」
甚「おいなんだ」

○「どうも変だよ。冷てえ人間の面《つら》あみたようなものがある」
甚「なに、ちっとも驚くこたあねえやあ、二十五座の衣装で面《めん》がへえってるんだ、そりゃあたいへんに値打ちのあるもので、一つでもって二百両ぐれえのがあるよ」
○「うん、二十五座の面か」
甚「兄い、だからおれに見せやというんだ」
と言われたから、今度は思い切って手を突っ込むとぐしゃり。
○「うはあ」
と言うなり土間へとびおりてむちゃくちゃに心張《しんば》りをはずして表へ逃げ出しますから、
甚「おい兄い、どこへ行く。人に相談もしねえで、むやみに驚いて逃げ出しやあがる、この金目のあるものを知らずに」
と手を入れてみると驚いたの驚かないの、
甚「うあああ」
とこいつも同じく表へ逃げ出しました。するとそのとたんに上方者が目をさまして、
上「さあお鶴、起きんかえ時刻はえいがな、起きんか」
と言うとお鶴という女房が、
鶴「およしよ眠いよ」
上「おい、これ、起きんかえ」
鶴「およしよ、酒を飲むとほんとうにひちっくどい。気色《きしょく》が悪いからいやだよ、ちっ

とお慎み」
上「なにを言うのじゃ、葛籠を」
鶴「葛籠、おや、そう」
と欲張っておりますからすぐに目を覚まして、
鶴「おやないよ、葛籠がないじゃあないか」
上「ああ、あの水口があいとるのはどろぼうがはいったのじゃ、お長屋の衆お長屋の衆」
とどなりますから、長屋の者は何事かわかりませんがぶら提燈をつけて出てまいりますと、
上「あなたご存じか知りまへんが最前総助はんを頼んで引き取りました葛籠を盗まれました。あの葛籠は妹《いもと》から預かっておいた大事のもので、盗賊に取られたのをようよう取りおおせたらまたどろぼうがはいって持ってゆきましたによって、同じお長屋の衆は掛り合いでござりますなあ」
△「なに、掛り合いのわけはありません。路地の締まりは固いのだがねえ。でも源八《げんぱち》さん葛籠を取られたというのだがどうしましょう」
源「どうしましょうってあいつは長屋のつきあいが悪くって、こっちから物をやってもむこうから返したこたあないくらいだから、そんなに気をもむこたあないけれども、しかたがねえから大屋さんを起こすがいい」

●「あの奥の一人者の家《うち》に居候がいるから、あすこへ行ってあの人に行ってもらうがようございましょう」
△「じゃあつれてきましょう」
とぶら提燈をさげて奥へ行くと、戸袋のわきから真っ黒な面で目ばかりぴかぴか光るやつが二人はいだしたから、
△「うはあああ、なんだこれおどかしちゃあいけない」
と言ううちに、二人とも一生懸命で路地の戸をぶちこわして逃げ出しました。
△「ああ、なんだ、ほんとうにもうどうも胸を痛くした。こりゃあいつがどろぼうだ。わたしは大きな犬が出たと思ってびっくりした。ああ、これだこれだ。これだから一人者を置いてはならないというのだが、家主《いえぬし》が人がいいから、追い出すと意趣返しをするというので怖がって置くのだがよくない。ここにちゃんと葛籠があるわ。上方者だと思ってばかにしてずうずうしいやつだ。一つ長屋にいてこんなことをするのは頭隠して尻隠さず、葛籠を置いていくからすぐに知れてしまうんだ。なにかしろものが残っているかもしれねえから見てやろう、うはあお長屋の衆」
と言うから驚いてほかの者が来てみると、葛籠があるから、
●「おお、あすこに葛籠がある、いいあんばいだ、おや、中に、うはあ、お長屋の衆」
と来るやつも来るやつもみなお長屋の衆という大騒ぎ。すると二つ長屋のことでござ

いますから義理合いに宗悦の娘お園が来てみるとびっくりして、

園「これはわたしのお父《とつ》さんの死骸。どうしたのでございましょう。きのう家《うち》を出て帰りませんから心配しておりましたが」

△「いやそれはどうもとんだこと」

というのでこれから訴えになりましたが、葛籠に印《しるし》もないことでございますからとんと何者のしわざとも知れず、大屋さんが親切に世話をいたしまして、谷中日暮里《やなかにっぽり》の青雲寺へ野辺送りをいたしました。これが怪談の発端でございます。

六

引き続きまして申し上げまする。深見新左衛門が宗悦を殺しましたことはたれあって知る者はござりません。葛籠に印《しるし》もござりませんから、ただつまらないのは盲人宗悦で、娘二人はいかにも愁傷いたしまして泣いている様子がふびんだといって、長屋の者が親切に世話をいたします。混雑の紛れに逃げましたばくち打ち二人は、ついに足がつきましてすぐに縄《なわ》にかかって引かれまして御町《おまち》の調べになり、ばくち凶状とゆすり凶状がありましたゆえその者は二人とも佃島《つくだじま》へ徒刑になりました。上方者は自分のものだといって他人のものを引き入れましたかどは重罪でございますけれども格別のお慈悲をもって所払《ところばら》いをおおせつけられましてそのことはあいすみましたが、深見新左衛門の奥方は、ああ宗悦はかわいそうなことをした、どうも実に情けない、お殿様がお手討ちにあそばさないでもよいものを、別に恨みがあるわけでもないに、御酒の上とはいいながら気の毒なことをしたと絶えず奥方が思いますところから、いわゆるただいま申す神経病で、なんとなくふさいで少しも気がはずみませんことでございます。翌年になりまして安永《あんえい》三年二月あたりから奥方がぶらぶらあんばいが悪くなり、乳が出なくなりましたから、門番の勘蔵《かんぞう》がとって二つになる新吉《しんきち》様という御次男を自分の懐へ入れて前町《まえまち》へ乳をもらいに行きます。というものは乳母を置くほどの手当てがないほどに窮しているお屋敷、手が足りないからというので、市ヶ谷に一刀流の剣術の先生がありまして、のちに仙台侯のお抱えになりました黒坂一斎《くろさかいっさい》という先生のところに、内弟子にまいっておる惣領の新五郎という者を家《うち》へ呼び寄せて、病人のなでさすりをさせたり、あるいは薬そのほかの手当てもさせまする。そのころ新五郎は年は十九歳でございますが、よく母の枕べに付き添って親切に看病をいたしますなれども、子どもではあり手が足りません。殿様はやっぱり相変わらず寝酒を飲んで、奥方がうなると、

新「そうヒイヒイうなってはいけません」

などと酔った紛れにわからんことをおっしゃる。手少なで困るといって、中働きの女を置きました。これは深川網打場《あみうちば》の者でお熊《くま》という、年二十九歳で、美《よ》い女ではないが、色の白いぽっちゃりした少し丸形《まるがたち》のまことに気のきいた、苦労人の果てとみえ、万事届きます。殿様の御酒の相手をすれば、

新「熊が酌をすればうまい」

などと酔った紛れに冗談をおっしゃると、こちらはなかなかそれ者《しゃ》の果てとみえてとうとう殿様にしなだれ寄りましてお手がつく。表向き届けはできませんがお妾《めかけ》となっている。するともともと狡猾な女でございますから、奥方の讒訴《ざんそ》をいたし、また若様の讒訴をいたすので、なんとなくこう家がもめます。いくら言っても殿様はお熊にまかれて、患っている奥様を非道なことをしてぶち打擲《ちょうちゃく》をいたします。もう十九にもなる若様をも煙管《きせる》をもってぶつようなことでございますから、

新五郎「ああ、おやじは愚《ぐ》な者である、こんなところにいてはとても出世はできぬ」

と若気の至りで新五郎という惣領《そうりょう》の若様はふいと家出をいたしまするると、お熊はもうこの上は奥様さえ死ねば自分が十分ここの奥様になれると思い、

熊「わたしはどうも懐妊したようでございます。四月から見るものを見ませぬ。すっぱいものが食べたい」

なんのと言うから殿様はなおさらでれすけにおなりあそばします。おいおいその年も冬になりまして、十一月十二月となりますと、奥様の御病気がだんだん悪くなり、その上寒さになりましてからキヤキヤ差込みが起こり、またお熊は、だんだんお腹が大きくなってからだが思うようにききませんといって、かってに寝てばかりいるので、殿様は奥方に薬一服も煎《せん》じて飲ませません。ただ勘蔵ばかりあてにして、

新「これこれ勘蔵」

勘「へえ、殿様あなた御酒ばかり召し上がっていてどうも困りますなあ。奥様は御不快でよほど御様子が悪いし、ことにはまたお熊さんはああやって懐妊だからごろごろしており、おりおり奥様は差し込むとおっしゃるから、少しは手伝っていただきませんじゃあ、手が足りません。わたくしは若様のお乳をもらいに行くにも困ります」
新「困ってもしかたがない、なにか、差込みには近辺の鍼医《はりい》を呼べ、鍼医を」
と言うと、ちょうど表にピーと按摩《あんま》の笛、
新「おうおう、ちょうど按摩が通るようだ、素人療治ではいかんからあれを呼べあれを呼べ」
勘「へえ」
と按摩を呼び入れてみると、あやしげなる黒の羽織を着て、
按摩「よろしゅう、わたくしが鍼をいたしましょう。鍼はお癪気《しゃくき》にはよろしゅうございます」
というので鍼をいたしますと、
奥方「まことによい心持ちに治まりがついたからどうぞあすの晩も来てくれ」
と表を通るもみ療治ではありますが、一時《いっとき》しのぎにそののち五日ばかり続いてまいります。するといちばんしまいの日に一本打ちました鍼が、どういうことかひどく痛いことでございましたが、これは鍼に動ずるというので、
奥方「ああ痛、あいたた」

按摩「たいそうお痛みでございますか」
奥方「はい、ああひどく痛い。今までこんなに痛いと思ったことはなかったが、まことにこの鳩尾《みずおち》のところに打たれたのが断ち割られたようで」
按摩「なにそれはお動じでございます。鍼がききましたのでございますから御心配はございません。いえ、まあまた明晩もまいりましょうか」
奥方「はい、もう二、三日鍼はやめましょう。鍼はひどく痛いから」
按摩「じきなおります。鍼が折れ込んだわけでもないので、少しお動じですからな、さようならごきげんよろしゅう」
とわずかの療治代をもらって帰りました。すると奥方は鍼をいたした鳩尾《みずおち》のところがだんだん痛みだし、ついには爛《ただ》れて鍼を打った口からじくじくと水が出るようで、なおさら苦しみが増します。

七

新左衛門様は立腹して、
新「どうもけしからん鍼医だ、鍼を打ってその穴から水が出るなんということはないわけで、掘抜き井戸じゃああるまいし、たわけた話だ、ぜんたいどういうものかあれぎり来ませんな」

勘「奥方がもう来ないでよいとおっしゃいましたから」
新「間が悪いから来ないに違いない、ふらち至極なやつだ、今夜でも見たら呼べ」
と言われたから待っておりましたが、それぎり鍼医はまいりません。すると十二月の二十日の夜に、ピイーピイー、と表を通ります。
新「ああ、あれあれ笛が聞こえる、あれを呼べ、勘蔵呼んでこい」
勘「はい」
と駆け出して按摩の手を取ってつれてきてみると、前の按摩とは違い、年をとってやせこけた按摩。
新「なんだこれじゃああるまい。勘蔵違っておるぞ」
按摩「へえ、お療治をいたしますか」
新「なんだてまえではなかった、違った」
按摩「さようで。それはおあいにくさまでございますがどうぞお療治を」
新「これこれ貴様鍼をいたすか」
按摩「わたくしはにわか盲《めくら》でございまして鍼はできません」
新「じゃあいたしかたがない。按腹は」
按摩「療治も慣れませんことでなかなか上手にもみますことはできませんが、じょうぶなかたならば少しはもめます」
新「なんのことだ、病人をもむことはいかぬか、それはなんにもならぬな、でも呼んだものだから、勘蔵、これ、どこへ行っているかな、じゃあ、まあせっかく呼んだものだからおれの肩を少しもめ」

按摩「へえ、まことに慣れませんから、どこが悪いとおっしゃってください、経絡《けいらく》がわかりませんから、ここをもめとおっしゃればもみます」

とうしろへ回って探り療治をいたしまするうち、奥方がそばにいて、

奥方「ああ痛、ああ痛」

新「そうどうもヒイヒイ言っては困りますね、おまえ我慢ができませんか、武士の家に生まれた者にも似合わぬ、痛い痛いといって我慢ができませんか、ウンウンそうもだえてはかえって病いに負けるから我慢していなさい、ああ痛、これこれ按摩待て、少し待て、ああ痛い、なるほどこいつはどうもひどい下手だな、てまえは。ええ、骨の上などをもむやつがあるものか、少しは考えてやれ、ひどく痛いわ、ああ痛い、たまらなく痛かった」

按摩「へえ、お痛みでござりますか、痛いとおっしゃるがまだまだなかなかこんなことではございませんからな」

新「なにを、こんなことでないとは、これより痛くってはたまらん。筋骨に響くほど痛かった」

按摩「どうしてあなた、まだ手の先でもむのでございますから、痛いといってもたかが知れておりますが、あなたのお脇差《わきざし》でこの左の肩から乳のところまでこう切り下げら

れましたときの苦しみはこんなことではありませんからな」
新「え、なに」
と振り返ってみると、先年手討ちにした盲人宗悦が、骨と皮ばかりにやせた手を膝にして、恨めしそうに見えぬ目をまだらにひらいて、こう乗り出したときは、深見新左衛門は酒の酔《え》いもさめ、ぞっと総毛だって、怖い紛れにそばにあった一刀をとって、
新「おのれまいったか」
と力に任して切りつけると、
按摩「あっ」
というその声に驚きまして、門番の勘蔵が駆け出して来てみると、宗悦と思いのほか奥方の肩先深く切りつけましたから、奥方は七転八倒の苦しみ、
新「あ、あの按摩は」
と見るともう按摩の影はありません。
新「宗悦め執ねくもこれへ化けてまいったなと思って、思わず知らず切りましたが、奥方だったか」
奥「ああたれを恨みましょう、わたくしは宗悦に殺されるだろうと思っておりましたが、あなた御酒《ごしゅ》をおやめなさいませんとついには家が潰れます」
と一、二度虚空をつかんで苦しみましたが、奥方はそのまま息は絶えましたからいかんともいたしかたがございませんが、このことは表向きにもできません。ことには暮れ

のことでございますから、これから頭の宅へ内々《ないない》まいってだんだん嘆願をいたしまして、ごく内分のさたにして病死のつもりにいたしました。昔はよく変死があっても屏風《びょうぶ》を立てておいて、お頭が来て屏風の外で「遺言を」なんどと申しますが、もう当人はとっくに死んでいるから遺言もなにもありようはずはございません。この伝で病気にしておくことも往々ありましたから、病死の体《てい》にいたしてようやくのことで野辺送りをいたしました。さすがの新左衛門もこの一事《いちじ》には大きに閉口いたしておりました。するとその年も明けまして、一陽来復、春を迎えましても、まことに屋敷は陰々といたしておりますが、別にお話もなく、夏も行き秋も過ぎて、冬の取付きになりました。すると本所北割下水に、座光寺《ざこうじ》源三郎《げんざぶろう》という旗本があって、これが女太夫《おんなだゆう》のおこよという者をみそめ、浅草竜泉寺前の梶井《かじい》主膳《しゅぜん》という占い者を頼み、その家を里方にいたして奥方に入れたことが露見して、御不審がかかり、家来どもも召捕り吟味中、深見新左衛門、諏訪《すわ》部三十郎《べさんじゅうろう》という旗本の両家は宅番をおおせつけられたから、隔番の勤めでございます。すると十一月の二十日《はつか》の晩には、深見新左衛門は自分は出ぬことになりましたから、

新「熊や、今晩は一杯飲んでらくらく休める」

というので御酒を召し上がったが、少し飲み過ぎて心持ちが悪いと小用場《こようば》へ行ってから、

新「水を持て。うがいをしなければならん」

というので手水鉢《ちょうずばち》のそばで手を洗っておりますると、庭の植込みのところに、はっき

りとは見えませんが、頰骨《ほおぼね》のとがった小鼻の落ちました、目のところがぽこんと窪んだ頰《これ》から頤《これ》へ胡麻《ごま》塩《しお》交じりの髯《ひげ》がはえて、頭はまだらにはげているやせかれた坊主が、

坊「殿様殿様」

と言う。

新「ええ」

と見るやいなやそのままとんとんとんとんと奥へ駆込んできて、刀掛けにあった一刀を引き抜いて、

新「狸《たぬき》のしわざか」

と切りつけますと、ぱっと立ちます一団の陰火が、髣髴《ほうふつ》として生け垣を越えて隣の諏訪部三十郎様のお屋敷へ落ちました。

八

新左衛門ははて狐狸《こり》のしわざかと思いました。するとその翌日から諏訪部三十郎様が御病気で、なにをしてもお勤めができませんから、二人して勤めべきところ、お一方《ひとかた》が病気ゆえ、新左衛門お一方で座光寺源三郎の屋敷へ宅番についていると、ある夜かの梶井主膳という者が同類を集めて駕籠を釣らせ、抜き身の鎗で押し寄せて、おこよ、源三郎をつれてゆこうといたしますから深見新左衛門は役柄で捨て置かれず、すぐに一刀を

とって切りかけましたが、多勢《たぜい》に無勢で、とうとう深見を突き殺し、おこよ源三郎をひきさらって遠く逃げられましたゆえ、深見新左衛門は情けなくも占い者のために殺されてお屋敷は改易でございます。諏訪部三十郎は病気で御出役がなかったのだが公辺のお首尾が悪く、百日の間閉門おおせつけられまするという騒ぎ、座光寺源三郎はもちろん深見の家も改易にあいなりまして、いたしかたがないから生み落とした女の子をつれて、お熊は深川の網打場へ引き込み、門番の勘蔵は新左衛門の若様新吉というのを抱いて、自分の知るべの者が大門町《だいもんちょう》にございますから、それへまいって若様にもらい乳をして育てているという情けないなりゆき、このとおりむちゃくちゃに屋敷の潰れたあとへ、帰ってきたのは新五郎という惣領でございますが、これは下総の三右衛門《さんえもん》のところへまいって少しの間やっかいになっておりましたが、もとより若気のあまりに家を飛び出したので寂しい田舎にはなかなかいられないから、故郷忘じがたくわびごとをして帰ろうと江戸へまいって自分の屋敷へ来てみると、改易と聞いて途方に暮れ、ここという縁類もないからどうしたらよかろうと菩提所《ぼだいしょ》へ行って聞くと、おやじは突き殺され、母親はおやじが切り殺したと聞きまして少しのぼせたものか、

新五「これはけしからんこと。なんたる因果因縁か屋敷は改易になり、両親は非業の死をとげ、いまさら世間の人に顔を見られるもはずかしい、もうとても武家奉公もできぬからいっそ切腹いたそう」

と、青松院の墓所《はかしょ》で腹を切ろうとするところへ、墓参りに来たのは、谷中七面前《やなかしちめんまえ》の

下総屋《しもうさや》惣兵衛《そうべえ》という質屋のあるじで、これを見ると驚いて刃物をもぎとってどういう次第と聞くと、これこれのわけというから、

惣「それならなにも心配なさるな、若い者が死ぬなんという心得違いをしてはいけぬ、無分別なこと、一人身なればどうでもなりますからわたしの家《うち》へいらっしゃい」

と親切にいたわって家へつれてきてみると、人柄もよし、年二十一歳で手も書けそろばんもできるから質店《しちみせ》へ置いて使ってみるとじついで応対が本当なり、苦労した果てで柔和で人づきあいがよいから、

甲「あなたのとこではよい若い者を置き当てなすった」

惣「いいえあれは少しわけがあって」

と言って、内《うち》の奉公人にもその実を言わず、

惣「少し身寄りから頼まれたのだと言ってあるから、あなたも本名をあかしてはなりません」

というので、まことに親切な人だから、新五郎もここにやっかいになっていると、この家にお園という中働きの女中がおります。これは宗悦の妹娘で、三年あとから奉公して、まことに真実によく働きますから、主人の気に入られている。しかし新五郎とは、敵同士《かたきどうし》がここへ寄り合ったのでありますが、互いにそういうこととは知りません。新どん、お園どんと呼び合いまする。新五郎は二十一歳で、まことにどうも水の出端《でばな》でございます。またお園は柔和なよい女、

新「ああいう女を女房に持ちたい」

と思うとどういう因果因縁か、新五郎がお園に死ぬほどほれたので、お園のことというと、よく気をつけて手伝って親切にするから、男振りはよし応対も上手、その上柔和で主人に気に入られているから、お園はああ優しい人だと、新どんにほれそうなものだが、敵同士とはいいながら虫が知らせるか、お園は新五郎にそばへ来られると身の毛立つほどいやに思うが、それを知らずに、新五郎はむやみに親切をつくしても、片方はろくに口もききません。主人もその様子を見て、

惣「お園はまことに希代《きたい》だ、あれは感心な堅い娘だ、あれは女中のうちでも違っている、姉はなんだか、稽古《けいこ》の師匠で豊志賀《とよしが》というが、姉妹《きょうだい》とも堅い気象で、あの新五郎はしきりとお園に優しくするようだが」

と気はついたけれども、なに二人とも堅いからだいじょうぶと思っておりまするくらいで、なかなか新五郎はお園のそばへ寄り付くこともできませんが、ふとお園が引き風邪の様子で寝ました。すると新五郎は寝ずにお園の看病をいたします。薬を取りに行ったついでに氷砂糖を買ってきたり、葛湯《くずゆ》をしてくれたり、蜜柑《みかん》を買ってくる、九年母《くねんぼ》を買ってきたりしてやります。主人も心配いたして、

惣「おきわ」

きわ「はい」

惣「お園はなにもたいした病気でもないから宿へ下げるほどでもなし、あれも長く勤

めておることだから、少しの病気なれば、医者はこっちで、山田さんが不都合なら、幸《こう》庵《あん》さんを頼んでもいいが、なんだね、まことにその、看病人がなくって困るね」

九

きわ「わたくしが折りに園の部屋へ見舞いにまいりますと、すぐふとんの上へ起き直りまして、もうなに大きによろしゅうございますなどと言って、まことによいふりをしているから、おまえ無理をしてはいけないから寝ておいでと申しましても、心配家《か》でございますからわたくしもまことに案じられます」

惣「そりゃあまことに困ったものだ、たれか看病人がなければならん、なるほどおれも時に行ってみると、ひょいと跳ね起きるが、あれではかえってぶり返すといかんから看病人に姉でも呼ぼうか」

きわ「でもしあわせに新五郎がまいっては寝ずに感心に看病いたします、あれはまことに感心な男で、店がひけると薬を煎じたりなにか買いに行ったり、なにもかも一人でいたします」

惣「なに新五郎がお園の部屋へはいると。それはいかん、それは女部屋のことはおまえが気をつけて小言を言わなければなりません。それは何事もありはしまいが」

きわ「ありはしまいたって新五郎はあのとおりの堅人ですし、お園も変人ですから、変人同士でだいじょうぶ何事もありはしません」
惣「それはいかん。猫に鰹節《かつおぶし》で、何事がなくっても、店の者や出入りの者がおかしくうわさでも立てると店のためにならぬから、きっと小言を言わんければならぬ」
きわ「それじゃあ女中部屋へ出入りを止めます」
と言っているところへ、何事も存じません新五郎が帰ってきて、
新「へえ、ただいま帰りました」
惣「どこへ行った」
新「番頭さんがそうおっしゃいますから、上野町の越後屋さんの久七《きゅうしち》どんに流れの相談をいたしまして、帰りにお薬を取ってまいりましたが、山田さんがそうおっしゃるには、お園さんはだいぶよいあんばいだが、まだなかなか大事にしなければならん、どうも少し傷寒《しょうかん》のたちだから大事にするようにとおっしゃって、きょうはおかげんが違いましたからこれから煎じます」
惣「おまえが看病いたしますか」
新「へえ」
惣「おまえのことだから何事もありますまいがね、けれどもその、おまえもそれ二十一、ね、お園は十九だ、お互いに堅いから何事もなかろうが、いったい男女《なんにょ》の道はそういうものでない。わたしの家《うち》はごく堅い家であったけれども、やっぱりこれにな、いいなずけがあったが、わたしがついないにして、もらうようなことで」

きわ「なにをおっしゃる」
惣「だから堅いが堅いに立たぬのは男女の間柄、何事もありはしまいが、店の若い者がおかしくやきもちを言うとか、出入りの者がいやに難癖をつけるとか、かえって店の示しにならぬからよろしくない。いかにも取締まりが悪いようだからそれだけはな」
新「へえ、さっぱり心づきませんかったが、店の者が女部屋へはいっては悪うございますか、もうこれからはけっしてかまいませんように心づけます。けっしてかまいませんん」
惣「けっしてかまわんでは困ります。看病人がないからけっしてかまわんといってはお園がかわいそうだから、それはね、ま、かまってもいいがね、少しそこをどうかかまわぬように」
なんだかいっこうわかりませんが少しはかまってもよいという題が出ましたから、新五郎は喜びながら女部屋へ行って、
新「お園どん山田様へ行ってお薬をいただいてきたが、きょうはおかげんが違ったから、生姜《しょうが》を買ってくるのを忘れたがいまじきに買ってきて煎じますが、水もただでは悪いから氷砂糖を煎じて水で冷やしてあげよう、蜜柑も二つ買ってきたが雲州のいいのだからむいてあげよう、袋を食べてはいけないからただ露を吸って吐き出しておしまい、筋を取って食べられるようにするから」
園「ありがとう、新どん後生だから女部屋へ来ないようにしておくんなさい、いまも

おかみさんと旦那様とのお話もよく聞こえましたが、店の者が女部屋へはいってきては世間体が悪いと言っておいでだから、まことにおぼしめしはありがたいが、後生だから来ないようにしてください」

新「だからわたしが来ないようにしよう、かまわぬと言ったら、旦那が来なくっちゃあ困る、おまえさんがかわいそうだからかまってやってくれとおっしゃったくらい、人はなんといってもおかしいことがなければよろしいから、いま薬を煎じてあげるから心配しないで、心配すると病気に障るからね」

園「ああだもの新どんにはほんとうに困るよ、いやだと思うのにつかつかはいってきてやれこれあんなに親切にしてくれるが、どういうわけかぞっとするほどいやだが、どうしてあの人がいやなのか、気の毒なようだ」

といろいろ心に思っていると、杉戸をあけて、

新「お園どん、お薬ができたからお飲みなさい。あんまり冷《さ》ますときかないから、ちょうど飲み加減を持ってきたが、あとは二番を」

園「新どん、お願いだからあっちへ行ってくださいな、病気に障りますから」

新「へえ、そうでげすか」

としめて立ってゆく。

園「どうも、来てはいけないというのにわざと来るように思われる、なんだかおかしい変な人だ」

と思っていると、がらり、
新「お園どんおかゆができたからね、これはたいへんにいいでんぶを買ってきたから食べてごらん、ちょっといいよ」
園「まあ新どん、おかゆはわたし一人で煮られますからあっちへ行ってくださいよ。かえって心配で病気に障るから」
新「じゃあ用があったらお呼びよ」
園「ああ」
というのでよんどころなく出ていくかと思うとまた来て、
新「お園どんお園どん」
とのべつにはいってくる。すると俗に申す一に看病二に薬で、新五郎の丹精が届きましたか、おいおいお園の病気も全快して、もう行燈の陰で夜なべ仕事ができるようになりました。ちょうど十一月十五日のことで、つねにないこと、新五郎がどこでごちそうになったか真っ赤に酔って帰りまするとも、もう店はひけてしまったあとで、なんとなくきまりが悪いからそっと台所へ来て、大きい茶碗《ちゃわん》で瓶《かめ》の水をくんで二、三杯飲んで酔いをさまし、見ると、奥もしんとしてひけた様子、女部屋へ来てあけてみると、お園が一人行燈のもとで仕事をしているから、
新「お園どん」
園「あらまあ、新どん、なにか御用」

新「なに、きょうはね、あの伊勢茂《いせも》さんへ、番頭さんに言いつけられてお使いに行ったら、伊勢茂の番頭さんはまことに親切な人で、おまえは酒を飲まないから味醂《みりん》がいい、ちょうど流山《ながれやま》ので甘いからおあがりでないかと言われて、つい口当たりがいいから飲みすぎて、たいそう酔って間が悪いから、店へ知れては困りますが、真っ赤になっているかえ」

園「たいへん赤くなっています。あの、お店もひけ奥もひけましたから、女部屋へお店の者がはいっては、悪うございますから早くお店へ行っておやすみなさい」

新「ええ寝ますが、まあ一服のみましょう」

園「早くお店へ行ってくださいよ」

新「いま行きますが一服やります」

と真鍮の潰れた煙管を出して行燈の戸を上げて火をつけようと思うが、酔っていて手が震えておりますから灯が消えそう。

園「消してはいけませんよ、あっちへ行っておくんなさい」

新「はい行きますよ、なに火がつきました、時にお園どん、おまえの病気はたいへんに案じたが、ほんとうにこう早くなおろうとは思わなかった、山田さんも丹精なすったしわたしも心配いたしましたが、実にありがたい。わたしは一生懸命に池《いけ》の端《はた》の弁天様へ願掛けをしました」
園「ありがとうございます。おまえさんのおかげで助かりました、もうお店がひけましたから早くおいでよ、新どん」
新「行きますよ、このあいだね、おまえさんの姉《あね》さん豊志賀さんが来てね、たった一人の妹でございますから大事に思うが、こんな商売をしており、家《うち》も離れているから看病も届きませんでしたが、おまえさんが丹精してくだすってほんとうにありがたい、その御親切は忘れません、おまえさんのような優しい人を園の亭主に持たしたいと思いますとこう言ってね、おまえの姉さんが、さすがは芸人だけあって様子のいいことを言うと思ったが、よっぽどうれしかったよ」
園「いけませんね、奥もさっきおひけになりましたからお店へおいでなさいよ」
新「行きますよ、お園どんまことにわたしはほんとうに案じたがね」
園「ありがとうございますよ」
新「弁天様へ一生懸命に二十一日の間わたしが精進して山田様もほんとうに親切にしてくれたがね、わたしは真っ赤に酔っていますか」
園「真っ赤でございますよ、あっちへおいでなさいよ」
新「そんなに追い出さんでもいいやね、お園どん、伊勢茂の番頭さんが、流山のめっぽうよい味醂をおまえにというのでわたしは口当たりがいいからおそろしく酔った、わたしはこんなに酔ったことははじめてでわたしの顔は真っ赤でしょう」
園「真っ赤ですよ。さっきお店もひけましたから早くおいでなさいよ」
新「そんなに追い出さなくてもいいやね、お園どんお園どん」
園「なんですよ」
新「だがお園どん、ほんとうにおまえさんは大病で、ずいぶんわたしはたいへん案じて一時《ひとつきり》はむずかしかったから、わたしは夜も寝なかったよ」
園「ありがとうございますが、そんなに恩にかけるとせっかくの御親切も水の泡になりますから、あんまりくどくおっしゃると、そのくらいなら世話をしてくださらんければいいにと、すまないが思いますよ」
新「そう思ってもわたしのほうでかってにしたのだからいいが、ねえお園どんお園どん」
園「なんですよ」
新「わたしの心持ちはおまえさんちっともわからぬのだね、お園どん、ほんとうにわたしは間《ま》が悪いけれどもね、おまえさんにわたしはほんとうにほれていますよ」
園「あら、いやな、あんなことを言うのだもの、おかみさんに言っつけますよ」
新「言っつけるたって……そんなことを言うもんじゃあない、おまえはわたしが来ると出ていけ出ていけと、どろぼう猫みたように追い出すから、とてもどう思ってもむだだとは思うが、寝てもさめてもおまえのことは忘れられないが、もうこれからは因果と思ってふっつり女部屋へは来ませんが、けれどもわたしをかわいそうと思って、一晩おまえの床の中へ寝かしておくんなさいよ、え、お園どん」
園「あら、いやなね、わたしとおまえさんと寝れば、人が色だと申します」
新「いいえ、わたしもそれが知れればしくじってここにはいられないから、ただちょっと並んで寝るだけ、肌をちょっと触れてすうっと出ればそれであきらめる。ただごろっと寝てすぐに出てゆくから」
園「そんなことを言ってごろりと寝てすぐに出ていくったって、しようがないねえ、行ってくださいよ」
新「そんなことを言わずに」
園「いやだよ、新どん」
新「お願いだから」
園「お願いだって」
新「ごろりちょっと寝るばかりだ。長らく寝る目も寝ずに看病したろうじゃあないか。その義理にもちょっと枕を並べて、すぐに出てゆくから」
園「しようがございませんね」
と言うが、長らく看病してくれた義理があってみればむげに振り払うこともできず、
園「新どん、ただちょっと寝るばかりにしておくんなさいよ」
新「ああちょっと一度寝るばかりでも結構、半分でもよろしい」

というのでお園の床へはいりまするど、お園はいやだからぐるりと背中を向けて固くなっているから、こっちも床へはいりははいったが、ぎごちなくってふとんの外へはみ出すよう。お園はうんともすんとも言わないから、なんだかきまりが悪いので酔いもさめてきて、

新「お園どん、まことにありがとう、おまえがそんなにいやがるものを無理無体《むりむたい》にわたしがこんなことをしてすまないが、そのかわり人にはけっして言わない、わたしはこれほどほれたからおまえの肌に触れちょっとでも並んで寝ればわたしの思いも届いたのだからよろしいが、ここにいては面目《めんぼく》なくて顔が合わせられず、また顔を合わせてはなおさら忘れられないし、こんな心では御恩を受けた旦那様にもすまないから、わたしはここを今夜にもあすにも出てしまって、わたしのゆくえが知れなくなったら、わたしの出た日を命日と思ってくだされ。もうわたしは思いのこすこともないから死んでしまいます」

とすうっと出にかかる。くどき上手のどんづまりはたいてい死ぬと言うから、いま新五郎は死ぬと言ったら、まあ新どんお待ちとくるかと思うと、お園は死ぬほど新五郎がいやだからなんとも申しませんで、なおかいまきを額《ひたい》の上までずうっとゆすりあげてかぶったなり口もききませんから、新五郎は手持ちぶさたにお園の部屋を出ましたが、これが因果の始まりで、なおさらお園に念がかかり、敵同士とは知らずして、ついにまたお園に恋慕を言いかけまするという怪談のお話、ちょっと一息つきまして……。

十一

深見新五郎がお園にほれまするはものの因果で、敵同士の因縁ということは仏教のほうでは御出家様が御説教をなさるが、どういうわけか因縁というと大概の事はあきらめがつきます。

甲「どうしてあの人はあんな死にざまをしただろうか」

乙「因縁でげすね」

甲「あの人はどうしてああ夫婦仲がいいかしらん、あの不器量だが」

乙「あれはなに因縁だね」

甲「なぜかあの人はああいうひどいことをしてもしだしたねえ」

乙「因縁がいいのだ」

と大概はみな因縁におっつけて、いいも悪いも因縁としてあきらめをつけますが、その因縁があるので幽霊というものが出てきます。その目に見えないところを仏教では説き尽くしてございまするそうで、外国には幽霊はないかと存じておりましたところが、せんだってわたくしの宅へさる外国人が婦人と通弁がついて三人でおいでになりまして、それはいきな外国人で、靴をはいてきましたが、その靴をぬいでかくしからふくさを取り出しましたからなんの風呂敷包みかと思いますと、その中から上靴を出してはきまして、畳の上へその上靴で座ぶとんの上へ横っ倒しにすわりまして、おまえの家《うち》に百幅幽霊の掛け物があるということで疾《と》くより見たいと思っていたが、どうぞ見せてくださいということ。これはわたくしがふと怪談会ということをいたしたときに、諸先生がたがかいてくだすった百幅の幽霊の軸がございますから、これを御覧に入れますと、外国人のことでございますから、いちいちこれはなんという名でなんという人がかいたのかということを、通弁に聞いて手帳に写し、これはうまい、あれはまずいと評しますところを見ると、なかなか目のきいたもので、ちょうどその中で目につきましたのは菊池容斎《きくちようさい》先生と柴田是真《しばたぜしん》先生のかいたので、これは別して賞められました。そのあとで茶をいれてよもやまの話から、幽霊のありなしの話をしましたが、わたしは日本の語にうといから通弁から聞いてくれと言う、わたくしも洋語は知りませんから通弁さんに聞くと、通弁さんの言うに、おまえの宅《うち》にこれだけの幽霊の掛け物を集めるには、幽霊というものがあるかないかをしかと知っての上でかように集めたのでございましょう、という問いでございました。ところがあるかないかと外国人に尋ねられて、わたくしも当惑して、早速に答えもできませんから、日本の国には昔からあるとのみ存じていますから、日本人にはあるようで、あなたのお国にはないということが学問上決しているそうですからないので、つまりない人にはない、ある人にはあるのでございましょうと、しかたなしに答えましたが、この答えはもとよりよろしくないようでございますが、なにぶんないともあるとも定めはつきません。せんだってある物知り先生に聞きますと

「幽霊はあるに違いない。現在ぼくは蛇の幽霊を見たよ」

とおっしゃるから、どういうわけかと聞くと、

「蛇を罎《びん》の中へ入れてアルコールをつぎこむと、蛇は苦しがって、出よう出ようと思って口のところへ頭をあげてくるところを、ぐっとコロップを詰めると、出ようという念をぴったり押さえてしまう。アルコール漬けだから形は残っていても息は絶ぇて死んでいるのだが、それを二年ばかりたって罎の口をぽんと抜いたら、中から蛇がずうっと飛び出して、栓を抜いたほうの手首へ食いついたから、はっと思うと蛇の形は水になって、だらだらと落ちて消えたが、これは蛇の幽霊というものじゃ」

とおっしゃりました。しかし物知りのおっしゃることには、ずいぶんこしらえごともあって、ことごとくあてにはなりませんが、出よう出ようという気を止めておきますと、その気というものがいつかきっと出るというお話、またお寺様で聞いてみまするとと息が絶えてのち形はないが霊魂というものはどこへ行くかわからぬと申すこと、天国へ行くとか地獄極楽とかいう説はあっても、まだ地獄から郵便の届いたためしもなし、また極楽の写真を見たこともございませんからあてにはなりませんが、しかし悪いことをすると怨念が取り付くから悪事はするな、死んで地獄へ行くと絵のごとく牛頭馬頭《ごずめず》の鬼に責められて実にどうも苦しみをする、このありさまはどうじゃ、なんと怖いことじゃあないか、というので、盆の十六日はお閻魔《えんま》様へ参詣《さんけい》いたしますると、地獄の絵が掛けてあるから、この絵を見て子どもはおお怖い、悪いことはしまいと思う。昔はわたくしども

もあの絵を見ると、もうけっして悪いことはしまいと思いまして、女は子ができないと血の池地獄へ落ちて燈心で竹の根を掘らせられ、男は子ができないと提燈で餅をつかせられるという、みな恐ろしい話で、実に悪いことはできませんものでございます。また因縁で性《しょう》を引きますというは仏説でございますが、深見新左衛門が切り殺した宗悦の娘お園に新左衛門のせがれ新五郎がほれるというはどういうわけでございましょうか、寝てもさめても夢にもうつつにも忘れることができませんで、その時はあきらめますと言って出にかかったが、お園がなんとも言わぬからしかたがない、杉戸をたてて店へ行って寝てしまいましたが翌日になってみると、まさか死ぬにも死なれず、やっぱり顔を見合わせております。そのうち蔵の塗り直しが始まり、質屋さんでは蔵を大事にあそばすので、蔵の塗り直しには冬がいちばん持ちがいいというので、職人がはいってどしどし日の暮れるまで仕事をして、早出居残りというのでございます。職人がたが帰りぎわには台所で夕飯時《ゆうめしじ》には主人が飯を食べさせ、寒い時分のことだから葱鮪《ねぎま》などは上等で、あるいは油揚げに昆布《こんぶ》などを入れたのがお商人《あきんど》衆の惣菜でございます。よく気をつけてくれますから、台所で職人がどんどんはいって御膳を食べ、香の物がないといって、襷《たすき》をかけて日の暮れ暮れにお園が物置きへ香の物を出しにゆきました。この奥に蔵があってその蔵のわきは物置きがあり、そのこちらには職人がはいっているから荒木田《あらきだ》があり、そのわきには藁《わら》が切ってあり、藁などが散らばっている間をうねって物置きへ行って、いま香の物を出そうとすると、新五郎が追っかけてきたから、見ると少し顔色も変わっ

てなんだか気ちがいじみている。もっともほれるというと、ばかげて見えるものでございますが、
新「お園どんお園どん」
園「あら、びっくりした、新どん、なんでございます」

十二

新「あのお園さん、わたしはね、このあいだおまえと枕を並べて一度でも寝れば、死んでもいい、あきらめますといいました」
園「そんなことは存じませんよ」
新「存じませんといったって覚えておいでだろう、だがねわたしはきっとあきらめようと思って無理に頼んでおまえの床へはいって酔った紛れにちょっと枕を並べたばかりだが、わたしはおまえと一つ床の中へはいったから、なおあきらめがつかなくなったがね、お園どん、これほど思っているのだからたった一度ぐらいはいうことをきいてもいいじゃあないか」
園「なんだね新どん、気ちがいじみて。おまえさんもわたしも奉公している身の上でそんなことをして御主人にすみますか。そのことが知れたらおまえさんはこの家《うち》を出ても行《ゆ》きどころがないじゃありませんか、もしまちがいがあったならば、わたしは身寄

りも親類もない行きどころのないということはいつでもそう言っておいでだのに、大恩のある御主人にすみませんよ」
新「すまないのは知っているが、たった一度であきらめてこれっきりいやらしいことは言う気づかいないから」
園「あら、およしよ」
新「おまえこんなに思っているのに」
と夢中になりお園の手を取ってぐっと引き寄せる。
園「あれ、およし」
というう ち帯を取ってうしろへ引き倒しますから、
園「あれ、新どんが」
と高声《たかごえ》を出して人を呼ぼうと思ったが、そこは病気のときに看病を受けましたことがあるから、その親切にほだされて、もしわたしがどなれば御主人に知れて、この人が追い出されたらどこへも行くところもなし気の毒と思いますから、ただ小声で、
園「新どんおよしよおよしよ」
と声を出すようで出さぬが、声を立てられてはならんと、袂を口に当てがって、
新「こっちへお出で」
と藁の上へ押し倒して上へのりかかるから、
園「あれ新どん、おまえ気ちがいじみた、おまえもわたしもしくじったらどうなさる、

新どん、新どん」
　ともがくのを、無理無体に口を押さえ、夢中になって上へのりかかろうとすると、
園「あれ新どん新どん」
　ともがいているうちに、お園がうーんと身を震わして苦しみ、ぱっと息が止まったからびっくりして新五郎が見ると、今はどっぷり日が暮れた時で、さだかにはわかりませんが、そばにある莇《すき》が真っ赤に血だらけ、どうしたのかと思って起き上がろうとすると、苦し紛れに新五郎の袖に手をかけ、しがみついたなりに、新五郎とともにずうっと起きたのを見ると真っ赤。
新「お園どんどうしたのだえ」
　と襟に手をかけて抱き起こすと、情けないかな下にあったのは莇を切る押切りというもの、これは畳屋さんの庖丁をあおむけにしたような実によく切れるものでございますが、この上へお園の乗ったことを知らずに、男の力で、大声を立てさせまいと思い、口を押さえてぐっくと押すから、お園はおよしよおよしよとからだをもがくので、着物の上からゾクゾク肋《あばら》へかけて切り込みましたから、お園は七転八倒の苦しみ、そのまま息の絶えたのを見て、新五郎は、
新「ああ南無阿弥陀仏南無阿弥陀仏南無阿弥陀仏、お園どん堪忍しておくれ、まったくおまえとわたしはなんたる悪縁か、おまえがいやがるのを知りながらわたしが無理無体なことを言いかけて、怖ろしい刃物のあるを知らずにおまえをここへ押し倒して殺し

てしまったから、もうわたしは生きてはいられない、お園どんしっかりしておくれ、わたしが死んでもおまえを助けるから」

と無理に抱き起こしてみましたが、もう事が切れている。

新「はあ、もうこれはとてもいかぬな」

と夢のさめたような心持ちでただ茫然としておりましたが、もうとてもここの家《うち》にはいられぬ、といっていまさらどこといって行くところもない新五郎、ええ毒食わば皿まではねぶれ、もうこれまでというので、くそやけになる。若いうちにはあることで、新五郎は暗《やみ》に紛れてこっそり店へはいって、この家へ来るとき差してきた大小を取り出し、店にありあわせの百金を盗み取って逐電《ちくてん》いたしましたが、さて行くところがないから、はるばる奥州の仙台へまいり、仙台様のお抱えになっている、剣客者黒坂一斎という、もと剣術の指南を受けた師匠のところへまいって塾にはいり、剣術の修業《しゅうぎょう》をして身を潜めておりましたが、城中におりましたから、とんとあとがつきません。なれども故郷忘じがたく、黒坂一斎の相果ててからは、どうも朋輩のつきあいが悪うございますから、もう二、三年もたったから知れやしまいと思って、また奥州仙台から、江戸表へ出てきたのは、十一月のちょうど二十日でございます。まず浅草の観音《かんのん》様へまいって礼拝《らいはい》をいたし、これからどこへ行こうか、どうしたらよかろうと考えるうちに、ふと胸に浮かんだのは勇治というもと屋敷の下男で、わが十二歳ぐらいのころまでいたが、その者は本所辺にいるということで、たしか松倉町と聞いたから、ともかくもこの者を訪ねてみようと思い、吾妻橋《あずま》を渡って、松倉町へ行きます。菅《すげ》の深い三度笠をかぶりまして、半合羽《はんがっぱ》に柄袋《つかぶくろ》のかかった大小を帯し、脚半甲《きゃはんこう》がけわらじばきで、いかにも旅馴れておりまするいでたち、行李《こうり》を肩にかけ急いで松倉町から、こう細い横町へ曲がりにかかると、あとからばらばらばらと五、六人の人が駆けてくるから、これは手が回ったか、しくじったと思い、振り返ってみると、案のごとく小田原提燈が見えて、紺足袋《こんたび》に雪駄《せった》ばきで捕り物の様子だから、あわててそこにある荒物屋の店の障子をがらりとあけて、飛び上がったから、荒物屋さんでは驚きました。

女房「なんですねえ、びっくりしますね」

と言うと、

新「はいはいはい」

と言ってぶるぶる震えながら、ぴったりうしろを締めて障子の破れから外をのぞいております。

十三

女「まあ、どこのかたです。いきなり人の家《うち》へはいって、わらじをはいたなりですわってさ、どうしたんだえ」

新「これはこれはどうもまことにあいすまぬが、今まちがいでつまらぬやつにけんかをしかけられ、わたしは田舎侍で様子が知れぬから、めんどうと思って、逃げると追っかけたから、これはたまらんと思って当家へ駆け込みお店を荒してすみませんが、今のぞいてみれば追っかけたのではない、酒屋の御用が犬をけしかけたのだ、わたしはただ怖いと思ったものだから追っかけられたと心得たので、まことにあいすみません」

女「困りますね、わらじをぬいでください。泥だらけになってしようがございませんね。あれ塩煎餅《しおせんべい》の壺へ足を踏みかけて、まあおまえさんたいへん樽柿《たるがき》を潰したよ」

新「まことにすまないが、つい踏んで二つ潰したから、これはわたしが買って、あとはもとのように積んでおきます。あの出刃庖丁はなんでげすな」

女「あれは柿の皮をむくのでございますよ、どうも困りますね、だが買ってくだされば、それでようございますが、けれどもあなたわらじをおとんなさいな」

新「どうか、樽柿は幾つでも買いますが、どうかお茶でも水でもください」

女「お茶は冷とうございますが、なにたくさん買ってくださらないでも、潰れただけの代をくだされればようございます」

新「ええ御家内ここはなんというところでございますえ」

女「ここは本所松倉町でございます」

新「ああさようかえ、少しお聞き申すが、前々《ぜんぜん》小日向服部坂の屋敷に奉公をいたしておった勇治という者がこの近所におりませんか、年はことしで五十八、九になりましょうか、たしか娘が一人あってその娘の夫は木舞掻《こまいか》きと聞きましたが」

女「あなたは、なんでございますか、深見新左衛門様の若様でございますか」
新「ええ、なに、あのおまえは勇治をご存じかえ」
女「はい、わたしは勇治の娘でございますよ、春と申しまして」
新「はあそう」
春「わたしはね、もうね、お屋敷へ一度まいったことがございますがね、その時分は幼少の時で、まあお見それ申しました。まだあなたのお小さい時分でございましたからさっぱり存じませんで、たいそうおりっぱにおなりあそばしたこと、お幾つにおなりあそばした」
新「ことし二十三になります」
春「まあお屋敷もね、なんだかいやなことになりまして、昨年わたしのおやじも亡くなりましたが、お屋敷はああなったが、若様はどうなされたかおゆくえが知れぬが、ひょっとして訪ねていらっしゃったら、長々御恩を受けたお屋敷の若様だからどんなにもしてあげなければならん、と死にぎわに遺言して亡くなりましたが、あなたが若様なればどうかこちらへ一晩でもお泊め申さんではすみませんから」
新「やれやれこれはこれは、さようかね、はからず勇治のところへ来たのはなにより幸いで、拙者は深見新五郎であるが、子細あってしばらく遠方へまいっていたが、今度こちらへ出てまいってもどこといって頼るところもなし、どこか知れぬところへ奉公住みをいたしたいが、請《う》け人《にん》がなければならんから当家で世話をして請け人になってくれんか」

春「お世話どころじゃあございません。ぜひともお世話をしなければすみません。まあよくいらっしゃいました。あなたそれじゃあまあ脚半やわらじをおとりなすって。なに御心配はございません、いま水をくんできます、なにその汚れたところは雑巾でふきますから、まあ合羽などはおとりなさいまし」

と言うから新五郎はほっと息をつきます。すると、

春「まあこちらへ」

というのでなにか親切に手当てをいたし、大小は風呂敷に包み箪笥《たんす》の引き出しへ入れてぴんと錠をおろし、

春「あなたこれとお着替《きか》えなさいましな」

新「いや着替《きか》えは持っているから」

と包みの中から出して着物を着替え、

新「どうか空腹であるから御飯を」

春「はいよろしゅうございます。あなた御酒を召し上がるならば取ってまいりましょう、このへんは田舎同様場末でございますからなんにもよいものはありませんが、あなた鰻を召し上がりますなら鰻でも」

新「鰻は結構、わたしが代を出すからどうか買ってもらいたい」

春「そんならあとを願いますよ」

と、これからがらり障子をあけて外へ出ました。するとこの女房は、実は深見新五郎が来たらこれこれと、亭主に言いつけられているから、亭主の行っているところへ行って話をする。この亭主は石河伴作《いしかわばんさく》という旦那衆《だんなしゅ》の手先で、森田《もりた》の金太郎《きんたろう》という捕り物の上手、かねて網を張って待っていたところだから、それはちょうどいいと、それぞれ手配りをしたが、しかし剣客者《てしゃ》と聞いているから刃物を取り上げなければならんが、どうしたものだろうというと女房が聞いて、刃物はこれこれしてちゃんと簞笥の引き出しへ入れて錠をおろしてしまって、鰻をあつらえに行くつもりにしてきたという。

金「そんならよろしい」

と言ってすぐに鰻屋の半纏をひっかけて若者の姿で金太郎がやってきて、

金「ええ鰻屋でございます」

と言うと、こちらは気がつきませんから、

新「はい大きに御苦労」

金「おあつらえができました、ああ山椒《さんしょ》の袋を忘れた」

と言いながら新五郎の受け取りに来るところを飛び上がって、

金「御用だ神妙にしろ」

と手を取って逆にねじふせられたから起きることができません。

十四

金「てめえは深見新五郎だろう、谷中の下総屋でお園を殺し、主人の金を百両盗んで逐電《ちくてん》した大どろぼうめ」

新「いやてまえはさようなものではござらん」

とは言ったが、ああ残念なことをした、それではここの女房《にょうぼ》もぐるであったとみえる、刃物をしまわれたからこれはもうとても逃れぬ、と思いました。いい悪党なれば、こういうときのために懐にどすといって一本匕首《あいくち》をのんでいるが、それほど商売人の泥的ではありませんから、用意をいたしておりません。もう天命窮まったと思うと、ちょっと指の先へさわりましたのは、さっきふと女房に聞いた柿の皮をむく庖丁という鯵切《あじき》りのような物が、これが手にさわったのを幸いと、

新「さような覚えはない、人違いでござる」

と言って、起き上がりながらずんと金太郎の額へ突っ掛けたから、

金「あっ」

とあとへさがって傷口を押さえると、額から血がだらだら流れて真っ赤になり、ほんとうの金太郎のようになります。続いて逃げたらと隠れていた捕り物の上手な富蔵《とみぞう》という者が、

富「神妙にしろ、御用だ」

と十手を振り上げて打ってかかるやつを取ってえぐったから、ひょろひょろとひょろついて台所の竈《へっつい》でぼっかり膝を打って、裏口へよろけ出したから、しめたと裏口の戸をしめ、心張りをかっておいて表をのぞくと人がいる様子だから、しっかり鑿金《かきがね》をかけて明りを消し、庖丁の先で箪笥の錠をがちがちやってようやく錠をあけ、取り出した衣類を身にまとい、大小を差して、さあ出ようと思ったが、とても表からは出られませんから、屋根伝いにして逃げようと、はしごを上がって裏手の小窓をあけてみると、ずうっと棟割長屋《むねわりながや》になって物干しがつながっていて、一軒ごとに一間ばかりの丸太がありそれへ小割《こわり》が打って物干竿のかかるようになっているから、この物干し伝いに伝わってゆけば、どこへか逃げられるとは思ったが、なかなか油断はできませんから、長物を抜いて新五郎が度胸をすえ、小窓から物干しへはい出してきます。すると捕り手のほうも手当ては十分についているから、もしこの窓から逃げ出したら頭を打ち割ろうと、勝蔵という者が木太刀を振り上げて待っているところへ、新五郎はこう腹ばいになって首をそうっと出した。すると、

勝「御用だ」

ぴゅっーとくるやつを、身をひきからだを逆に返して、肋のところへ切り込んだから、勝蔵は捕り物は上手だが物干しから致してガラガラガラどうところがり落ちる。その間に飛び下りようとする。ところが下には十分手当てが届いているから下りることができ

ませ〔ん〕。するとちょうど隣の土蔵が塗り直しで足場がかけてあって苫《とま》がかかっているから、それをくぐってだんだんまいると、下の方ではワアワアという人声、もうそうなると、人が十人いても五十人もいるように思われますから、新五郎はそっと音のしないように苫をくぐりぬけて、だんだん横へ回ってまいり、このあき地へ飛び下り、あちらの板塀《いたべい》をこわして、むこうの寺へ出れば逃れられようと思い、足場をだんだんに下りまして、もうよかろう、と下を見ると藁がある。しめたと思ってどんとそこへ飛び下りると、

新「あ痛た……」

としりもちをつくはずです、その下にあったのは押切りという物で、土踏まずのところを深く切り込みましたから、新五郎ももうこれまでと覚悟しました。びっこになっては、とても逃れることもできませんから、とうとう縄にかかって引かれます。

新「ああ因縁は恐ろしいもの、三年あとにお園を殺したも押切り、今また押切りへ踏みかけてそのためにおれが縄にかかって引かれるとは、お園の恨みが身にまとってかくのごとくになること」

と実に新五郎も夢のさめたようになりましたが、これがちょうど三年目の十一月二十日、お園の三回忌の祥月命日に、ついに新五郎が縄目にかかって南の御役宅《おやくたく》へ引かれるという、これよりおいおい怪談のお話にあいなります。

十五

　引き続きまして真景累ヶ淵、前回よりは十九年たちましてのお話にあいなりますが、根津七軒町の富本の師匠豊志賀は、年三十九歳で、まことに堅い師匠でございまして、先年妹お園を谷中七面前の下総屋という質屋へ奉公にやっておきましたところ、はからぬ災難で押切りの上へ押し倒され、新五郎のために非業の死をとげましたが、それからは稽古をする気もなく、同胞《きょうだい》思いの豊志賀はねんごろに妹お園の追福を営み、おいおい月日もたちますするので気を取り直し、またやっぱり稽古をするほうが気が紛れていいから、と世間の人も勧めまするので、押っ張って富本の稽古をいたすようになりましたが、女の師匠というものは、堅くないとお弟子がつきません。あすこの師匠は娘をやっていても行儀もよし、ことばづかいもよし、まことに堅いから、あの師匠ならやるがいい、実に堅い人だ、というので大家《たいけ》の娘も稽古にまいります。すると、男ぎらいで堅いというから、男は来そうもないものでございますが、堅い師匠だというと、妙に男が稽古にまいります。

「師匠これは妙な手桶《ておけ》で、台所で使うのには手で持つところが小さくって軽くって、師匠などが水をくむにいいから、わたしが一つ桶屋にこしらえさして持ってきた」

とか、また朝早く行って、瓶《かめ》へ水をくんで流しをそうじしようなどと手伝いにまいります。中には内々張子連《ないないはりこれん》などと申しまして、師匠がどうかしてお世辞の一言も言うと、それにつけこんでくどき落とそうなどという連中《れんじゅう》、経師屋連《きょうじやれん》だの、あるいは狼連《おおかみれん》などという、ころんだら食おうという連中が来るのでありますから、いろいろ親切に世話をいたします。ときどき浚《さら》いやなにかいたしますと、みんなこの男の弟子が手伝いにまいりますが、ふと手伝いに来た男は、下谷大門町《したやだいもんちょう》に煙草屋をいたしておる勘蔵《かんぞう》という人の甥《おい》、新吉《しんきち》というのでございますが、ぶらぶら遊んでいるから本石町《ほんごくちょう》四丁目の松田《まつだ》という貸本屋へ奉公にやりましたが、松田が微禄《びろく》いたして、伯父のところへ帰って遊んでいるから、少し煙草を売るがいいというので、つかみ煙草を風呂敷に包み、ところどころ売って歩きますが、もとより稽古が好きで、暇のときは、水をくみましょうお湯を沸かしましょうなどと、へえへえ言ってまめに働きます。年二十一でございますが、ちょっと子柄のよい愛敬のあるというので、たいそう師匠の気に入り、そのうちに手少なだからわたしの家《うち》にいて手伝ってというと、新吉も伯父のところにいるよりは、芸人の家にいるのはいきでおもしろいから楽しみも楽しみだし、芸を覚えるにも都合がいいから、豊志賀のところへ来て手伝いをしております。その年十一月二十日の晩には、みぞれがばらばら降ってまいりまして、ごく寒いから、新吉は居候の悲しさで二階へ上がって寝ますが、五布《いつの》ぶとんの柏餅《かしわもち》でもまだ寒いと、肩のところへ股引《ももひき》などをひきずりこんで寝まするが、みぞれはざあざあと窓へ当たります。そのうちに少し寒さがゆるみましたかして、夜がふけてから雨になりまして、どっとと降ってまいります。師匠は堅いから下に一人で寝ておりますが、なんだかこの晩は鼠ががたがたして豊志賀は寝られません。
豊「新吉さん新吉さん」
新「へえ、なんでげすね」
豊「おまえまだ目がさめていますかえ」
新「へえ、わたしはまださめております」
豊「そうかえ、わたしも今夜はなんだか雨の音が気になって少しも寝られないよ」
新「わたしも気になってちっとも寝られません」
豊「なんだかまことにおかしく寂しい晩だね」
新「へえーおかしく寂しい晩でげすね」
豊「寒いじゃあないか」
新「なんだかひどく寒うございますね」
豊「なんだね同じようなことばかり言って。まことに寂しくっていけない。おまえさん下へ下りて寝ておくれな。どうも気になっていけないから」
新「そうですか、わたしも寂しいから下へ下りましょう」
と五布ぶとんと枕を抱えて、危いはしごを下りてきました。
豊「おまえ、新吉さん、そっちへ行って柏餅では寒かないかえ」
新「へえ、柏餅がいちばんいいんです。ふとんの両はじを取って巻きつけて両足を束《そく》に立ってむこうの方に枕をすえて、これなりにドンと寝ると、いいあんばいに枕のところへまいりますが、そのかわり寝相が悪いと餡《あん》がはみ出します」
豊「おまえ寒くっていけまい、こうしておくれな、わたしも寂しくっていけないから、わたしのね、この上掛《うわが》けの四布《よの》ぶとんを下に敷いて、わたしのかい巻きの中へおまえいっしょにはいって、その上へ五布ぶとんをかけると暖《あった》かいから、いっしょにお寝な」
新「それはいけません、どうしてもったいない、お師匠さんの中へはいって、お師匠さんのからだだから後光が差すとたいへんですからな」
豊「後光だって、寒いからさ」
新「寒うございますがね、あしたの朝お弟子が早く来ましょう、そうするとお師匠さんの中へはいって寝てえれば、新吉はお師匠さんと色だなどと言いますからねえ」
豊「いいわね、わたしの堅い気性はみんなが知っているし、わたしとおまえと年を比べると、わたしはおっかさんみたようで、おまえのような若い子みたいな者とどうこういうわけはありませんからいっしょにお寝よ」
新「そうでげすか、でもきまりが悪いから、中に仕切りを入れて寝ましょうか」
豊「仕切りを入れたって痛くっていけませんよ、おまえ間《ま》が悪ければ背中合わせにして寝ましょう」
　とうとう一つ寝をしましたが、けっして男女《なんにょ》一つ寝はするものでございません。

十六

日ごろ堅いという評判の豊志賀が、どういう悪縁か新吉と一つ寝をしてから、ふと深い仲になりましたが、三十九歳になる者が、二十一歳になる若い男とわけがあってみると、むすこのような、亭主のような、色男のような、弟のような情が合併して、さあ新吉がだんだんかわいいから、むちゃくちゃ新吉へ自分の着物を直して着せたりなにかいたします。もと居候だから新吉が先へ起きて飯ごしらえをしましたが、このごろは豊志賀が先へ起きておまんまをたくようになり、枕元で一服つけて

豊「さあ一服おあがりよ」

新「へえありがとう」

豊「なんだよ、へえなんて、もうお起きよ」

新「あいよ」

などとおいおい増長して、師匠のどてらを着て大あぐらをかいて、師匠が楊枝《ようじ》箱をあてがうとすわってて楊枝をつかいうがいをするなどと、どんな紙くず買いが見てもいい人としか見えません。まことに仲よくいたし、新吉も別に行くところもないことでございますから、少し年を取った女房を持った心持ちでいましたが、ここへ稽古にまいります娘が一人ありまして、名をお久《ひさ》といって、総門口《そうもんぐち》の小間物屋の娘でございます。羽《は》

生屋三五郎《にゅうやさんごろう》という田舎かたぎの家《うち》でございまするが、母親が死んで、まま母に育てられているから、娘は家にいるより師匠のところにいるほうがいいというので、よく精出して稽古にまいります。すると隠すことほど結句は自然と人に知れるもので、どうもおかしい様子だが、新吉と師匠とわけがありゃあしないかといううわさが立つと、堅気の家《うち》では、そのような師匠では娘のためにならんといって、いい弟子はばらばらさがってしまい、おいおいお座敷もなくなります。そうすると、張子連は怒りだして、

「わからねえじゃあねえか、師匠はなんのことだ、新吉などという青二才を、りょうけん違いな、また新吉の野郎もいやに亭主ぶりやあがって、くわえ煙管でもって、はいおいで、なんと言ってやがる、ほんとうにあきれけえらあ、さがれさがれ」

と、ばらばら張子連はさがります。その他の弟子もおいおいそのことを聞いてさがりますと、詰まってくるのは師匠に新吉。けれどもお久ばかりは相変わらず稽古に来る、というものは家にいると、まま母にいじめられるからで、このお久は愛嬌のある娘で、年は十八でございますが、ちょっと笑うと口のわきへえくぼといって穴があきます。なにもずぬけていい女ではないが、ちょっと男ぼれのする愛らしい娘。新吉の顔を見てはにこにこ笑うから、新吉もうれしいからにやりと笑う。その互いに笑うのを師匠が見るとうわべへは表わさないが、なにかわけがあるかと思って心ではやきます。この心でやくのはいちばん毒で、むやむや修羅を燃やして胸にたく火の絶える間がございませんから、のぼせて頭痛がするとか、血の道が起こるとかいうことのみでございます。といっ

てほかに意趣返しのしようがないから稽古のときにお久をいじめます。

豊「ほんとうにこの子はなんてえ物覚えが悪い子だろう、そこがいけないよ、こんなじれったい子はないよ」

とむやみにつねるけれども、お久はなにも知らぬから、芸が上がると思いまして、いくらつねられてもせっせと来ます。それは来るわけで、家にいるとまま母につねられるから、お母《つか》さんよりはお師匠さんのほうが数が少ないと思って近く来ると、なお師匠は修羅を燃やして、わくわく悋気《りんき》のほむらは絶える間はなく、ますます逆上して、目の下へぽつりとおかしなできものができて、そのできものがだんだんはれあがってくると、紫色に少し赤味がかって、ただれて膿《うみ》がじくじく出ます。目は一方《いっぽう》はれふさがって、その顔のいやなことというものはなんともいいようがない。いったい少し師匠は額のところが抜け上がっているたちで、毛が薄い上に鬢《びん》がはれあがっているのだから、実に芝居でいたす累《かさね》とかお岩《いわ》とかいうような顔つきでございます。医者が来て脈を取ってみる。豊志賀が、これは気の凝《こ》りでございましょうか、というと、いやそうでないこれは面疔《めんちょう》に相違ないなどと言うが、それはまったく見立て違いで、ただいまのように上手なお医者はございません時分で、ただいまなら佐藤先生のところへ行けば、切断して毒を取ってあとは他人の肉で継ぎ合わせるという、飴細工《あめざいく》のようなこともできるからぞうさはないが、そのころは医術がひらけませんから、十分に療治も届きません。それゆえだんだん痛みが激しくなり、したがって気分も悪くなり、ついにはどっと寝ました。ところが食はもとより咽喉《のど》へ通りませんし、湯水も通らぬようになりましたから、師匠はますますやせるばかり。けれども顔のできものはだんだんにはれあがってきまするが、新吉はもと師匠の世話になったことを思って、よく親切に看病いたします。
新「師匠師匠、あのね、薬の二番ができたからのんで、それから少しできものの先へ布薬《ひきぐすり》をしよう、ええおい、寝ているのかえ」
豊「あい」
と膝に手をついて起き上がりまするど、鼠小紋の普段着を寝間着におろしているのが、汚れっけがきており、お納戸色の下締めを乳の下に堅く締め、くびれたようにやせております。骨と皮ばかりの手を膝についてようやくのことで薬をのみ、
豊「ほっ、ほっ」
と息をつくところを、新吉は横目でじろりと見ると、もうもう二目と見られないいやな顔。
新「ちっとはいいかえ」
豊「あい、新吉さん、わたしはねどうも死にたいよ、わたしのようなこんなお婆《ばあ》さんを、おまえがよく看病をしておくれで、わたしはおまえのような若いきれいな人に看病されるのは気の毒だ気の毒だと思うと、なお病気が重《おも》ってくる、ね、わたしが死んだらさぞおまえが楽々すると思うから、ほんとうにわたしは一時《いちじ》も早く楽に死にたいと思うが、どうも死にきれないね」

新「つまらないことを言うもんじゃあない、おまえが死んだらわたしが楽をしようなどとそんなことで看病ができるものではない、わくわくそんなことを思うからのぼせるんだ、できものさえなおってしまやあいいのだ」

豊「でもおまえがいやだろうと思って。わたしはおまえ、ただの病人ならしかたもないけれども、わたしはこんな顔になっているのだもの」

新「こんな顔だってできものだからなおれば元のとおりになるから」

豊「なおればあとがひっつりになると思ってね」

新「そんなに気をもんではいけない。少しははれがひいたようだよ」

豊「うそをおつきよ、わたしは鏡で毎日見ているよ、おまえは口と心と違っているよ」

新「なに違うものか、わたしは心配しているのだ」

豊「ああもうわたしは早く死にたい」

新「およしよ、死にたい死にたいって気がひけるじゃあないか、ちっとは看病する身になってごらん、なんだってそんなに死にたいのだえ」

豊「わたしが早く死んだら、おまえの真底からほれているお久さんとも会われるだろうと思うからさ」

十七

新「ああいうことを言う、おまえはなんぞというとお久さんを疑《うたぐ》って、番ごと言うがね、わたしとお久さんとなにかわけがあると思っているのかえ」

豊「それはないわね」

新「ないものをとやかく言わなくってもいいじゃあないか」

豊「ないからったって、わたしというものがあるから、おまえがほれているということを、口にも出さず、情夫《いろ》にもなれぬと思うと、わたしはほんとうに気の毒だからわたしは早く死んであげて、そうして二人を夫婦にしてあげたいよ」

新「およしな、そんなつまらぬことを。しようがないな、ほんとうにおまえもわからないね、お久さんだって一人娘で、婿《むこ》を取ろうという大事な娘だのに、そんなわけもないことを言って傷をつけては、むこうのおやじさんの耳にでもはいると悪いやね、あの娘のお母《つか》さんはまま母でやかましいからかわいそうだわね」

豊「かわいそうでございましょう、おまえはお久さんのことばかりかわいそうで案じられるだろうが、わたしが死んでもおまえはかわいそうだと思う気づかいはないよ」

新「あ、ああいうことを。おまえしようがないね、よく考えてごらんな、ぜんたいわたしは家《うち》の者じゃあないか、たとえわけがあっても隠すが当然だろう、それをわけのないものを疑《うたぐ》って、あるあると言うと、世間の人まであると思ってわたしが困るよ」
豊「ごもっともでございますよ、でもどうせあるのはあるのだね、わたしが死ねば添われるから、どうぞ添わしてあげたいから言うのだよ、新吉さんほんとうにわたしは因果だよ、わたしはどうも死に切れないよ」
新「ああいうことを言う、何を証拠に……ええそれはね……あんなことを……またあいうことを……おまえそう疑《うたぐ》るからいけない、この頃来たお弟子ではなし、家のためになるからそれはおまえ、お天気がいいとか、寒うございますとか、芝居へおいでなすったかぐらいのお世辞は言わなければならないやね、それも家《うち》のためだと思うから言おうじゃあないか、あれさ、しようがないね、別に何も……このあいだも見舞い物を持ってきたから台所へ行って蓋物《ふたもの》をあけて返す、あれさそれを、ああいうわからぬことを言う、しようがねえなあ」
とこぼしているところへはいってきたのはなにも知らないお久でございます。なにか三組《みつぐ》みの蓋物へおいしいものを入れて、
久「新吉さん、こんにちは」
新「へえ、おいでなさい、こちらへおはいりなすって、へえありがとう、まあ大きに落ち着きましたようで」
久「あのお母さんがあがるのですが、つい店があけられませんでごぶさたをいたしますが、たしかお師匠さんがお好きでございますから、よくはできませんがどうぞ召しあ

がって」
新「ありがとうございます、毎度おまえさんのところから心にかけて持ってきてくださってありがとう、錦手《にしきで》のいい蓋物ですね、これは師匠が大好きでげす、煎豆腐《いりどうふ》の中へ卵がはいって黄色くなったの、まことにありがとう、師匠が大好き、おい師匠師匠、あのねお久さんのところからおまえの好きな物を煮て持ってきておくんなすったよ、お久さんがきたよ」
豊「あい」
とお久という声を聞くと、こくり起き上がって手を膝について、お久の顔を見つめております。
久「お師匠さんいけませんね、お母さんがお見舞いにあがるのですが、つい店があけられませんで、ちっとはおよろしゅうございますか」
豊「はい、お久さんたびたび御親切にありがとうございます。お久さん、おまえとわたしとはなんだえ」
新「なにをつまらないことを言うのだよ」
豊「黙っておいでなさい、おまえの知ったことじゃあない、お久さんに言いたいことがあるのだよ、お久さん、わたしとおまえとは弟子師匠の間じゃあないか、なぜお見舞いにおいででない」
新「なにを言うのだよ、お久さんは毎日お見舞いに来たり、どうかすると日に二度ぐたびたび来るのに」
豊「黙っておいで、そんなにお久さんのひいきばかりおしでない、それはわたしがこうしているから案じられて来るのじゃあない、お久さんはおまえの顔を見たいからたびたび来るので」
新「しようがないな、つまらぬことを言って、お久さん堪忍してね、師匠は逆上しているのだから」
久「まことにいけませんね」
とお久は少し怖くなりましたから、こそこそと台所から帰ってしまいました。
新「困るね、ええ、おい師匠どうしたんだ、冗談じゃあねえ、顔から火が出たぜ、生《き》娘《むすめ》のうぶな子にあんなことを言って、面目なくっていられやあしない」
豊「いられますまいよ、顔が見たけりゃあ早く追っかけておいで」
新「ああいうことを言うのだもの」
豊「わたしの顔はこんな顔になったからって、おまえがそういう不人情な心とはわたしは知りませんだったよ」
新「なにを言うのだね、まことにしようがねえな、ちっと落ち着いてお寝よ」
豊「はい寝ましょうよ」
新吉はしかたがないから足をさすっておりますと、すやすや疲れて寝た様子だから、いいあんばいだ、この間に御飯でも食べようと膳立てをしているとはい出して、豊「新吉さん」
新「なんだい、肝を潰したねえ」
豊「わたしがこんな顔で」
新「しょうがねえな、冷えるといけないからおはいりよ」
というあんばい。よる夜中でも、いいあんばいに寝ついたから疲れを休めようと思って、ごろりと寝ようとすると、
豊「新吉さん新吉さん」
と揺り起こすから新吉が目をさますと、ひょいと起き上がって胸ぐらを取って、
豊「新吉さん、おまえはわたしが死ぬとねえ」
と言うから、新吉は二十一、二でなにを見ても怖がってしりもちをつくという臆病なたちでございますから、これは不人情のようだがとてもここにはいられない、大門町《だいもんちょう》へ行って伯父と相談をして、いっそのこと下総《しもうさ》の羽生村《はにゅうむら》に知っている者があるから、そこへ行ってしまおうかと、いろいろ考えているうちに、師匠は寝ついた様子だから、その間《ま》に新吉はふらりと外へ出ましたが、若い時分には気の変わりやすいもので、茅町《かやちょう》へ出て片側町《かたかわまち》までかかると、むこうから提燈をつけてきたのは羽生屋の娘お久という別嬪《べっぴん》、
久「おや新吉さん」

十八

新「これはお久さんどこへ」
久「あの日野屋《ひのや》へ買い物に」
新「思いがけないところでお目にかかりましたね」
久「新吉さんどちらへ」
新「わたしはちょっと大門町《だいもんちょう》まで」
久「お師匠さんは」
新「まことにいけません、このあいだはお気の毒でね、あんなことを言ってどうもおまえさんにはお気の毒さまで」
久「どういたしまして、ちょうどよいところでお目にかかってうれしいこと」
新「お久さんどこへ」
久「日野屋へ買い物に」
新「ほんとうにあんなことを言われるといやなものでね、わたしは男だからかまいませんが、おまえさんはさぞ腹が立ったろうが、お母《つか》さんには黙って」
久「どういたしまして、わたしのほうではああ言われると、冥加《みょうが》にあまってうれしいと思いますが、おまえさんのほうで、外聞が悪かろうと思って、まことにお気の毒さま」
新「うまく言って、お久さんどこへ」
久「日野屋へ買い物に」
新「あの師匠の枕元でおまんまを食べると、おちおち咽喉《のど》へ通りませんから、どこかへ行っておまんまを食べようと思うが、一人ではきまりが悪いからいっしょに行っておくんなさいませんか」
久「わたしのような者をおつれなさると外聞が悪うございますよ」
新「まあいいからおいでなさい、蓮見鮨《はすみずし》へまいりましょう」
久「ようございますか」
新「いいからおいでなさい」
と下心があるとみえ、お久の手を取って五目鮨へ引っ張り込むと、鮨屋でもさしで来たからおかしいと思って、
鮨「いらっしゃい、お二階へお二階へ、あの四畳半がいいよ」
というのでとんとんとんとあがってみると、天井が低くって立っては歩かれません。
新「なんだかきまりが悪うございますね」
久「わたしはどうも思いません、おまえさんと差し向かいでお茶を一ついただくこともできぬと思っていましたが、今夜はうれしゅうございますよ」

新「調子のいいことを」

女「まことに今日はおあいにくさま、握鮓《にぎり》ばかりでなんにもできません、お吸い物も、なんでございます、つまらない種でございますから、海苔《のり》でも焼いてあげましょうか」

新「ああ海苔で、吸い物はなにかちょっと見はからって、あとは握鮓《にぎり》がいい、おいおい、お酒は、おまえいけないねえ、しかしきまりが悪いから、たくさんは飲みませんが、五勺《ごしゃく》ばかり味醂《みりん》でもなんでも」

女「かしこまりました、御用がありましたらお呼びなすって。ここはまことに暗うございますが」

新「なに、ようございます、そこをぴったりしめて」

女「はい、御用があったらお手を、この開きは内から繫金《かきがね》がかかりますから」

新「おまえさんとさしで来たから、女がおかしいと思って内から繫金《かきがね》がかかるなんて、ちょっとたかいいね、お久さんどこへ」

久「日野屋へ来たの」

新「あそうそう、この間《あいだ》はお気の毒さまで、お母《つか》さんのお耳へはいったらさぞ怒りなさりゃあしないかと思ってたいへん心配しましたが、師匠はあのとおりしようがないので」

久「どうもわたしどもの母などもそう言っておりますよ、お師匠さんがあんな御病気になるのも、やっぱり新吉さんゆえだから、新吉さんもしかたがない、どんなにも看病しなければならないが、若いからさぞおいやだろうけれども、まあお年にあわしてはよく看病なさるってお母《つか》さんもほめていますよ」

新「こっちも一生懸命ですがね、ただ患って看病するばかりならいいけれども、どうも夜中に胸ぐらを取っていやな顔で変なことを言うには困ります。わたしは寝ぼけてたびたびびっくりしますから、まことにすまないがね、思い切ってこうふいとどこかへ行ってしまおうかと思って、それには下総に少しの知るべがありますからそこへ行こうかと思うので」

久「おや、おまえさんの田舎はあの下総なの」

新「下総というわけじゃあないがちっと知っている……伯母さんがあるので」

久「おやまあ。わたしの田舎も下総ですよ」

新「へえおまえさんの田舎は下総ですか、世には似た事があるものですね、そういえばなるほどおまえさんのところの屋号《いえな》は羽生屋というが、それじゃあ羽生村ですか」

久「わたしの伯父さんは三蔵《さんぞう》というので、おやじは三九郎《さんくろう》といいますが、伯父さんが下総に行っているの。わたしは意気地なしだからとてもまま母の気に入ることはできないけれども、あんまりぶち打擲《ちようちやく》されると腹が立つから、わたしが伯父さんのとこへ手紙を出したら、そんなところにおらんでも下総へ来てしまえというから、わたしは事によったら下総へまいりたいと思います」

新「へえ、そうでございますか、ほんとうに二人が色かなにかなれば、ずうっと行くが、なんでもなくってはそうはいきませんが、下総といえば、なんですね、累《かさね》の出た所を羽生村というが、家《うち》の師匠などはまるで累も同様で、わたしをこづいたり腕を持って引っ張ったりしてよほど変ですよ、それに二人の仲は色でもなんでもないのに。色のように言うのだから困ります。どうせ言われるくらいなれば色になって、そうしてずうっと、二人で下総へ逃げるというような粋《いき》な世界なら、なんと言われても言われがいがありますが」
久「うまくおっしゃる。新吉さんは実があるから、お師匠さんをかわいいと思うからこそつらい看病もできるが、わたしのような意気地なしの者をつれて下総へ行きたいなんと、冗談にもそうおっしゃってはお師匠さんにすみませんよ」
新「すまないのは知ってるが、とても家《うち》にはおられませんもの」
久「いられなくってもあなたが下総へ行ってしまうとお師匠さんの看病人がありませんを、家《うち》のお母《つか》さんでも近所でもそう言っておりますよ、あの新吉さんが逃げ出して、看病人がなければ、お師匠さんはのたれ死になると言っております、それを知ってお師匠さんを置いて行っては義理がすみません」
新「そりゃあ義理はすみませんがね、おまえさんが逃げるといえば、義理にもなんにもかまわずむちゃくちゃに逃げるね」
久「ええ、新吉さん、おまえさんほんとうにそう言ってくださるの」
新「ほんとうとも」

久「じゃあほんとうにお師匠さんがのたれ死にをしてもわたしをつれて逃げてくださいますか」
新「おまえが行くといえばのたれ死には平気だから」
久「ほんとうに豊志賀さんがのたれ死にになってもおまえさんわたしをつれていきますか」
新「ほんとうにつれていきます」
久「ええ、おまえさんというかたは不実なかたですねえ」
と胸ぐらを取られたから、ふと見つめていると、きれいなこの娘の目の下にぽつりと一つできものができたかと思うと、見る間《ま》に紫立ってはれあがり、こう新吉の胸ぐらを取ったときには、新吉が怖いとも怖くないともグッと息がとまるようで、ただむちゃくちゃに三尺の開き戸を打ちこわして駆け出したが、はしご段をおりたのかころがり落ちたのかちっともわかりません。夢中で鮨屋を駆け出し、とっとと大門町の伯父のところへ来てみると、ぴったりしまっているからトントントントントン、
新「伯父さん伯父さん伯父さん」

十九

勘「おい騒々しいなあ、新吉か」

新「ええちょっと早くあけて、早くあけておくんなさい」
勘「いまあける、戸が壊れるわ、べらぼうな、少し待ちな、ええしようがねえ、さあはいんな」
新「あとをぴったりしめて。南無阿弥陀仏南無阿弥陀仏」
勘「なんだっておれを拝む」
新「おまえさんを拝むのではない、はあどうも驚きましたね」
勘「おまえのように子どもみたいにあどけなくっちゃあ困るね、ええ、おい、なぜ師匠があれほどの大病でいるのを一人置いて、ひょこひょこ看病人が外へ出て歩くよ、すまねえじゃあないか」
新「すまねえがとても家《うち》にはいられねえ、おまえさんは知らぬからだがその様子を見せたいや」
勘「様子だって、どんなことがあっても、おれが貧乏しているのに、てめえは師匠の家《うち》へ手伝いに行ってから、羽織でも着るようになって、新吉さん新吉さんといわれるのはみんな豊志賀さんのおかげだ、その恩義を忘れて、看病をするおまえがひょこひょこ出歩いては師匠に気の毒でしょうがねえ、ぜんたい師匠の言うことはよく筋がわかっているよ、伯父さんまことに面目ないが、打ち明けてお話をいたしますが、新吉さんと去年からおかしなわけになって、なんだかわたしもどういう縁だか新吉さんがかわいいから、それでつまらんことに気をもみまして、こんな患いになりました、ついてはだんだん弟子もなくなり、座敷もなくなって、ほんとにこんな貧乏になりましたもみんなわたしの心柄で、新吉さんもさぞこんな姿で悋気《りんき》らしいことを言われたらいやでございましょう、それで新吉さんが駆け出してしまったのでございますから、わたしはもうぷっつり新吉さんのことは思い切りまして、元のとおり、尼になった心持ちで堅気の師匠をやりさえすれば、お弟子もよりをもどしてきてくれましょうから、新吉さんにはどんなところへでも世帯を持たせて、自分の好いた女房を持たせ、それにはたくさんのこともできませんが、病気がなおれば世帯を持つだけは手伝いをするつもり、また新吉さんが煙草屋をしていては足りなかろうから、月々二両や三両ぐらいはすけるから、どうぞ伯父さん立会いの上、話合いで、表向きぷっつりと縁を切るようにしたいからどうか願います、というのだが、気の毒でならねえ、あのきかねえからだで、四つ手に乗ってどてらを着て、きっとおまえがここにいると思って、奥にさっきから師匠は来て待っているから、行って会いな、気の毒だあな」

新「冗談言っちゃあいけない、伯父さんからかっちゃあいけません」

勘「からかいもなにもしねえ、師匠、いま新吉が来ましたよ」

豊「おやまあ、たいそう遅くどこへ行っておいでだった」

勘「新吉、こっちへ来なよ」

新「へえ、会っちゃあいけねえ」

とこわごわ奥の障子をあけると、寝間着の上へどてらをはおったなり、片手をついて

すわっていて、

豊「新吉さんおいでなすったの」

新「ええ、ど、どうしてきた」

豊「どうしてきたってね、わたしが目をさましてみるとおまえがいないから、これは新吉さんはあいそが尽きて、わたしがいろいろなことを言って困らせるから、おまえが逃げたのだと思って気がつくと、ほっと夢のさめたようであぁ悪いことをしてさぞ新吉さんも困ったろう、いやだったろうと思って、それから伯父さんにね、打ち明けて話をして、わたしも今までの心得違いは伯父さんにいろいろわび言《こと》をしたが、おまえとは年も違うし、お弟子はさがり、世間の評判になってお座敷もなくなり、たとえ二人で仲よくしていても食い方に困るから、おまえはおまえで年ごろの女房を持てば、わたしは妹だと思って月々たんとはできないが、元のように二両や三両ずつはすけるつもり、伯父さんの前でふっつり縁を切るつもりでわたしが来たんだよ、きかないからだでやっと来たのでございます、どうぞわたしが今までりょうけん違いをしたことは、おまえ腹も立つだろうが堪忍して、元のとおり赤の他人とも、また姉弟《きょうだい》とも思って、末長くねえ、わたしも別に血縁《たより》がないから、あんばいの悪いときはおまえと、おまえのおかみさんがで きたら、夫婦で看病でもしておくれ、死に水だけは取ってもらいたいと思って」

勘「師匠、このとおりまことに子ども同様で、わたしもまことに心配している、また おまえさんに恩になったことはわたしが知っている、おい新吉冗談じゃあねえ、お師匠さんに義理が悪いよ、ほんとうにおめえには困るな」
新「なあに師匠おまえがいろいろなことを言いさえしなければいいけれども……おまえさっきどこかの二階へ来やあしないかえ」
豊「どこへ」
新「鮨屋の二階へ」
豊「いいえ」
新「なんだ、そうするとやっぱりあれは気のせえかしらん」
勘「なにをぐずぐず言うのだ、おめえ付いて早く送っていきな、ね、師匠そこはおまえさんの病気がなおってからの話合いだ、いまそのあんばいの悪い中で別れると言ったってしようがねえ、わたしも見舞いに行きたいが、一人のからだで、つまらねえ店でもこうして張ってるから、店をあけることもできねえから、病気のなおる間新吉をあげておくから、ゆっくり養生して、全快の上でどうとも話合いをすることにね、師匠……なに、おめえ送っていきねえ、師匠、おまえさん四つ手でおいでなすったが、あれじゃあ乗りにくいと思っていまあんぽつをそう言ったから、あんぽつでお帰りなさいよ、え、なんだい」
駕籠屋「こっちからはいりますか駕籠《かご》屋《や》でげすが」
勘「あ駕籠屋さんか、あの裏へ回って、二軒目だよ、その材木が立て掛けてあるところから漬物屋の裏へはいって、右へ付いて井戸端を回ってね、少し……二間ばかりまっすぐにはいると、おれの家《うち》の裏口へ出るから、え、なに、知れるよ、あんぽつぐらいははいるよ」
駕「へえ」
勘「じゃあ師匠、わたしが送りたいがいま言うとおりあけることができないから、新吉がついて帰るから、ね、師匠、新吉の届かねえところは、年もいかねえから勘弁して、ね、わたしがついてるからもう不実なことはさせません、今までのことはわたしがわびるから……冗談じゃあねえ……新吉、お送り申しな、おい、いまあけるよ、裏口へ駕籠屋が来たからあけてやりな、おい御苦労、さあ師匠、どてらをはおって、いいかえ」
豊「はい伯父さんとんだことをお耳に入れてまことに」
勘「いいからさあつかまって、いいかえ、おい若い衆《しゅ》お頼み申すよ、病人だから静かに上げておくれ、いいかえゆっくりと、この引き戸をたてるからね、いいかえ」
というので引き戸をしめてしまうと、
新「じゃあ伯父さん提燈を一つ貸してくださいな、弓張りでもぶらでもなんでもいいから、え、蠟燭《ろうそく》がなけりゃあ三つばかりつないで、え、箸《はし》を入れてはいけませんよ、あぶればようございます」
男「ごめんなさい」トントン。
勘「へえ、どなたでげす」
男「新吉さんはこちらですか、新吉さんの声のようですね、え、新吉さんかえ」

勘「へえ、どなたでげすえ、へえ……ねえ新吉、だれかおまえの名を言って会いたいと言ってるからあけねえ」
新「おやおいでなさい」
男「おやおいでじゃあねえ、新吉さん困りますね、病人を置いて出て歩いては困りますね、ほんとうにどんなに捜したかしれない、時にお気の毒さまなこと、おまえさんの留守に師匠はおめでたくなってしまったが、どうも質《すじ》の悪いできものだねえ」

二十

新「なにをつまらないことを。善六《ぜんろく》さんきまりを言ってらあ」
善「きまりじゃあねえ」
新「そんな冗談言って、いやに気味が悪いなあ」
善「冗談じゃあねえ、家内がお見舞いに行ったところが、お師匠さんが寝てえると思って呼んでみても答えがねえので、驚いて知らせてきたからわたしも行き彦六《ひころく》さんもみんな来て、どうこうといったところがどうしてもしようがねえ、新吉さん、おめえが肝腎の当人だからようやく捜してきたんだが、あのくらいな大病人を置いて出歩いちゃあいけませんぜ」
新「うー、なん、伯父さん伯父さん」

勘「なんだよおめえ、ごあいさつもしねえで、お茶でもあげな」
新「お茶どころじゃあねえ、師匠が死んだって長屋の善六さんが知らせに来てくれたんだ」
勘「なにをばかなことを言うのだ、師匠は来ているじゃあねえか」
新「あのね、御冗談おっしゃっちゃあいけません、師匠はさっきからこっちへ来ていて、これからわたしが送って帰ろうとするところ、なんのまちがいでげしょう」
善「冗談を言っちゃあいけません」
彦「これはなんだぜ、善六さんの前だが、師匠が新吉さんのあとを慕ってきたかもしれないよ、南無阿弥陀仏南無阿弥陀仏」
新「そんな念仏などを言っちゃあいけないやねえ」
善「じゃあね新吉さん、彦六さんの言うとおりおめえのあとを慕って師匠が来たかもしれねえ」
新「伯父さん伯父さん」
勘「うるさいな、なに希代だって、師匠は来てえるに違えねえ、いまつれていくんじゃあねえか」
と言いながらも、なんだかおかしいと思うから裏へ回って、
勘「若い衆《しゅ》少し待っておくんなさい」
新「長屋の彦六さんがからかうのだから」

勘「師匠師匠」
新「伯父さん伯父さん」
勘「ええよく呼ぶな、なんだえ」
新「若い衆少し待っておくれ、師匠師匠」
と言いながら駕籠の引き戸をあけてみると、いま乗ったばかりの豊志賀の姿が見えないので、新吉はぞっと肩から水をかけられるような心持ちで、ぶるぶる震えながら引き戸をばたりとたてて台所へはいあがりました。
勘「なんてまねをしているのだ、ぐずぐずしてなんだ」
新「伯父さん、駕籠の中に師匠はいないよ」
勘「ええ、いねえか、ほんとうか」
新「いまあけてみたらいねえ、南無阿弥陀仏南無阿弥陀仏」
勘「いやだな、ほんとうに涙をこぼして師匠がおれに頼んだが、おめえが家《うち》を出なければこんなことにはならねえ、おめえが出て歩くからこんなことに、おい表に人が待っているじゃあねいか、おれが出よう」
というので店へ出てまいりまして、
勘「お長屋の衆《しゅう》、大きに御苦労さまで、実は新吉は、わたしによんどころない用事があって、こちらへまいっている留守中に師匠が亡くなりまして、みなさんがたがわざわざ知らしてくだすってありがとうございます、あいにく死に目にあいませんで、あなたがたもまことにお困りでございましょう、実に新吉も残り惜しく思います、いずれただいまわたしも新吉と同道でまいりますから。へえありがとう、まことに御苦労さまで」
長屋の者「さようで、じゃあお早くおいでなすって」
勘「ただいまわたしがつれてまいります、まことに御苦労さま。ばか」
新「そんなにしかっちゃあいけません、怖い中でしかられてたまるものか」
勘「おれだって怖いや、若い衆大きに御苦労だったが、待ち賃はあげるがもうよろしいから帰っておくんなさい」
駕籠屋「へえ、どなたかお乗りなすったが、駕籠はどこへまいります」
勘「駕籠はもうよろしいからお帰りよ」
駕「でもどなたかお女中が一人お召しなすったが」
勘「ええ、なに、乗ったと見せてそれで乗らぬのだ。いろいろわけがあるから帰っておくれ」
駕「さようでげすか、な、おい、駕籠はもういいとおっしゃるぜ」
駕「いいったっていまあけておはいんなすったようだった、女中がね、そうでないのですか、なんだかおかしいな、じゃあ行こうよ」
と駕籠を上げにかかると、
駕「もしもし、お女中が中にはいっているに違いございません、駕籠が重うございますから」

新「ええ、南無阿弥陀仏南無阿弥陀仏」
勘「おい駕籠屋さん、戸をあけてみな」
駕「そうでげすか、おやおやおや、なるほどいない、気のせえで重てえと思ったとみえる、なるほどどなたもいらっしゃいません、さようなら」
勘「これ新吉、表をしめなよ、てめえのおかげでほんとうにこの年になってはじめてこんな怖い目にあった、家は閉めてゆくからいっしょに行きな」
新「伯父さん伯父さん」
勘「なんだよ、いやに続けて呼ぶな、あとの始末をつけなければならねえ」
というのでこれから家《うち》の戸締まりをして弓張をつけて隣へ頼んでおいて大門町から出かけてゆきます。新吉は小さくなって震えながらしかたなしに提燈を持ってゆく。
勘「さあ新吉、そうあとへさがっては暗くってしようがねえ、提燈持ちは先へ出なよ」
新「伯父さん伯父さん」
勘「なぜそう続けて呼ぶよ」
新「伯父さん、師匠はまったくわたしを恨んで来たのに違いございませんね」
勘「恨んで出るとも、てめえ考えてみろ、あれまでおめえが世話になって、表向き亭主ではねえが、大事にしてくれたから、どんな無理なことがあっても看病しなければならねえ、それをおめえが置いて出りゃあ、くやしいと思って死んだから、その念が来たのだ、死んで念の来ることは昔からいくらも聞いている」
新「伯父さん、わたしは師匠が死んだとは思いません、さっき会ったら、やっぱりふだん着ている小紋の寝間着を着て、涙をぼろぼろこぼして、わたしが悪いのだから元のようにきれいさっぱりと赤の他人になってつきあいます、また月々幾ら送りますから姉だと思ってくれと、師匠が膝へ手をついていったぜ、わあ」
勘「あ、なんだなんだ、ええ胆《きも》を潰した」
新「なに白犬が飛び出しました」
勘「ああ胆を潰した、その声はなんだ、ほんとうにたまげるね、胸が痛くなる」
と震えながら新吉は伯父と同道で七軒町へ帰りまして、これからまず早桶《はやおけ》をあつらえ、湯灌《ゆかん》をすることになって、ふとんをあげようとすると、ふとんの間にはさんであったのは豊志賀の書置きで、この書置きを見て新吉は身の毛もよだつほど驚きましたが、この書置きは事細かに書残しました一通でこれにはなんと書いてございますか、この次に申し上げます。

二十一

ちと模様違いの怪談話を筆記いたしまするこ とになりまして、怪談話にはとりわけ小《こ》相《あい》さんがよかろうというのでございますが、傍聴筆記でも、怪談のお話は早くいたしますと大きに不都合でもあり、また怪談はねんばりねんばりと、静かにお話をすると、かえって怖いものでございますが、話を早くいたしますと、怖みを消すということをおっしゃるかたがございます。ところがわたくしはいたって不弁で、ねとねと話をいたすところから、怪談話がよかろうという社中のお思いつきでございます。ただいまではたいていのことは神経病といってしまって少しも怪しいことはござりません。明らかな世の中でございますが、昔は幽霊が出るのは祟《たた》りがあるからだ、恨みの一念三世《さんぜ》に伝わると申す因縁話をたびたび承りましたことがございます。豊志賀は実に執念深い女で、前申し上げたとおり皆川宗悦の総領娘でございます。ここに居候にまいっていて夫婦同様になっていた新吉というのは、深見新左衛門の次男、これも敵《かたき》同士の因縁でかようなることにあいなります。豊志賀は深く新吉を恨んで相果てましたから、その書き残した一通を新吉が一人で開いてみますると、病人のことで筆も思うようには回りませんから、震える手でようよう書きましたとみえ、その文には

『心得違いにも弟かむすこのような年下の男と深い仲になり、これまで親切を尽くしたが、その男に実意があればのこと、わたしが大病で看病人もないものを振り捨てて出るような不実意な新吉と知らずに、これまで亭主と思い真実を尽くしたのは、実にくやしいから、たとえこのまま死ねばとて、この恨みは新吉のからだにまつわって、この後女房を持てば七人まではきっと取り殺すからそう思え』

という書置きで、新吉はこれを見てぞっとするほど驚きましたが、かような書置きを

他人に見せることもできません。されぼと申して、懐へ入れていてもなんだか怖くって気味が悪いし、どうすることもできませんから、湯灌のときにそっとごまかして棺桶《かんおけ》の中へ入れて、小石川戸崎町清松院という寺へ葬りました。伯父は、なんでも法事供養をよくしなければいかないから、墓参りに行けよ行けよと言うけれども、新吉は墓所《はかしょ》へ行くのは怖いから、なるたけ昼間行こうと思って、昼ばかり墓参りに行きます。八月二十六日がちょうど三七日《みなのか》で、その日には都合が悪く墓参りが遅くなり、七つ下がりに墓参りをするものでないとそのころ申しましたが、その日は空が少し曇っているから、急ぎ足でまいったのは、ただいまの三時少し回った時刻、寺の前でお花を買って、あのへんは井戸が深いから、ようやくのことで二つの手桶へ水をくんで、両方の手にさげ、お花を抱えて石坂を上がって、豊志賀の墓場へ来ると、たれか先に一人拝んでいる者があるからたれかと思ってひょいと見ると、羽生屋の娘お久。

久「おやおや新吉さん」

新「おやおやお久さん、まことにどうも、どうしておいでなすった、びっくりしました」

久「わたしはね、あのお師匠さんのお墓参りをしてあげたいと心にかけて、間《ま》さえあれば七日七日にはきっとまいります」

新「そうですか、それは御親切にありがとう」

久「お師匠さんはかわいそうなことでして、そののちお目にかかりませんが、あなたはさぞお力落としでございましょう」
新「へえ、もうどうもがっかりしました、これはたいそう結構なお花をありがとう、どうも弱りましたよお久さん」
久「あの、おまえさんこのあいだ蓮見鮨の二階で、わたしを置きっ放しにして帰っておしまいなすって」
新「ええなに急に用ができましてそれからわたしがあわてて帰ったので、ついごあいさつもしないで」
久「なんだかわたしはびっくりしましたよ、わたしをぽんと突き飛ばして二階からどんどん駆けおりて、わたしはまあどうなすったかと思っておりましたら、それぎりでお帰りもなし、わたしはほんとうに鮨屋へ間《ま》が悪うございますから、急に御用ができて帰ったと言いましたが、それから一人ですから、お鮨ができてきたのを折へ入れてさげて帰りました」
新「それはまことにお気の毒さまで、そう見えたので……気のせいで見えたのだね……目についていて目の前に見えたのだなあれは……こんなきれいな顔を」
久「なにを」
新「ええ、なにさ、ようございます」
久「新吉さんいいところでお目にかかりました、わたしはとうからおまえさんにお話しをしようと思っておりましたが、わたしのところのお母《つか》さんはまま母でございますから、おまえさんとわたしと、なんでもわけがあるように言って責め折檻《せっかん》をします、なんでもきっと新吉さんとわけがあるだろう、なんにもわけがなくって、お師匠さんがあんなに悋気《りんき》らしいことを言って死ぬ気づかいはない、きっとわけがあるのだろうから言えというから、いいえお母さんそんなことがあってはすみませんから、けっしてそういうことはありませんというのも聞かずに、このごろはぶち打擲するので、わたしはまことにつらいから、いっそ家を駆け出して、淵川《ふちかわ》へでも身を沈めて、死のうと思うことがたびたびございますが、それもあんまり無分別だから、下総の伯父さんのところへ逃げていきたいが、まさかに女一人で行かれもしませんからね」

二十二

新「それじゃあ下総へいっしょに行きましょうか」

とまた怖いのも忘れて行く気になると、

久「新吉さん、ほんとうにわたしをつれていってくださるなら、わたしはどのようにもいたします、きっと、おまえさん末始終《すえしじゅう》そういう心なら、あっちへ行けば、伯父さんに頼んで、おまえさん一人ぐらいどうにでもいたしますから、どうぞつれていって」

と若い同士とはいいながら、そんなら逃げよう、とすぐに墓場から駆け落ちをして、その晩は遅いから松戸へ泊まり、翌日宿屋をたって、あれから古賀崎の土手へかかり、流山《ながれやま》から花輪村鰭《ひれ》ケ崎《さき》へ出て、鰭ケ崎の渡しを越えて水街道《みずかいどう》へかかり、少し遅くはなりましたが、もうじきに羽生村だということだから、行くことにしよう、しかしあちらですぐに御飯を食べるもきまりが悪いから、ここで夜食をしていこうというので、麹屋《こうじや》という家で夜食をして道を聞くと、これこれで渡しを渡れば羽生村だ、土手についてゆくと近いというので親切に教えてくれたから、お久の手を引いてここを出ましたのが八月二十七日の晩で、鼻をつままれるのも知れませんという真の闇、ことに風が吹いて、顔へぽつりと雨がかかります。あのへんは筑波山《つくばやま》から雲が出ますので、これからだらだらと河原へおりまして、渡しを渡って横曾根村《よこぞねむら》へ着き、土手伝いに回って行くと羽生村へ出ますが、そこはただいまもって累ケ淵《かさねがふち》と申します。どういうわけかとあちらで聞きましたら、累《かさね》が殺されたところで、与右衛門《よえもん》が鎌で殺したのだと申しますが、それはうそだということ、全《まった》くは麁朶《そだ》をどっさりしょわしておいて、累を突き飛ばし、砂の中へ顔のめりこむようにして、上から与右衛門がのりかかって、砂で息をとめて殺したというが本説だと申すこと、また祐天和尚《ゆうてんおしょう》がそのころ修行中のことでございますから、頼まれて、累ケ淵へむしろを敷いて鉦《かね》をたたいて念仏供養をいたした、その功力《くりき》によって累が成仏得脱したという、累が死んでのちたえず絹川のほとりには鉦の音が聞こえたということでございますが、これは祐天和尚がカンカンカンカンたたいていたのでございましょう。それから土手伝いでまいると、左へおりるだらだらおり口があって、ここに用水があり、その用水べりにボサッカというものがあります。これはどういうわけか、田舎ではボサッカといって、木か草かわかりませんものが生えてなんだかボサッカボサッカいたしている。そこは入会いになっている。ちょうど土手伝いにだらだらおりにかかると、雨はぽつりぽつり降ってきて、少したつとはらはらと激しく降りだしそうなけしきでございます。すると遠くでゴロゴロという雷鳴で、ピカリピカリと時々稲光がいたします。

久「新吉さん新吉さん」

新「ええ」

久「怖いじゃあないか、雷様が鳴ってね」

新「なにさっき聞いたには、土手を回っておりさえすればすぐに羽生村だというから、早く行って伯父さんによく話をしてね」

久「行きさえすればだいじょうぶ、伯父さんに話をするからいいが、暗くって怖くってちっとも歩けやしません」

新「さ、こっちだよ」

久「はい」

とおりようとすると、土手の上からつるつると滑って、お久が膝をつくと、

久「あいたたた」

新「どうした」

久「新吉さん、いま石の上かなにかへ膝をついて痛いから早く見ておくんなさいよ」

新「どうどう、おうおう、たいそう血が出る、どうしたんだ、なんの上へころんだ、石かえ」

と手をやると草刈鎌《くさかりがま》。田舎では、草刈りに小さい子やなにかが秣《まぐさ》を刈りに出て、帰りがけに草の中へしるしに鎌を突っ込んでおいて帰り、翌日来て、そこからその鎌を出して草を刈ることがあるもので、おおかた草刈りが置いていった鎌でございましょう。お久はその上へころんで、ずぶり膝の下へ鎌の先がはいったから、おびただしく血が流れる。

二十三

新「こりゃあ、困ったものですね、いまお待ち手ぬぐいで縛るから」

久「どうも痛くってたまらないこと」

新「痛いたって真っ暗でちっともわからない、まあお待ち、この手ぬぐいで縛ってあげるから、また一つこう縛るから」

久「ああ大きに痛みも去ったようでございますよ」

新「我慢しておいでよ、わたしがおぶいたいが、包みをしょってるからおぶうことができないが、わたしの肩へしっかりつかまっておいでな」

と、びっこ引きながら、

久「あいありがとう、新吉さん、わたしはまあほんとうに願いが届いて、おまえさんと二人でこうやってこんな田舎へ逃げてきましたが、これから世帯を持って夫婦仲よく暮らせれば、これほどうれしいことはないけれども、おまえさんは男ぶりはよし、浮気者ということも知っているから、ひょっとしてほかの女と浮気をして、おまえさんがわたしに愛想が尽きて見捨てられたらそのときはどうしようと思うと、今から苦労でなりませんわ」

新「なんだね、見捨てるの見捨てないのと、ゆうべはじめて松戸へ泊まったばかりで、見捨てるもなにもないじゃあないか、おかしく疑るね」

久「いいえあなたは見捨てるよ、見捨てるような人だもの」

新「なんでそんな、おまえの伯父さんを頼ってやっかいになろうというのだから、けっして見捨てる気づかいはないわね、見捨てればこっちが困るからね」

久「うまく言って。見捨てるよ」

新「なぜそう思うんだね」

久「なぜだって、新吉さん、わたしはこんな顔になったよ」

新「ええ」

と新吉が見ると、お久のきれいな顔の、目の下にぽつりと一つの腫物《しゅもつ》ができたかと思うと、たちまちはれあがってまるで死んだ豊志賀のとおりの顔になり、膝に手をついているところが、鼻をつままれるも知れない真の闇に、顔ばかりありありと見えたときは、新吉は怖い三昧《ざんまい》、一生懸命むちゃくちゃに鎌でぶちましたが、はずみとはいいながら、逃げにかかりましたお久の喉笛へかかりましたから、
久「あっ」
と前へのめるとたんに、研ぎすました鎌で喉笛を切られたことでございますから、お久は前へのめって、草をつかんで七転八倒《しってんばっとう》の苦しみ、
久「ううん、恨めしい」
という一声で息は絶えました。新吉は鎌を持ったなり、
新「南無阿弥陀仏、南無阿弥陀仏、南無阿弥陀仏」
と一生懸命に口のうちで念仏を唱えまするとたんに、ドウドウという車軸を流すような大雨、ガラガラガラガラガラという雷鳴しきりにとどろきわたるから、知らぬ土地で人を殺し、ことに大雨に雷ゆえ、新吉は怖い一三昧《いっさんまい》、早く逃げようと包みをしょって、ひょっと人に見られてはならぬと震える足を踏みしめながらあせります。すると雨でねば土が滑るから、ずるり滑って落ちると、ボサッカのわきのところへずでんどうと尻もちをつきまする、とボサッカの中から頬かぶりをしたやつがにょこりと立った。このときは新吉が驚きましたの驚きませんのではない。
新「あ」
と息が止まるようで、あとへさがってむこうを見すかすと、むこうのやつも怖かったとみえてこっちをのぞく。互いに見合いましたが、なにさま真の闇で互いににらみあっ

たところがどっちも顔を見ることができません。新吉は稲光のときに顔を見られないようにすると、その野郎も雷《らい》がきらいだとみえてよく見ることもいたしません。稲光のあとで暗くなると、

男「このどろぼう」

というので新吉の襟をつかみましたが、これは土手の甚蔵《じんぞう》という悪者、ただいま小ばくちをしているところへいきなり手がはいり、そこをくぐりぬけたが、激しく追っ手がかかりますから、用水の中をくぐりぬけてボサッカの中へ小さくなっているところへ、新吉が落ちたから、驚いてにょこりとこの野郎が立ったから、新吉はまた化け物が出たかと思って驚きましたが、新吉は襟がみを取られたときは、もう天命極まったとは思ったが、死に物狂いでむちゃくちゃにかきむしるから、この土手の甚蔵が手を放すと、新吉は逃げにかかるとたん、腹ばいに倒れました。すると甚蔵はこれを追っかけようとして新吉につまずきむこうの方へころころところがって、甚蔵はボサッカの用水の中へころがり落ちたから、このあいだに逃げようとする。またうしろから、

甚「この野郎」

と足を取ってすくわれたからあおむけに倒れるところへ、甚蔵がのりかかってつかまえようとするところを、新吉が足をあげて股をけったのが金玉に当たったから、

甚「あいたた」

と倒れるところを新吉がつかみつこうと思ったが、いやいや荷物をわきへ落としたか

らと荷物を捜すとたんに、甚蔵の面へむしりついたから、

甚「この野郎」

と組み付いたところをその手を取って逆にねじると、ずるずるずでんと滑って転げるという騒ぎで、二人とも泥ぼっけになると、三町ばかり先へ落雷でガラガラガラガラガラビューと火の棒のようなる物がさがると、ちょうど浄禅寺ヶ淵あたりへピシーリと落雷、その響きに驚いて、土手の甚蔵は、なりは大兵《だいひょう》で度胸もいい男だが、虫がきらうとみえ、落雷に驚いてボサッカの中へ倒れました。すると新吉は雷よりも甚蔵が怖いから、この間に包みを抱えて土手へはいあがり、むちゃくちゃにどこをどう逃げたか覚えなしに、畑の中や土手を越して無法に逃げてゆく、と一軒茅《かや》ぶきの家の中でたきものをすると見え、表へ明りがさすから、どうぞ助けてくれとたたき起こしましたが、その家《うち》は土手の甚蔵の家《うち》、間抜けなやつで、新吉ふたたび土手の甚蔵に取って押さえられるという。これからおいおい怪談になりますが、ちょっと一息つきまして。

二十四

一席引き続きましてお聞きに入れますは、累ヶ淵のお話でございます。新吉は土手の甚蔵に引き留められ、すでに危《あやう》いところへ、浄禅寺ヶ淵へ落雷した音に驚き、甚蔵が手を放したのを幸い、その紛れに逃げのびましたが、なにぶんにもはじめてまいった田舎

道、勝手を心得ませんから、ただ畑の中でも田の中でも、むちゃくちゃに泥だらけになって逃げ出しまして、土手伝いでなだれをおり、鼻をつままれるも知れません二十七日の晩でございますが、透かして見ると一軒茅ぶき屋根の棟《むね》が見えましたから、これはいあんばいだ、ここに人家があったというので、駆けおりてのぞくと、ちらちらたき火の明りが見えます。

新「へえ、ごめんなさいごめんなさい、少しごめんなさい、お願いでございます」

男「だれだか」

新「へい、わたくしは江戸の者でございますが、御当地へまいりまして、この大雨に雷で、まことに道もわかりませんで難儀をいたしますが、少しのあいだお置きなすってくださるわけにはまいりますまいか、雨の晴れますあいだでげすがな」

男「はあ、大雨に雷で困るてえ、それだらあけてはいりなせい、あける戸だに」

新「へえ、さようでげすか、ごめんなさい、あわてておりますから戸がすいておりますのも夢中でね、へい、どうもはじめてまいりましたが、泊まりで聞き聞きまいりましたもので、勝手を知りませんから難儀いたしまして、もう川へ落ちたり田の中へ落ちましたりして、ようようのことでこちらまでまいりましたが、どうか一晩お泊めなすってくだされますればありがたいことで」

男「泊めるたって泊めねえたっておれの家《うち》じゃあねえ、おれも通りかかって雷がきらいで、大雨は降るし、しようがなえが、ここな家へ駆け込んで、あるじは留守だが雨止みをするあいだ、火の気がなえからちっとばかり麁朶《そだ》をつっくべて燃やしているだが、おれが家《うち》でなえから泊めるわけにはいきませんが、いまあるじが帰《けえ》るかもしんねえ、困るなれば、ここへ来て、いろりのはたで濡れた着物をあぶって、煙草でものんでゆっくり休みなさえ」
新「へえ、あなたの家《うち》でないので」
男「わしが家《うち》ではなえが、同村《どうそん》の者だが雨でしようがねえから来ただ」
新「さようで、こちらの御主人様は御用でもあってお出かけになったので」
男「なあにあるじは十日も二十日も帰らぬこともある、まああがりなさえ」
新「ありがとうございますが泥だらけになりまして」
男「泥だらけだっておれも泥足で駆け込んだ、こっちへあがりなさえ、江戸の者が在郷へ来ては泊まるところに困る、宿を取るには水街道へ行がねえばねえからよ」
新「はい水街道の方からまいったので。ありがとうございます、実に驚きました、ひどい雨で、こんなに降ろうとは思いませんでした、実に雨はいちばん困りますな」
男「いま雨が降らんでは作のためによくなえから、わしのほうじゃあ降るもちっとはよいちゃあ」
新「なるほどそうでしょうねえ、雷には実に驚きまして、こっちは筑波近《ぢか》いので雷はひどうございますね」
男「雷も鳴るときに鳴らぬと作のためによくなえから鳴るもええだよ」

新「へえー、そうでげすか、こちらの旦那様はいつごろ帰りましょうか」
男「いつ帰《けえ》るか知れぬが、まあ、いつ帰《けえ》るとわしらに断わって出たわけでねえから請け合えねえが、あけるとたいがい七《なな》、八日《ようか》ぐれえ帰らぬ男で」
新「へえ、困りますな、どういう御商売で」
男「どうだって遊び人だ、あっちこっち二晩三晩とどこからどこへ行くか知れねえ男で、やくざ野郎さ」
新「さようで、道楽なおかたでございますので」
男「道楽だって村じゃあ蝮《まむし》という男だけれども、また用に立つ男さ」
と悪口をきいているところへ、がらりと戸をあけて帰ってきたが、ずぶ濡れで、
甚「ああひどかった」
男「帰《けえ》ったか」
甚「むむいま帰《けえ》った、だれだ清さんか、いま帰ったが、松村《まつむら》でつまらねえ小ばくちへ手を出して打っていると、だしぬけに手がへえって、一生懸命に逃げたが、しようがねえから用水の中へへえって、ボサッカの中へ隠れていた」
清「おれはいま通りがかって雨にあって逃げるところがねえのに、雷様《らいさま》が鳴ってきたからたまげておめえらが家《うち》へ駆け込んで、いまいろりへ麁朶《そだ》あ一《ひと》くべしただ」
甚「いいや、どうせあけっぱなしの家《うち》だあから。これはどこの者だ、なんだいおめえは」

清「ここなあるじで、あいさつさっせえ、これは江戸の者だが雨が降って雷に驚き泊めてくれというが、おれが家《うち》でねえからと話しているところだ、これがあるじだ」

新「さようで。はじめまして、わたくしは江戸の者で、小商いをいたします新吉と申す不調法者、こちらへまいりましたが、雷がきらいでこちら様へ駆け込んだところが、お留守様でございますから泊めるわけにはいかぬとおっしゃって、お話をしているところで。よくお帰りで、どうぞ今晩一晩お泊めくだされればありがたいことで、おいおい夜が更けますから、どうぞ一晩どんなところでも寝かしてくだされればよろしいので」

甚「いい若え者《わけもん》だ、いいや、まあ泊まっていきねえ、どうせ着て寝る物はねえ、留守がちだから食い物もねえ、鍋はわきへ預けてしまったしするから、ころりと寝てあした行きねえ、おれといっしょに寝ねえ」

新「へえ、ありがとう存じます」

清「おらあ帰《けえ》るよ」

甚「まあまあいいやな」

清「おらあ帰《けえ》るべい、なにか、手がへえったか」

甚「困ったからボサッカの中へ隠れていたので、おめえ帰るならうっかり行《い》っちゃあいけねえ、今夜ボサッカのわきに人殺しがあった」

清「どこに」

甚「おれがボサッカの中に隠れていると、暗くってわからぬが、きゃあという声がのう、女の殺される声だねえ、まあほんとうに殺される声はいままで知らねえが、芝居で女が切り殺されるとき、きゃあとかあれいとか言うが、そんなことをいったっておめえにはわからねえが、すごいものだ、おれも怖かった」
清「おっかねえ、女をまあ、なんてえ、人を殺すったって村方《むらかた》の土手じゃあねえか、うーんおっかなかんべえ、うーんどうした」
甚「どうしたってすごいやあ、うっかり通ってけがでもするといけねえから。その野郎は刀やなにかで殺すほどの者でもねえやつで、鎌で殺しやあがったのよ、女の死骸は川へ放り込んだ様子、忌々《いめえま》しい畜生《ちきしょう》だ、この村へも盗人《ぬすっと》にへえりやあがるだろうと思うから、その野郎の襟首を取って引きずり倒した、すると雷が落ちて、おれはどんなことにも驚きゃあしねえが雷には驚く、きゃあと言って田の畔《くろ》へころげると、そのはずみに逃げられたが、忌々《いめえま》しいことをした」

二十五

清「おっかねえな、そうか、おっかなくて通れねえ」
甚「気をつけていきねえ」
清「まだいるかなあ」
甚「もういやあしめえ、でえじょうぶだ、いい女なら殺すだろうが、おめえのような爺さんを殺す気づかいはねえ」
清「じゃあおれ帰《けえ》る、ええ、じゃあまたちっとべえ畑の物ができたらくれべえ」
甚「なにか持ってきてくれても煮て食う間《ま》がねえから。さようなら、ぴったりしめていってくれ。若えの、もっとこっちへ来ねえ」
新「へえ」
甚「おめえ江戸から来るにゃあ水街道から来たか、船でか」
新「へえ、渡しを越して、弘教寺《ぐきようじ》というお寺のわきから土手へかかってまいりました」
甚「こっちへ来る土手でよく人殺しにでっくわさなかったな」
新「わたくしは運よくでっくわしませんでした」
甚「まあこう、見ねえ、これはの、その女を殺したやつが放り出した鎌を拾ってきたが、見ねえ」
と鎌の刃に巻きつけてあった手ぬぐいをぐるぐると取って、
甚「この鎌で殺しやあがった、ひどい雨でだんだん血《のり》はなくなったが、見ねえ、血がめったに落ちねえものとみえて染《し》み込んでいらあ、研ぎすました鎌で殺しやあがった、これでやりやあがった」
新「へえーまことにどうもおっかないことでげすな」
甚「なに」

新「へえ、怖いことですねえ」
甚「怖いたって、この鎌で、これでやりやあがった」
新「へえ」
と鎌と甚蔵を見ると、さっき襟首を取って引きずり倒したやつはこいつだな、と思うと、からだが震えて顔色《がんしょく》が違うから、甚蔵はものをも言わず新吉の顔を見つめておりましたが、鎌をだしぬけに前へ放りつけたから、新吉はびっくりした。
甚「おいおい、あんまり薄っ気味がよくねえ、今夜は泊まっていきねえ」
新「へい大きに雨が小降りになりました様子で、これでわたくしはおいとまをいたそうと存じます」
甚「これから行ったって泊めるところもねえ小村《こむら》だから、水街道へ行かなけりゃあ泊まる旅籠屋《はたごや》はねえ。まあいいやな、江戸っ子なれば懐かしいや、おれも本郷菊坂生まれで、やくざでぐずっかしているが、小ばくちができるからここにいるのだが、おめえも子柄《こがら》はよし、今《いま》の若気《わかぎ》でこんな片田舎へ来て、もうかるどころか苦労するな、ちっとはわけがあってきたろうが、おめえがここで小商いでもしようというならおらが家《うち》にいてもらいてえ、江戸っ子てえものは、田舎へ来て江戸っ子に会うと、親類にでも会った心持ちがして懐かしいから、江戸というと、肩書きばかりで、身寄りでも親類でもねえがそこあ情合いだ、おれは遊んで歩くから、家《うち》はまるで留守じゃあああるし、おめえここにいて留守居をして荒物や駄菓子でも並べていりゃあ、ここは花売りや野菜物《せんざいもの》を売る者が来て休むところで、なんでもぽかぽかはけるが、おいおめえ留守居をしながら商《あきね》えしていてくれればおれも安心して家《うち》をおめえに預けてあけるが、なにも盗まれる物はねえが、一軒のあるじだから、おいおめえここでそうして留守居をしてくれれば、おれが帰《けえ》ってきても火はあるし、茶はわいているし、帰ってきても心持ちがいい。おれあ土手の甚蔵という者だが、村の者に憎まれているのよ。それがの、口をきくのが江戸っ子同士でなけりゃあどうしても話が合わねえ、おれは兄弟も身寄りもねえし、江戸を食い詰めて帰れるわけでもねえから、おれと兄弟分になってくんねえ」

新「ありがとう存じますな。わたくしも身寄り兄弟もないもので、少しわけがあってまいりましたものでございますが、少し頼るところがあってまいりましたもので、こちらへまいってから、だしぬけに亡くなりましたので」

甚「死んだのかえ」

新「へえ、そこが、へえ、なんで、変になりましたので、へえ、どこへもまいるところはないのでございますから、お宅を貸してくだすって商いでもさしてくだされればありがたいことで。わたくしは新吉と申す者で、なにぶん親分ごひいきにお引立てを願います」

甚「話は早いがいいが、そこは江戸《えど》っ子《こ》だからのう、兄弟分《きょうだいぶん》の固めをしなければならねえが、おいおめえ田舎は堅えから、おれの弟分だといえば、どんなまちげえがあったってもおめえ他人にけじめを食う気づけえねえ、おれのことを言やあ他人《ひと》がいやがっているくれえだからな、そっちの強みよ、さあ兄弟分《きょうでいぶん》の固めをして、お互えにのう」
新「へい、ありがとうございます、なにぶんどうか。そのかわりからだで働きますことはいといませんから、どんなことでもおっしゃりつけてくだされぱお役には立ちませんでも骨を折ります」
甚「おめえ幾つだ」
新「へえ、二十二でございます」
甚「色の白《しれ》えいい男だね、女がほれるたちだね、酒がねえから兄弟分《きょうでえぶん》の固めには、さっき一くべしたばかりだから、ぬるまになっているが、この番茶をかわりに、おれが先へ飲むからこれを半分飲みな」
新「へえーありがとうございます。ちょうどのども渇いておりますから、ええ、ありがとうございます、まことにわたくしも力を得ました」
甚「おい兄弟分だよ、いいかえ」
新「へえ」
甚「兄弟分になったから兄に物を隠しちゃあいけねえぜ」
新「へえへえ」
甚「お互えに悪いこともいいことも打ち明けて話し合うのが兄弟分だ、いいか」
新「へえへえ」
甚「今夜土手で女を殺したのはおめえだのう」

新「いいえ」
甚「とぼけやあがるな、えこん畜生《ちきしょう》、言いねえ、言えよ」
新「な、なにをおっしゃるので」
甚「とぼけやあがってこん畜生め、さっき鎌を出したらてめえの面つきは変わったぜ、殺したら殺したと言えよ」
新「どうも、と、と、飛んでもないことをおっしゃる、わたくしはどうもそんな、ほかのことと違い人を殺すなぞと、かりにもわたくしは、どうもこちら様にはおられません、へえ」
甚「おられなければ出ていけ、さあおられなければ出ていきや、無理に置こうとは言わねえ、兄弟分になればいい悪いを明かし合うのが兄弟分だ、兄分のおれの口から縛らせる気づけえねえ、殺したから殺したと言えというに」
新「どうもそれは困りますね、なにもそんなことを、どうもこれは、どうもほかのことと違いますからねえ、どうもへえ、人を殺すなぞと、そんなわたくしども、へえ、どうも」
甚「こん畜生《ちきしょう》わからねえ才槌《さいづち》だな、間抜けめ、殺したに相違ねえ、そんなやつを置くと村の難儀になるから、てめえを追い出すかわりに、おれの口から訴人して、ふん縛って代官所へでも役所へでも引くからそう思え」

二十六

新「どうもわたくしはもうおいとまいたします」
甚「行きねえ、おれがふん縛るからいいか」
新「そんな、どうも、無理をおっしゃって、わたくしがなんで、どうも」
甚「わからねえ畜生《ちきしょう》だな、てめえ殺したと打ち明けて言えよ、てめえの悪事を、おれは兄分だから言う気づけえはねえ、お互えに、悪事を言ってくれるなと隠し合うのが兄弟分のよしみだから、これっぱかりも言わねえから言えよ、言わなければ代官所へ引っ張っていくぞ、さあ言え」
新「へえ、どうも、ち……ちっとばかり、こ……殺しました」
甚「ちっとばかり殺すやつがあるものかえ、女を殺しててめえ金を幾ら取った」
新「幾らにもなにも取りはいたしません」
甚「わからねえことを言うな、金を取らねえでなんで殺した、金があるから殺して取ったろう、懐にあったろう」
新「金もなにもないので」
甚「あると思ったのがねえのか」
新「なに、そうじゃあございません、あれはわたくしの女房でございます」

甚「わからねえことを言う、なに、こん畜生《ちきしよう》、嬶《かかあ》をなんで殺した。ほかに浮気なことでもしてじゃまになるから殺したのか」
新「なに、そうじゃあないので」
甚「どういうわけだ」
新「困りますな、じゃあわたくしが打ち明けてお話しいたしますが、あなたけっして口外してくださるな」
甚「なに、口外しねえから言えよ」
新「ほんとうでげすか」
甚「しないよ」
新「じゃあ申しますが実はわたくしはその、殺す気もなにもなくあすこへまいりますと、あれがその、お化けでな」
甚「なにがお化けだ」
新「わたくしのからだへつきまとうので」
甚「薄気味の悪いことを言うな、なにがつきまとうのだ」
新「詳しいことを申しますが、わたくしは根津七軒町の富本豊志賀と申す師匠のところへ居候におりますと、豊志賀が年は三十を越した女でげすが、堅い師匠で、評判もよかったが、わたくしが居候になりまして、豊志賀がわたくしのような者にちょっと岡惚《おかぼ》れをしたのでな」

甚「いやな畜生だ、のろけを聞くんじゃあねえ、女を殺したわけを言えよ」
新「それからわたくしも心得違いをして、表向きは師匠と居候ですが、内所《ないしょ》は夫婦同様でただぶらぶらといっしょにおりました、そうするとここへ稽古《けいこ》にまいります根津の総門内《うち》の羽生屋と申す小間物屋の娘がその、わたくしになんだかほれたように師匠に見えますので」
甚「うん、それから」
新「それを師匠がやきもちを焼きまして、なにもあやしいこともないのにわくわくして、目の縁へぽつりとできものができまして、それがこうはれまして、こんな顔になりその顔でわたくしの胸ぐらを取って悋気《りんき》をしますからいられませんので、わたくしが豊志賀の家《うち》を駆け出したあとで師匠が狂い死にに死にましたので、死ぬときの書置きに、新吉と夫婦になる女は七人まで取り殺すという書置きがありましたので」
甚「ふうん執念深え女だな、なるほど、ふうん」
新「それで、師匠が亡くなりましたから、お久という土手で殺した娘が、つれて逃げてくれと言い、伯父が羽生村にいるから伯父を訪ねて世帯を持とうというので、それなら田舎へ行って、ともに夫婦になろうという約束で出てまいったので」
甚「出てきてそれから」
新「さっきあすこへかかると雨は降りだします、土手をおりるにも、鼻をつままれるも知れません真の闇で、すると、お久の目の下へぽつりとできものみたようなものができたかと思うと、見ているうちに急にはれあがりましてねえ、へえ、あなた死んだ師匠のとおりの顔になりまして、膝に手をつきましてわたくしの顔をじいっと見つめていましたときはわたくしはぞっといたしましたので、へえ、怖い一生懸命にわたくしがこう鎌で殺す気もなんにもなく殺してしまって見ると、そんな顔でもなんでもないので、わたくしがしょっちゅう師匠のことばかり夢に見るくらいでございますから、顔が目についているので、殺す気もなくお久という娘を殺しましたが、きれいな顔の娘がそういうように見えたので、見えたから師匠が化けたと思って、鎌でやったので、へえ、やっぱり死んだ豊志賀が祟《たた》っておりますので、七人まで取り殺すというのだから、わたくしの手をもって殺さしたと思うと、実に身の毛がよだちまして、怖かったのなんのと、そのときおまえさんが来て、どろぼう、と襟首をつかんだから一生懸命に身を振り払って逃げ、まあいいと思うと、一軒家があったから来たら、やっぱりあなたの家《うち》へ来たから、泡をくったのでねえ」

甚「ふうんそれじゃあその師匠はてめえにほれて、狂い死にに死んで、ほかの女を女房にすれば取り殺すという書置きのとおり祟っているのだな」

新「祟っているったってわたくしのからだは幽霊が離れないので、へえ」

甚「気味《きび》の悪いやつが飛び込んできたな。薄気味《うすきび》の悪い。鎌をてめえが持っているから悪《わり》いのだ」

新「鎌もそこに落ちてあったので、そこへお久がころんだので、膝のところへ少し傷がつき、介抱しているうちそう見えたので、それでむちゃくちゃにやったので、拾った鎌です」
甚「そうか、この鎌は村の者の鎌だ、そんならそれでいいや、いいが、おい幾ら金を取ったよう」
新「金は取りはいたしません」
甚「女をつれて逃げるとき、おめえの言うにあ小間物屋の娘だお嬢さんだというのだ、つれて逃げるにゃあ、路銀がなければいかねえから幾らか持ち出せと知恵をつけて盗ましたろう」
新「金もなにも、わたくしは卵塔場《らんとうば》から逃げたので」
甚「気味《きび》の悪いことばかり言やあがって、なんで」
新「わたくしは師匠の墓参りにまいりますと、お久も墓参りにまいっておりまして、墓場でおやお久さんおや新吉さんかというわけで」
甚「そんなことはどうでもいいやあ」
新「それから逃げてわたくしは一分三朱と二百五十六文、女は三朱と四十八文ばかりあったので、そのほかにはお花と線香を持っているばかり、それから松戸で一晩泊まりましたから、ちっとばかり残っております」
甚「一文なしか」
新「へえー」

二十七

甚「つまらねえやつが飛び込みやあがったな、しかたがねえ、じゃあ、まあいろ」
新「へえ、どうぞ置いておくんなすって。そのことはどうかおっしゃってはいけませんから」
甚「やっかいなやつだ、畜生《ちきしょう》め、銭がなくて幽霊をしょって来やあがってしようがねえ、そこへ寝ろ」
としかたがないからその夜は寝ましたが、翌朝《よくあさ》から土鍋《どなべ》で飯はたきまして、おかずは外から買ってきまして食いますようなことで、ここにおります。甚蔵はぶらぶら遊び歩きます。すると、ここから村まではかれこれ四、五丁ほどもある土手下で、花や野菜物《せんざいもの》を担いできたり、肥桶《こいおけ》なぞをおろして百姓衆の休みどこで、
農夫「太左衛門《たざえもん》どこへ行くだ」
太「いま帰りよ」
農「そうか」
太「此間《こねえだ》勘右衛門《かんえもん》の所《とけ》へ頼んでおいた、ちっとべえ牛蒡種《ごぼうだね》をもらうべえと思ってのう」
農「そうか、なんとはあこの村でもだんだん人気《にんき》が悪くなって、人の心も変わったが、

徳《とく》野郎あれはあのくれえふてえやつはねえの」
太「あの野郎なんでも口の先で人をだまして銭《ぜに》を借りることは上手だが、でけえ声では言えねえが、ここな甚蔵は蝮野郎でよくねえおっかねえ野郎でのう」
太「きょうはだいぶ婆様《ばあさま》が通るがどこへ行くだ」
農「三蔵どんのとこで法事があるで。此間《こねえだ》ここに女が殺されて川へ放り込まれてあって、引き揚げてみたら、守りの中に名前《なめえ》書きがへえっていたので、だんだん調べたら三蔵どんが家《うち》の姪《めい》に当たる女子《おんなこ》で、母様《かかさま》がまま母で、いじめられていられなくって訪ねてきただが、ちっとは小づかいも持っていただが、どろぼうがついてきて突き落として逃げたというわけで、三蔵どんは親切な人で、引き揚げて届けるところへ届けて、ようやく事すんで、葬りもすんで、きょうは七日《なぬか》でお寺様へ婆様たちを聘《ほじ》ってごちそうするてえので、久し振りで米の飯が食えるといって喜んで行きやしっけ、法蔵寺《ほうぞうじ》様《さま》へ葬りになっただ」
太「そうか、それで婆様あ喜んで行くのだ、久しく訪ねねえだが秋口は用が多えでこのあいだ買った馬は二両五粒《つぶ》だが、高《たけ》え馬だ、見毛《みけ》はいいが、どうも膝っこ突く馬で下り坂は危ねえの、くしゃみばかりして屁べえたれどおして肉おっぴり出すほどだによ、婆様によろしく言ってくだせえ、さようだら」
新吉は内でこの話を聞いておりましたが、お久を葬ったというから参詣しなければ悪いと思い、新「もしもし」
農「ああたまげた、どこから出ただ」
新「わたしはここにいるので」
農「たれもいねえと思ったがなんだか」
新「ただいまお聞き申しましたが土手のわきで殺されました女の死骸は、なんというお寺へ葬りになりました。三蔵さんてえおかたが追福なさると聞きましたが、なんというお寺へ葬りましたか」
農「法蔵寺様てえ寺で、累の葬ってある寺と聞けばじきに知れます」
新「へえーなるほど」
農「なんだね、なにそんなことを聞くのか」
新「わたしは無尽のまじないに、なにそういう仏様に線香をあげると無尽があたるというので。へえありがとう存じます」
と、これからだんだん訪ねて、花と線香を持って墓場へまいりました。寺で聞けばよろしいに、おのれが殺した女の墓所《はかしょ》、ことによったら、とがめられはしないか、と脛傷《すねきず》で、手桶をさげて墓場でまごまごしている。
新「これだろう、これに違いない、これだこれだ、花を挿しておきさえすればよろしい。どこへ葬っても同じだが、因縁とかなんとかいうので、お久の伯父さんを頼って二人で逃げてきて、師匠の祟りで殺したくもねえかわいい女房《おんな》を殺したのだが、お久はここへ葬りになり、おれは、逃げれば甚蔵が訴人するから、やっぱり羽生村に足を止めて墓参りに来られる。これもやっぱり因縁の深いのだ。南無阿弥陀仏南無阿弥陀仏、ええと法月童女《ほうげつどうにょ》と、なんだこれは子どもの戒名だ」

と、しきりにまごまごしているところへ、はいってきました娘は、二十歳《はたち》を一つも越したかという年ごろ、まだ元服前の大島田、色の白い鼻筋の通った二重瞼《ふたえまぶち》の、大柄ではございますが人柄のいい、なりは普段着だからよくはございませんが、なれども村方でも大尽の娘と思うこしらえ、一人つきそってきたのは肩の張ったお尻の大きな下婢《おんな》、ふとっちょうで赤ら顔、手織りの単衣《ひとえ》に紫中形《むらさきちゅうがた》の腹合《はらあわ》せの帯、手桶をさげてひょこひょこやってきて、

下女「お嬢様こちらへおいでなさえまし、ここだよ、あんたよ待ちなさえよ、わしよく洗うだからねえ、ほんとうにかわいそうだって、おらあ旦那様泣いたことはないけれども、お久様が訪ねてきて、顔も見ねえでおっ死《ち》んでしまってふびんだって泣いただ、ほんとうにかわいそうに、南無阿弥陀仏南無阿弥陀仏南無阿弥陀仏」

新「これだ、ええ少々ものが承りとうございます」

下女「何《なん》だかい」

新「へえ」

下女「なんだかい」

新「まんなかですとえ」

下女「いいや何《なん》だか聞くのは何《なん》だかというのよ」

新「へえ、と、なるほど、このなんですかお墓はたしか川端で殺されてこのあいだお検死がすんで葬りになりました娘御さんの御墓所《ごぼしょ》でございますか」

下女「御墓所てえ何《なん》だか」

新「このお墓は」

下女「へえ、このあいだ川端で殺されたお久さんというのを葬った墓場で」

新「へえさようで。わたしにお花をあげさして拝ましてくださいませんか」

下女「おまえ様知っている人か」

新「いいえ無尽のまじないに樒《しきみ》の葉を三枚盗むと当たるので」

下女「そういうくじびきが当たるのか、たくさん花あ上《あ》げてくださえ」

新「へえへえ、ありがとう、戒名はわかりませんが、あとでお寺様で承りましょう、大きにありがとう」

と、ひょいとあとへさがりそうにすると、娘がそばに立っておりまして、じろりと横目で見ると、新吉は二十二でも小造りのたちで、色白のかわいげのあるどことなくいい男、悪縁とはいいながら、この娘も、どうしてこんな片田舎にこんないい男が来たろうと思うと、恥ずかしくなりましたから、顔を横にしながら横目で見る。新吉もいい女だと思って立ち止まって見ておりました。

二十八

新「もしお嬢さん、このお墓へお葬りになりました仏様のあなたはお身内でございますかえ」
娘「はいわたくしの身寄りでございます」
新「へえ道理でよく似ていらっしゃると思いました、いえなに、あのよく似たこともあるもので、江戸にもこんなことがありましたから」
下女「あんた、どこにいるおかただい」
新「わたしはあのじき近所の者でげす、へえ土手の少し変なとこにちょっとはいっております」
下女「土手の変なとこてえ、かまぼこ小屋かえ」
新「乞食ではございません、そこに懇意な者があってやっかいになっているので」
下女「そうかね、それだらちっと遊びにおいでなさえ、じきこの先の三蔵というと知れますよ、質屋の三蔵てえばじき知れやす」
娘はしきりに新吉の顔を横目で見とれていると、どういうことでございますか、お久の墓場の樒の挿してある間から一匹出ました蛇の、長さかれこれ三尺ばかりもあるくちなわが、鎌首を立ててずーっと娘の足元まではってきたときは、田舎に慣れません娘で、娘「あっ」

ととびのいて新吉の手へすがりつくと、新吉もびっくりしたが、蛇はまた元のように、墓のまわりを回って草の茂りし間へはいりました。娘は怖いと思いましたから、思わず知らずとびのくはずみで、新吉の手へすがりましたが、蛇がいなくなりましたから手を放《はな》せばよいのだが、その手がいつまでも放れません。思い内にあれば色外にあらわれて、じろり、と互いに横目で見合いながら、にやりと笑う情というものは、なんとも申されません。女中はなにも知りませんから、

下女「おまえさん、在郷の人には珍しい人だ、ちっとまた遊びに来て、どこにいるだえ、ええ、甚蔵がとこに、あの野郎評判の悪《わり》いやつで、あすこに、そうかえちっと遊びにおいでなさえ、嬢様お屋敷奉公に江戸へ行ってて、このごろ帰《けえ》っても友だちがねえで、話してもことばがわかんねえてえ、食い物が違って寂しくってなんねえて、長く屋敷奉公したからいろいろな芸事がある、三味《さみ》いおっ弾《ぴ》いたり、それに本や錦絵があるから見においでなさえ、このあいだ見たが、本の間に役者の人相書きの絵があるからね……雨が降ってきた」

新「そこまでごいっしょに」

娘「どうせお帰りあそばすなれば、わたくしの屋敷の横をお通りになりますからごいっしょに。あの傘を一本お寺様で借りておいでよ」

下女「はい」

と下女がお寺で番傘を借りて、これから相合傘で帰りましたが、娘は新吉の顔が眼先を離れず、くよくよして、兄に悟られまいと思って部屋へはいっております。新吉の居場所も聞いたがうっかり会うわけにまいりません、だんだん日数《ひかず》も重なると娘はくよくよふさぎはじめました。するとある夜日暮れから降りだした雨に、少し風が荒く降っかけましたが、門口から、

甚「ごめんなさいごめんなさい」

三「だれだい」

甚「へえ旦那ごぶさたいたしました」

三「おお甚蔵か」

甚「へえ、からもうひどく降りだしまして」

三「傘なしか」

甚「へえ傘のないのでびしょ濡れになりました。どうも悪い日和《ひより》で、日和癖で時々だしぬけに降りだして困ります……ええお母《つか》さんごきげんよう」

三「こう甚蔵、おまえもういいかげんにばかもやめてな、だいぶ評判が悪いぜ、なんとかにも釣方《つりかた》で、おまえのことも案じるよ、大勢に憎まれちゃあしかたがねえ、名主様もにらんでいるよ」

甚「おっかねえ、からもう憎まれ口をきくから村の者はたれもわっしをかまってくれません、へえ、ごめんなすって、ええこのあいだちょっと嬢《ねえ》さんを見ましたが、ええ、

あれはあのお妹御様《いもとご》で、いい器量で大柄のいいお子でげすね、おまえさんが時々意見を言ってくださるから、どうかよしてえと思うが、元手はなし借金はあるしどうすることもできねえ、この二《に》、三日《さんち》はどうにもこうにもしようがねえから、ちっとばかり質を取ってもらいてえと思って、こちら様は質屋さんで、値打ちだけの物を借りるのはあたりまえだが、ちっとくどいから上手を使わなければならねえが、質を取っておもれえ申してえので」

三「取ってもよい、なんだい」

甚「つまらねえこんな物で」

と三尺の間へはさんできた物に巻いてある手ぬぐいをくるくると取り、前へつきつけたのは百姓の持つ利鎌《とがま》の錆《さび》のついたのでございます。

三「これか、これか」

甚「へえこれで」

三「こんな物を持ってきたってしようがねえ、買ったって百か二百で買える物を持ってきて、これで幾らばかりほしいのだ」

甚「二十両なくってはおっつかねえので、どうか二十両にね」

三「きまりを言っているぜ、ふざけるな、おめえはそれだからいけねえ、評判が悪い、五十か百で買える物を持ってきて二十両貸せなんてえゆすりかたりみたようなことを言っては困る、こんな鎌は幾らもある、冗談じゃあねえ、だから村にもいられなくなるのだよ」
甚「旦那、ただの鎌と思ってはいけねえ、ただの鎌ではねえ、百姓の使うただの鎌とおめえさん見てはいけねえ」
三「だれが見たって百姓の使う鎌だ、錆だらけだあ」
甚「錆びたところが値打ちで、よっく見て、錆びたところに値打ちがあるので」
三「どう」
と手にとってみると、鎌の柄《え》に丸の中に三の字の焼き印が押してあるのを見て、
三「甚蔵、これはおれの家《うち》の鎌だ、このあいだ与吉《よきち》に持たしてやった、これは与吉の鎌だ」
甚「だから与吉が持ってればおまえさんのとこの鎌でしょう」
三「さよう」
甚「それだから」
三「なにが」
甚「なにがって、旦那この鎌はね……奥にたれもいやあしませんか」
三「たれもいやあせん」
甚「この鎌についてどうしてもおまえさんが二十両わっちにくれていい、わっちの親切をね、鎌はつまらねえがわっちの親切を買って、二十両どうしてもくれてもいいわけを話をいたしますが、ちょっと一息つきまして……」

二十九

引き続きまして申し上げました羽生村で三蔵と申すは、質屋をしておりまして、田地の七、八十石も持っておりますかなりの暮らしで、かようによい暮らしをいたしますのは、三右衛門というおやじが屋敷奉公いたしているうち、深見新左衛門に二十両の金をもらって、死骸のはいりました葛籠を捨てまして国へ帰り、これが元手でただいまはかなりに暮らしている。いったい三蔵という人は信実な人で、江戸の谷中七面前の下総屋という質屋の番頭奉公いたして、事柄のわかった男でございますから、

三「こう、おまえ、そうきまりでそんなわからねえことを言うが、おれだから言うが、いいか、なにが親切でどういうわけがあったって草刈鎌を持ってきて二十両金を貸せなどといって、村の者もおめえを置いてはためにならねえと言う、このあいだなんと言った、わたしはこの村を離れましてはどこでも鼻っつまみでいどころもございませんから、元のごとくこの村にいられるようにしてくれと言うから、名主へ行って話をして、あれはうわべはがらがらして、鼻先ばかり悪党じみておりますが、腹の中はそれほどたくみのあるやつではないと、こうおれがとりなしておいたからいられる、いわば恩人だ、それを背くかおめえ、なんで鎌を、どういうわけで親切などとくだらぬことを言うんだえ」

甚「それなら打ち明けてお話し申しますがこのあいだ松村でちょっと小ばくちへ手を出しているとだしぬけに御用というのでばらばら逃げて入江の用水の中へはいって、水の中を潜り込んで土手下のボサッカの中へ隠れていると、そこで人殺しがあり、キアッという女の声で、わっちも薄気味《うすきび》が悪いから首を上げてみたが暗くってわけがわからず、土砂降りだが、稲光がピカピカするたび時々こう様子が見えると、女を殺して金を盗んだやつがある、ようがすか、はっきりわかりませんが、そのあとへわっちが来てみると、この鎌が落ちている、この鎌で殺したか、柄にべったり黒いものがついてあるのは血《のり》じみさ、取り上げてみると丸に三の字の焼き印が押してある、ようがすか、旦那の家《うち》の鎌、ひょっとしてほかのやつが、この鎌が女を殺したとこに落ちてあるからにゃあこの鎌で殺したと、もしやおまえさんがどんな掛かり合いになるめえものでもねえと思い、幸い旦那の御恩返《ごおんげえ》しと思って、わっちが拾って家《うち》へ帰《けえ》っていままで隠していた。ようがすか、おめえさんのところで死骸《しげえ》を引き取っておれの家《うち》の姪《めえ》というので法事もあったのだから、おめえさんのところで女を殺して物を取ったわけはねえが、悪《わり》いやつが拾いでもすると、おめえさんはいい人と思ってはいるが、そう村じゅうみんなおめえさんをほめる者ばかりじゃあねえ、そのうちには五人や八人はあんなになれるわけはねえと、くめんがいいと憎まれることもありましょう、それから中には悪く言うやつもある。わっちとこう仲よく、おまえさんは江戸に奉公して江戸っ子同様というので、甚蔵や悪《わり》いことはするな、と番ごとにこう言っておくんなさるはありがてえと思っているが、わっちがおめえさんにふだんお世話になっておりますから、娘を殺して金を取るような人でねえことは知っておりますが、ようがすか、おめえさんともしわっちが仲が悪くって、忌々《いめえま》しいやつだ、どうかしてと思っていれば、わっちが鎌を持って、こうだこの鎌が落ちてあったこれは三蔵のとこの鎌だと振り回して役所へでも持ち出せば、おめえさんの腰へいやでも縄がつく、そうでないまでも、十日でも二十日でも身動きができねえ、そうすりゃあ年を取ったおふくろ様はじめ妹御も心配だ、その心配をかけさせたくねえからねえ、そういうばかがあるめえものでもねえのさ、わっちなどはずいぶんやりかねねえたちだ、忌々《いめえま》しいと思えばやるたちだけれども、御恩になっているから、旦那が殺したと思う気づけえもねえけれども、理屈をつければまあどうでもなるのさ、あんなにくめんのよくなるのも、ちっとは悪《わり》いことをしているだろうぐらいの話をしているやつもあるから、殺したあとで世間体が悪いから、死骸《しげえ》でも引き取って、姪《めえ》とかなんとか名をつけて、問い弔いをしなければなるめえと、さ、おかしく勘ぐるといかねえから、他人に拾われねえように持ってきたのだから、十日でも二十日でも留められて、引き出されれば入費がかかると思って、ただわっちの親切を二十両に買っておくんなさりゃあ、これでばくちはやめるから、ねえもし旦那え」

三「これこれ甚蔵、そう貴様が言うとおれが殺して死骸を引きとって、葬りでもしたように疑《うたぐ》って、おかしくそんなことを言うのか」

甚「おめえさん、わっちがそう思うくれえなら、鎌は振り回してしまわあ、大きな声じゃあ言えねえが、これは旦那世間の人に知れねえように、わっちが黙って持っているその親切を買って二十両、ね、もし、鎌はつまらねえが、ようがすか、おめえさんと仲が悪ければ、ひどい畜生《ちきしょう》だなんてやりかねねえたちだが、旦那にゃあ時々小づけえをもらってるわっちだから、なんとも思やあしねえがね、いやに世間の人が思うから鎌を拾って持ってきた、その親切を買って、ええ旦那、おめえさんいやと言えば無理にゃあ頼まねえが、わっちは草刈鎌を二十両に売ろうというわけではねえのさ、親切ずくだからね、たってとは言わねえ、そうじゃあねえか、この村にいておめえの息がかからなけりゃあ村にもいられねえ、そのときはいやに悪《わり》い仕事をして逃げる、そうなりゃあどうでもいいやあ、ねえ、いやでげすか、え、もし」

といやに絡んで言いがかりますも、蝮とあだ名をされる甚蔵でございますから、うっかりすれば食いつかれますゆえ、しかたなく、

三「つまらぬ口をきかぬがいいぜ、金はやるからしんぼうをしねえよ」

とただ取られると知りながら、二十両の金をやりまして甚蔵を帰しますと、その夜三蔵の妹お累《るい》が寝ておりますと座敷へ、二尺余りもある蛇が出ました。九月半ばになりましては田舎でもあまり蛇は出ぬものでございますが、二度ほど出ましたので、墓場で驚きましたからなにが出ても蛇と思い、ただいま申す神経病、

累「あれー」

と駆け出して逃げるとたんおふくろがとめようとしたはずみ、田舎では大きないろり

が切ってあります、上からは自在がかかって薬鑵の湯がたぎっていたところへもろにかえりまして、片面《これ》から肩《これ》へ熱湯を浴びました。

三十

お累が熱湯を浴びましたので、家《うち》じゅう大騒ぎで、医者を呼びましていろいろと手当てをいたしましたがどうしてもいかんもので、やけどのあとができました。おいおい全快もいたしましょうが、二十一、二になる色盛りの娘、顔にぽつりとできものができましても、どうしたらよかろうなどと大騒ぎをいたすものでございますのに、お累は半面紫色に黒みがかりました上、片鬢《かたびん》はげるようになりましたから、当人はもとよりおふくろも心配しております。

累「ああ情けない、この顔ではこのあいだ法蔵寺で会った新吉さんにもうふたたび会うこともできぬ」

と思いますとこれが気病《きやみ》になり、食も進まず、奥へ引きこもったきり出ません。おふくろは心配するが、兄三蔵はなかなかわかった人でございますから、

三「お母《つか》さん、えーお累はどんなあんばいでございますねえ」

母「はあ、ただ胸が支えて飯が食えねえっていくら勧めても食えねえ食えねえと言う。疲れるといかねえからちっと食ったらよかんべえと勧めるが、涙あこぼしておらあこん

な顔になったからだめだ、どうせこんな顔になったくれえなら、おっ死《ち》んだほうがええ、とそんなことべえ言って、はあ、手におえねえのさ。もっとでけえけがあしてかたわになる者さえあるだに、そう心配《しんぺえ》しねえがええと言うが、あれはちっけえ時から内気だから、はあ、泣くことばかりでどうしべえと思ってよ」

三「困りますね、わたしも心配するなと言い聞かせておきますが、どういうものかあすこへ引きこもったぎりで、気が晴れぬから庭でも見たらよかろうと言うと、あすこは薄暗くって病気にようございますからと言いますがつまらんことを気にやむからどうも困ります」

と話をしております。おりから、お累は次の間のところへまいりましたから、

母「おおこっちへ出ろとよう、出な」

三「あ、やっと出てきた」

母「こっちへ来てな、畑の花でも見ていたらちったあ気が晴れようと、いま兄貴どんと相談していただ。ええ、さあここへすわってよう、よく出てきいっけな、心配《しんぺえ》してはいけぬ、気を晴らさなければいかねえよう、兄貴どんの言うのにも、やけどしても火の中へつっくばったではねえ、湯気だからだんだん直るとよ、少しぐれえ薄く跡がつくべえけれども、いつものおしろいをつければ知れねえようになりだんだん薄くなるから心配しねえがええよ」

三「おまえお母《つか》さんにこう心配をかけて、お母さんがお食を勧めるのにおまえはなぜ

食べない、だんだん疲れるよ、つまらんことをくよくよしてはいけませんよ、おまえとわたしとこれからたった一人のお母さんだから孝行を尽くさなければならないのに、おまえがお母さんに心配をかけちゃあ孝行になりません、顔はどんなになったってかまわぬ、それならばかたわ女には亭主がないというものでもあるまい、どんなびっこでもていんぼうでもみんな亭主を持っております。ええ、やけどしたくらいで気落ちして、おまんまも食べられないなんて、気落ちしてはなりません、お母さんが勧めるからおあがりなさい、食べられないなんてそんなことはありませんよ」

母「食べなせえよう、久右衛門《きゅうえもん》どんが、これなればよかろうって水街道へ行って生魚《なまうお》を買ってきただ、ずいぶんうまいもんだ、ふだんなら食べるだけれど、やあ食えよう」

三「おあがりなさい、どういう様子だ、容体《ようだい》を言いなさい、ええ、なにか言うとおまえは下を向いてほろほろ泣いてばかりいて、お母さんに御心配かけてしようがないじゃああありませんか、え、十二、三の小娘じゃああるまいし、よう、ええ、どういうものだ」

母「そんなに小言言わねえがええってに、そこが病《やめ》えだから、はあ、手におえねえだよ、兄貴どんのそばにいると小言を言われるからおれがそばへ来い、さあ、こっちへ来い、こっちへ来い」

と手を引いて病間へまいります。三蔵もこれは一通りの病気ではないと思いますから、

三「おせな」

下女せな「ひえー」
三「なんのこった、立っていて返事をするやつがあるものか」
せな「なんだか」
三「すわりな」
せな「なんだか、呼ばるのはなんだかてえに」
三「これ、家《うち》のお累の病気はどうもやけどをしたばかりでねえ、心に思うところがあるのでそれが気になってからの患いと思っているが、てめえお久の寺参りに行った帰りは遅かったが、年ごろで無理じゃあねえからわきへ寄ったか、隠さずと言いな」
せな「なあに寄りはしません、お寺様へ行ってお花あげて拝んで、雨降ってきたからお寺様で借りべえって法蔵寺様で傘借《か》りて帰《けえ》ってきただ」
三「てめえなぜ隠す」
せな「隠すにも隠さねえにも知んねえの」
三「主人に物を隠すような者は奉公さしてはおきません、なぜ隠す、言いなよ」
せな「隠しもどうもしねえ、知んねえのに無理な事を言って、知っていれば知っているって言うが、知んねえから知んねえと言うんだ」
三「これ、だんだんお累を責めて聞くに、実は兄さんすまないがこれこれと言うから、なぜ早く言わんのだ、年ごろであたりまえのことだ、と言って残らず打ち明けておれに話した。そのときはおせながいっしょに行ってこうこうと残らず話した。お累が言うのにてめえは隠している、てめえはなぜそうだ、小さいうちから面倒を見てやったのに」
せな「あれまあ、なんて言うたろうか、よう、お累様あ言ったか」
三「みんな言った」
せな「あれまあ、われせえ言わなければ知れる気づけえねえから言うじゃあねえよと、おらを口止めして、自分からおっちゃべるって、なんてえこった」
三「みんな言いな、ありていに言いな」
せな「ありてえったって別にねえだ、墓参りに行って年ごろ二十二、三になるいい男が来ていて、おめえさんどこの者だと言ったら江戸の者だと言って、近所にいる者だがお墓参りして無尽くじ引きの呪《まじね》えにするって、えー、雨降ってきたから傘借りてお累さんと二人手え引きながら帰《けえ》ってきて、お累さんが言うにゃあ、おせなあんないい男はねいやあ、あんな優しげな人はねえ、おれがに亭主《ていし》を持たせるなればああいう人を亭主《ていし》に持ちたいと言って、ないしょで言うことがあったけえ、そのうちにやけどしてからもうだめだあの人に会いたくもこんな顔になってはだめだって、それから飯も食えねえだ」
三「そうかどうもおかしいと思った、様子がな。てめえに言われてようやくわかった」
せな「あれ、横着者め、お累様言わねえのか」
三「なにお累が言うものか」
せな「あれだあもの、累も言ったからてめえも言えってえ、おれに言わしておれ言ったで事がわかったてえ、そんなことがあるもんだ」

三「騒々しい、早くあっちへ行けよ」

とこれから村方に作右衛門《さくえもん》という口ききがあります、これを頼んで土手の甚蔵のところへ掛合いにやりました。

三十一

作「ごめんなせえ」
甚「いやおいでなせえ」
作「はい少し相談ぶちにめえりましたがなあ」
甚「よくおいでなせえました」
作「わしい頼まれて少し相談ぶちにめえったが、おめえらの家《うち》にこのごろ年ごろ二十二、三の若え色の白え江戸者が来ているという話、それについて少しわけあってめえった」
甚「さようで、出ちゃあいけねえ引っ込んでいねえ」
新吉は薄気味が悪いからふとんの積んである陰へ潜り込んでしまいました。
甚「へえ、な、なんです」
作「ええ、きょう少しな、わけがあって三蔵どんがおらが所え《とけ》頭をさげてきて、さて作右衛門どん、どうも他の者に話をしてはとてもらちがあかねえ、人一人は大事な者なれども、どうもぜひがねえから無理にも始末をつけなければなんねえから、おめえらをば頼むというまあーずわけになってみれば、おれも頼まれればあとへも引けねえわけだから、おれが五十石の田地《でんち》をぶち放ってもこの話をつけねばなんねえわけになったが、その男のことについてめえっただ」

甚「へえーそうで、その男というなあ身寄りでも親類でもねえやつですが、困るてえからわっちのところに居候だけれども、なにを不調法しましたか、旦那堪忍しておくんなえ、田舎珍しいから、柿なんぞをぴょこぴょこ取って食いかねねえやつだが、なんでしょうか生埋めにするなどというと、わっちも人情としてまことに困りますがねえ、なにを悪いことをしたか、どういうわけですえ」

作「誰が柿い取ったて」

甚「居候が柿を盗んだんでしょう」

作「柿など盗んだなんのというわけでねえ、そうでねえ、それ、おめえ知っているが、三蔵どんの妹娘《いもとむすめ》は屋敷奉公して帰《けえ》ってきていたところ、おめえらあ家《うち》ののう、その若え男を見て、どこかでいっしょになったで口でもききあったわけだんべえ、それでまあ娘が気に、ああいう人をどうか亭主《ていし》にしたいとかかみさんになりてえとかいうわけで、心に思っても兄様が堅えからやかましいこと言うので、ところからだんだん胸へ詰まって、飯《まま》も食べずに泣いてばかりいるから、医者どんも見放し、大事の一人娘だから金えぶっ積んでも好《す》いた男ならもらってやりてえが、ほかの者では頼まれねえが、作右衛門どん行ってくれというわけで、おれが仲人役しなければなんねえてえわけで来ただ」

甚「そんなら早くそう言ってくれればいいに、胆をつぶした、わっちは柿でも盗んだかと思って、そうか、それはありがてえ、じゃあなんだね、妹娘が思い染めて恋煩《わずら》いで、医者も見放すくれえで、どうでも聟《むこ》にもらおうというのかね、これはありがてえ、新吉出や、あ、ここへ出ろ、豪儀なことをしやあがった、ここへ来や、旦那これはわっちの弟分《おとうとぶん》で新吉てえます、これは作右衛門さんというおかたでな、名主様から三番目にすわるかただ、このかたに頭を押さえられちゃあ村にいにくいやあ、旦那に近づきになっておきねえ」

新「へえ、はじめまして、わたくしは新吉と申す不調法者で。お見知りおかれましてごひいきに願います」

作「これはまずまずお手をおあげなすって、まずまず、それではどうも。ええ、石田作右衛門と申していたって不調法者で、お見知りおかれやして、こののちも御別懇に願《ね》えます」

甚「旦那、そんな丁寧なことを言っちゃあいけねえ、まあ早い話がいい、新吉、三蔵さんといってな、小質《おんな》を取っている家《うち》の一人娘、江戸で屋敷奉公して十一、二年も勤めたから、江戸っ子も同し事で、器量はめっぽういい娘だ、いいか、そのお嬢さんがてめえを見てからくよくよと恋煩いだ、冗談じゃあねえ、こん畜生《ちきしょう》め、ええ、こう、その娘があんばいが悪いんで、てめえに会わねえじゃあ病いに障るからもれえてえというわけだ、ありがてえ、いい嬶《かかあ》を持つのだ、てめえ運が向いてきたのだ」

新「なるほど、三蔵さんの妹娘で、なるほど、存じております、一度お目にかかりました。そう言ってくるだろうと思っていた」

甚「こん畜生《ちきしょう》、生意気なことを言やあがる、増長していやあがる、旦那腹あ立っちゃあいけねえ、若えからうっかり言うので、たいそうを言っていやがらあ、てめえうぬぼれるな、男がいいたって田舎だから目に立つのだ、江戸へ行けばてめえのような面はいけえことあらあ、こんな田舎だから少し色が白いと目に立つのだ、田舎にはこんな色の黒い人ばかりだから、いやさおめえさんは年を取っているから色は黒いがね、こんなありがてえことはねえ、冗談じゃあねえ」

新「まことにありがたいことでございます」

作「わしもやあ、ぶち出しにくかったが、おめえ様が承知なら頼まれげえがあってありがてえだ、そうなればわしい及ばずながら仲人するりょうけんだ、それじゃあだいじょうぶだろうね、子細《しせえ》ねえね」

甚「へえ、子細《しせえ》ありません、ありませんが困ることにはこの野郎のからだに少し借金があるね」

作「なに借財が」

甚「へえまことにどうもね、これがむこうが堅気でなければいいが、ああ言う三蔵さん、この野郎が行《ゆ》き早々ほうぼうから借金取りが来て、新吉に新吉にと居催促でもされちゃあ、この野郎も行った当座きまりが悪く、いたたまらねえで駆け出すふうなやつだから、行かねえ前にきれいさっぱり借金をかたづければわっちもよし、ようがすか、わっちが請け人になっているからね、その借金だけはむこうで払ってくれましょうか」

作「でかくあれば困るがどのくれえ」

甚「どのくれえたって、なあ新吉、あっちへかたづいてから借金取りがほうぼうから来られちゃあきまりが悪いやあ、そのきまりをつけてもらうのだから借金の高をいいねえよ、さ、借金をよう」

新「へえ借金はありません」

甚「なにを言うのだ」

新「へえ」

甚「隠すな、え借金をよう」

新「借金はありません」

甚「わからねえことを言うな、このあいだもごたごた来るじゃあねえか」

三十二

甚「てめえここにいるのたあ違わあ、三蔵さんの親類になるのだ、それにかわいいお嬢さんがあんばいが悪くってかわいそうだからもらうというのだ、てめえをもらわなければ命に障る大事《でえじ》な娘をもらうのだから、借金があるなればあるといって、借金をかたづけてもらえるからよ、そうしてしたくして行かなければならねえ、借金があると言え、ええおい」

新「へえ、なるほど、へえへえなるほど、それは気がつきませんでした、なるほどこれは、ずいぶん借金はあるので、これでなかなかあるので」

甚「あるなればあると言え、よう幾らある」

新「さよう五両ばかり」

甚「からどうも言うことは子どもでげすねえ、幾らあ五十両、けれども、ええと、二十両ばかりわっちが目の出たとき返《けえ》して、三十両あります」

作「ほう、三十両、でけえなあ、まあ相談ぶってみましょう」

とこれから帰って話をすると、

三「相手が甚蔵だからそのくらいのことは言うに違いない、よろしい、そのかわり、土手の甚蔵が親類のような気になって出はいりされては困るから、甚蔵とは縁切りでもらおう」

と言い、甚蔵は縁切りでもなんでも金さえ取ればいい、と話がつき、まず作右衛門が仲人で、十一月三日に婚礼いたしました。田舎では妙なもので、婚礼のときは餅《もち》をつく、村方の者はみな来て手伝いをいたします。仲人が三々九度の杯をさして、それから、村で年かさな婆さんが二人来て麦つき唄を歌います。「めでたいものは芋の種」と申す文句でございます。「めでたいものは芋の種葉広く茎《くき》長く子どもあまたにエエ」とつまらん唄で、それを婆さんが二人並んで大きな声で歌い、めでたく祝して帰る。これから新吉が花婿の床入りになる。ところがいつまでたっても嫁お累が出てきませんので、きまりが悪いからきらわれたかと思いまして、「もう来そうなもの」と見ると屏風《びょうぶ》の外に行燈《あんどう》があります。その行燈のそばに、ふさいでむこうを向いているから、

新「なんだね、そこにいるのかえ、冗談じゃあない、きまりが悪いねえ、どうしたのだえ、間《ま》が悪いね、そこに引っ込んでいてはきまりが悪い、こっちへ来て、よう、わたしは来たばかりできまりが悪い、おまえばかり頼りに思うのに、はじめてじゃあなし、法蔵寺で会って知っているから、さっきおまえさんが白い綿帽子《わたぼうし》をかぶっていたが、田舎は堅いと思って、顔を見たいと思っても、綿をかぶっているから顔も見られず、まちがいじゃあねえかと思い、心配していた。早く来て顔を見せて、よう、こっちへ来ておくれな」

累「こんなとこへ来てくだすって、まことにわたしはお気の毒さまでさっきからいろいろ考えておりました」

新「気の毒もなにもない、土手の甚蔵の言うのだから、わけもわからねえ借金まで払って、お兄《あに》いさんがわたしのような者をもらってくだすってありがたいと思って、わたしはこれからしんぼうして身を堅めるりょうけんでいるからね、よう、そばへ来てお寝

な」

累「作右衛門さんを頼んで、おいやながらいらしってくだすっても、わたしのような者だから、もう三日もいらっしゃると、愛想《あいそ》が尽きてじきお見捨てなさろうと思って、そればっかりわたしは心にかかって、悲しくってさっきから泣いてばかりおりました」

新「見捨てるにも見捨てないにも、いま来たばかりで、そんなつまらんことを言って、わたしは身寄り頼りもないから、おまえのほうでかわいがってくれればどこへも行きません、見捨てるなどとこっちが言うことで」

累「だってわたしはね、あなた、こんな顔になりましたもの」

新「え、あのわたしはね、こんな顔という口上は大きらいなので、ど、どんな顔に」

累「はいこのあいだやけどをいたしましてね」

と恥ずかしそうに行燈《あんどう》のところへ顔を出すのを、新吉がつくづく見ると、このあいだ法蔵寺で見たとは大違い、半面やけどの傷、額《ひたえ》から頰へ片鬢抜け上がりまして相が変わったのだから、あっと新吉は身の毛立ちました。

新「どうして、おまえまあ恐ろしいけがをして、ええ、なに、なんだかはっきりと言わなければ。もっとそばへ来て。え、いろりへ落ちて、どうもやけどするたって、どうも恐ろしいけがじゃあないか、まあ、ええ」

と言いながら新吉はつくづくと考えてみれば、累ケ淵で殺したお久のためには、伯母に当たるお累のところへわたしが、養子に来ることになり、このあいだまで美しい娘が、急にわたしと縁組みをするときになり、こんな顔形になるというのも、やっぱり豊志賀が祟り性を引いて、あくまでもおれを恨むことか、ああとんだところへ縁づいてきた、と新吉が思いますると、とたんに、ざらざらという、屋根裏でいやな音がいたしますから、ひょいと見ると、縁側の障子があいております。とその外は縁側で、茅ぶき屋根の裏に弁慶というものがつってある。それへずぶりと斜《はす》に挿してあるは草刈鎌、甚蔵が二十両に売りつけた鎌を与助という下男が研ぎすまして、弁慶へ挿しておいたので、その鎌のところへ、屋根裏を伝わって来た蛇がまといつき、二、三度からまりました、すると不思議なのは蛇がぽつりと二つに切れて、縁側へ落ちると、蛇の頭は胴から切れたなりに、床のところへはいってきたときは、お累は驚きまして、

累「あれ蛇が」

と言う。新吉もぞっとするほど身の毛立ったから、煙管を持って蛇の頭《かしら》をむやみに打つと、蛇の形は見えずなりました。怖い紛れにお累は新吉にすがりつく、その手を取って新枕《にいまくら》、悪縁とはいいながら、たった一晩でお累が身重になります。これが怪談の始めでございます。

三十三

新吉とお累は悪縁でございますが、夫婦になりましてからは、新吉が改心いたしまし

た、と申すのは、つくづく考えればただ不思議なことで、十月からは蛇が穴に入るというに、十一月になって大きな蛇が出たり、また先ごろ墓場で見たとき、身の毛立つほど驚いたのも、これはみな心の迷いであったか、ああ見えたのは怖い怖いと思うわたしが気から引き出したのか、お累も見たと言い、ことにこの家《うち》は累ケ淵で手にかけたお久の縁合い、その家《うち》へ養子に来るというは、いかなる深き因縁の、今までかずかず罪を作ったこの新吉、これからは改心して、ここを出ればほかに身寄り頼りもない身の上、お累があんなけがをするというのもみんなわたしゆえ、これは女房お累をかわいがり、三蔵親子に孝行を尽くしたならば、これまでの罪も消えるであろうというので、新吉はさっぱりと改心いたしました。それからはまことに親切にいたすから、三蔵も、

三「新吉は感心な男だ、年のいかんに似合わぬ、なんにしろ夫婦仲さえよければなにより安心、ことにかたわのお累をよく目をかけて愛してくれる」

と、家内はむつましく、翌年《よくねん》になりますと、八月が産み月というのでございますから、まず高いところへ手をあげてはいかぬ、井戸ばたへ出てはならぬとか、食物を大事にしなければならんと、初子《ういご》だから母も心配いたしまする。と江戸から早飛脚で、下谷大門町の伯父勘蔵が九死一生でぜひ新吉に会いたいというのでございますが、ただいまの郵便のようには早くまいりませんから、新吉も心配して、兄三蔵と相談いたしますと、たった一人の伯父さん、年が年だから死に水を取るがいいと、三蔵は気のつく人だから、多分の手当てをくれましたから、いとまをつげ出立をいたしまして、江戸へ着いたのは

ちょうど八月の十六日のことでございます。長屋の人がみな寄り集まって看病いたします。身寄り頼りもない、女房はなし、年は六十六になりますおやじで、一人で寝ておりますが、長屋に久しくいる者でありますから、近所の者の丹精で、ようように生きのびておりますところ。

男「おや新吉さんか、さあさあどうぞおあがりなすって、おかね、盥《たらい》へ水をくんで、足をお洗わし申して、荷やなにかはこっちへ置いて、よくおいでなすった、お待ち申しておりました、さあこちらへ」

新「へえ、どうもまことに久しくごぶさたいたしました、ごきげんよろしゅう、田舎へ引き込みましてからは手紙ばかりが頼りで、とんと出ることもできません、養子の身の上でございますからな。このたびは伯父が大病でございまして、さぞお長屋の衆のごやっかいだろうと思い、実はあちらの兄とも申し暮らしておりました、急いでまいるつもりでございますがなにぶんにも道が悪うございまして、はかどりませんで遅うなりました」

男「どういたしまして、たいそうお見違え申すようにりっぱにおなりなすって、おうわさばかりでね、伯父さんも喜んでね、あれも身が定まり、田舎だけれどもよいところへかたづき、子どももできたっておうわさばかりして、実にどうもいちばん古くお長屋にお住まいなさるから、看病だって届かぬながら、お長屋の者が替わり替わり来てみても、ああいう気性だから、おまえさんばかり案じて、よくまあ早くおいでなすった、さあこっちへ」

新「へえ、これはお婆さん、その後はごぶさたいたしました」

婆「おやまあまことにしばらく、まあ、めっきりもっともらしくおなりなすったね、勘蔵さんもそう言っていなすった、あれも女房を持ちまして、子ができて、何月が産み月だって、指を折って楽しみにして、病気中もおまえさんのことばかり言って、ほかに身寄り親類はなし、手もとへ置いて育てたから、新吉はたった一人の甥だし、子も同じだと言って、今もおまえさんのうわさをして、楽しみにしておいでなさるからね、今度ばかりはもう年が年だから、たいしたことはないようだが、長屋の者も相談してね、だけども養子ではあるし、お呼び申して出てきて、なんだこれっぱかりの病気に、遠いところから呼んでくれなくもよさそうなもんだなどといって、長屋の者もあんまりだと、新吉さんに思われてもなんだといって、長屋の者、行事の衆といろいろ相談してね、わたしの夫《うち》の言うには、そうでない、年が年だからもしものことがあった日にゃあ、長屋の者もついていながら知らしてくれそうなものと、また新吉さんに思われてもならんとかなんとかいって、長屋の者も心配していて、よくねえ、どうも、そうだって、たいそうだってね、勘蔵さんがねえ、あれもまあ田舎へ行って結構な暮らしをして、そうだって、前の川へ行けば顔も洗え鍋釜も洗えるってねえ、うわさを聞いてどうか見たいと思って、あの畑へなにかまいておけばできるってねえ、そうだって、まあおまえさんの気性で鍬《くわ》をとって、と言ったら、なあに鍬はとらない、むこうは質屋でそこの旦那様になったってね、と言うからおやそう田舎にもそういうところがあるのかねえなんてね、おうわさをしていましたよ、それにね」
男「これさ、おまえ一人でしゃべっていちゃあいけねえ、病人に会わせねえな」
婆「さあこちらへ」
新「へえありがとう」
と寝ている病間へ通ってみると、木綿の薄っぺらな五布《いつの》ぶとんが二つに折って敷いてあります上に、勘蔵は横になり、枕に座ぶとんをぐるぐる巻いて、胴中から独楽《こま》の紐《ひも》で縛って、括《くく》り枕の代わりにして、寝間着の単物《ひとえもの》にぼろ袷《あわせ》を重ね、三尺帯を締めまして、少し頭痛がすることもあると見えて鉢巻きもしてはいるが、はげ頭で時々すべっては輪の形《なり》で抜けますから手ではめておきますが、箍《たが》のようでございます。
新「伯父さん伯父さん」
勘「あい」
新「わたしだよ」
男「勘蔵さん、新吉さんが来たよ」
勘「ありがてえありがてえ、ああ待っていた、よく来た」
新「伯父さんもうだいじょうぶだよ、大きに遅くなったがお長屋のかたが親切に手紙をよこしてくだすったからとりあえず来たがねえ、もうわたしが来たから案じずに、おまえ気じょうぶにしなければならねえ、もう一ぺんじょうぶになっておまえに楽をさせなければすまないよ」
勘「よく来た、病気はそう呼びにやるほど悪いんじゃあねえが、年が年だからどうぞ呼んでおくんなせえと言うと、呼んじゃあ悪かろうのなんだのかだのと言って、評議のほうが長えのよ、長屋のやつらあ気がきかねえ」
新「これさ、そんなことを言うもんじゃあねえ、お長屋の衆も親切にしてくだすって、遠くの親類より近くの他人だ、お長屋の衆で助かったに、そんなことを言うもんじゃあねえ」

三十四

勘「おまえはそう言うが、ただ枕元でしゃべるばかりでちっとも手が届かねえ、奥のふとったお金《きん》さんというかみさんは、おれを引っ立って、虎子《おまる》へしなせえって、こう、引き立っていてずんとおろすから、虎子で尻をぶつので痛えやな、ああ人情がねえからな」
新「そんなことを言うもんじゃあねえ、なんでもおまえの好きなものを食べるがいい」
勘「ありがてえ、もうねえ、新吉が来たから長屋の衆は帰《けえ》ってくれ」
新「そんなことを言うもんじゃあねえ」

長屋の者「じゃあ、まあ、新吉さんが来たからおいとまいたします、さようなら」
新「さようですか、どうもありがとうございます、お金さんありがとうお婆さんありがとう、へえだいじょうぶで、またどうか願います、へえ、なにおしめなさらんでもよろしゅう、伯父さん長屋の人がねえ、親切にしてくれるのに、あんなことを言うと心持ちを悪くするといかねえよ」
勘「なあに心持ちを悪くしたってかまうものか、おらのいっこくは知っているしなあ、よく来た、おとといから会いたくって会いたくってたまらねえ、どうぞして会いてえと思って、もう会えば死んでもいいやあ、もう死んでもいい」
新「そんなことを言わずにしっかりして、よう、もう一ぺんじょうぶになって駕籠にでも乗せて田舎へつれていって、のんきなところへ隠居さしてえと思うのだ、ずいぶん寿命も延び延びするからあっちへお引っ込みよう」
勘「一人身で煙草を刻んでいるも、骨が折れてもうできねえ、ああ、おめえ嫁に赤ん坊ができたてえが、男か女か」
新「なんだか知れねえ、これから生まれるのだ」
勘「はじめては女の子がいい、おめえの顔を見たら形見をやろうと思ってねえ、おれは枕元へ出したり引っ込ましたりして、人に見られねえようにふとんの間へ差し込んだり、いろいろなことをして見つからねえように懐で手ぬぐいでくるんだりしていた」
新「まだまだだいじょうぶだよ伯父さん、だけれども形見は生きているうちもらっておくほうがいい、形見だってなにをおまえがくれるのだか知れねえが、なんだい、大事にして持つよ」
勘「これを見てくんねえ」
　とふとんの間からようやく引きずり出したは汚れた風呂敷包み。
勘「これだ」
新「なんだい」
　と新吉はわずかの金でも溜めておいてくれるのかと思いまして、手に取り上げて見ると迷子《まいご》札《ふだ》。
新「なんだ、これは迷子札だ」
勘「迷子札を今まで肌身《はだみ》離さず持っていたよ、これが形見だ」
新「これはいいやあ、今度生まれる子が男だとちょうどいい、もし女の子か知らないが、今度生まれる坊のにしよう」
勘「坊なぞと言わねえでおめえ着けねえ」
新「少し箍《たが》がゆるんだね、大きななりをしてお守りをさげて歩けやあしねえ」
勘「まあ読んでみねえ」
新「ええ読んで」
　と手に取り上げてよくよく見ると、唐真鍮《とうしんちゅう》の金色《かねいろ》は錆びて見えまする。が、深彫りで小日向《こびなた》服部坂《はっとりざか》深見《ふかみ》新左《しんざ》衛《え》門《もん》次男《じなん》新吉《しんきち》、と彫りつけてあるゆえ、新「伯父さん、これはなんだねえわたしの名だね」
勘「あい、そのねえ、汚れたねそのふとんの上へすわっておくれ」
新「いいよう」
勘「いいえすわっておくれ、お願いだから」
新「はいはい、さあ、わたしがすわりました」
勘「それからわたしはふとんからおりるよ」
新「ああ、おりないでもいいよ、冷えるといけねえよ」
勘「どうかおまえに会ってねえ、一言このことを言って死にてえと思って心にかけていたがねえ、おまえさんは、小日向服部坂上で三百五十石取った、深見新左衛門様という、天下のお旗本のおまえは若様だよ」
新「へえ、わたしがかえ」
勘「うむ、おまえの兄様《あにさま》は新五郎様といってね、お父様《とつさま》はもうお酒好きでねえ、おまえが生まれると間もなく、奥様は深いわけがあってお隠れになり、その以前から、お熊という中働きの女にお手がついて、この女が悪いやつで、それでもめて十八、九の時兄様《あにさま》はゆくえ知れず、するとねえ、本所北割下水に、座光寺源三郎という、やっぱり旗本があって、その旗本が女太夫を奥方にしたことがあらわれて、お宅番がつき、そのお宅番が諏訪部三十郎様におまえのお父《とつ》さんの深見新左衛門様だ、すると梶井主膳という竜泉寺前の占い者がねえ、諏訪部様が病気でひいていて、お父さんが一人で宅番しているをつけこんで、駕籠を釣《つ》らしてきて源三郎とおこよという女太夫を引っさらって逃げようとする、やるめえとする、争って鎗で突かれてお父さんはお隠れだから、お家《いえ》は改易になり、座光寺の家もつぶれたがね、そのときにお熊はなんでもお胤《たね》をはらんでいたがね、屋敷はつぶれたから、しかたがねえので深川へ引き取り、あとは御家督もねえおまえさんばかり、ちょうどおまえが三つの時だが、わたしが下谷大門町へつれてきてもらい乳して丹精して育てたのさ、てめえのおやじやおふくろは小さいうち死んで、おれが育てたといって、刻み煙草をする中で丹精して、本石町四丁目の松田という貸本屋へ奉公にやりましたが、実はおれはおまえのところにいた門番の勘蔵と申す、旧来御恩をいただいた者で、家来でいながら、おまえさんはお旗本の若様だとなまじい若い人に知らせると、おれは世が世なら殿様だがと、やけになって道楽をされると困るから、新吉新吉と使い回して、ばか野郎、間抜け野郎と、御主人様の若様に悪態ついて、実の伯父甥のようにしておまえさんを育てたから、心安立てが過ぎておまえさんをぶったこともありましたが、まことにすまないことをいたしました、わたしはもう死にますからこのことだけお知らせ申して死にたいと思い、ことにおまえさんは身寄り頼りはないけれども、ただ新五郎様という御惣領の若様があったが、いまいれば三十八、九になったろうけれどもゆくえ知れず。おぼえていてください、鼻の高い色の白いいい男だ、目の下に大きなほくろがあったよ、そのかたに会うにも、おまえさんがこの迷子札を証拠に言えば知れます、ああもうなにも言うことはありませんが、ただばか野郎などと悪態をつきましたことはどうぞまっぴら御免なすって、仏様におまえさんのお父《とっ》つぁまの位牌を小さくして飾ってあります、新光院様といってその戒名だけ覚えております、その位牌を持って行ってください」

三十五

新「そうかい、わたしははじめて伯父さん聞いたがねえ、だがねえ、わたしが旗本の次男でも、家がつぶれて三つの時から育ててくれれば親よりは大事な伯父さんだから、もう一たびよくなって恩返しに、おまえを親のように、なおさらわたしが楽しみをさしてから見送りたいから、もう一、二年達者になってねえ、けっして家来とは思わない、わがままをすればぶちたたきはあたりまえで、もらい乳をしてよく育ててくれた、ありがたい、その恩は忘れませんよ、けっして家来とは思いません、真実の伯父さんよりは大事でございます」

勘「はいはい、ありがてえありがてえ、それを聞けばすぐに死んでもいい、やあ、ありがてえねえ、さあ死にましょうか、ただ死にたくもねえが、鰹《かつお》の刺身で暖《あった》けえたきたての飯《まんま》を食べてえ」

新「さあさあなんでも」

と言う。当人も安心したか間もなく眠るようにして臨終いたしました。それからはまず小石川の菩提所へ野辺送りをして、長くいたいが養子の身の上ことには女房は懐妊、早く帰ろうと、長屋の者に引き留められましたが、初七日までもおりませんで、精進物でちそうをして初七日を取り越して供養をいたし、伯父が住まいましたその家は他人に譲りましたから、早々たちまして、せめて今夜は遅くも亀有まで行きたいと出かけます る。おりあしく降りだしてきました雨は、どう降《ぶ》りで、車軸を流すようで、菊屋橋のきわまで来て蕎麦屋《そばや》で雨止みをしておりましたが、さらに止むけしきがございませんから、しかたがなしにそのころだから駕籠を一挺雇い、四つ手駕籠に桐油をかけて、

新「どうか亀有までやって、亀有の渡しを越して新宿《にいじゅく》泊まりとしますから、四つ木通りへ出るほうが近いから、吾妻橋《あずまばし》を渡って小梅へやってくんねえ」

駕籠屋「かしこまりました」

と駕籠屋はびしょびしょ出かける。雨は横降りでどうどうという。往来が止まりまするくらい。その降る中をびしょびしょ担がれてゆくうち、新吉は看病疲れか、とろとろ眠気ざし、ついには大いびきになり、駕籠の中でグウグヴと寝ている。

駕籠屋「押しちゃあいけねえ、歩けやあしねえ」

新「ああ、若い衆もう来たのか」

駕「へえ」

新「もう来たのか」

駕「へえ、まだまいりません」

新「ああ、とろとろと中で寝たようだ、どこだかさっぱりわからねえがどこだい」
駕「どこだかちっともわかりませんが、鼻をつままれるも知れません、ただ妙なことには、なあ棒組、妙だなあ、こっちの左手に見える明りはどうしてもあれは吉原土手のなんだ、茶屋の明りに違えねえ、そうしてみればこっちにこの森が見えるのは橋場の総泉寺馬場の森だろう、してみるとここは小塚っ原かしらん」
新「若い衆若い衆、妙な方へ担いできたな、吾妻橋を渡ってと話したじゃあねえか」
駕「それはそういうつもりでめえりましたが、ひとりでにここへ来たので」
新「吾妻橋を渡ったかなんだかわかりそうなものだ」
駕「渡ったつもりでございますがね、今夜はなんだか変な晩で、どうも、変で、なあ棒組、変だなあ」
駕「ちっとも足が運べねえようだな」
駕「妙ですねえ旦那」
新「妙だっておめえたちはおかしいぜ、どうかしているぜ、急いでやってくんねえ、小塚っ原などへ来てしようがねえ、千住へでも泊まるから本宿《ほんじゅく》までやっておくれ」
駕「へえへえ」
とまたびしょびしょ担ぎだした。新吉はまた中でとろとろと眠気ざします。
駕「ああびっくりすらあ、棒組そう急いだって先がちょっとも見えねえ」
新「ああ大きな声だなあ、もう来たのか若い衆」

駕「それが、ちっともどこだかわかりませんので」
新「どこだ」
駕「どこだか少しも見当てがつきませんが、おいおい、さっき左に見えた土手の明りが、こんどあ右手《こっち》に見えるようになった、おやおや右の方の森が左になったが、そうすると突当たりが山谷の明りか」
新「若い衆、どうも変だぜ、あとへ帰って来たな」
駕「帰《けえ》る気もなにもねえが、どうも変でございます」
新「ふざけちゃあ困るぜ冗談じゃあねえ、おめえたちはおかしいぜ」
駕「旦那、おまえさんなにかなまぐさい物を持っておいでなさりゃあしませんか、こかあ狐が出ますからねえ」
新「なまぐさい物どころか仏の精進日だよ、しっかりしねえな、もう雨はあがったな」
駕「へえ、あがりました」
新「おろしておくれよ」
駕「どうもお気の毒で」
新「冗談じゃあねえ、おめえたちは変だぜ」
駕「へえ、どうも、こんなことは、今まで長く商売《しょうべえ》しますが、今夜のような変な駕籠を担いだことがねえ、行くと思って歩いてもあとへ帰《けえ》るような心持ちがするがねえ」

新「ふざけなさんな、包みを出して」
と駕籠から出て包みをしょい、
新「いいあんばいに星が出たな」
駕「へえ、奴蛇の目の傘はここにございます」
新「いいやあ、まあ道を拾いながらはだしでもなんでもかまわねえ行こう」
駕「低い下駄なればとびとび行かれましょう」
新「まあいいや、さっさっと行きねえ」
駕「へえ、さようなら」
新「しようがねえな、どこだかちっともわかりゃあしねえ」
と言いながら出かけてみると、更けましたから人の往来はございません。道を拾い拾いまいりますと、こっちの藪垣《やぶがき》のそばに一人人が立っておりまして、新吉が行き過ぎると、
男「おい若えの、そこへ行く若えの」
新「そりゃ、ここはなんでもなにか出るに違えねえと思った、畜生《ちきしよう》畜生あっちへ行け畜生畜生」
男「おい若えの若えのこれ若えの」
新「へえ、へえ」
とこわごわその人をすかして見ると、藪のところに立っているは年のころ二十八、九

の、色の白い鼻筋の通って眉毛の濃い、月代《さかやき》がこう森のように生えて、左右へつやつやしく割り、いま御牢内から出たろうというお仕着せのなりで、びっこを引きながらひょこひょこやってきたから、新吉は驚きまして、
新「へえへえ、ごめんなさい」
男「なにをおっしゃる、これは貴公が駕籠から出るとき落としたのだ、これは貴公様のか」
新「へえへえ、びっくりいたしました。なんだかと思いました、へえ」
と見ると迷子札。
新「おやこれは迷子札、これはありがとう存じます、駕籠の中でとろとろと寝まして落としましたか、御親切にありがとう存じます、これはわたくしの大事な物で、伯父の形見で、伯父が丹精してくれたので、どうもありがとうございます」
男「その迷子札に深見新吉とあるが、貴公様のお名前はなんと申します」
新「てまえが新吉と申します」
男「貴公様が新吉か、深見新左衛門の次男新吉はおまえだの」
新「へえわたくしで」
男「いやどうもはからざるところで、懐かしい、どうもこれは」
と新吉の手をとったときは驚きまして、
新「まっぴらどうか、わたくしは金も何もございません」

男「これ、わたしをおまえは知らぬはもっとも、お前が生まれると間もなく別れた、わたしはおまえの兄の新五郎だ、どうかしてそちに会いたいと思いおりしが、これも会われる時節、兄弟縁の尽きぬので、かようなところで会うのは実に不思議なことであった、わたしは深見の惣領新五郎と申す者でな」

三十六

新「へえ、なるほど鼻の高いいい男だ。目の下にほくろがありますか、おおなるほど、だが新五郎様という証拠がなにかありますか」

新五郎「証拠といって別にないが、この迷子札はおまえ伯父にもらったというが、それは伯父ではない勘蔵という門番で、それがわしの弟を抱いて散り散りになったということをほのかに聞きました、その門番の勘蔵を伯父というが、それを知っているよりほかに証拠はない、もっともほかに証拠物もあったが、長らく牢屋の住まいにして、実にかような身の上になったから」

新「それじゃあお兄い様、顔は知りませんが、勘蔵が亡くなります前、枕元へ呼んで遺言して、これを形見としてあなたの物語り、ここでお目にかかれましたのは勘蔵が草葉の陰で守っていたのでしょう、それについてもあなたのお身なりはどういうわけで」

新五郎「いや面目ないが、若気の至り、実は一人の女をあやめて駆落ちしたれど露顕して追っ手がかかり、片足かくのごとくけがをしたゆえ逃げおおせず、とうとうお縄にかかって、長い間牢にいて、いかなる責めにあうといえどあくまでも白状せずにいたれど、とても逃るる道はないが、一度娑婆を見たいと思って、牢を破って、隠れおおせてちょうど二年越し、実はてまえに会うとははからざることであった。てまえはただいまいずこにおるぞ」

新「わたくしはねえ、ただいまは百姓の家《うち》へ養子にいきました。先は下総の羽生村で、三蔵という者の妹娘《いもとむすめ》を女房にしております、三蔵と申すのは百姓もしますが質屋もし、なかなかの身代、ことに江戸に奉公をした者で気のきいた者ですが、あなたは牢を破ったなどととんだ悪事をなさいました、知れたら大事で、早く改心なすって頭を剃《す》って衣に着替え、姿を変えてわたしといっしょに国へおつれ申しましょう、あなたどんなにもお世話をいたしましょうから、悪い心をやめてください、ええ」

新五郎「下総の羽生村で三蔵というは、なにかえ、それは前に谷中七面前の下総屋へ番頭奉公した三蔵ではないか」

新「ええよくあなたはご存じで」

新五郎「とんだとこへてまえかたづいたな、その三蔵というは前々《まえまえ》朋輩で、わしが下総屋にいるうち、お園という女を若気の至りで殺し、それを訴人したは三蔵、それからかような身の上になったるも三蔵ゆえ、白洲でも幾たびも争った憎いやつでその憎い念はいまだに忘れん、始終憎いやつと目をつけているが、そういうところへそのほうがかたづくとはいかにも残念、そのほうもそういうところへは拙者がやらぬ、けっして行くな、これからいっしょに逃げ去って、長え浮世に短けえ命、おれといっしょに賊を働き、栄耀栄華《ええようえいが》のしほうだいをいたすがよい、心を広く持って盗賊になれ」
新「これは驚きましたこれは驚きました。兄上考えてごらんなさい、世が世なれば旗本の家督相続もするあなたが、盗賊をしろなぞと弟に勧めるということがありましょうか、まあそんなことを言ったって、あなたが悪いから訴人されたので、三蔵はなかなかそんな者ではございませぬ」
新五郎「てまえ女房の縁に引かされて三蔵のひいきをするが、その家を相続しておれをあだに思うか、さあそうなれば許さぬぞ」
新「許さぬってえ、おまえさんそれは無理で、それだから一ぺん牢へはいると人間がなおなお悪くなるというのはこれだな、てまえのいるところは田舎ではありますが不自由はさせませんからいっしょに来てください」
新五郎「てまえは兄のことばを背きおるな、よしよし、あってかいなき弟ゆえ殺してしまう覚悟しろ」
新「そんな理不尽なことを言って」
新五郎「なに」
と懐に隠し持ったる短刀《どす》を引き抜きましたから、新吉は「あれー」と逃げましたが、雨降りあげくで、びしょびしょ頭まではねのあがりますのに、うしろから新五郎はびっこをひきながら、ぴょこぴょこ追っかけまするが、足が悪いだけに駆けるのも遅いから、新吉は逃げようとするが、なにぶんにも道がぬかって歩けません。滑ってずーんと横に転がると、あとから新五郎はびっこで駆けてきて、新吉の前のところへぽんと転がりましたはずみに新吉を取って押えつける。

新五郎「ふらち至極のやつ、殺してしまう」

というに、新吉は一生懸命、無理に跳ね起きようとして足をすくうと、新五郎はあおむけに倒れる、新吉はその間《ま》に逃げようとする、新五郎は新吉の帯を取って引くと、あおむけに倒れる、新吉も死に物狂いで組みつく、べったり泥田の中へ転がり込む、なれども新五郎は柔術《やわら》も習った腕前、力に任して引き倒し、

新五郎「ふらち至極な、女房の縁に引かれて真実の兄がことばを背くやつ」

と押し伏せて喉笛をずぶりっと刺した。

新「情けない兄《あに》さん……」

駕籠屋「もしもし旦那旦那、たいそううなされていなさるが、雨はもうあがりましたから桐油を上げましょう」

新「え、ああ危ういところだ、ああ、はああ、ここはどこだえ」

駕「ちょうど小塚っ原の土手でごぜえやす」

新「えい、じゃあ夢ではねえか、吾妻橋を渡って四つ木通りと頼んだじゃあねえか」

駕「へえ、そうおっしゃったが、乗り出してちょうど門跡前へ来たら、雨が降るから

千住へ行って泊まるからとおっしゃるので、それからこっちへめえりました」
新「なんだ、ええ長え夢を見るもんだ、迷子札は、お、あるある、なんだなあ、え、おい若い衆若い衆、喉はなんともねえか」
駕「へえ、どうか夢でも御覧でござえましたか、うなされておいでなせえました」
新「小用がたしてえが」
駕「へえ」
新「星が出たな」
駕「へえ、いいあんべえ星が出ました」
新「じゃあ下駄を出しねえ」
駕「これで天気は定まりますねえ」
新「いいあんばいだねえ、おやここはお仕置き場だな」
と見ると二つ足の捨て札に獄門の次第が書いてありますが、初めに当時無宿新五郎と書いてあるを見て、びっくりして、新吉が、だんだんこわごわながら細かに読みくだすと、いま夢に見たとおり、谷中七面前、下総屋の中働きお園に懸想して、無理無体に殺《せっ》害《がい》して、百両を盗んで逃げ、のちお捕方に手むかいして、重々不届き至極につき獄門に行なうものなりとあり。新吉はこれぞ正夢なり、妙なこともあるものだと、兄新五郎の顔が目に残りしは不思議なれど、勘蔵の話で思ったからそう見えたか、なんにしても希《け》有《う》なことがあればあるものだ、と身の毛だちて、気味悪く思いますから、これより千住へ参って一晩泊まり、翌日早々下総へ帰る。新吉の顔を見ると女房お累が虫気づきまして、オギャアオギャアと産み落としたは男の子でございます。この子が不思議なことには、新吉が夢に見た兄新五郎の顔に生写しで、鼻の高い目の細い、気味の悪い子どもが生まれるという怪談の初めでございます。

三十七

引き続きまして真景累ヶ淵と外題を付しまして怪談話でございます。新吉は旅駕籠にゆられて帰りましたが、駕籠の中で怪しい夢を見まして、なにかと心にかかることのみ、取り急いで家《うち》へ帰りますると、新吉の顔を見ると女房お累は虫気づき、産み落としたは玉のような男の子とはいかない、子どものくせに鼻がいやにつんと高く、目は細いくせにいやにこう大きな目で、頬肉が落ちましてやせ衰えた骨と皮ばかりの男の子が生まれました。その顔を新吉がつくづく見ると夢に見ました兄新五郎の顔に生写しで、新吉はぞっとするほど身の毛立って、

新「そうなればこの家《うち》は敵同士《かたきどうし》と、夢にも兄貴が恨みたたら言ったが、兄貴がお仕置きになりながらも、三蔵に恨みをかけたとみえて、その仇《あだ》の家へわたしが養子に来たと夢でそのことを知らせ、早く縁を切らなければ三蔵の家《うち》へ祟ると言ったが、さては兄貴が生まれ変わってきたのか、ただしはまた祟りでこういう子どもが生まれたことか、

どうも不思議なことだ」
とそのころは恨み祟りということがあるのあるいは生まれ変わるということもあるなどと、人が迷いを生じまして、いろいろに心配をいたしたり、除《よ》けをいたすようなことがありました時分のことで、いわゆるただいま申す神経病でございますから、新吉はただそのことがくよくよ心にかかりまして、
新「ああもう悪いことはできぬ、ふっつり今までの念を断って、改心いたして正道《しょうどう》にかせぐよりほかにいたしかたはない、始終女房の身の上子どもの上まで、こういう祟りのあるのは、みなこれもおれの因果が報うことであるか」
とさまざまのことを思うからなおさら気分が悪うございまして、家《うち》におりましても食も進みません。女房お累は心配して、
累「御酒《ごしゅ》でもお飲みなすったらお気晴らしになりましょう」
と言うが、どうも家《うち》にいればいるほど気分が悪いから、寺参りにでも行くほうがよかろうというので、寺参りに出かけます。三蔵も心配して、
三「いっしょにいると気が晴れぬ。姑《しゅうと》などというものはまことに気詰まりなものだというから、一軒家《うち》を別にしたらよかろう」
と羽生村の北坂というところへ一軒新たに建てまして、三蔵方でなにも不足なく仕送ってくれますする。新吉は別にかせぎもなく、ことにはあんばいが悪いので、少しずつ酒でも飲んではぶらぶら土手でも歩いたり、また大宝《たいほう》の八幡様へ参詣に行くとか、きょう

は水街道、あるいは大生郷《おおなごう》の天神様へ行くなどと、諸方を歩いておりますが、まあ寺参りのほうへ自然行く気になります。翌年寛政八年ちょうど二月三日のことでございましたが、法蔵寺へ参詣に来ると、和尚がつくづく新吉を見まして、
和尚「おまえは死霊《しりょう》の祟りのある人で、病気は直らぬ」
新「へえどうしたら直りましょう」
和尚「無縁墓の掃除をして香花《こうはな》をたむけるのは大功徳《だいくどく》なもので、これを行なったらよかろう」
新「直りますればどんなことでもいたしますが、無縁の墓がありましょうか」
和尚「無縁の墓は幾らもあるから、よく掃除をして水をあげ、香花《こうはな》をたむけるのはよい功徳になると仏の教えにもある。昔からたとえにも、千本の石塔を磨くと忍術が行なえるともいうから、そんなこともあるまいが功徳になるから参詣なさい」
と和尚さんがありがたく説きつけるから、新吉はこれから願にかけて、法蔵寺へ行っては無縁の墓を掃除して水をあげ香花をたむけまする。とそこが気のせいか、神経病だからだんだん数を掃除するに従って気分も快くなってまいります。三月の二十七日に新吉が例のとおり墓参りをして出にかかると、はいってきました婦人は年のころ二十一、二にもなりましょうか、達磨返《だるまがえ》しという結び髪で、ちょっといたした藍《あい》の万筋《まんすじ》の小袖に黒の唐繻子《とうじゅす》の帯で、上に葡萄鼠《ぶどうねずみ》に小さい一つ紋をつけました縮緬《ちりめん》の半纏羽織を着まして、そのころはやった吾妻下駄をはいてはいってくる。あとからついてまいるのが馬方の作

蔵と申す男で、

作「お賤《しず》さんこれが累《かさね》の墓だ」

賤「おやまあ、累の墓というと、名高いからもっと大きいと思ったらたいそう小さいね」

作「小さいって、これがどうもなんと二十六年祟ったからねえ、執念深《ぶけ》えあまもあるもので、この前《めえ》に助《すけ》と書いてあるが、これはどういうわけか累の子だというが、子でねえてねえ、助というのは先代の与右衛門の子で、これがまま母にいじめられ川の中へぶち流されたんだという、それが祟って累ができたというが、なんだかはっきりしねえが、村の者も墓参りに来れば、これが累の墓だといってみんな線香の一本もあげるだ。それに願がけがきくだねえ、亭主が道楽ぶってほかの女にはまって家《うち》へ帰《けえ》らぬときは、女房が心配《しんぺえ》して、どうか手の切れるように願えますと願がけするときくてえ、妙なもので」

賤「そうかね、わたしはまあこうやって羽生村へ来て、旦那のおかみさんに、わたしの手が切れるように願がけをされて、旦那に見捨てられては困るねえ」

作「なに心配《しんぺえ》しねえがいいだ、でえじょうぶ、おかみさんはわかったもんで、それに若旦那があああやって堅くするし、それに小さいけれども惣吉様もいるからそんなことはねえ、旦那は年い取ってるから、ただ気に入ったでつれてきて、別に夢中になるてえわけでもねえから、それにおれつれてきただといって話して、本家でも知ってるから心配《しんぺえ》ねえ、家《うち》も旦那どんのなんで、あんたがこうしてと言って、旦那のあつらえだから家《うち》もりっぱにできただのう」

賤「何だか茅ぶきで、妙なとがった屋根なぞ、そんな広いことはいらないと言ったんだが、ちょっと離れて寝る座敷がないといけないからってねえ、土手から川の見えるところは景色がいいよ」

作「ようがすね。やあ新吉さん」

新「おや作さん久しくお目にかかりませんで」

作「あんべいが悪《わり》いてえがどうかえ」

新「どうもよくなくって困ります」

作「はあそうかえ、よくまあ心にかけて寺参りするてえ、おめえのような若え人に似合わねえて、そう言っている、ええなあにあれは名主様の妾《めかけ》よ」

新「うん、ああ江戸者か」

三十八

作「深川の櫓下《やぐらした》にいたって。名前《なめえ》はお賤さんといって如才ねえ女子《あまつこ》よ、年は二十二だというが、口のききようはうめえもんだ、旦那様がつれてきただが、家《うち》にも置かれねえから若旦那や御新造様《ごしんぞさま》と話合いで別に土手下へ小さく一軒家《いえ》造って江戸風にできただ、まあ旦那が行かない晩は寂しくっていけねえから遊びに来うというから、おれがつまらねえ馬子唄あやったり麦つき唄はこういうもんだってうたって相手をすると、おもしろがって、それえおれがに教えてくれろなどと言ってなあ、妙に馬子唄を覚えるだ。三味《さみ》線《せん》弾いて踊りをおどるなあ、食い物あ江戸口で、おめえ塩の甘たっけえのを、江戸ではこういううめえ物《もん》食っているからって、食い物《もな》あたいへんやかましい、鰹節《かつぶし》などを山のように掻いて、煮汁を取って、あとはもったいないというのにうっちゃってしまうだ、おれ寂しくねえように、行って三味線弾いては踊りをおどったりなにかするのだがね、あすこは寂しい土手下で、あんまり三味線弾いて騒ぐから、狸が浮かれて腹太鼓をたたきやあがって夜が明けて戸をあけてみると、三匹ぐれえ腹あたたき破ってひっくり返《けえ》っている」

新「うそばっかり」

作「ほんとうだよ」

賤「ちょいとちょいと作さん、なんにも見るとこがないから、もう行こう」

作「ええめえりましょう」

賤「ちょいと作さんいま話をしていた人はどこの人」

作「あれは村の新吉さんてえので」

賤「わたしは見たような人だよ」

作「見たかもしんねえ、江戸者だよ」

賤「おやそうかい、ちょっと気のきいた乙な人だね」

作「ええごくおとなしい人で、墓参《はかめえ》りばかりしていてね、からだが悪《わり》いから墓参りして、なんでも無縁様《むえんさま》の墓あ磨けば幻術が使えるとかなんとかいってね、願がけえして」
賤「おや気味の悪い、幻術使いかえ」
作「いまこれから幻術使いになるべえというのだろう」
賤「そうかえ妙なことが田舎にはあるものだねえ、なにかえ江戸の者でこっちへ来たのかえ」
作「へえ上《かみ》の三蔵さんてえ人の妹娘《いもとむすめ》お累てえが、おめえさん、新吉がこっちへ来たので娘心にほれただ、どうか聟《つか》にもらえてえって恋煩いしてあんばいが悪くなって、兄様《あにさま》もお母様も見かねて金出した恋聟《こいむこ》よ」
賤「そうかえ、新吉さんと、おや新吉さんというので思い出したが、見たわけだよ、わたしがね櫓下に下地子《したじっこ》になって紅葉屋《もみじや》にいる時分、あの人は本石町の松田《まつだ》とか桝田《ますだ》とかいう貸本屋の家《うち》に奉公していて、貸本をしょってきたから、わたしは年のいかないころだけども、たびたび見て知っているよ、たいそう芸者衆《しゅ》もやれこれ言ってかわいがって、そうそうなかなか愛嬌者で、知っているよ」
作「ああまあ、新吉さん新吉さん、おいこっちへ来なせえ、あの御新造様がおめえを知っているてねえ」
新「どなた様でげすえ」
賤「ちょいと新吉さんですか、わたしはまことにお見それ申しましたよ、たしか深川櫓下の紅葉屋へ貸本をしょっておいでなすった新吉さんではありませんか」
新「へえ、わたしもねえさっきからお見かけ申したようなかたと思ったが、もしも間違ってはいけねえと思ってことばをかけませんでしたが、たしかお賤さんで」
作「それだから知っているだ、どこでどんな人に会うかしんねえ、うそはつけねえもんだ」
賤「わたしはこのごろこっちへ来て、こういうところにいるけれども、なじみはなし、洒落《しゃれ》を言ったってむこうに通じもしないし、ちっともおもしろくないから、作蔵さんが毎晩来て遊んでくれるので、ちっとは気晴らしになるんだが、新吉さんほんとうにいいところで。ちっとおいでなさいな、ちょうど旦那が遊びに来ているから、変な寂しいところだけれども、静かでいいからちょいとお寄りな」
新「へえありがとうございます、わたしはねこっちへまいりましてまだ名主様へしみじみお近づきにもなりませんで、兄貴がつれてお近づきにまいると言っておりますが、なんだか気が詰まると思ってついごぶさたをしてまいりませんので」
賤「なに気が詰まるどころじゃあない、さっくりよくわかった人だよ、わたしを娘のようにかわいがってくれるからちょいとお寄りな、ねえ作さん」
作「それがいい、新吉さんおいでよ、なんでもおいで」
と勧められるから新吉は、幸い名主に会おうと行きましたが、少し田んぼを離れて庭があって、囲いは生け垣になって、ちょいとした門の形がある中に花壇などがある。

賤「さあ新吉さんこっちへ」
惣「たいそう遅かったな」
賤「遅いったって見るところがないから累の墓を見てきましたが、気味が悪くておもしろくないから帰ってきたの」
作「ただいま」
惣「大きに作蔵御苦労、だれかいっしょか」
賤「あの人は新吉さんといってわたしが櫓下にいる時分、貸本屋の小僧さんでいて、その時分に本をしょって来てなじみなので、思いがけなく会いましたら、まだ旦那様にお目にかからないから、どうかお目通りがしたいというから、それはちょうどよい、旦那様は家《うち》に来ていらっしゃるからといって、無理につれてきたので」
惣「おやおやそうか、さあこちらへ」
新「へえはじめまして、わたくしはええ三蔵の家《うち》へ養子にまいりました新吉と申す不調法者で、どうぞ一ぺんは旦那様にお目通りしたいと思いましたが、かけ違いましてお目通りをいたしません。今日《こんにち》はよいおりがらお賤さんにお目にかかって出ましたが、ついお土産《みやげ》も持参いたしませんで」
惣「いいえ、話には聞いたが、たいそう心がけのよい人だって。おまえさん墓参りによく行くってね」
新「へえからだが悪いので法蔵寺の和尚様が、無縁の墓へ香花をあげると、からだがじょうぶになるというから、はじめはけなしましたが、それでも親切な勧めだと思ってまいりますが、妙なものでこのごろはその功徳かして大きにじょうぶになりました」
惣「うんなるほどそうかえ、よく墓参《はかめえ》りをする、なかなかおとなしやかな実銘な男だといって、村でも評判がいい」
賤「ほんとうにごくおとなしい人で、貸本屋にいて本をしょってくる時分にも、ちょっと来ても、新吉さん手伝っておくれなんて言うと、冬などは障子を張り替えたり、水をくんだり、外を掃除したり、まことにちょっと人柄はよしねえ、若い芸者衆《げいしゃしゅ》は大騒ぎやったので。新吉さん遠慮しないで、窮屈になるとかえって旦那は困るから、ねえ旦那、はじめてですからお土産などと言ったんだけれども止《と》めましたが、はじめてですからお金をちょっと少しばかりやってくださいな」
惣「お金を、幾ら」
賤「幾らだって少しばかりはみっともないし、あなたは名主だから、へえへえ、あやまってるし、はじめてですから三両もおやんなさいよ」
惣「三両、あんまり多いや、一両でよかろう」
賤「おやりなさいよ、むこうは目下だから。それに、旦那あの博多の帯はおまえさんに似合いませんからあの帯もおやりなさいよう」
惣「帯を、いろいろな物を取られるなあ」
とこれが始まりで新吉は近しく来ます。

三十九

お賤は調子がよし、酒が出るとちょっと小声で一中節《いっちゅうぶし》でもやるから、新吉はおもしろいからなお近しく来る。そのうちに悪縁とは申しながら、新吉とお賤と深い仲になりましたのは、たれあって知る者はございませんけれども、自然と様子がおかしいので村の者も感づいてきました。新吉は家《うち》へ帰ると女房が、やけどの痕で片鬢《かたびん》はげちょろになっており、真っ黒なあざの中からぴかりと目が光るお化けのような顔に、赤ん坊は獄門の首に似ているから、新吉は家へ帰りたいことはない。またそれにうって代わって、お賤のところへ来ると弁天様か乙姫のような別嬪がちやほや言うから、新吉はこそこそ抜けては旦那の来ない晩には近くしけこんで、作蔵に少し銭をやれば自由にあいびきができますするが、さて悪いことはできぬもので、兄貴は心配しても、新吉に意見を言うことはできませんから、お累に内々意見を言わせます。意見を言わないとためにならぬ、むこうが名主様だから知れてはならぬという、それを思うから、女房お累が少し意見がましいことを言うと、新吉は腹を立てて打《ぶ》ち打擲《ちょうちゃく》いたしまするので、いままでと違って実にあらあらしいことをいたしては家《うち》を出てゆきまするようなことなれども、人がよいから、お累は心配するところからだんだん病気になりまして、ついには頭《かしら》が割られるように痛いとか、胸が裂けるようだとか、癪《しゃく》ということを覚えて、ただおろおろ泣いてばかりお

ります。兄貴は改って枕元へ来て、

三「だんだん村方の者の耳にはいり、きょうは老母《としより》の耳にもはいって、捨ててはおかれず、わしがついていて名主様にすまない、ことに家《うち》の物を洗いざらい持ち出して質に置き、水街道のほうで遊んで、家へ帰らずに、夜になればお賤のところへしけこんでおり、おまえがあんばいが悪くっても、子どもが虫が起こっても薬一服飲ませるりょうけんもない不人情な新吉、金をやれば手が切れるから手を切ってしまえ」

と兄が申しまする。ところがお累は、

「どうもあいすみませんが、たとえ親や兄弟に見捨てられても夫につくが女の道、ことには子どももありますから、お母《つか》さんやお兄《あに》い様には不孝でありますが、わたしはどうも新吉さんのことは思い切られません」

と、ぴったり言い切ったから、

三「そうなれば兄妹《あにいもと》の縁を切るぞ」

と言い渡して、まとめて三十両の金を出すと、新吉は幸い金がほしいから、兄と縁を切ってしまって行き通いなし。新吉はこの金を持って遊び歩いて家《うち》へ帰らぬから、自分はかえっておもしろいが、ただかわいそうなのは女房お累、次第次第に胸のほむらに煮え返るようになります。ことに子どもは虫が出て、ピイピイ泣き立てられ、糸のようにやせても薬一服飲ませません。なれども三蔵の手が切れたから村方の者も見舞いに来る人もございません。新吉はいい気になりまして、いろいろな物を持ち出しては売り払い、ふとんどころではない、ついには根太板まではがして持ち出すようなことでございますから、お累は泣き入っておりますが、三蔵は兄妹の情で、縁を切っても片時《かたとき》も忘れる暇はありませんゆえ、ある日用たしにまいって帰りがけ、旧来おります与助《よすけ》という奉公人をつれて、そうっと忍んでまいり、お累の家《うち》の軒下に立って、

三「与助や」

与「へえ」

三「新吉がいるようなれば寄らねえが、新吉がいなければちょっと会ってゆきたいから、そっとのぞいて様子を見て、新吉がいてはとても顔出しはできぬ」

与「まあてえげえ留守がちだというから、寄ってあげておくんなさえ、ねえ、かわいそうで、あんたの手が切れてからたれも見舞《みめ》えにも行かぬ、たとえあなたの手が切れても、あんべえが悪《わり》いから村の者は見舞えに行ったってもええが、それを行かぬてえから、てえげえ人の不人情もわかっていまさあ、どうか寄って顔を見てやっておくんなさえ、わしもお累さんが小せえうちからおりやすから、訪ねてえと思うが、訪ねることができねえが、表で会っても、新吉さんお累さんのあんべえはどうで、と言うと、なんだわれは縁の切れたとこの奉公人だ、くたばろうとどうしようと世話にはならねえ、とこういうので、あの野郎あんなやつではなかったが、魔がさしたのか、始終は、はあ、ろくなことはねえ、お累さんにとがはねえけれども、それえ聞くとつい足遠くなるわけで」

三「なんたる因果でお累はあんな悪党の不人情なやつを思い切れないというのはなに

かの業だ、よ、のぞいてみなよ」
与「のぞけませんよ」
三「なぜ」
与「どうも軒先へ顔を出すと蚊が舞ってきて、鼻孔《はなめど》からへえって口から飛び出しそうな蚊で、ああどうもえれえ蚊だ、だれもいねえようで」
三「そうか、じゃあはいってみよう」
と日暮れ方で薄暗いから土間のところから探り探りあがってまいると、せんべいのような薄っぺらのふとんを一枚敷いて、その上へ赤ん坊を抱いてごろりと寝ております。蚊の多いに蚊帳《かや》もなし、蚊いぶしもなし、暗くってさっぱりわかりません。
三「はいごめんよ、おっ、ここに寝ている、ええお累お累、わたしだよ兄だよ……三蔵だよ」
累「は……はい」

四十

三「ああ危ない、起きなくってもいいよ、そうしていなよ、そうしてね、おまえとは縁切りになってしまったから、わたしが出はいりをするわけじゃあないが、縁は切れても血筋は切れぬというたとえでなんとなく、おまえの迷いからこんな難儀をする、どうかしておまえの迷いが晴れて新吉と手が切れて家《うち》へ帰るようにしたいと思っているから、もう一応おまえの胸を聞きに来たので、新吉もいない様子だから話しに来た。ええ、ちょうど与助が供でね、あれもおまえが小さい時分からのなじみだから、どうぞ一目会って来たいといって、与助こっちへはいりな」

与「へえありがとう、お累さん与助でござえますよ、お訪ね申してえけれども、旦那にも言うとおり、新吉さんが憎まれ口いきくので、つい足い遠くなって訪ねませんで、長え間《なげ》あんべえが悪くってお困りだろう、どんなあんべえで、ええ暗くってさっぱりわかりませんが、ちっとおさすり申しましょう、おうおうそんなにやせもしねえ」

三「それはおれだよ」

与「そうかえおめえさんか、暗くってわからねえから」

三「なにしろ暗くってしようがない、明りをつけなければならん、新吉はどこへ行ったえ」

累「はいありがとう、兄《あに》さんよくいらしってくださいました、お目にかかられた義理ではありませんが、どうかもうわたしも長いことはございますまいから、一目お目にかかって死にたいと存じましても、心柄でお呼び申すこともできない身の上になりましたも、みなお兄い様やお母様の罰《ばち》でございますが、心にかけておりました願い《つか》が届きまして、よくいらしってくださいました、与助よく来ておくれだね」

与「へえ、来てえけれどもねえ、どうも来られねえだ、新吉が憎まれ口きくでなあ、実に、はあ、しょうがねえだ、蚊が多いなあ、まあ」
三「新吉はどこへ行った、なに友だちに誘われて遊びに行ったと、作蔵という馬方といっしょに遊んでいやあがる、忌々《いめえま》しいやつだ、蚊帳はどこにある、蚊帳を釣りましょう、なにないのかえ」
累「はい蚊帳どころではございません、着ております物をひんむいて持ち出しまして、売りますか質に入れますか、もう蚊帳も持ち出して売りました様子で」
三「あきれますなどうも、蚊帳を持ち出して売ってしまったと、この蚊の多いのによ」
与「だから鬼だって。自分は勝手三昧しているから痒《かい》くもねえが、それはお累様あ憎いたって、現在赤ん坊が蚊に食い殺されてもかまわねえていうなあ心が鬼だねえ」
三「与助や家《うち》へ行って蚊帳を取ってきてくんな、家の六畳へ釣る蚊帳がちょうどいい、あれは六七の蚊帳だから、あれでちょうどよかろう、もしあれでなければ七八の大きいのでいい、病人の中へはいってさする者も広いほうがいいから」
与「じき行ってきましょう」
三「早く行って」
与「へえお累様、じき行ってめえりますよ」
と親切な男で、飛ぶようにして蚊帳を取りに行きました。
三「暗くっていかぬから明りをつけましょう、どこに火打ち箱はあるのだえ、どこに、え、竈《かまど》も持ち出して売ったあ、あきれますどうも、家《うち》ではおまんまも食わねえりょうけん、そういう憎いやつだ」

とだんだん手探りで台所の隅へ行って、

三「ああ、ここにあった、ここにあった」

とようやく火打ち箱を取り出しましてカチカチ打ちまするが、石は丸くなって火が出ない、ようやくのことで火を付け木に移し、破れ行燈《あんどう》を引き出して明りをつけ、よくよくお累の顔を見ると、実にいまにも死のうかと思うほどやせ衰えて、見る影はありませんから、兄三蔵は驚きまして、

三「ああお累、おまえこれは一通りの病気ではない、よほどの大病だよ、この前に来たときはこんなにやせてはいなかったが、なにも食べさせはせず、薬一服煎じて飲ませるりょうけんもなく、出歩いてばっかりいるやつだから、自分には煮炊きもできず、おまえがこんな病気でも見舞いに来る人もないから知らせる人もなし、物を食べなけりゃあ力がつかないから、これではたとえ病気でなくとも死にます。見れば畳も持ち出して売りやあがったとみえて、根太がところどころはがれて、まあ縁の下から草が出ているぜ、実にどうもひどいじゃあないか、ええおい、あの非道な新吉をどこまでもおまえ亭主と思って慕うりょうけんかえ、おまえは罰《つか》があたっているのだよ、わたしがお母《つか》さんにお気の毒だと思っていろいろ言うと、お母さんはわたしへの義理だから、なんの親兄弟を捨てて出るような者は娘とは思わぬ、敵同士だ、病気見舞いにも行ってくれるな、

あんなやつは早く死ねばいい、と口ではおっしゃるけれども、朝晩如来様に向かって看経《かんきん》の末には、お累は大病でございます、どうかお累の病気全快を願います、新吉と手を切りまして、一つところへ親子三人寄って笑い顔を見てわたしも死にとうございます、どうかお守りなすってくださいまし、と神様や仏様に無理な願掛けをなさるも、おまえがかわいいからで、親の心子知らずというのはおまえのことで、さあきょうは新吉とふっつり縁を切りますあきらめますとおまえが言えば、あんなやつだから三十両か四十両のはした金で手を切って、おまえを家《うち》へつれていって、からださえじょうぶになればりっぱなところへ縁づける、さもなければ別家をしてもいい、あいつに面当てだからな、ええ、きょうはあきらめますと言わなければなりませんよ、さああきらめたと言いなさい、ええ、おい、言えないかえ、きょうあきらめなければわたしはもう二度とふたたび顔は見ません、もうけっして足踏みはいたしません、もう兄妹《あにいもと》のこれが別れだ、ほかに兄弟があるじゃあなし、おまえとわたしばかり、おまえ亭主を持たないうちなんと言った、わたしがわきへ縁づきましても、子というは兄《あに》さんとわたしぎりだから、二人でお母《つか》さんに孝行しようと言ったじゃあないか、してみれば親のありがたいことも知っているだろう、さあ、おまえの身が大事だからいうのだよ、返答ができませんかよ、ええお累、返答しなければわたしは二度とふたたび来ませんよ」

四十一

累「はいはい」
ときかない手をやっとついてがっくり起き上がり、兄三蔵の膝の上へ手を載せて兄の顔を見る目に溜る涙の雨はらはらと膝にこぼれるのを、
三「これこれただ泣いていてはかえって病いに障るよ」
累「はいお兄い様どうも重々の不孝でございました、まあこれまで御丹精を受けましたわたくしが、お兄い様のおことばを背きましては、お母様《つか》へなおお不孝を重ねまする因果者、この節のように新吉が打って変わってじゃけんでは、とてもそばにはいられません、少しばかり意見がましいことを申せば、手にあたる物でぶち打擲いたしますから、小児《あか》がかわゆくないかと膝の上へこの坊を載せますと、ええうるせえ、とこんな病身の小児《あか》を畳の上へ放り出します、それほど気に入らぬ女房なれば離縁してください、兄のほうへ帰りましょうと申しますと、男の子は男につくものだから、この与之助は置いてゆけと申します、あんな鬼のような人のそばへこの坊を置きましては、みすみす見殺しにいたしまするようなものと、ついこの小僧に心が引かされて、お兄い様やお母様《つか》に不孝をいたします。せめてこの与之助が四つか五つになりますまでどうぞお待ちあそばして」

三「そんなわからぬことを言っては困りますよ、おまえどうも、四つか五つになるまでおまえのからだがもちゃあしませんよ、よく考えてごらん、子を捨てる藪《やぶ》はあるが身を捨てる藪はないというたとえのとおりだ、置いていけというなら置いていってごらん、乳はなし、困るからやっぱりおまえのほうへ帰ってくるよ。ええ、わたしのいうことをきかれませんか、これほどにわけを言ってもおまえはきかれませんかえ、悪魔がみいったのだ、おまえそんな心ではなかったが情けないりょうけんだ、わたしはもう二度とふたたび来ません、思えばおまえはばかになってしまったのだ、あきれます」

と腹が立つのではありませんが、妹《いもと》がかわいい紛れに荒い意見を言うと、お累は取り詰めてきまして癪を起こし、

累「ウーン」

と虚空をつかんで横にばったり倒れましたから、三蔵は驚きまして、

三「ええ困ったなあ、少し小言を言うと癪を起こすような小さい心でありながら、どういうもので、こんなに強情を張るのだろう、新吉の野郎め、困ったな、水けねえかな、どうかこれ、お累しっかりしてくれよ、心をたしかに持たなければならんよ、この大病の中で差込みがきてはたまらん、しっかりして」

と一人で手にあまるところへ、帰って来たは与助、風呂敷包みに蚊帳の大きなのを持って、

与「旦那取ってきました」

三「蚊帳を取ってきたか、いまお累が癪を起こして気絶してしまった」
与「ええまあ、そりゃ、お累さんお累さんどうしただ、これお累さん、ああまあ歯あ食いしばって、えらい顔になって、これはまあ死んだに違えねえ、骨と皮ばかりで」
三「死んだのじゃあねえ今閉《と》じてきたのだが、ああこれっきりになるかしら、ああもうとても助かるまい」
与「助からねえってえかわいそうに、これ、まあとてもだめだねえ、お累さんわしい小せえうちからなじみではござえませんか、わしい今あ蚊帳あ取りに行く間待ってもよかんべえが、それにまあ死んでしまうとは情けねえ、あんな悪徒《あくと》野郎がそばについているから、近所の者も見舞いにも来ず、薬一服煎じて飲ませる看病人もない、こんなになって死ぬのはまことに情けねえわけで、どうして死んだかなあ」
三「そんなに泣いたってしようがあるものか、命数が尽きればしかたがねえ、そんなにめめしく泣くな、男らしくもねえ、腹一杯親兄弟に不孝をして苦労をかけてこれで先立ったあこんな憎いやつはねえ、かわいそうとは思わない、憎いと思え、泣くことはねえ、泣くな」
与「泣くなって、泣いたってよかんべえ、死んだときでも泣かなきゃあ泣くときはねえ、わしいかわいそうでなんねえだよ、こんなりっぱな兄《あに》さんがあっても、薬一服煎じて飲ませねえでかわいそうだと思うから泣くのだ、おまえさんも我慢しずに泣くがええ」

三「まあ水でも飲ましてみようか」
与「まだ水もなにも飲ませねえのかえ」
三「おいおれが水を飲ませるからそこを押さえて、首をこうやって、固くなっているからの、力一杯、なに腕が折れると、死んでいるからかまやあしねえ、いいか、いま水を飲ませるから、ウグウグウグウグ」
与「なんだか言うことがわかんねえ」
三「いけねえ、おれが飲んでしまった」
与「しようがねえな、含《くく》んでてしゃべれば飲み込むだ、しゃべらずに」
とようやく三蔵が口移しにすると、水が通ったとみえて、
累「ウム」
という。
三「ああ与助、ようやく水が通った」
与「通ったか、通れば助かります、お累様あ、しっかりして。水が通ったからしっかりして、お累さんお累さん」
三「お累しっかりしろ、兄《あに》さんがここについているからしっかりしろよ」
与「お累様しっかりおしなさえよ、与助がここへめえっておりますから、お累様、しっかりおしなさえよ」
累「ア……」

三「そっちへどきなさい、頭を出すから、ああ痛い」
与「でえじょうぶおれ来たからよう、ああいいあんべえだ気がついた、ああ……」
三「なんだてめえ気がつきゃあそれでいいや、気がついて泣くやつがあるものか」
与「嬉し涙で、もうでえじょうぶだ」
三「もう一杯飲むかえ、さあさあ水を飲みなさい」

四十二

累「はい……気がつきました、どうぞごめんなされてください」
三「わたしがあんまり小言を言ったのは悪うございました、ついおまえの身の上を思うばっかりに愚痴が出て、病人に小言を言って、病いに障るようなことをして、兄《あに》さんが思い切りが悪いのだから、みな定まる約束と思って、もうなんにも言いますまい、小言を言ったのは悪かった、堪忍して」
与「だれえ小言言った、よくねえこった、あんた正直だから悪《わり》い、この大病人に小言を言うってえ、このばか野郎め」
三「なんだばか野郎とは」
与「けれども小言を言ったって、旦那様もおめえ様の身を案じてねえ、新吉さんと手が切れて家《うち》へ帰れるようにしたいと思うから意見を言うので、悪く思わねえように、ようよう」
三「蚊帳を持ってきたから釣りましょう、恐ろしく蚊に食われた、釣り手があるかえ」
累「釣り手は売られないからかかっております」
三「そうか」
とようやく二人で蚊帳を釣って病人の枕元を広くして、
三「あのね、いま帰りがけで持合わせが少ないが、三両ばかりあるからこれを小づかいに置いてゆきましょう、わたしもあきらめてもうなにも言いません、もし小づかいがなくなったらたれか頼んで取りによこしなよう、大事にしなよう、蚊帳を釣ったから、もういい、なにも、もうそんなことを言うなえ、さ、行きましょう行きましょう」
与「へえめえりましょう、じゃあねえ、お累さん行きますよ、旦那様が帰《けえ》るというからわしも帰るが、大事《けえ》にしておくんなさえよ、よう、くよくよ思わなえがええ、ええどうもしようがねえ、帰りますよ」
三「ぐずぐず言わずに先へ出なよ、出なったら出なよ、先へ出なてえに」
と兄が立ちにかかると、きかない手をついてようやくにはい出して、蚊帳をこうまくってお累が出まして、行きにかかる兄の裾を押さえたなり、声を震わして泣き倒れまする。
三「そんなにおまえ泣いたりなにかすると毒だよ、さあ蚊帳の中へはいりな、坊が泣くよ、さあ泣いているからはいんな」
累「お兄い様ただいままで重々の不孝をいたしました、先立ってすみませんが、とてもわたしは助かりません、どうぞ御立腹でもございましょうがお母様《つかさま》にたった一目お目にかかって、おわびをして死にとう存じますが、お母様においでくださるようにあなたからおわびをなすってくださいませんか」
三「もうそんなことをお言いでないよ、お母様もまたぜひ来たがっているのだからおつれ申すようにしましょう、そんなことを言わずによくよくよせずに、さあさあ蚊帳の中へはいっていなよ」
与「でえじょうぶだよ、お母様あおれがつれてくるよ、そんなことを言うと悲しくって帰《けえ》れねえからはいっておくんなさえよ、あ、赤ん坊が泣くよ、かわいそうにほんとうに泣けねえ」
三「ああ、鼻血が出た、与助、男の鼻血だから子細はあるまいけれども、ぼんのくぼの毛を一本抜いて、ちり毛を抜くのはまじねえだから、ああ痛え、そんなにたくさん抜くやつがあるか、一つかみ抜いて」
与「たんと抜けばたんときくと思って」
三「ええ痛いわ、さあさあ行きますよ」
となごり惜しいが、二人とも外へ出るとあいにく気になることばかり。
三「ああ痛」

与「どうかしましたかえ」
三「下駄の鼻緒が切れた」
与「横鼻緒が切れましたか、へえ」
三「与助どうも気になるなあ、お累の病気はとても助《たす》かるまいよ」
与「へえ助かりませんか、かわいそうにねえ、早くお母様あおよこし申すようにしましょうか」
三「なにしろ早く帰ろう」
と三蔵が帰ると、入れ違えて帰ってきたのは深見新吉。酒のきげんで作蔵をつれてひょろひょろよろけながら帰ってきて、
新「おい作蔵、今夜行かなければ悪かろうなあ」
作「悪《わり》いって悪くねえって行かねばおれしかられるだ、行ってやってくだせえ、出がけにおらあ肩たてえてなあ、作さん今夜新吉さんをつれてこないとぶったたくよ、と言ってこう背中あ、ぶったから、なにでえじょうぶだ、一杯《いっぺえ》飲んで日が暮れると来るからでえじょうぶだと言って、声かけてきただ」
新「いつも行くたびにむこうで散財して、酒肴《さけさかな》を取ってもらって、あんまり気がきかねえ、ちっとはうめえものでも買って行こうと思うが、金がねえからしかたがねえ」
作「金えなくったって、むこうでもって小づかいもおれにくれて、どうもはあ新吉さんなら命までもいれあげるつもりだよ、と姉御が言ってるから、行って会っておやりな

せえよ」
新「あしたはまた大生郷《おおなごう》へんで一杯《いっぺえ》やって日を暮らさなければならねえ、しかたがねえからきょうは家《うち》に寝ようと思って」
作「家《うち》に寝るって、おらが困るから行ってよう」
新「こうこう見ねえ見ねえ」
作「なんだか」
新「妙なことがある、おれの家《うち》に蚊帳が釣ってある」
作「はてこれは珍しいなあ、これは評判すべえ」

四十三

新「そんなよけいな憎まれ口をきくなえ、いま行き違ったなあ三蔵だ、おれが留守に来やあがって蚊帳あ釣って行きやあがったのだな、こんな大きな蚊帳がいるもんじゃあねえ、蚊帳をそっと畳んで、離れたとけえ持っていって質に入れれば、二両や三両は貸すから、病人に知れねえように持ち出そう」
作「だから金というものはどこから来るか知れねえなあ、取るべえ」
新「てめえひょろひょろしていていけねえ、病人が目を覚ますといけねえから」
と言うが、酔っておりますからはしごにぶっつかって、ドタリバタリ。これではだれ

にでも知れますが、新吉が病人の頭の上からそっくり蚊帳を取って持ち出そうとすると、お累は存じておりますから、
累「旦那様お帰りあそばせ」
新「ああ目が覚めたか」
累「はい、あなたこの蚊帳をどうなさいます」
新「どうするたって暑っ苦しいよ、いま友だちをつれてきたが、狭い家《うち》にだだっ広い大きな蚊帳を引きずりひんまあして、風がはいらねえのか、暑くってしようがねえから取るのだ」
累「坊が蚊に食われてかわいそうでございますから、どうかそれだけはお釣りあそばして」
新「少し金が入り用だからよ、これを持って行って金を借りるんだ、友だちのつきあいでしようがねえから持って行くよ」
累「はい、それをお持ちあそばしては困りますからどうぞお願いで」
新「お願いだってだれがこんな狭い家《うち》へ大きな蚊帳を引きずりひんまわせと言った、ここはおれの家《うち》だ、だれが蚊帳を釣った」
累「はい今日《こんにち》兄が通りかかりまして、てまえは憎いやつだがいかにも坊がかわいそうだ、蚊っ食いだらけになるから釣ってやろうと申して家《うち》から取り寄せて釣ってくれましたので」

新「それがおれの気に入らねえのだ、よ、兄とおれは縁が切れている、てめえはおれの女房だ、親兄弟を捨てても亭主につくとてめえ言った廉《かど》があるだろう、そうじゃあねえか、え、おい、縁の切れた兄をなぜ敷居をまたがせて入れた、それがおれの気に入らねえ、兄の釣った蚊帳なればなお気に入らねえ、気色《きしょく》が悪《わり》いからこれを売ってほかの蚊帳にするのだ」

累「どうぞお金がお入り用なれば兄が金を三両ほど置いてまいりましたから、これをお持ちあそばして、蚊帳だけはどうか」

新「金を置いていった、そうか、どれ見せろ」

作「だから金はどこから出るか知んねえ、富貴天にありぼたもち棚《たな》にありと神道者が言うとおりだ、おいさあ行くべえ」

新「行くったって三両ばかりじゃあ、塩噌《えんそ》に足りねえといけねえ、蚊帳もついでに持っていって質に入れようじゃあねえか」

作「まあ蚊帳はよせよ、子どもが蚊に食われるからと姉御が言うから、三両取ったら堪忍してやって、子どもがかわいそうだから蚊帳はよせよ」

新「なんだ弱《よえ》えことを言うな」

作「弱えたって人間だから、おかみさんがあんべえの悪《わり》いのにかわいそうぐれえ知っていらあ、よせよ」

新「かわいそうもなにもあるもんか、なにを言やあがるのだこん畜生《ちきしょう》、蚊帳を放さねえか」
累「これは旦那様お情けのうございます、金をお持ちあそばしてその上蚊帳までも持っていってはわたくしはかまいませんが坊がかわいそうで」
新「なんだ坊はおれの餓鬼だ、なんだ放さねえかよう、こん畜生《ちきしよう》め」
とこぶしを固めて病人の頬をポカリポカリぶつから、これを見ている作蔵も身の毛立つようで、
作「よせよ兄貴、おれ酒の酔いもなにもさめてしまった、兄貴よせよ、姉御、見込んだら放さねえ男だから、なあ、しかたがねえから放しなさえ、だが、たたくのはよせよ」
新「なに、こん畜生め、おい頭のはげてるとこをぶつと、手がねばって変な心持ちがするから、棒かなにかねえか、そこに麁朶《そだ》があらあ、その麁朶を取ってくんな」
作「よせよよせよ、麁朶はお願いだからよせよ」
新「なにこん畜生なぐるぞ」
作「姉御麁朶を取って出さねえとおらをなぐるから、放すがええ、見込まれたら蚊帳は助からねえからよ」
新「さあ出せ、出さねえとなぐるぞ、いやでもなぐるぞ、今度《こんだ》あ手じゃあねえ薪《まき》だぞ、放さねえか」
累「ああお情けない、新吉さんこの蚊帳はわたしが死んでも放しません」

とすがりつくのを五つ六つ続け打ちにする。泣き転がるところを無理に取ろうとするから、ピリピリと蚊帳が裂ける、生爪がはがれる。作蔵は、

作「南無阿弥陀仏南無阿弥陀仏、ひどいことをするなあ、顔はきれいだが、おっかねえことをする、怖《こえ》えなあ」

新「さあこの蚊帳あ持って行こう」

作「あれあれ」

新「なに」

作「爪がよう」

新「どう、違えねえすがりつきやあがるから生爪がはがれた、いやな色だな、血がついていらあ、作蔵なめろ」

作「いやだ、よせ、虫持ちじゃあるめえし、爪え食うやつがあるもんか」

新「この蚊帳あ持っていったら三両か五両も貸すか」

作「貸《つ》くもんか」

新「爪を込んで借りよう」

作「琴の爪じゃああるめえし」

とずうずうしいやつで、その蚊帳を肩に引っかけて出てゆきます。お累は出口へこうはい出したが、くやしいと見えて、

累「ええ新吉さん」

と言うと、
新「なにを言やあがる」
とつかつかと立ち戻ってきて、わきにかかってあった薬鑵を取って煮え湯を口からかけると、現在わが子与之助の顔へかかったから、子どもは、
子ども「ヒー」
と二声三声泣き入ったのがこの世のなごり。
累「鬼のようなるおまえさん」
新「なにを言やあがるのだ」
と持っていた薬鑵を投げると、もろに頭から肩へ煮え湯を浴びせたからお累は泣き倒れる。新吉はかまわずに作蔵をつれて出てまいりましたが、こう憎くなるというのは、仏説でいう悪因縁で、心から鬼はありませんが、憎い憎いと思っているところから自然とかようなことになります。

四十四

新吉は蚊帳を持って出まして、これを金にして作蔵と二人でお賤の宅へしけこみ、こっそり酒盛りをいたしております、そのうちにだんだんと作蔵が酔ってくると、馬方でございますから、野良で話をしつけておりますから、つい声が大きくなる。

新「おい作、てめえ酔うと大きな声を出して困る、ちっと静かにしろ」
作「静かにたって、でえじょうぶだ、人っ子一人通らねえ土手下の一軒家、田や畑で懸隔《かけへだ》ってだれも通りゃあしねえから心配《しんぺえ》ねえよ」
賤「いいよ、わたしはまた作さんの酔ったのはおかしいよ、余念がなくって、おまえさん欲のない人だよ」
作「欲がねいこたあねえ、これで欲張っているだが、どっちかというと足癖の悪《わり》い馬あ引っ張って、下り坂を歩くより、兄いと二人でこけえ来て、こうやって酔っていればいいからね、さっきはおらあ酔いがさめたね」
新「よせえ、さっきの話はよせよ」
作「よせたってお賤さん、おめえまあ新吉さんはかわいい人だと思っているから、首尾して、人にも知んねえように白ばっくれて寄せるけれども、新吉さんがこけえ来るってえ心配はこりゃあおれがたまげたことがある、きょうね」
新「そんなつまらねえことを言うな。てめえは酔うとおしゃべりをしていけねえ」
作「おしゃべりったって、一杯《いっぺえ》飲んで図に乗って言うのだ、ええ、おい、それでねえ、まあ一杯飲んで帰《けえ》ったところが、銭い無《な》えというから、なくったっていいや、なんでもお賤さんのとこへ行っておくんなせえというと、いつも行ってちそうになって小づけえもらって帰《けえ》るべえ能でもねえじゃあねえか、どうかおれもたまにゃあうめえものでも買って行って、お賤に食わしてえって、そこはそれ情合いだからそんなことを言っただが、いいやうめえもの持っていくたってねえものはあだめだ、お賤さんのほうが、うめえものこしれえて待っているから今夜呼んできてくんなせえよと、おれが頼まれたからかまわねえじゃあねえかと言っても、金がなければてえので家《うち》へ帰《けえ》ると、家に蚊帳が釣ってあるだ」

新「よせよせ、そんな話はよせよ」

作「話したってよかんべえ、それでその蚊帳あ質屋へ持っていこうって取りにかかると、かみさんはあんべえが悪《わり》いし赤ん坊は寝ているし」

新「これよせ、よさねえか」

作「言ったってええ、そんなに小言言わねえがええ、蚊帳へすがりついて、おらあえが子どもが蚊に食われてかわいそうだからどうかよう、と言って、はあ、蚊帳にすがりつくだ、それを無理に引っ張ったから、おめえ生爪えはがしただ」

新「おい冗談じゃあねえ、せっかくの興がさめらあ、よせ、くすぐるぞ」

作「くすぐっちゃあいけねえ」

新「おしゃべりはよせ」

作「ええやな」

新「冗談言うな、しゃべると口を押せえるぞ」

作「よせ、口を押せえちゃあいけねえ、え、おいお賤さん、その爪をおれがに食えって、だれが爪え食うやつがあるもんかてえと、おれが口へおっぺしこんだだ、そりゃあまあえが、おめえ薬罐を」
新「冗談はよせ」
作「いいや、よせよくすぐってえ」
新「寝っちまいな寝っちまいな」
と無理にだまして部屋へつれていって寝かしてしまいました。それから二人も寝るしたくになりますと、どういうことかその晩は酒のきげんでお賤がすやすやよく寝ます。雨はどうどと車軸を流すように降ってきました。かれこれ八つ時でもあろうという時刻に、表の戸をトントン。
「ごめんなさいごめんなさい」
新「お賤お賤、だれか表をたたくよ、よく寝るなあ、お賤お賤」
賤「あいよ、ああ眠い、どうしたのか今夜のように眠いと思ったことはないよ」
新「だれか表をたたいている」
賤「はい、どなた」
「ちょっとごめんなすって、わたくしでございます」
新「なんだ庭の方から来たようだぜ」
賤「いまあけますよ、どなたでございますか、名を言ってくださらないでは困りますが」
「へい新吉の家内、累《るい》でございます」

賤「ええ、おかみさんが来たとさあ、はいただいま」
新「よしねえ、来るわけはねえ、病人でいるのだもの」
賤「おまえ会って」
新「来る気づけえねえよ」
賤「気づかえがないいったって、おかみさんが迎いに来たのだからうれしそうな顔つきをしてさ」
新「冗談じゃあねえ。うれしいこともなにもあるもんか、来る気づけえねえよ」
賤「ただいまあけますよ、大事な御亭主を引き留めてすみませんねえ」
と仇口《あだぐち》をききながら、ガラリとあけますと、どんどん降る中をびしょ濡れになって、きかないからだで赤ん坊を抱いてようようと縁側から、
累「ごめんなさい」
とはいったから、
新「なんだってこの降る中を来たのだなあ、どうしたのだ」
累「あなたがお賤さんでございますか、かけちがってお目にかかりませんが、毎度新吉があがりまして、ごやっかいさまになりますから、どうか一度はお目にかかってお礼を申したいと存じておりましても、なにぶんにも子どもはございますし、わたくしもとうより不快でおりましたゆえ、ごぶさたをいたしました」
賤「まことにまあどうも降るなかを夜中《やちゆう》においでなすって、そんなことをおっしゃっ

ては困りますねえ、新吉さんも江戸からのおなじみでございますから、わたしはこっちへまいってもなじみもないもんでございますから、遊びにおいでなすってくださいと、わたしが申しました、それから旦那もまことにひいきにして、こうやっておいでなさるが、御亭主を引き留めて遊ばしたといえば、おまえさんも心持ちがよくはありますまいけれども、これについてはいろいろ深いわけがあることでございますが、それはただいまなにも言いません、新吉さんせっかく迎いにおいでなすったからお帰りよ」

新「帰《けえ》ることはねえ、おい、おめえ冗談じゃあねえ、そんななりをしてきてみっともない、亭主の恥をさらしに来るようなものだ、え、なんだなあ、おい、この降る中を、おめえなんだのぼせているぜ、たじれ《いい》ているなあ」

四十五

累「はい、たじれ《いい》たかしりません。わたしはどうなってもよろしゅうございますが、あなたの子だから殺すともどうともかってになさいだが、表向きにはできませんから、この坊やあだけは今晩夜が明けないうち法蔵寺様へでも願って弔《ともら》いをいたしたいと存じます、だれも家《うち》へまいりてはなし、わたしがこの病人ではどういたすこともできませんから、どうぞちょっとお帰りなすって、お弔《とむら》いだけをなすって、そうしてまたこちらへ遊びにいらしってください、お賤さん、わたしが申しますと宿《やど》が立腹いたしますから、どうかあなたから、今夜だけ帰って子どもの始末をつけてやれとおっしゃって」
賤「はい、お帰りよ新吉さんよう」
新「帰《けえ》れたって夜中にしようがねえ」
賤「夜中だって用があって迎いに来たのだからお帰りよ、うまく言っていても本木《もとき》に優る末木《うらき》はないということだからねえ、おかみさんに迎いに来られれば心持ちがいいねえ、うまく言ったってにこにこ顔つきに見えるよ」
新「なにがにこにこ、冗談じゃあねえ、帰《けえ》らねえ、おい」
累「はい、どうかおまえさん坊の始末を」
新「始末もなにもねえ、行かねえか」
賤「そんなに言わずにおまえお帰りよ、せっかくお迎いにおいでなすったにまことにお気の毒様、大事な御亭主を引き留めてね、さあお帰りよ、手を引かれてよ」
新「なにを言うのだ、帰《けえ》らねえか」
と、さあかんしゃくに障ったから新吉は、いきなりきかないからだの女房お累の胸ぐらを取るが早いか、どんと突くと縁側から赤ん坊を抱いたなりころころと転がり落ち、
累「ああ情けない、新吉さん、今夜帰ってくださらんとこの子の始末ができません」
と泥だらけの姿ではいあがるところを突き飛ばすとあおむけに倒れる、とかまわずぴたりと戸をたてて、下《おろ》し桟《ざん》をしてしまったから、表ではお累がワッと泣き倒れますする。
このとき雨はいよいよ激しくどうどどっと降り出します。

新「ええ気色《きしょく》が悪《わり》い、酒を出しねえ」
賤「酒をったってわたしは困るよ、あんなひどいことをして、ちょっと帰っておやりよ」
新「うまく言ってやあがる、酒を出しねえ、冷たくってもいいや」
と燗冷ましの酒を湯飲みに八分目ばかりもついで飲み、
新「おめえも飲みねえ」
と互いに飲んで床につくと、どういうわけかその晩は、お賤が枕をつけると、つねになくすやすやよく寝ます。小川から雨の落ち込んでくる音がドウドウといいます。夜は更けてひときわしんといたしますと、新吉はどうも寝つかれません。もう小一時《こいっとき》もたったかと思うと、二畳の部屋に寝ておりました馬方の作蔵がうなされる声が、
作「ウーン、アア……」
新「忌々《いめえま》しいやつだな、こん畜生《ちきしょう》、作蔵作蔵、おい作や、うなされているぜ、作蔵、目を覚まさねえかよ、作蔵、夢を見ているのだ」
作「え、ウウ、ウンア」
新「忌々《いめえま》しい畜生《ちきしょう》だ、やい」
作「へえ、ああ」
新「胆をつぶさあ、冗談じゃあねえ寝ぼけるな、お賤が目を覚まさあ」
作「寝ぼけたのじゃあねえよ」

新「どうした」
作「おれがあすこに寝ているとおめえ、裏の方の竹をぶっつけた窓がある、あすこのおめえ雨戸をあけて、どうしてへえったかと見ると、おめえのところの姉御、お累さんが赤ん坊を抱いて、ずぶ濡れで、やせた手をおれの胸の上へ載せて、よう新吉さんを帰《けえ》してておくんなさいよ、新吉さんを帰《けえ》しておくんなさいよと言って、おれが胸をおっぺしょれるときの、怖《こえ》えの怖くねえのって、おれはせつなくって口いきけなかった」
新「夢を見たのだよ、いろんなことで気をもむからそういう夢を見るのだ、夢だよ」
作「夢でねえよ、ああすこの二畳のすみに樽があるだろう」
新「うん」
作「樽の上に簑《みの》がかけてある」
新「うん、ある」
新「簑のかけてあるところに赤ん坊を抱いて立っているよう」
新「よせ畜生《ちきしょう》、気のせいだ」
作「気のせいじゃあねえ、ああおっかねえ、あれあれ」
新「おい潜り込んでおれのところへへえってきちゃあいけねえ、しようがねえなあ」
トントン、
「ごめんなさいごめんなさい」
新「だれだい」

作「また来た、ああおっかねえおっかねえ」
新「だれだい」
男「ええ新吉さんはこちらにおいでなさいますか、ちょっくら帰《けえ》って、家《うち》は騒ぎができました、お累さんがとんだことになりましたから方々捜していたんだ、すぐに帰ってくだせえ」
作「だれだか」
新「だれだか見な」
作「怖くって外へは出られねえ、みんなここにいるだけれども、なかなか歩くわけにいかねえ、足いすくんで歩かれねえ」

四十六

新「どなたでございます」
とがらりとあけてみると村の者。
男「やあ新吉さん、いたか、ああよかった、さあ帰《けえ》って。気の毒ともなんとも姉御の始末がつかねえ、どうも捜したの捜さねえのってすぐ帰《けえ》らないではいけねえ、届けるところへ届けて、名主様へも話いしてね、困るから、さあ帰って」
と言われ、新吉はなんのことだかとんとわかりませんが、いたしかたなく夜明けがたに帰りますると、情けないかな、女房お累は、草刈鎌の研ぎすましたので喉笛をかき切って、片手に子どもを抱いたなり死んでいるから、ぞっとするほどすごかったが、しかたがないから気がちがってなどと言い立て、まず名主へも届けて野辺送りをすることになりました。それからはこりて三蔵もなかなか容易に寄りつきません。新吉もお累が死んでしまったあとは、三蔵からないしょで金を送ることもなし、別に見当てがないから宿替えをしようと、ほしがる人にそっくり家を譲って、時々お賤のところへしけこみます。その間はしかたがないから、水街道へまいって宿屋へ泊まり、大生郷の宇治《うじ》の里《さと》へまいって泊まりなどして、惣右衛門が留守だとちかぢかしけこみます。世間でも感づいているから新吉は憎まれ者で、たれもつきあう人がない。横曾根あたりの者は新吉に会ってもあいさつもせぬようになりました。新吉はどんどん降る中をそっと忍んでお賤のとこへ来ました。

新「おいおいお賤さん」

賤「あい新吉さんかえ」

新「ああ、あけておくれな」

賤「あい、よくおいでだね、傘なしかえ」

新「傘はあったが借り傘で、柄漏《えも》りがして、差しても差さねえでも同じことでずぶ濡れだ、旦那の病気はどうだえ」

賤「おまえがちょいちょい見舞いに来てくれるので、新吉は親切な者だ、心にかけてちょくちょく来てくれるが感心だって、喜んでいるが、年が年だからねえ、なんだって五十五だもの、病気疲れですっかり寝ついているからおあがりよ」

新「そうかえ夜来るのもきまりが悪いようだが、実は少し小づけえがなくなって、ほかへ泊まるわけにいかねえから、看病かたがた来たのだが、よく御新造さんが承知で旦那をこっちへよこしておくね」

賤「なにろくな看病もしないけれども、お家《うち》では気に入らないといってね、気に入ったところで看病をしてもらうほうがよいと人が来ると憎まれ口をきくから、おかみさんも若旦那もこの二、三日来ないから、わたし一人で看病するのだから実は困るよ、困るけれどもその代わりには首尾がよくって、いろいろ旦那に話しておいたこともあるのだからね、遺言状までわたしは頼んで書いてもらっておいたから、いまよく寝ついているし、遊んでおいでな、ゆさぶっても病気疲れでよく寝ているから、ここでなにを言っても旦那に聞こえる気づかいはなし、ほかにだれもいないから、真《しん》に差向いで話するがね、わたしは旦那に請け出されてここへ来て、おまえとは江戸にいる時分から、まあ心安いが、わたしのほうであんなことを言い出してから、おまえもいやいやながらおかみさんまでああいうわけになって苦労さしたことも忘れやしないから、わたしはどこまでもおまえにいやがられてもすがりつくりょうけんだが、もしおまえにいやがられ、見捨てられると困るが、見捨てないというおまえの証拠が見たいわ」

新「見捨てるも見捨てないも実はおまえおれだって身寄り頼りもない体、今はこうなってだれも鼻っつまみで新吉といぅと他人はおぞけをふるっているのだ、長くここにいる気もないから、いっそ土地を変えて常陸《ひたち》の方へでも行こうか、上州の方へ行こうか、それとも江戸へ帰《けえ》ろうかと思うこともあるが、おまえがここにいるうちはどうしても離れることはできないが、村じゅうで憎まれてるから土手に待伏せでもしていて向う脛《ずね》でも引っ払われやあしねえかと心配でのう」

賤「わたしもいっしょに行ってしまいたいが、いま旦那が死にかかっているから、旦那が死んでしまえば行かれるが、いますぐには行けない。大きな声では言えないけれども、わたしは形見分けのことも遺言状に書かしておいたし、おまえのことも書かしてね、そこはうまくいっているけれども、旦那が癒《なお》ればまだ五十五だもの、そんなにお爺《じい》さんでもないから、達者になりゃあいつまでもいっしょにいて、便々とおん爺《じい》のきげんを取らなければならないが、新吉さん無理なことを頼むようだが、おまえわたしを見捨てないという証拠を見せるならば今夜見せておくれ」

新「どうしよう」

賤「うちの旦那を殺しておくれな」

四十七

新「殺せってそんなことはできねえ」

賤「なぜなぜ、なぜできないの」

新「人情としてできねえ。おまえのとりなしがいいから、旦那はおれが来ると、新吉てめえのように親切な者はねえ、小づけえを持って行け、一人身では困るだろう、この帯はてめえにやる着物もやると、たとえ着古した物でも真に親切にしてくれて、旦那の顔を見てはどうしても殺せないよ」

賤「殺せます、だから新吉さん、わたしはおまえがかわいいという情のないことを知っているよ」

新「情がないとは」

賤「情があるなら殺しておくれよ」

新「情があるから殺せないのだ」

賤「なにを言うのだね、じれったいよ、おいでったらおいでよ」

そうなると婦人のほうが度胸のよいもので、新吉の手を引いて病間へそうっと忍んでまいりますと、惣右衛門は病気疲れでぐっすりと寝入りばなでございます。ぶるぶる震えている新吉にかまわず、細引きを取ってむこうの柱へ結びつけ、惣右衛門のそばへ来て寝息を伺って、起きるか起きぬか試しに小声で、

賤「旦那旦那」

と二声三声呼んでみたが、グウグウといびきがとぎれませんから、そっと襟の間へ細引きをはさみ、またこちらへ綾《あや》に取って、お賤は新吉に目くばせをするから、新吉もも

うしかたがないと度胸をすえて、細引きを手に巻きつけて足を踏ん張る。お賤は枕を押さえて、
賤「旦那え旦那え」
と言いながら、枕を引くとたん、新吉は力に任して、
新「うーむ」
と引くとあおむけに寝たなり虚空をつかんで、
惣「ウーン」
賤「じれったいね新吉さん、くっとこうお引きよ、もう一つお引きよ」
新「うむ」
とまた引くとたん新吉は滑ってうしろの柱で頭をコツン。
新「あいた」
賤「ああ、じれったいね」
とありあわせた小杉紙を台所で三帖ばかり濡らしてきて、ぴったりと惣右衛門の顔へ当てがってしばらく置いた。新吉はそれほどの悪党でもないからぶるぶる震えておりまする。濡れ紙を取って呼吸を見るとぱったり息は絶えた様子、細引きを取ってみると、喉頸《のどくび》に細引きでくくりました傷が二本ついておりますから、手のひらで水をつけてはしきりにもみ療治を始めました。するとこの傷は少し消えたようなあんばい。
賤「さあもうだいじょうぶだ、新吉さんおまえは今夜帰って、そうしてこれこれにす

るのだから、あしたおまえ悟られないように度胸をすえて来ておくれよ」
といって新吉を帰して、すっぱりあとかたの始末をつけて、すぐに自分は本家へはだしで駆け込んでゆきまして、
賤「旦那様がむずかしくなりましたからおいでなすって、まだ息はありますが御様子が変わったから」
と言うと驚きまして、本家ではせがれ惣次郎から弟むすこの惣吉におかみさん、村の年寄りが駆けてきてみると間に合いません。間に合わないわけで、殺したやつが知らしたのでございますから。ぜひなくこれから遺言状をというので出してみると、その書置きに、わたしは老年の病気だからあすが日も知れん、もしわたしが亡いのちは家督相続は惣次郎、また弟惣吉は相当のところへ惣次郎の眼識《めがね》をもって養子にやってくれ、形見分けはこれこれ、何事も年寄り作右衛門と相談の上事をはかるよう、お賤は身寄り頼りもない者、無理無体に身請けをしてつれてきた者であるから、わたしが死ねばみんなに憎まれてこの土地にいられまいから、元々のとおり江戸へ帰してやってくれ、帰るときは必ず金を五十両つけて帰してくれ、形見分けはお賤にこれこれ、新吉はおりおり見舞いに来る親切な男なれども、お賤と仲がよいから、村方の者は密通でもしているように思うが、あれは江戸からの近しい男で、さようなわけはない、親切な者であることは見抜いているから、おれが葬式は、本葬はあとでしても、遺骸をうずめるのは内葬にして、湯灌は新吉一人に申しつける、ほかの者は親類でも手をつけることはあいならぬ。とい

う妙な書置きでございますが、田舎は堅いから、そのとおりにまずお寺様へ知らせにやり、夜に入り内葬だから湯灌になりましても新吉一人、湯灌は一人ではできぬもので、早桶を湯灌場に置いて、たれも手をつけてはならぬというのだから、

新「みなさんいらしっては困りますよ、遺言に背きますから」

「実におまえはしやわせだ」

と年寄りから親類の者も本堂に控えている。これから早桶の蓋《ふた》を取ると合掌を組んだなり、惣右衛門の仏様はこう首を垂れているのを見ると、新吉は現在自分が殺したと思うとおどおどして手がつけられません。ことに一人ではできないがと思っているところへ、土手の甚蔵という男、これは新吉といったん兄弟分になりました悪《わる》。

甚「新吉新吉」

新「兄いか」

甚「ちょっと顔出しをしたのだが、本家へ行ったらおかみさんが泣いているし、まことにお愁傷でのう、惜しい旦那を殺した、ええ、このくれえ物のわかったあんな名主は近村にねえいい人だが、新吉、てめえしやわせだな、一人で湯灌を言いつけられて、形見分けもたんまりと、え、おい、乙うやっているぜ」

新「かえってありがた迷惑で一人で困ってるのだ」

甚「困るたって新吉、一人で湯灌は慣れなくってはできねえ、おい、それじゃあいかねえ、ないしょでおれが手伝ってやろうか」

新「じゃあないしょでやってくんねえ」

四十八

甚「弓張なざあそっちの羽目へ差しねえな、提燈をよ、盥《たれえ》を伏せて置いて、仏様の腋の下へ手を入れて、ずうっとやって、盥《たれえ》のきわで早桶を横にするとずうっと足が出る、足を盥の上へ載せて、あぐらをかかせて膝で押せえるのだ、自分の胸のところへ仏様の頭を押っつけて、肋骨《あばらぼね》まで洗うのだ」
新「一人じゃあできねえ」
甚「おれは慣れていらあ、手伝ってやろう」
新「どう」
甚「どうだって盥《たれえ》を伏せるのだよ、提燈をそっちへ、ええ暗え芯《しん》を切りねえ、ええ出しねえ、出た出た、おお冷てえなあ、お手伝いでござえ、早桶をぐっと引くのだ」
新「どう」
甚「どうたってぐっと力に任して、ええ気味を悪がるな」
新「ああ出た出た」
甚「出たって出したのだ、さああぐらをかかせな、盥の上へ、よしよしそりゃ来た水を、水だよ、湯灌をするのに水がくんでねえのか、しようがねえなあ、早く水を持ってきねえ」

と言うから新吉はぶるぶる震えながら二つの手桶をさげて井戸ばたへ行く。

甚「旦那お手伝いでげすよ」

と抱き上げてみると、仏様の首ががっくり垂れると、どういうものか惣右衛門の鼻からたらたらと鼻血が流れました。

甚「おや血が出た。身寄りか親類が来ると血が出るというがおれは身寄り親類でもねえが、どうして血が出るか、おう恐ろしく片っぽから出るなあ」

とあおむけにして仏様の首を見ると、時たったから前よりははっきりと黒ずんだ紫色に細引きの跡が二本あるから、甚蔵はじーっとしばらく見ているところへ手桶をさげて新吉がひょろひょろやってきて、

新「兄い水を持ってきたよ」

甚「水を持ってきたか、こっちへ入れて戸をしめなよ」

新「な、なんだ」

甚「こけへ来て見やあ、仏様の顔を見やあ」

新「見たってしようがねえ」

甚「見やあこの鼻血をよ」

新「いけねえなあ、そんなものを見たってしようがねえ、悪《わり》いいたずらあするなあ」

甚「悪《わり》いたっておれがしたのじゃあねえ、ひとりでに出たのだ。新吉喉頸《のどつくび》に筋が出て

いるな、この筋を見や」
新「え、筋があったってもかまわねえ、水をかけて早く埋めよう、おい早く納めよう」
甚「納められるもんかえ、やい、こりゃあ旦那は病気で死んだのじゃあねえ変死だ、喉頸《のどつくび》に筋があり、鼻血が出れば、どいつかくびり殺したやつがあるに違えねえ」
新「なんだ人聞きが悪《わり》いや、大きな声をしなさんな、仏様のためにならねえ」
甚「てめえもおれも旦那には御恩があらあ、その旦那の変死をこのままに埋めちゃあすまねえ、たれかこの村にいるやつが殺したに違えねえから、敵《かたき》を捜して、てめえもおれも旦那の敵を取って恩返《おんげえ》しをしなけりゃあすまねえ、代官へでもどこへでも引っ張っていくのだ、本堂に若旦那がいるから若旦那にちょいと言って呼んで……」
新「なんだなそんなことをして兄い困るよ、藪を突っついて蛇を出すようなことを言っちゃあ困らあな、いまお経をあげてるから、ええ、おい兄い、それはそれにして埋めてしまおう」
甚「埋められるもんかえ、それとも新吉、実は兄いわっちが殺したんだと一言《ひとこと》言やあ黙って埋めてやろう」
新「なにをつまらねえことを、な、なにを、思いがけねえことを言うじゃあねえか、なんだって旦那を」
甚「てめえが殺したんでなけりゃあほかに敵があるのだから敵討ちをしようじゃあね

えか、てめえお賤ととうから深《ふけ》え仲であいびきするなあ種があがっているが、てめえは度胸がなくってもあの女《あま》あ度胸がいいから殺してくれえと言いかねねえ、きゅうとやったな」
新「どうも、な、なんだってそれは、どうも、え、おい兄《あんに》い、ほかのことと違って大恩人だもの、どういうわけで思い違えてそんなことを、え、おい兄《あんに》い」
甚「なにを言やあがるのだ、てめえが殺さなけりゃあ殺さねえでいいやあ、てめえとおれは兄弟分のよしみがあるから打ち明けて殺したと言やあ黙って口をふいて埋めるが、ほかに敵があれば敵討ちだ、まあ仏様を本堂へ持っていこう」
新「これ、どど、どうも困るなあおい兄《あんに》い、え、兄《あんに》い表向きにすれば大変なことになるよ」
甚「え、なったっていいや、不人情なことを言うな、てめえが殺したなら黙って埋めるてえのだ、殺したら殺したと言いねえ、殺したか」
新「しようがねえな、どうもおれが殺したというわけじゃあねえが、それは、困ってしまったなあ、ただちょいと手伝ったのだ」
甚「なに手伝った、じゃあお賤がやったか」
新「それにはいろいろわけがあるので、ただ縄を引っ張ったばかりで」
甚「それでよろしい、引っ張ったばかりでたくさんだ、お賤が引くなあ女の力じゃあ足りねえから、新吉さんこの縄を締めてなざあよくある形《かた》だ、よろしい、よしよし早く水をかけやあ」
とザブリ水をぶっかけてそのなりにお香剃《こうずり》のまねをして、暗いうちに葬りになりましたから、だれあって知る者はございませんが、この種を知っている者は土手の甚蔵ばかり。七日が過ぎると土手の甚蔵がばくちに負けてすっ裸になり、寒いからふんどしの上に馬の腹掛けをひっかけて妙ななりになりまして、お賤のところへまいり、
甚「え、ごめんなせえ」
とこれからゆすりになるところ、ちょっと一息つきまして。

四十九

土手の甚蔵がお賤の宅へまいりましたのは、七日も過ぎましてから、ほとぼりの冷めた時分、行くのは巧みの深いやつでございます。ちょうど九月十一日で、よほど寒いから素肌へ馬の腹掛けを巻きつけましたから、太輪《ふとわ》に抱茗荷《だきみょうが》の紋が肩のところへ出ております、妙な姿《なり》をいたして、
甚「へえ、ごめんなせえ、へえ今日は」
賤「はい、どなたえ」
甚「へえ、お賤さんごめんなさえ、今日は」
賤「おや、新吉さん、土手の甚蔵さんが来たよ」

新「ええ土手の甚蔵」

新吉は他人《ひと》が来ると火鉢のそばに居候のようなふうをしているが、人が帰ってしまえば亭主《ていし》ぶっておりますが、甚蔵と聞くとぞっとするほどで、心のうちで驚きましたが、目をパチパチして火鉢のそばに小さくなっておりますと、

甚「まことに続いていいあんばいにお天気で」

賤「はい、さあ、まあ一服おあがりなさいよ」

甚「へえ、ごめんなさえ。こういう始末でねえお賤さん、御本家へもお悔やみにあがりましたが、旦那がお亡くなりで、さぞもう御愁傷でございましょう。へえ、わっちも世話になった旦那で、ふだん優しくして甚蔵や悪いことをすると村へ置かねえぞと、親切に意見をいって、やかましいことはやかましいけれども、ときどき小づけえもおくんなすってね。いい人で、惜しまれる人は早く死ぬというが、五十五じゃあ定命とは言われねえくれえで、さぞおまえさんもお力落としで。新吉、ここにいるのか、てめえ、え、おい」

新「兄い、こちらへおあがりなさい」

甚「お賤さん、新吉がおまえさんのところへ来てごやっかいで、家《うち》はあんなあんばいになって、こちらよりほかにいる所がねえから、いいことにして、新吉が寝泊まりをしているというのだが、わっちも新吉もお賤さんもおたがいに江戸っ子で、妙なもので、村の者じゃあ話しが合わねえから、新吉とわっちは兄弟分《きょうでえ》になり、兄弟分のよしみで、

互《たげ》えに銭がねえといやあ、それ持ってけというように腹の中をさっくり割った間柄。新吉のことを悪くいうやつがあると、なんでえといって喧嘩もするようなわけで、へえありがとう。カラもうどうもしようがねえ。新吉、物がへまにいってな、このとおり人間が馬の腹掛けを借りて着ているようになっちゃあ意気地はねえ。馬の腹掛けで寒さをしのぐので。へえありがとう、いいお宅でげすねえ。わっちははじめて来たので」

賤「そうですか。なにいい家《うち》をこしらえてくだすってもしかたがござりませんよ。こう急に、旦那様がおかくれになろうとは思いませんでねえ。いつまでもここに住んでいるりょうけんでおりましたが、旦那が亡くなられてはしかたがありません。ほかに行く所はなし、まあ生まれ故郷の江戸へ帰るようなことになりますが、ほんとうに夢のような心持ちで、ああ、つまらないものだと考えだすと悲しくなってね」

甚「そうでしょう。これはどうも実になあ、新吉、お賤さんはどのくれえ力落としだか知れやあしねえ。なあ、へえ、ありがとう。いいお茶だねえ、こんないい茶を村のやつに飲ましたってわからねえ。へえありがとう。お賤さん、まことに申し兼ねたわけでげすがねえ、旦那が達者でいらっしゃれば黙って御無心申すのだが、このとおりの始末で、カラもうしようがねえ。どうかお願いでございますが、ちっとばかり小づけえをおもれえ申してえが、どうか、ちっとばかり借金を返《けえ》して江戸へでも帰《けえ》りてえりょうけんもあるのですが、どうか新吉、まことに無理だが、お賤さんに願ってねえ、姉さん、お願いでげすが、ちっとばかり小づけえをねえ」

賤「はい困りますねえ。旦那が亡くなりましてわたしは小づかいもなにもないのですが、たくさんのことはできませんが、ほんの心ばかりでまことに少しばかりでございますが」
甚「いいえ、もう」
賤「ほんの少しばかりでお足しにはなりますまいが、一杯召し上がって」
甚「へえ、ありがとう、へえ」
と開けてみると二朱金で二つ。
甚「これはお賤さん、たった一分で」
賤「はい」
甚「一分や二分じゃあ借りたって、わっちの身の行き立つわけはありませんねえ。借金だらけだから、ちっと目鼻をつけて、わっちもどうか堅気になりてえと思ってお願い申すのだが、それを一分ばかりもらっても法がつかねえから、少し目鼻のつくように、もうちっとばかりどうかね」
賤「おや一分では少ないとおっしゃるの。そう、お気の毒さまできません。わたしどもは深川におりますときにもずいぶん銭もらいは来ましたが、一分やればたいがい帰りました。一分よりたんとはあげるわけにゃあまいりません。はい女の身の上でありますからね、はい、一分で少ないとおっしゃれば、身寄り親類ではなし、あげるわけはありませんが、そうして幾らほしいとおっしゃるのでございますえ」

甚「幾らカクラてえ、おねだり申すのでげすから、もらうほうで限りはねえ。幾ら多くってもいいが、お賤さんのほうは、たんとやりたくねえというのがあたりめえの話だが、借金の目鼻をつけて身の立つようにしてもらうにゃあ、どんなことをしても三十両もらわなけりゃあ追っつかねえから、三十両お借り申してえのさ。ねえどうか」

賤「なんだえ三十両、あきれ返ってしまうよ。女と思って馬鹿にしておくれでないよ。なんだえ、おまえさんは、おまえさんとわたしはなんだえ、ろくにお目にかかったこともありませんよ。女一人と思って馬鹿にして三十両、はい、そうですかとだれが貸しますえ。おかしなことを言って、なん、なん、なん、なにをおまえさんに三十両、お金を貸す縁がないではありませんか」

五十

甚「それは縁はない、縁はないがね、縁をつけりゃあつかねえこともありますめえ。ねえ新吉とわっちは兄弟分、ねえ、その新吉がこちらさまへごやっかいになっているもの、その縁で来たわっちさ」

賤「新吉さんは兄弟分か知りませんが、わたしはおまえさんを知りません。甚蔵さん帰っておくんなさいよう。あきれらあ馬鹿馬鹿しい。人を馬鹿にして三十両なんて、たれが貸すやつがあるものか。三十両貸すようなわたしは、おまえさんに弱いしっぽを見られていればしかたがないが、わたしの家《うち》で情交《いろ》の仲宿をしたとか、博奕《ばくち》の堂敷《どうじき》でもしたなら、怖いから貸すこともあるが、なにもおまえさん方に三十両の大金を強請《いたぶ》られる因縁はありません。帰っておくれ。できませんよ。はい三文《もん》もできませんよ」

甚「そう腹を立っちゃあしようがねえ。え、おい、だがねえお賤さん、人間が馬の腹掛けを着てくるくれえの恥を明かしておまえさんに頼むのだ。わっちもこの大の野郎が両手を突いて、こんなざまあしてお頼み申すのだからよくよくのこと。いいかね、それにたった一分じゃあ法がつかねえ。わっちのような大きな野郎が手を突いてのお頼みだね。この体をぶっ壊して薪《まき》にしても一分や二分のものはあらあね。馬の腹掛けを着て頼むのだから、おまえさん三十両貸してくれてもよかろうと思う」

賤「なにがいいのだえ、なにがいいのだよ。なにもおまえさん方に三十両の四十両のと借りられる縁がありません。悪いことをした覚えはありません。博奕の宿や地獄の宿はしませんから貸されませんよ」

甚「じゃあ、どうあってもいけねえのかえ」

賤「帰っておくんなさい」

甚「そうか、無理にお借り申そうというわけじゃあねえ、じゃあ帰《けえ》りましょう。新吉、黙って引っ込んでいるなえ。ここへ出ろ、借りてくれ、やい」

新「そんな大きな声をしてはいけねえやな。兄《あん》い、しかたがねえな。お賤さん、しかたがねえ貸しねえ」

賤「なんだえ、おまえさんは心安いか知りませんが、わたしは存じません。どんなことがあってもできませんよ、帰っておくんなさい」

甚「どうあっても貸せねえってものあ無理にゃあ借りねえ。じゃあ言って聞かせるが、これ、女だと思うから優しく出りゃあ、いい気になりやあがって、太《ふて》えことをしやあがって、色の仲宿や博奕の堂敷がなにほどの罪だ。世の中に悪《わり》いことというなあ人殺しに間男《まおとこ》と盗人《ぬすっと》だ」

賤「なにを言うのだ」

甚「なに、どうしたもこうしたもねえ。新吉、ここへ出ろ。ええおい、喉頸《のどつくび》の筋が一本十両にしても二十両がものアあらあ」

新「まあ黙って兄い《あんに》」

甚「なんでえべらぼうめ、おれがおとなしくしているのだから文句なしに出すがあたりめえだ。てめえらがこの村にいると村が汚れらあ。てめえらを此処《こけ》え置くもんか、べらぼうめ。今に逆磔《さかばりつけ》にしようと簀《す》巻きにして絹川へほうり込もうと、おれが口一つだからそう思ってろえ」

新「おい、そんなことを人に」

甚「人に知れたって構うもんかえ」

新「まあまあ待ちねえ。知らねえのだ、お賤さんは、一件のことを知らねえのだよ。だから、おれがどうか才覚して持っていこう。今夜きっと三十両持ってゆくよ」

甚「間抜けめ、黙って引っ込んでいるやつがあるもんか。そんならすぐに出せ」
新「今はないから晩方までに持ってゆくよ」
甚「じゃあきっと持ってこい」
新「今に持ってゆくから、ギャアギャア騒がねえで。実は、おれがまだお賤にしゃべらねえからだよ。当人が知らねえのだからよ」
甚「これ、博奕の仲宿とはなんだ。太《ふて》え女《あま》っちょだ」
新「そんな大きな声を」
甚「きっと持ってこい。来ねえとりょうけんがあるぞ」
新「なにごと置いても、きっと金は持ってゆくよ。驚いたねえ」
賤「おい新吉さん、なんだって、あいつにへ、い、い、いえつくもうつ、く、くするのだよ。おまえがへラヘラするとなお増長すらあね」
新「どうしてもいけないよ。貸さなけりゃあならねえ」
賤「なんであいつに貸すのだえ」
新「なんだって、いけねえことになってしまった。旦那の湯灌《ゆかん》のとき、あいつが来やあがって、一人じゃあできねえから手伝うと言って、仏様を見ると、喉頸に筋があるのを見つけやがって、あ、きっと殺したろう、殺したといやあ黙ってるが、言わなけりゃあ仏様を本堂へ持っていって詮議方《あらいかた》するというから、驚いていや応なしに種を明かした」

賤「あれあれ、あれだもの。新吉さん、それだもの。ほんとうにしかたがないよ。あれまでにするにゃあ、旦那の達者の時分から丹精《たんせい》したに、あの悪党に種を明かしてしまってどうするのだよ。幾ら貸したって役に立つものかね。そばから借りに来るよ、あいつがさ」

新「だけれども隠すにもなにもしようがない。本堂へ持って行かれりゃあ、すぐに悪《あ》事《く》が露《ば》れるじゃあねえか。黙って埋めてやるから言えというので」

賤「ほんとうにしようがないよ。どこへでも持っていけと言えばいいじゃあないか」

新「そういうと、すぐにあいつが持ってゆくよ」

賤「持っていったっていいじゃあないか。どこまでも覚えはありませんと、わたしも言い張ろうじゃあないか」

新「言い張れないよ。あいつあなかなかのやつで、それにああいうときは口が利けないからねえ。脛傷《すねきず》だから、おまえの言うようなわけにゃあいかねえ。金で口止めするよりほかにしかたはないよ」

賤「でも三十両貸すと、番ごと番ごと来ては大きな声でどなると、なんで甚蔵がどなるかと他人《ひと》の耳にもはいり、目明かしがいるから、おかしく感づかれて、あいつが縛られてたたかれるとしゃべるから、どの道新吉さん、しかたがない、土手の甚蔵をどうかして殺してしまいよう」

五十一

新「どうしてどうして、なかなかあいつア、おれより強いやつで、滅法力があるから、あいつはぶたれても痛くねえってえので、五人ぐらいかからねえじゃあ、おっつかねえ」
賤「どうか、くふうがあるだろうじゃあないか」
新「くふうがなかなかいかないよ」
賤「ちょいと、ちょいと新吉さん、耳をお貸し」
新「え、うんうん、なるほど、これはうめえ」
賤「だからさあ、それよりほかにしかたがないよ。悟られるといけない、悪党だから悟られないようにしっかり男らしくよ」
となにかささやき、新吉が得心して、旦那の短い脇差をさして、新吉が日が暮れて少したって土手の甚蔵の家《うち》へ来て、土間口から、
新「はいごめん」
甚「さあ上がりゃあ、まあ下駄をはいたなりで上がりゃあ。草履か、かまわねえ。畳がねえから掃除もなにもしねえから、そのまま上がりゃ」
新「兄《あんに》い、さっきのように高声《たかごえ》であんなことを言ってくれちゃあ困るじゃあねえか。

おれはどうしようかと思った。表に人でも立っていたら」
甚「なぜ、いいじゃあねえか。おれが面《つら》を出したら黙って金を出すかと思ったら、まごまごしていやあがって、てめえ、お賤にほれていやあがる。馬鹿、あいつめいい気になりやあがって、どなりつけるからしかたなしに言ったんだ。こん畜生《ちきしよう》金ェ持ってきたか」
新「あれから後でお賤に話をして、実はこれこれで明かしたと言ったら、それは済まないことを言った、知らなかったからまことに悪いことを言ったが、甚蔵さんに悪く思わねえようにそう言ってくれというのだ」
甚「てめえ、湯灌場のことを言ったか」
新「言ったよ。言ったら驚いて、お賤は甚蔵さんに済まなかった、そういうわけなら、なぜ早くわたしにそう言わないで、だが土手の甚蔵さんにここで三十や四十やあげても焼け石に水でだめだから、まとまった金をあげようから、どうか、それで堅気になり、こっちも江戸へ行って小世帯を持つから、お互いにこのことは言わねえという証拠の書き付けでももらって、たんとはあげられないが百両あげるから、百両で堅気になったらよかろうというので、長くあんなことをしていても甚蔵さんもつまらねえじゃあないか、兄弟分の友誼《よしみ》でこのことは言わないと達引《たてひ》いてくれるなら、生涯食えるように百両やろうというのだ。百両もらって堅気になりねえ」
甚「そうか、ありがてえ。百両くれれば生涯お互《たげ》えに堅気になりてえ。おれも馬鹿はやめてえや」
新「そう決めてくんねえ」
甚「じゃあ、まあ、金さえ持ってくりゃあ」
新「今ここにはねえ」
甚「なにを言うんだ馬鹿」
新「まあ人の言うことを聞きねえ。旦那が達者のうちお賤に、おれが死んだら食い方に困るだろうから、死んでも食い方のつくようにといって、実は根本《ねもと》の聖天山《しょうでんやま》の手水鉢《ちょうずばち》の根に金が埋めてあるから、それをもってと言いつけてあるのだ。ええ二百両あると思いねえ。聖天山の左の手水鉢のそばに二百両埋めてあるのだから、それを百両ずつ分けて江戸へ持っていって、お互いに悪事は言わねえ言いますめえと約束して、堅気になって、親類になろうじゃあねえか」
甚「そうか、新吉。旦那もお賤にゃあほれていたなあ。二百両という金を埋めておいて、これで食えよとなあ。若旦那にも言わねえで金を埋めておくてえのは金持ちは違わあ」
新「早く掘らねえと、あすこの山は自然薯《じねんじょう》を掘りに行くやつがあるから、むやみにやられるといけねえ」
甚「じゃあ早く」
新「鋤か鍬はねえか」

甚「ちょうど鋤があるから」

と有り合いの鋤を担いで、これから二十丁もある根本の聖天山へ上がってみると、辺りは森々《しんしん》と樹木が茂っており、裏手は絹川の流れはどうどうと、このごろの雨気《あまけ》に水増して急に落とす河水の音高く、月は皎々《こうこう》とくまなく冴《さ》えて流れへ映る、まことによい景色だが、高い所は寒うございますので、

甚「新吉、ここは滅法寒いなあ」

新「なに、穴を掘るとあったかくなって汗が出るよ。穴を掘りねえ」

甚「よけいなことを言うな」

新「ここだ、ここだ」

と差図をいたしますから、

甚「よしよし」

と言いながら新吉と土手の甚蔵がポカポカ掘りまする。ところが金は出ません。幾ら掘っても金は出ないわけで、もとよりない金。びっしょり汗をかいて、

甚「新吉、金はねえぜ」

新「ねいね」

甚「なにを言うんだ。むだっ骨を折らしやあがって金はありゃあしねえ」

五十二

新「左と言ったが、ひょっとしたら向かって左かしら」

甚「なにを言うんだ。しょうがねえなこん畜生《ちきしょう》、喉が渇いてしようがねえ。こんなにびっしょりになった」

新「おれも喉が渇くから水を飲みてえと思っても、手水鉢《ちょうず》はからで柄杓《ひしゃく》はからからだが、だれもおまいりに来ないとみえるな。うん、そうそう、こっちへ来な、聖天山の裏手に清水《しみず》のわくところがある。社の裏手で崖《がけ》の中段にちょろちょろ煙管《きせる》の羅宇《らう》から出るような清水がたまって、月が映っている。兄い、あすこの水はうめえな」

甚「うめえが怖くって下りられねえ」

新「下りられねえって、どうかして下りられるだろう。待ちねえ、あの杉だか松だか柏《かしわ》だかの根方になっているとこに、藤蔓《ふじづる》に蔦《つた》やなにか縄《なわ》のようになってあるから、兄い、こいつにぶらさがって行けばでえじょうぶだが、おれは行ったことがねえから、おめえ行ってくんねえな」

甚「こいつあうめえことを考えやあがった。新吉の知恵じゃあねえ様だ。こいつあうめえ、柄杓《ひしゃく》はあるか」

と手水鉢の柄杓を口にくわえて、土手の甚蔵が蔦蔓《つたかずら》につかまってだんだん下りて行く

と、ちょうど松柏《まつかしわ》の根方の匍《は》っているところに足掛かりをこしらえて、だんだんと谷合いへ下りまして、

甚「ああ、こうやってみると高いなあ。新吉やい新吉やい、水は充分あらあ」

新「早くおめえ飲んだら、一杯持ってきてくんねえ」

甚「てめえ下りやあな。持って行くわけにあいかねえ。ポタポタ柄杓が漏らあ、カラカラになっていたからなあ。ああ、うめえうめえ、甘露だ。いい水だ、ああ、うめえ。なに、持って行くのは騒ぎだよ」

新「後生だから、お願いだから少しでも手ぬぐいに浸して持ってきてくんねえ。喉が干《ひ》っつきそうだから」

甚「忌めえましいやつだな、待ちやあ」

と一杯すくい上げてこぼれないように、平らに柄杓の柄をくわえて蔦蔓《つたかずら》にすがり、松柏の根方を足掛かりにして、揺れてもこぼれないようにしてだんだん登ってくるところを、足掛かりのないところをねらいすまして新吉が腰に差したる小刀《しょうとう》を引き抜き、力いっぱいにプツリと藤蔓蔦蔓《ふじづるつたかずら》を切ると、ズルズルズーッと真っ逆さまに落ちましたが、どうして、松柏の根方は張っているし、山石の角が出っ張っておりますから、頭を打ち破って、落ちまするとても助かりようはございませんが、新吉はそばにある石をごろごろ谷合いへ転がし落としました。そのうちむらむらと雲が出て月が暗くなりましたから、それを幸いに新吉は脇差を鞘《さや》に納めて、さっさと帰って来て、

新「おお、おお、お賤さん、お賤さん、開けておくれ、開けておくれ」
賤「たれだえ」
新「おいらだよ」
賤「あ、新吉さんかえ。よく帰ってきておくれだねえ。案じていたよ、さあおはいり」
新「ああ、びしょぬれだ。なにかこう単物かなにか着てえもんだ」
賤「袷《あわせ》と単物と重ねておいたよ。さあ、これをお着。うまくいったかえ」
新「すっぱりいった」
賤「わたしの言ったとおり後《あと》から石を投《や》ったのかえ」
新「投《や》った投った。気がついたから後から石を二つばかり投った。あれが頭へ当たりやあすぐにお陀仏だ」
賤「いいね、今背中をふくから一服おしよ。熱い湯でふくほうがいいから」
と金盥《かなだらい》へ湯をくんで新吉の背中をふいてやり、
賤「袷におなり」
新「大きにさばさばした」
とそのうち、こっちへ膳《ぜん》を持ってきて酒の燗《かん》をつけ、月を見ながら一猪口《ちょく》始めて、
賤「もう、これで二人とも怖い者はないよ」
新「どうも実にうめえことを考えて、ちょっとあいつも気がつかねえが、藤蔓に伝わ

って下りろと言ったときに、てめえの知恵じゃあねえようだといったとき、胸がどきりとしたが、真っ逆さまになって落ちる上から、そばにあった石をごろごろ、あの石で頭をぶち割ったにちげえねえが、あいつは悪党の罰《ばち》だ」

己《うぬ》が悪党のくせに。これから二人で仲よく酒盛りをしているうち、空はだんだん雲が出てきて薄暗くなり、

賤「もう寝ようじゃあないか」

というので戸締まりをしにかかりましたが、

新「また曇ってきたぜ、早くしねえ」

賤「いまお待ち」

と床を敷く間新吉は煙草をのんでいると、表のところは細い土手になって下に生垣《いけがき》があり、土手下の葦蘆《よしあし》が茂っております小溝《こみぞ》のところをバリバリバリという音。

新「なんだか音がするぜ」

賤「おまえさんは臆病《おくびょう》だよ、少し音がすると」

新「でも、なんだかバリバリ」

賤「なあに犬だよ」

新「なんだか、たいへんにバリつくよ、なんだろう」

と怖々《こわごわ》庭を見るとたんに、叢雲《むらくも》が切れて月がありありと照り渡り、さす月影で見ると、生垣を割って出ましたのは、髪は乱れて肩にかかり、頭はぶっ裂けて面部《これ》から肩《これ》へ血だ

らけになり、素肌へ馬の腹掛けを巻きつけた形《なり》で、どこをどう助かったか土手の甚蔵が庭に出たときは、驚きましたの驚きませんのではござりませぬ。これから悪事露見というところ、ちょっと一息つきまして。

五十三

引き続きお聴きに入れました新吉お賤は、わが罪を隠そうがために、土手の甚蔵を欺いて根本の聖天山の谷へ突き落とし、上から大石《たいせき》を突き転がしましたから、もう甚蔵の助かる気づかいはないと安心して、二人差し向かいで、土手下の新家《しんや》で一口飲んで、これから寝ようと思って雨戸を閉めようというところへ、土手の生垣を破って出たのは土手の甚蔵、頭脳は破れて眉間《これ》から顚《これ》へかけて血は流れ、素肌に馬の腹掛けを巻きつけた姿《なり》で庭口のところへこう片足踏み出して、小座敷のほうをにらみましたその顔色《がんしょく》は、実に二目《ふため》とは見られぬ恐ろしい怖い姿でござりますから、新吉お賤は驚いたの驚かないの、ゾッといたしました。座敷へ上がってキャアキャア騒がれてはたいへんと思いましたが、新吉はもとより、それほど悪者というほどでもありませんから、ただ甚蔵の見相《けんそう》に驚きぶるぶる震えているから、

賤「新吉さん、おまえここにいてはいけないよ。どんなことがあってもしかたがないから土手へ連れていって、あいつをぶっ払っておしまいよ」

新「ぶっ払えたって出れば殺される」

賤「だいじょうぶだよ。表へ連れていって土手の上で」

とぐずぐず言っているうち、ずかずかと飛び込んで縁側へ片足踏みかけました甚蔵は、出ようとする新吉の胸《むな》ぐらをとって、

甚「己《うぬ》、いけっ太《ぶて》えやつ、よくもあの谷へ突き落としやあがったな。お賤も助けちゃあおかねえ。よくもおれをだましやあがったな。さあ出ろ、いけっ太《ぶて》えやつだ。お賤の女《あま》もいま見ていろ」

と土手の上へ引きずってゆこうとする。こちらは出ようとする。むこうは引くから、ずるずると土手下へ落ちたから、

新「うむ、後生だから助けて。兄い苦しい。おれの持っている金はみんな、おめえに。これさ兄い、なにもかもみんな、おめえにやるから、どうか堪忍して。そういうわけじゃあねえ。行きまちがいだから」

甚「糞《くそ》でも食らえ。なに痛《いて》えと、ふざけやあがるな」

と力を入れて新吉の手を逆にとってひねり、拳固《げんこ》を振り上げてコツコツぶったから痛いの痛くないのって、目から火の出るようでございます。

新「兄い、助けてくれ、助けてくれ」

とわめきますのを、

甚「うぬ助けるものか。お賤のあまっちょもいま後からだ」

と腰から出刃包丁を取り出して新吉の胸元《むなもと》を目がけて突こうとすると、新吉はあお向けになって、
新「おれが悪かった、堪忍して。兄い後生だから助けてよう」
と言うも、大きな声を出しては事が露顕しようと思いますから、小声で助けてくんねえと呼ぶばかりでございます。するとどこから飛んできましたか、ズドンと一発鉄砲のそれ弾が、甚蔵がいま新吉を殺そうと出刃包丁を振りかざしている胸元へ当たりましたから、ばったり前へのめりましたが、片手に出刃包丁を持ち、片手は土手の草に取りつき、ずーと立ち上がったが、爪立《つまだ》ってブルブルッと反り身になるとたんに、がらがらがらがらと口から血反吐《ちへど》を吐きながらドンと前へ倒れたときは、新吉も鉄砲の音に驚き、あっけにとられていっこうわけがわからないから、自分が殺された心がしまして、ただ南無阿弥陀仏南無阿弥陀仏と申しましたが、しばらくしてようやくに気がつき、起き上がりまして辺りを見回し、
新「ああ、どこから飛んできたか鉄砲のそれ弾、おかげでおれは助かったが、猟師が兎《うさぎ》でも撃とうと思って弾がそれたか。ああ幸い命強かった、危ないところを逃れた。だれが鉄砲を撃ったかありがたいことだ。しかし狩人がこの様子を見ておりはせぬか」
と絹川のほうをながめますれど、ただ水音のみでございまして、往来は絶えた真の夜中でございます。こちらの庭の生垣のほうからちらりちらりと火縄の火が見えるようだから、油断をせず透かして見ますると、寝間着帯の姿《なり》で小鳥を撃ちまする種子島《たねがしま》を持っ

て、ようやくに草にすがって登ってきたのはお賤、
賤「新吉さん、おまえにけがはなかったかえ」
新「お賤、てめえはまあ、どうした」
賤「わたしはもう途方に暮れてしまって、おまえにけがをさしてはならないからどうしようかと思っても、女が刃物三昧してもあいつにはかなわないし、どうしようかと考えたら、ふいと気がついたんだよ。このあいだね、旦那が鉄砲を出して小鳥を撃つとき、てまえもやってみろってんでね、やっと引き金に指を当てることだけね、教わって覚えたので、ときどきやってみたことがある。今も弾がこめてあることを思い出したから、すぐに旦那の手箱の内から取り出してね、思い切ってやってみたんだけれども、いいあんばいに近くではなしただけに、ねらいも狂わずやって、おまえにけがさえなければ、わたしはまあありがたい。こんな嬉しいことはないよ」
新「なにしろ、どうせ、このことが露顕せずにはいねえ。甚蔵をぶっ殺してしまって、おめえとおれといっしょになっていられるわけのものじゃあねえから、今のうち身を隠してえものだ」
賤「ああ、わたしもね、ここにいる気はさらさらないから、形見分けのお金もあるのだけれども、四十九日まで待ってはいられないから、少しはわたしの蓄えもあるから、それを持って二人ですぐに逃げようじゃあないか」
新「うむ。少しも早く今宵《こよい》のうちに」

というので、これから衣類や櫛笄《くしこうがい》、蓄えの金子《きんす》までもひとふろしきとして跡をくらまし、明け近いころに逐電《ちくてん》してしまいました。また甚蔵の死骸は絹川べりにありましたが、夜が明けて百姓が通りかかって騒ぎ、名主へも届けたが、甚蔵はふだん憎まれもの、どうか死んでくれればいいと思っていたところ、甚蔵が絹川べりで鉄砲で撃ち殺されているというのを村の人たちが聞き込んで、ああ、これからは安心だ、甚蔵が死ねば村の者が助かるまでよと喜び、そのまま名主様へ届けて法蔵寺にほうむったが、投げ込み同様、生きているうちの悪事の罰で。もちろん悪者ですから、だれの仕業と詮議《せんぎ》してくれる者もありません。新吉お賤の逃げ去りましたのはもとより不義淫奔《いたずら》をしていて名主様が亡くなると、自分たちは衣類や手回りの小道具なにやかやを盗んでいなくなったに相違ない。あれはもとより浮気をしていた者の駆け落ちだからさもあるべしと、これも尋ねる者もないので何事もありませんが、名主惣右衛門の変死はたれあって知る者はない。肝心の知っている甚蔵が殺されましたから、惣右衛門はまったく病死したのだと心得ておりますが、中には疑がっている者もありまして、さまざま言うが、まあ名主の跡目はせがれ惣次郎、まことに柔和温順の人で、お父《とっ》さんは道楽のみをいたしましたが、それに引きかえ惣次郎は堅くって内気ですから、他に出たこともない人でございますが、あるとき村の友だちに誘われまして水街道へまいって、麹屋という家《うち》で一猪口やりました。そのとき、酌に出た婦人が名をお隅《すみ》と申しまして、年は二十歳《はたち》ですが、まことに人柄のよいおとなしやかの婦人でございます。

五十四

水街道あたりではみな枕付きといいまして、働き女がお客に身を任せるが多くありますが、このお隅はただ無事に勤めをいたし、よほど人柄のよい立ち振る舞いから物の言いよう、裾さばきまで一点の申し分のない女ですから、惣次郎は麴屋の亭主を呼んで、これはさだめし出《で》のよろしい者だろうと聞き合わせますと、元は谷出羽守様《たにでわのかみさま》の御家来で、神崎定右衛門《かんざきさだえもん》という人の子で、お父様《とっさま》といっしょに浪人してこの水街道を通り、この家に泊まり合わせると定右衛門があいにく病気で長く患らって亡くなり、後で薬代《くすりしろ》や葬式料に困っておりますゆえ、宿の主《あるじ》が金を出して世話をいたしましたから、恩報じかたがたこの家に奉公いたし、ほかに身寄り親類もない心細い身の上でございますから、なにぶん願います、ほかの女とは違いましてまじめに奉公をいたしておりますもの、贔屓《ひいき》にしてくださいというので、惣次郎の気に入りまして、たびたび遊びにくる。そのころの名主と申してはなかなか幅の利いた者ですから、名主様の座敷へ出るときは、働き女でも芸者でも、まあ名主様に出たよなどと申して見得にしたものでございます。惣次郎もお隅には多分の祝儀を遣わし、おりふしは反物《たんもの》などを持ってきてやることもあるから、男ぶりといい気立てといい柔和温順で親切な名主様と、お隅も大切にいたし、どうもありがたいと思い、ある日のこと、隅「わたしはほかにまいるところもない身の上でございますから、なにぶん御贔屓なすってください」

というので、惣次郎も近々《ちかぢか》来るうちに、ふとした縁でこのお隅と深くなりましたことで、今まで堅い人が急に浮かれ出すと、これはまた格別でございまして、このごろは家を外にいたすようなことがたびたびでございますから、お母《つか》さんも心配する。弟御もございますが、これはまだ九歳で、なにも役にたつわけでもございませぬから、お母《つか》さんもいろいろ心配なさるが、つねに堅い人だから、うっかり意見がましいことも言われませんので控えている。するとその翌年寛政十年となり、大生郷村の天神様から左に曲がると法恩寺村という、その法恩寺の境内《けいだい》に相撲《すもう》があります。この相撲場は細州越中守《ほそかわえっちゅうのかみ》様御免《ごめん》の相撲場ということで、木村権六《きむらごんろく》という人がただ今もって住んでおります。縮緬《ちりめん》の幕張《まくば》りをいたして、田舎《いなか》相撲でもりっぱなもので近郷からもずいぶん見物がまいります。ここにまいっている関取は花車重吉《はなぐるまじゅうきち》という、せんだって、わたくし古い番付を見ましたが、なるほど西の二段目の末から二番目におります。これは信州飯山《いいやま》の人で、十一のときはじめて羽生村へ来て、名主方に二年ばかり奉公しているそのうちに、力もあり体格もいいので、自分も好きのところから、法恩寺村の場所へ飛び入りにはいると、若いにしては強い、このあいだは三段目の相撲を投げたなどとほめられましたから、自分もいっそう相撲になろうと、そのころの源氏山《げんじやま》という年寄りの弟子となったが、これより花車が来たといえば土地の者が贔屓にして見物に来る。惣次郎もいつも多分の祝儀を遣わいたしましたが、こんどもお隅を連れて見物しようと思い、相撲は付けたり、お隅に会いたいから、そこそこ支度をいたしますと、母が心配して

母「あの帰るなら今夜はちと早く帰ってもれえてえ。あすは少し用があるからのう」

惣次郎「少しは遅くなるかもしれません。もし遅くなれば喜右衛門《きえもん》どんになにかと頼んでおいたから御心配はないが、ひょっとして花車も一杯やりたいなどと言うと、ちっとはわたしもやりたい物もありますから、また帰るまでに着物でも持たしてやりとうございますし、そんなことでいろいろまた相談もいたしますから、もし遅くなりましたら、どうかお先におやすみなすってくださいまし」

母「はい遅くならば先に寝てもいいだけれど、まあ、このごろはほかへ出ると泊まってくることもあり、今まで旦那様が達者の時分には、おまえが家《うち》を明けたことはねえ、あんな堅《かて》え若旦那様はねえ、今の世は逆さまだ、親が女郎を買って子が後生を願うという唄《うた》のとおりだ、惣次郎様のようなあんな若旦那あ持ちながら、惣右衛門どんはいい年イして道楽するなどと村の者が言うから、鼻が高《たけ》えと思ったが、旦那殿が死んでしまってみると、今ではおめえの身代《しんだい》だから、まあ家《うち》のためえ思って、おめえも今まで骨折ってくれただが、去年あたりからでえぶ泊まりがけに出かけるものだから、村の者も今までは堅《かて》え人だったが、どういうわけだがな泊まり歩くが、役柄もしながら、はあ、よくねえこったあ、年とった親を置いて、なんて悪口《わるくち》を利く者もあるで、なるだけ他人《ひと》にはよく言わしたいが、これは親の欲だから、おめえのことだからまちげえはなかんべえが、

なるたけまあ帰《けえ》れるだら帰《けえ》ってもれえてえだ。心配《しんぺい》だからのう」

惣次郎「いえなに、そう御心配なればまいらんでもよろしゅう、ぜひまいりたいわけではありません。花車も来たことだから、いささかでも祝儀もやりたいと思いましたが、さようなればまいらんでもよろしいので、新右衛門《しんえもん》も同道するつもりでしたが、さようなれば行かないでもむこうでとがめるでもなし、怒りもしますまい。それではやめましょう」

母「そういえば、はあ、困るべえじゃあねえか。行くなあとは言わねえが、出れば泊まりがけのこともあるし、帰《けえ》らねえこともあるから、それでわしが案じるから言うので、行くなあとは言わねえ。行ってもいいから早く帰《けえ》って来《こ》うというのだ。おめえは今まで親に荒《あれ》エ言《こと》をいいかけたことはねえが、このごろは様子が違って意見らしいことを言えば顔色が違うから言うだ。わしはだんだん年をとり、惣吉はまだ子どもなり、役には立たねえから、おめえも堅くって今まで人に言われることもなかっただから、まらげえはなかろうけれども、若え者のうわさ《わけ》にあんなはあ美しい女子《おなご》があるから家《うち》へ帰《けえ》るはいやだんべえ、婆様《ばあさま》の顔見るも大儀だろうなどという者もあるから、そんなことを聞くと心《しん》配《ぺい》でなんねえもんだから、少しもよく思わせてえのが親の欲でござらあ。行くなというわけではねえ、行ってもいいから帰《けえ》れたら早く帰《けえ》って来うというと、肝いれてそんたら行くめえなどと、年寄れば、はあ、そうおめえにまで言われてじゃまになるかと思って、早くおっ死《ち》にてえなどと愚痴も出るものでのう」

五十五

惣次郎「いえ、さようなれば早く帰ってまいります。思わず言い過ぎてどうも悪いことを申しまして今夜は早く帰ってまいります。大きによけいな御心配をかけましてまことに済みません」
母「そうなればよろしい。機嫌を直して行くがいいよ。これこれ多助や」
多「はい」
母「汝《われ》行くか」
多「へえ、関取が出るてえから行ってみようと思って」
母「汝《われ》口が苛《えら》いから人中へはいってつまらねえ口利いては、旦那様の顔に障るから気イつけてよくおとなしく慎んで行《い》てこうよ」
多「へえ、かしこまりました。わたしが行けばでえじょうぶだ。そんなら行ってまいります、さようなら」
と、惣次郎はこれから水街道の麹屋に行って、かのお隅を連れて、法恩寺村の場所に行こうと思ったが、きょうはたいした入《い》りだというから、それよりは花車をほかへよんで酒を飲ましたほうがよろしい、それに女づれで雑沓の中で間違いでもあってはならぬ、ことにお隅を連れて行くは心配でもあり役柄をも考えたから、大生郷の天神前の宇治《うじ》の里《さと》という料理屋へ上がり、ここの奥で一猪口やっていると、間《ま》が悪いときはしかたのないもので、かのお隅にぞっこんほれて口説いてはじかれた、安田一角《やすだいっかく》という横曽根村《よこぞねむら》の剣術家、みずから道場を建てて近村の人たちが稽古《けいこ》にまいる、腕前は鈍くも田舎者を脅かしている、見たところは強そうな、散髪をなでつけて、肩の幅が三尺もあり、腕などに毛が生えて筋骨たくましい男で、ちょっと見れば名人らしく見える先生でございます。無反《むぞ》りの小長いのを差し、襠高《まちだか》の袴《はかま》をだだっ広くはき、大先生のように思われますが、賭博打《ばくち》ちのお手伝いでもしようという浪人者を二人連れて、宇治の里の下座敷で一口やっていると、奥に惣次郎がお隅を連れてきていることを聞くと、ぐっぐっと癪《しゃく》に障り、なにかあったらかかりあいをつけようと思っている。こちらでは御飯が済んだから帰りがけに花車の家に行こうというので急いで出る。お隅も安田が来ているのを認めましたから気味が悪く早く帰ろうと思うので、奥から出て廊下を来ると、どうしてもそこを通らなければ出られないから、安田はわざと三人の刀の鐺《こじり》を出しておきますと、長い刀の柄前《つかまえ》にお隅がつまずきましたのを見ると、

安「これこれ待て。これ、そこへ行く者待て」

惣「へえへえ、わたくしでございますか」

安「てまえどこの者か知らんけれども、人の前を通るときに挨拶《あいさつ》して通れ。ことにこれ武士の腰に帯《たい》して歩く腰の物の柄前に足をかけて、粗忽《そこつ》でござると一言《ひとこと》の詫《わ》び言《ごと》もいたさず、むやみにまいることがあるか、必定心あってのことだろう」

惣「へい、とんと心得ませんで……おまえ粗忽だからいけない。お武家様のお腰の物に足をかけてなんのことだねえ。へい、どうも相済みませんでございました。つい取り急ぎましてとんだ不調法をいたしました。当人に成り代わりましてお詫びを申し上げます。なにぶん御勘弁を願います」

安「なに詫びを申すなら、どこの者か姓名も言わず、人にものを詫びるには姓名を申せ、たわけめ」

惣「へえ、てまえは羽生村の惣次郎と申すなにもわきまえませぬ百姓でございます」

安「なに、羽生村の惣次郎、うむ名主だな。いいや名主だ。羽生村にてほかに惣次郎という名まえの者はないようだ。名主役をも勤むる者が人の前を通るときには、ごめんなさいとか、お先にまいるとかなんとか、いささか礼儀会釈《えしやく》を知らぬこともあるまい。小前《こまえ》のわからぬ者などには理解をも言い聞けべき名主役ではないか。それがことに侍の腰の物を足下《そつか》にかけて黙っていくという法があるか。とがめたらこそ詫びもするが、とがめずばこのまま行き過ぎるであろう。無礼しごくのやつ、さようではござらんか仁村《にむら》氏《うじ》」

仁「これはお腹立ちのところごもっとも。これはなにも横合いから差し出てとやかく言うではないが、けれどもこういう席だから、なにも先生だってたいしたおとがめをなさるわけでもあるまいが、いま仰せのごとく名主役をも勤むる者が、少しはその辺の心得がなくては勤まらぬ。小前の者がわからんことでもいうときは、呼び寄せて理解をも言い聞けべきの役柄だ。しかるにずんずん行くという法はない。これは、いや先生、御立腹ごもっともだ。これは幾らおっしゃってもよろしい。お腹立ちごもっともの次第で」

惣「重々ごもっともで相済みません。ごもっともしごくでございます。どうか御勘弁を願います」

安「ただ勘弁だけでは済むまい。かりにも武士の魂ともいう大切の物、てまえたちはなにか武士が腰に帯《たい》している物は人切《ひとき》り包丁などと悪口《あっこう》をいうのはてまえのような者だろうが、人をむやみに切る刀でないわ。ええ戦場のおりには敵を断ち切るから太刀とも言い、片手殴りにするから片刀《かたな》とも言い、また短いのを鎧通《よろいどお》しとも言う。武士たるものが功名手柄をいたすところの道具。太平の御代に、一事一点まちがいをいたせばすぐにも切腹しなければならぬ大切の腰の物じゃ。それを人切り包丁など悪口を言いおるから挨拶もせずに行ったのだ。それに違いなかろう、なあ」

連れの男「これは先生、しごくごもっとも。けしからんこと。なんだ、え、どうもその、武士たるべき者の腰に帯するものを人切り包丁などとはもってのほかだ。太平なればこそよいが、もし戦場往来のときこれをええ、太刀とも唱える。片刀《かたな》ともいう。今一つ短いのはなんでしたっけ、うむ鎧通しともいう。一事一点間違いがあれば切腹いたすべき尊いところの腰の物。それをなんだ、無礼しごく、どのようにおっしゃってもよろしい」

惣「重々恐れ入りましたが、なにぶん御勘弁になりますことなれば、どのようにお詫びをいたしてよろしいか、とんと心得ませんが」
安「刀を清めて返せ。清まれば許してつかわす」
惣「どのようにいたせば清まりますことか。百姓風情《ふぜい》でなにも存じませんで」
安「知らんということがあるか。清めて返さんうちは勘弁まかり相成らぬ」
惣次郎もつくづく困りましたが、お隅はふだんから一角は酒の上が悪くわがままなのを知っております。また女が出ると柔らかになることも存じているから、かえってこういうときは女のほうがよかろうと思って、後《あと》のほうからつかつかと進み出まして、
隅「先生まことに暫く」
安「なんだ」

五十六

隅「麴屋の隅でございますが、ただいまわたくしが旦那様のお供をしてきて、つい、いつもの粗忽者で駆け出してつまずきまして、足で蹴《け》たの踏んだのというわけではありませんが、ちょっと足がさわりましたので、あなたと知っていればよろしいのに、うっかり足が出ましたので、それゆえ先生様の御立腹で、まことにわたしがお供に来て済みませんから、不調法でございますが、どうぞ御勘弁なすってくださいな。けっして蹴た

の踏んだのというわけでもなし、お供をしてきて不調法があっては、羽生村の旦那様に済みませんし、あのわたくしのそそっかしやのことは先生も御存じでいらっしゃいますから、おなじみ甲斐《がい》に不調法のところは重々お詫びをいたしますから御勘弁を」
安「黙れ、なに、なじみがどうした。なじみならいかに無礼いたしても済むと思うか。てまえにはいささか祝儀を遣わしたこともあるが、どれほどのなじみだ。また拙者は料理屋の働き女になじみは持たん。無礼を働いてもなじみなら許してもらえると思うか。鼻を殺《そ》ぎ耳を切ってなじみだからごめんとそれで済むか、無礼しごくなやつ。女の足に刀を踏まれてはなおさら汚れた、清めて返せ」
仁「これは先生しごくごもっとも。ごもっともだが、酒もなにもまずくなったなあ。これはどういう身分柄か知らんが、なじみだから勘弁という詫びのしようはないが、だれか、ああお隅か、妙なところで出くわしたなあ。先生先生麴屋の隅でございます。よく来たなあ。え隅か、これはどうも。謝れ謝れ。重々どうもすまぬ。先生先生、お隅でございます。貴公知らなんだ。アハハハハ、どうも粗相はねえ、詫びるよりほかにしかたがない。詫びて勘弁ならんということはない。重々恐れ入ったと詫びろ。よく来た。あの先生、先生、先生、勘弁しておやりなさい、お隅でござる」
安「な、なにを戯言《たわこと》、勘弁相成ならん」
となおさら額《ひたい》に筋を出してなかなか承知しませんから、惣次郎もまさか、そのままに逃げ出すわけにはゆかず、困り果てておりますと、奥の離れ座敷のほうに客人に連れられてまいっていたは花車重吉、客人は至急の用ができて帰りましたから、花車ははるかにこの様子を聞いて、惣次郎とはもとよりなじみなり兄弟分の固めをいたした花車でございますから心配しております る。
多「もし旦那様、旦那様」
惣「なんだ」
多「関取がねえ奥に来ているだ。大きに心配しているだが、ちょっくら旦那にお目にかかりてえと言うが」
惣「なに花車が、それはよかった。関取に詫びをしてもらおう。ちょっと」
安「これこれ逃げ出すことはならぬ」
惣「いえ逃げはいたしませんが、主意を立てましてお詫びを申し上げます、しばらくごめんを」
というので、こそこそと後《あと》にさがる。このひまに宇治の里の亭主手代なども代わる代わる詫びますけれども、いっこうに聞き入れがありません。
惣「関取はこちらかえ」
花車「はい」
惣「まことにどうもここで会うとは思わなかった」
花「ええいまみな聞きました。なにしろ相手が悪いがねえ。なにかこれには子細があってだあと鑑定しているが、なにしろ筋の悪いやつで、これはわしがねえ、成り代わって詫びてみましょう」
惣「どうぞ、関取なら愛敬を売るおまえだからいやでもあろうが、先の機嫌を直すように」
花「案じねえでもいいよ」
多「わしイ宿を出るときにまちがえでもでかすとなんねえから、名めえにかかるからって、お内儀《かみさん》に言いつかって汝《われ》行ってつまらねえ口い利いて、まちがえ出かしてはなんねえと、気イつけられたんだが、こうなっては、わしア出先で済まねえことだから関取頼むぞえ」
花「心配しねえでもいいよ。わしが請け合った、よろしい」
と落ち着き払って花車、年は二十八でありますが、至って賢い男、大形の縮緬の単衣の上に黒縮緬の羽織を着て、大きな鎖付きの煙草入れを握り、頭は櫓落《やぐらお》としという頭。いったい相撲取りの愛敬というものは大きい形《なり》で怖《こわ》らしい姿で太い声の中に、なんとなくちょっと愛敬のあるもので、のさりのさりと歩いてまいりまして、
花「はい、ごめんなさい。先生《しえんしえい》今日は」
安「なんだ、だれだい」
花「はい法恩寺の場所に来ております花車重吉という弱い相撲取りで、どうぞお見知りおかれて、みなさま御贔屓《ひいき》に願います」
安「はいさようか。わしは相撲は元来きらいで、ついぞ見に行ったこともないが、関

取なんぞ用でござるかい」
花「はい、ただいま承りますれば、羽生村の旦那が、あなたがたに対してとんだ不調法をしたと申すことだが、なにぶんにもお聞き済みがないので、わしはなじみのことでもあるによって、重吉てまえは顔売る商売じゃ、成り代わって詫びてくれいって頼まれまして、見かねて仲にはいりましたがねえ。重々御立腹でもございましょうが、こういう料理屋で商売柄のところでごたごたすれば、こちらも迷惑なり、お互いに一杯ずつも飲もうと思うに酒も旨《うも》うない、先生《しえんしえい》も旨うないわけだから、成り代わってお詫びしますから、花車に花を持たせて御勘弁を願います」
安「まことにお気の毒だが勘弁はいたされんて。勘弁いたし難いわけがあるからで、勘弁しないというは武士の腰の物を女の足下《そつか》にかけられては、このまま所持もされぬから清めて返せと、さっきから申しておるのだ」
花「それはそうでありましょう。しかしでけないところを無理に頼むので、でけにくいところをするが勘弁だあ。そうじゃあありませんか」
安「無理なことは聴かれませんよ。おまえが仲にはいってはなおさら勘弁はできぬではないか」
花「はあ、わしがはいって、なぜね」
安「花車重吉という名うての相撲取りがはいっては勘弁ならん。これが七十、八十になる水っ鼻を半分クッ垂らして腰の曲がった水飲み百姓が、年に免じてどうぞ堪忍してくだされと、頭を下げれば堪忍することもできようが、りっぱな相撲取り、天下に顔を売る者に安田一角が勘弁したとあれば、力士に恐れて勘弁したと言われては、今井田流の表札にかかわるからなおさら勘弁はできんからなあ」
花「それは困りますねえ。それじゃあ物に角が立ちます。先生《しぇんしぇい》わしは天下の力士でもなんでもないわ。まあ長袖の身の上で、みなさんの贔屓を受けなければならん。裸で、おまえさん、取りまわし一つでもってから、おおぜいさまの前に出て、まあ勝つも負けるも時の運次第で、ごろごろ砂の中へ転がって着物をほうってもらい、勝ったとか負けたとかいうところが愛敬じゃあ。そうしてみれば、みなさんの御贔屓を受けなければならん。あなたが勘弁してくだされば、それ花車あいつは愛敬者じゃあ、先生が勘弁できないところを花車を贔屓なればこそ勘弁したといえば、それでわたしは先生のおかげでまた売り出します。そうじゃあございませんか。勘弁しておくんなさい」
安「堪忍はできぬ」
花「できぬでは困ります」
安「いや勘弁できぬ。武士に二言《にごん》はないわ」

五十七

花車「そんなこと言うて相手が武士か剣術使いなればともかくも、たかが女のことだからよ。たいがいにしろよ」
安「たいがいにしろよとはなんだ」
花「これは言い損なった。これは相撲取りはこういう口の利きようで、うっかり言った、勘弁しろよう」
安「勘弁しろよとはなんだ」
花「ほいまた言い損なった」
安「勘弁しろよとはなんだ。てまえも大名高家《こうけ》の前に出てお杯《さかずき》を頂く力士ではないか。挨拶のしようを存ぜぬことはない。たいがいにしろの勘弁しろよのという言いようがあるか。なおさら勘弁ならん。無礼しごく不埒《ふらち》なやつだ」
とそばにある飲み冷ましの大杯《おおさかずき》をとってぽんとほうると、花車の顔から肩へかけて、ぴっしり埃《ほこり》だらけの酒を浴びせました。
花「先生《しえんしえい》、おまえさん酒をぶっかけたね。じゃあ、どうあっても勘弁でけないと決めたか。それではしかたがないが、先生わしも花車とかなんとか肩書きのある力士の端くれ。人に頼まれ、仲にはいって勘弁ならん、はあそうでございますかと指をくわえて引っ込むことはでけぬ。わしは馬鹿だ、知恵が足りねえから挨拶のしようを知らぬ。どうかこうせいと教えてくだせえ。おまえの言うとおりやりましょう。ねえ、どうなとお顔を立てようから、こうしろと教えてくだせえ」
安「これはおもしろい。予の顔を立てる、主意を立てるなれば勘弁いたす。無礼を働いたお隅という女は不届きしごくだから、あの婦人を惣次郎からもらい切って予に引き渡してください。道場に連れてまいって存じ寄りどおりにする」
花「それはでけない。あれは御存じの水街道の麴屋の女中で、高い給金で抱えておく女だ。きょう一日羽生村の名主様が借りてきたんだ。それを無礼した勘弁でけないといって道場へ連れてゆく。はいと言ってやられぬ。わしにしてもそうです。道場へ引かれれば煮て食うか焼いて食うか、頭から塩をつけて食われるか知れねえものを、それはでけぬ、でけない相談。それじゃあ、しょうがねえわ」
安「それじゃあなぜ主意を立てると言った。おまえは力士、只《ただ》の男とは違う。いったん言ったことを反故《ほご》にすることはない。武士に二言はない。刀にかけても女をもらいましょう」
花「これはしようがねえ。じゃあ、まあおまえさんが剣術使いだから刀にかけてもももらおうというだら、わしは相撲取りだから力にかけてもやることはでけぬと決めた。それよりほかはでけませんわ」
と言うと一角も額に青筋をはってなかなか聴きません。この家《うち》へお飯《まんま》を食べにはいった人たちも驚きましたが、中には相撲好きで江戸の勇み肌の人もおりまして、
客「どうだ、もう帰《けえ》ろうじゃあねえか、因業《いんごう》な侍《さむれえ》だ、あの畜生《ちきしょう》」
客「うむ、おらっちが弥平《やへい》どんのところへ来るたって深《ふか》しい親類でもねえが、場所中関取が出るから来ているのだが、ほんとうにいい関取だなあ。体ができて愛敬相撲だ。

ちょっと手取りで、大概相撲《てえげえ》取りが出れば勘弁するものだが、あいつめ酒をぶっかけやあがって、ひどいことしやあがる」
客「相手の侍《さむれえ》は三人だ。関取がどっと立って暴れると根太《ねだ》が抜けるよ」
客「こうしようじゃあねえか。折りをそういっても間に合うめえし残していってもむだだから、この生鮭《なまじゃけ》と玉子焼きとア持っていこう」
などと横着《おうちゃく》なやつは手ぬぐいの上に紙をしいてそろそろ肴《さかな》を包み始めた。
花「じゃあ先生《しえんしえい》こうしましょう。この家《うち》でごたすた言ったところが、この家へ迷惑かけて、ほかに客があるからけがでもさしてはなりません。おもてに出て広々とした天神前の田圃《たんぼ》中でやりましょう。わしも男だ、逃げ隠れはしません」
安「おもしろい、出ろ」
というので三人ずんと立った。
客「喧嘩だあ、喧嘩だあ」
とほかの客はバラバラ逃げ出したが、代を払ってゆく者は一人もない。横着者は刺身皿《ざら》を懐に隠して持ってゆく者もあり、中には料理番のところへ駆け込んで、生鮭を三本も持って逃げ出す者もあり、宇治の里では驚きましたが、安田一角は二人の助けを頼みとして袴の股立《ももだ》ちを取って、長いのを引き抜き振りかざしたから、二人の武士も義理で長いのを引き抜き、三人の侍が長いきらつくのを持って立ち並んでいるから、近辺の者は驚きました。惣次郎はなおさら心配でございますから、惣「関取、おまえにけがをさせては親方に済まぬから」

花「いいよ、親方もなにもない。おまえさんあっちへ行ってくだせえよ。おれが引き受けたからは世間へ顔出しができませんから、ひくことはできない。どうか事なくやるつもりで、おまえさんは心配をしねえでいいよ。お隅さんを連れてかまわず行ってください、多助さんも行ってください。旦那様がここにいては悪いから帰ってくださえ」

惣次郎は帰れたって帰られませんし、このままにはされず、怖さは怖し、どうしようかとおどおどしていると、花車はスッと羽織と単物を脱ぎましたが、相撲取りの喧嘩はたいてい裸のもので、花車は衣服を脱ぐと下には取り回しをしめている。ウーンと腹を揺《ゆ》り上げると腹の大きさはこんなになります。飴細工《あめざいく》の狸《たぬき》みたようで、取り回しのところへ銀ごしらえの銅金《どうがね》の刀を差し白地の手ぬぐいで向鉢《むこうはち》巻《まき》をして飛び下りると、ズーンと地響きがする。腕なぞは松の木のようで腹を立ったから力は満ちている。スーと飛び出すと見物人は、

「ワアー、関取しっかりしろ」

という。安田一角は袴の股立ちを取って、
安「サア来い」

と長いのを振り上げている。この中へ素《す》裸《はだ》で、花車重吉が飛び込むというところ、ちょっとひと息つきまして。

五十八

引き続きまして相撲と剣術使いの喧嘩で、相撲という者は愛敬を持ちました者でございまして、ただいまでは開けた世の中でございますから、見識を取りませんで、関取衆《しゅ》が芸者の中へはいって甚句《じんく》を踊り、あるいは錆声《さびごえ》で端唄《はうた》をやるなどと開けましたが、前から天下の力士という名があり、お大名の抱えでありますから、だんだん承ってみますると、菅原家《すがわらけ》から系図を引いて正しいもので、幕の内ととなえるは、お大名がお軍《いくさ》のとき、相撲取りを連れていらしって旗持ちにしたということでございます。旗持ちには力が要りますので力士が出まするもので、お見付などの幕の内には相撲取りが五人ぐらいずつ勤めております。その幕の内にいたから幕の内という、お弁当をつかっているのが小結という、そういうわけでもありますまいが、見たところは見上げるようで、胸毛《むなげ》があって膏薬《こうやく》のあとなぞがあって怖《こわ》らしいようでありますが、愛敬のあるものでございます。ちょっと立って踊りますと、重い体で軽く甚句などを踊りますと、姉さんたちは、きれいじゃあないか、かわいいじゃあないか、踊る姿がいいこと、あれで相撲を取らないといいことなどと、それでは相撲でもなんでもありません。芝居でも稲川秋津島《いながわあきつしま》などというと、いい役者がいたします。ごくむかし二段目三段目ぐらいにりっぱな相撲がありましたが、花車などは西の方《かた》二段目の確か末から二、三枚目におりました。そのころ愛敬相撲で贔屓もあります相撲上手でございますから評判がよい。今に幕の内に登ると いううわさがありまして、花車重吉はまことに固い男、ことには羽生村の名主の家《うち》に三年も奉公して、相撲になりましてからは、たいして惣次郎も贔屓にして小さい時分からのなじみで、兄弟分の約束をして酒を飲み合ったこともありますから恩返しというので割って仲へはいりましたが、剣術使いは重《かさ》ね厚《あつ》の新刀を引き抜いて三人が大生郷の鳥居前の所へびらつくのを提げて出ましたから、たいがいな者は驚いて逃げるくらいでありますが、逃げなどはいたしません。ズッと出て太い手をついて、こう拳《こぶし》を握り詰めますると、力瘤《ちからこぶ》というのが腕いっぱいに満ちます。見物は今相撲と剣術使いとの喧嘩があるというので近村の者まで喧嘩を見にまいる。田圃のところ畦道《あぜみち》に立って伸び上がって見ている。

花「先生《しえんしえい》、ここは天神前で、わしはおめえさんと喧嘩することは、こうなったからは、わしは引くに引かれぬから、おめえさん方三人にかかられたそのときは是非がねえことじゃが、御朱印付きの天神様境内で喧嘩しても、おめえさんもりっぱな先生《しえんしえい》、わしも相撲の端くれ、事訳《ことわけ》知らぬやつじゃ、天神様の社内を汚した、ものを知らぬと言われてはお互いに恥じゃ。ねえ死に恥かきたくねえから鳥居の外へ出なせえ」

これは理の当然で、

安「うんよろしい。よく覚悟して……鳥居外へまいろう」

と三人出たから見物はだんだん後へさがる。抜き身ではどんな人でもさがる。豆蔵が水をまくのとは違う。おっかないから、はらはらと人がのきます。

見物「どうだ、ほんとうに力士てえ者は感心じゃあねえか。たった一人に三人掛かりやあがって、大概《てえげえ》にあいつ勘弁しやあがるがいい。なんだしと詫《わ》び言《ごと》したら恥じゃあるめえし、畜生《ちきしょう》。関取しっかりやって、おらあ、おめえの相撲を見に来たので、おめえが喧嘩に負けると江戸へ帰《けえ》れねえ。冗談じゃあねえ、剣術使いを踏み殺せ」

安「なんだ」

見物「けんのんだ。しっかりやってくれ」

花「逃げも隠れもしねえ。長崎へ逃げようと仙台へ逃げようと、花車重吉駆け落ちはできぬから卑怯《ひきょう》なことはしねえが、ここでおめえさんに切られて死ねばもう湯も茶も飲めません。喧嘩はゆっくらできますから、一服やる間しばらく待って」

安「なに、これ喧嘩する端《はな》に一服やるなどと、なんだ愚弄《ぐろう》するな」

花「心配《しんぺえ》ありません。末期《まつご》の煙草だ。死んだらのめませんわ、一服やりましょう。たれか火を貸しておくんなせえ」

見物の中から煙草の火をあてがうやつがある。パクリパクリ脂《やに》さがりにのんでいる。

花「まあ、ゆっくりやりましょう。え、先生《しえんしえい》逃げ隠れはせぬぜ」

とパクリパクリとやっている。見物は、

見物「気が長えじゃあねえか。喧嘩の中で煙草をのんで落ち着いている、えれえじゃあねえか」

見物「えれえばかりでねえ。おれの考えじゃあ関取は利口だから、相手は剣術使いで危ねえから、けがアしてもつまらねえ。関取が手間取っているうち、法恩寺村場所へ人をやったろうと思う。もしそうだと二十人も相撲取りが押してくれば踏みつぶしてしまう、そうだろうよ」
花「さあ先生《しぇんしぇい》喧嘩いたしますが、わしも一本差しているから、剣術は知らぬながらも切り合いをいたすが、わしが鞘《さや》を払ってから、おめえさんがた切っておいでなせえ」
安「もっとも、さようだ。卑怯はしない。さあ出ろ」
花「へえ出ます。まあ、わしもこの近辺で生い立った者じゃあが、この大生郷の天神様の鳥居といったら大きなものじゃあ」
と見上げ、
花「これまあ、わしが抱えても一抱えある鳥居、この鳥居もきょうが見納めじゃあ」
と鳥居を抱えて、
花「大きな鳥居じゃあないか」
と金剛力《こんごうりき》を出して一振りすると恐ろしい力、鳥居は笠木《かさぎ》と一文字《もんじ》がもろにドンと落ちた。剣術使いが一刀を振り上げている頭のところへ真一文字に倒れ落ちたから、驚きましたの驚きませんのと、肝をひしがれてパッと後へさがる。見物はわいわい言う。その勢いに驚き、どのくらいの力かと安田はとてもかなわぬと思って抜き身を持ってばらばら逃げると、野次馬に、農業をしかけていた百姓衆がおのおの鋤鍬《すきくわ》を持って、百姓「ぶち殺してしまえ」

とわいわい騒ぐから、三人の剣客者は雲霞《くもかすみ》と林をくぐって逃げました。

五十九

花車「は、逃げやあがった、弱えやつだ。さあ案じはねえ、わしが送ってゆきましょう」

と脱いだ衣服を着て煙草入れを提げ、惣次郎を送って自分は法恩寺村の場所へ帰った。相撲は五日間首尾よく打って帰るときに、

花「鳥居の笠木を落としたから、旦那様、鳥居を上げてくださらんでは困る」

というので惣次郎、花車が金を出して鳥居を以前のとおりにしました。その鳥居はただいまでは木なれども、花車の納めました石の鳥居は天神山に今にあります。場所をしまって花車は江戸へ帰らんければならんから、帰ってしまった後は惣次郎は怖くって他へは出られません。安田一角は喧嘩の遺恨、衆人の中で恥をかいたから惣次郎は助けておかぬ、などと脅しに人に会うとしゃべるから怖くって惣次郎はとんと外出《そとで》をいたしません。力に思う花車がいないから村の者も心配しております。あまり家《うち》にばかり蟄《ちっ》しておりますから、母も心配して、惣次郎が深く言い交わした女ゆえ、まちがいもでき、その女の身の上はどうかと聞くに、元侍の娘で、おやじもろとも浪人して水街道へ来て、親の石塔

料のため奉公していると聞き、そのころは侍を尊《たっと》ぶから母は感心して、そういう者なれば金を出して、当人が気に入ったなら、どうせ嫁をもらわんではならんからもらいたいと、水街道の麹屋へ話して、お隅を金で身請けして家《うち》へ連れて来て、まず様子を見るとしとやかで、器量といい、まことに母へもよく仕えますゆえ、母の気にも入って村方のものをよんで、とり決めをして、内祝言《ないしゅうげん》だけを済まして内儀《おかみ》さんになり、翌年になりますと、ちょうどこの真桑瓜《まくわうり》時分、下総瓜《しもうさうり》といって、あちらは早くできます。惣次郎の瓜畑を通りかかった人は山倉富五郎《やまくらとみごろう》という座光寺源三郎《ざこうじげんざぶろう》の用人役《ようにんやく》であって、放蕩無頼《ほうとうぶらい》にして親には勘当され、そのうち座光寺源三郎の家はつぶれ、常陸《ひたち》の国に知るべがあるから金の無心に行ったが当てははずれ、少しでも金があれば、もとより女郎でも買おうという質《たち》、一文《もん》なしで腹がへって怪しい物を着て、小短いのを差して、芯《しん》の出た二重《ふたえ》回りの帯をしめて、暑くて照りつくから頭へ置き手ぬぐいをしてときどき流れ川の冷たい水で冷やして載せ、日よけに手を出せば手が熱くなり、腕組みをすれば腕が熱《あつ》し、しようがなくぶらりぶらりとまいりました。

富「ああ、進退ここにきわまったなあ。どうも世の中になにが切ないといって腹のへるくらい切ないことはないが、どうも鳥目《ちょうもく》がなくって食えないと、なおさらへるねえ。天草の戦《いくさ》でも、兵糧攻《ひょうろうぜ》めではかなわぬから、高松の水攻めといえども、かれも兵糧攻め、天草でも駒木根八兵衛《こまきねはちべえ》、鷲塚忠右衛門《わしづかちゅうえもん》、天草玄札《あまくさげんさつ》などという勇士がいても兵糧攻めにはかなわぬ。ああ大きな声をすると腹へ響ける。たいそう真桑瓜がなっているなあ。真桑瓜は腹のすいたときのしのぎになる腹にたまる物だが、うっかり取るところを人に見られれば、野荒らしの刑で生き埋めにするか川に簀巻《すま》きにしてほうり込まれるか知れんから、一つもぎって食うこともできぬが、たいそうなって熟しているけれども、真桑瓜を黙って持っていくはよろしくないというが、ちょっとここで食うぐらいのことはなにも野荒らしでもないからよかろう。一つもぎって食おうか」

と怖々《こわごわ》辺りを見ると、瓜番小屋に人もいないようだから、まあいいあんばいと腹がへってたまらぬから真桑瓜を食しましたが、包丁がないから皮ごとかじり、空腹だから続けて五つばかり食べ、それで行けばよろしいのに、先へ行って腹がへってはならんから二つ三つ用意に持っていこうと、右袂《こちら》へ二つ左袂《こちら》へ三つ、懐から背中へ突っ込んだりなにかして、ぬすんだなりこう立つと、むこうの畑の間から百姓がにょこりと出たときは驚きました。

百姓「なんだか、われはなんだか」

富「へえ、まことにどうも厳しい暑さでお暑いことで」

百「この野郎め、まあ生空使《なまぞら》やあがって、ここを瓜の皮だらけにしやあがった。汝《われ》瓜食ったな」

富「どういたしまして、腹痛でございますから押えて少しこごんでおりましたが、暑気にあたっておりますので、先《せん》から瓜の皮はありますが、取りはいたしませぬて」

百「この野郎懐へ入れやあがって、生空使やあがって、瓜盗んでお暑うございますなどとこの野郎」
　ポカリはり倒しますと、
　富「あ痛たた」
　とよろけるとたんに袂《たもと》や懐から瓜が出る。そのうちにまた二、三人百姓が出てきて、たちまち山倉は名主へ引かれ、間《ま》が悪いことに名主の瓜畑だからやかましく、庭へ引かれ、麻縄《あさなわ》でしばられますと、よせばよいに名主惣次郎は情け深い人だから縁側へ煙草盆《たばこぼん》を持ち出してまいって、
　惣「こいつかの、真桑瓜を食ったのは」
　男「へえ、この野郎で。草むしりに出ておりますと、瓜畑の中からにょこりと立ちあがったから、なにすると言ったら厳しいお暑さなんてこきあがって、たれもいやすめえと思って、瓜の皮があるから盗んだんべえとぶつと懐からも袂《たもと》からも瓜が出ただ。どこの者か江戸らしいことばだ」
　惣「おまえが真桑瓜を盗んだか」

六十

　富「へえへえ恥じ入りましたことで、てまえ主名は明かしかねまするが、胡乱《うろん》とおぼしめすなれば主名も申し上げまするが、てまえことは元千百五十石を取った天下の旗本

の用人役をした山倉富右衛門《やまくらとみえもん》のせがれ富五郎と申す者、主家改易《かいえき》になり、常陸《ひたち》に知るべがあるため、これへ金《かね》才覚にまいってみるに、先方は行方知れず、余儀なく、旅費をつかい果たしてより、実は食事もいたしませんで、空腹の余り悪い事とは知りながら二つ三つ瓜を盗みたべましたところをおとがめで、なんとも恥じ入りましたことで、武士たる者が縄《なわ》にかかり、この上もない恥で、どうか、ふびんとおぼしめしてお許しくだされば、この後は慎みまする。どうかお情けをもってお許しを願いたく存じます」

惣「真桑瓜を盗んだからといってなにも殺しはしない、真桑瓜と人間とは一つにはならん。殺しはせんが、ここで助けても、これからどこへ行きなさる。当てどがありますかえ」

富「へえへえ、どこといって当てもなにもないので。といってすごすご江戸表へ立ち帰るりょうけんもございません。空腹の余り悪いと知りながら、かようなる悪事をして恐れ入ります」

惣「じゃあここで許してあげても、わきへ行って腹が減ると、また盗まなければならん。わしの村で許してもほかでは許さぬ。こんどは簀巻きにして川へほうり込むか、生き埋めにするかしれぬから、わしがここで助けても親切が届かんではつまらん。おまえさんのことばの様子では武家に相違ないようだが、わしのところは秋口で書き物などが忙しいが、どうだね、許してあげますが、わしの家《うち》に恩返しと思って半年ばかり書き物の手伝いをしていてもらいたいがどうだね」

富「へえ、どうも恐れ入りましたことで。かようなるどうも罪を犯した者をお助けくださるのみならず、半年も置いてお養いくださるとは、何《なん》ともどうも恐れ入りました。この御恩は死んでも忘却はいたしません。どのようなることでも実に寝る目も寝ずにいたしますからどうかお助けを願います」

惣「よろしい、縄を解け」

と解かしまして、

惣「お腹《なか》がすいたろう、さあ御膳《ごぜん》をおあがり」

とさあこれから富五郎が食ったの食わないのって山盛りにして八杯ばかり、食いおきをする気でもありますまいがたくさん食べました。書き物をやらしてみると帳面ぐらいはつけ、算盤《そろばん》もやり調法でべんちゃらの男で、百姓を武家ことばで脅しますから用が足りる。黒の羽織なぞをもらい、一本差している。そのうち、

富「古い袴《はかま》がほしい。小前《こまえ》の者を制しますにはこれでなければ」

などとべんちゃらをいう。惣次郎の顔があるから富さん富さんと大事にする。だんだん尻《しり》が暖まると増長して、もとより好きな酒だから幾らやめろといっても外で飲みます。するとある日のことで、ずぶろくに酔って帰ると、惣次郎はおりません。母は寺参りに行ってお隅が一人奥で裁縫《しごと》をしている。

富「ただいま帰りました」

隅「おやまあ早くお帰りで。きょうはたいそう酔ってどこへ」

富「へえ、水街道から戸頭《とがしら》まで、早朝から出ましてちょっと帰りに水街道の麴屋へ寄りましたらよく来たというので、あの麴屋の亭主が一杯というので有り物で馳走《ちそう》になりまして大きに遅くなりました」

隅「たいそう真っ赤に酔って、旦那様はまだお帰りはありますまい。お母様《つかさま》は寺参りに」

富「さようで。御老体になりますと、どうもお墓参りよりほか楽しみはないとみえて毎日いらっしゃいますが恐れ入ります。また旦那様の御様子てえなねえ、まことにど、どうも恐れ入りますねえ。あんたはお家《うち》でおとなしやかに裁縫《しごと》をなすっていらっしゃるは、どうも恐れ入りますねえ。ど、どうも富五郎どうも頂きました」

隅「たいそう真っ赤になって、ちっとおやすみな」

富「なかなか寝たくない。一服ちょうだい。お母様《つかさま》はお寺参り、また和尚さんと長話し、和尚様はべらべらありがたそうにいいますね。だが、あんたがお裁縫《しごと》姿のおとなしやかなるは実に恐れ入りますねえ」

隅「少しおやすみよ、富さん」

富「へえへえ、寝たくないので。あなたはだんだん承ると、しかるべきところの、お高《たか》もたくさんお取りあそばしたお武家の嬢様だが、御運悪く水街道へいらっしゃいまして、御親父様がおかくれになって、余儀なくこういうところへいらしって、そのうちあいう杜漏《ずろう》な商売の中にいて、あんたが正しく、わたしは侍の娘だがという行ないを、当家の主人がちゃんと見上げて、これこそ女房というわけで、こちらへいらしったのだが、あなただってもまあ、わたくしの考えがまちがったかしれんが、武士たる者の娘がなにも生涯《しょうがい》というわけではなし、この家《うち》はほんの腰掛けで、つまらんといってはすみませんが、けれどもあなた生涯ここにいるおぼしめしはありますまい。てまえそれを心得ているが、拙者もやむをえずここにいる。いたし方がないから、半年も助《す》けろ、来年までいろよ、ありがとうと御主命でね、長くいる気はありません。あなたもほんの当座の腰掛けでいらっしゃるが口に出せんでも心中にあるね。内祝言《ないしゅうげん》は済んでも別にあなたのひろめもなし、ひろめをなさるわけもない。あなたも故郷懐かしゅうございましょう。故郷忘じ難し、御府内で生まれた者はねえ、そうではございませんかね」

隅「それはおまえ、江戸で生まれた者は江戸の結構は知っているから、江戸は見たいし懐かしいわね」

富「ありがたい。そのおことばでわたくしはすっかり安心してしまった。それがなければつまらんで、ねえ侍の娘、それそこが侍の娘、てまえども少禄者《しょうろくもの》だけれども、ここにへえつくしているが世が世なればというわけだが……お母様《つかさま》はまだ……法蔵寺様へお参りにいらしったので……ですがねえあなた、ここにこうやって腰掛けでいるは富五郎心得ております。故郷は忘じ難し、江戸は懐かしゅうございましょう」

隅「あいよ、懐かしいはあたりまえだわね」

六十一

富「ど、どうもありがたい。それさえ聞けばわたくしは安心いたすが、だれでもそうで、わたくしも早く江戸へ行きたいが、まあお隅さん、わたくしが少し道楽をして出まして、親類もあるけれども、わたくしが道楽をやったから、わたくしの身の上が定まらんでは世話はできぬというので、女房でも持って、こういう女と夫婦になったと身の上が定まれば、御家人《ごけにん》の株ぐらいは買ってくれる親類もあるが、つまらん女を連れていっては親類では得心しませんが、これはこうこういう侍の娘、こういう身柄で今はおちぶれてこう、心底《しんてい》もこれこれというので、わたくしがあなたのようなる方といっしょに行ってなんすれば親類でも得心いたします。おまえさんの御心底から器量はよし、こういう人を見立ててくるようになったら富五郎も心底は定まった、そうなれば力になってやろうというので、名主株ぐらい買ってくれますよ。構《かま》わずズーッと」

隅「どこへ」

富「どこって。だが、あなたあ腰掛けでいる。故郷はどうしても懐かしゅうございましょう」

隅「なんだかわかりません。一つ言《こと》をいって故郷の懐かしいことは知れております」

富「まあ、よろしい。それを聞けばよろしい、ちょっとちょっと」

隅「なんだよ」
富「いいじゃありませんか、二人でズーッと」
隅「いけないよ、そんなことをして」
富「それ、そういうお堅いから、二人で夫婦養子にどんなところへでも、かなり高《たか》のあるところへ行けます、お隅さん」
となんと心得違いしたか富五郎、むやみにお隅の手を取って髯《ひげ》だらけの顔を押しつけるところへ、母が帰ってきて、この体《てい》を見て驚きましたから、そばにある粗朶《そだ》を取って、いきなりポンとぶった。
富「これは痛い」
母「あきれかえったやつだ」
隅「よくお帰りでございまして」
母「いま帰《けえ》ってきただが、あの野郎ふざけ回りやあがって。富五郎ここへ出ろ」
富「へえ、これは恐れ入りました。どうもちっともお帰りを知らんで、前後忘却いたし、どうもなんともまことにどうも。なんで御打擲《ごちょうちゃく》ですか、さっぱりわかりません」
母「今見ていればなんだ、お隅にあのまねはなんだ。ええ、いやがる者を無理にかじりついて、髯《ひげ》だらけの面《つら》をこすりつけて、お隅をどうしようというだ。お隅はなんだえ、惣次郎の女房ということを知らずにいるか、汝《われ》知っているか、返答ぶて」
富「どうも、わたくし前後忘却いたし、酔っておりまして、はっというとお隅さんで、恐れ入りました。むやみに御打擲で血が出ます」
母「頭あぶっ砕いても構わねえだ。汝《われ》恩を忘れたか。この夏の取り付けに瓜畑へへえって瓜ィ盗んで、生き埋めにされるところを、家《うち》の惣次郎が情け深《ぶけ》えから助けて、行く所もねえ者に羽織ィ着せたり、袴アはかして、わきへ出ても富さん富さんといわれるは、だれがおかげか、みんな惣次郎が情け深えからだ。それを惣次郎の女房に対してからかってすがりついて、まあなんともあきれて、物《もの》う言われねえ。義理も恩も知らねえ。幾ら酔っぱらったって親の腹へ乗る者アねえぞ、あきれた。酒は飲むなよ、よくねえ酒癖だからよせというに聴かねえで、酔っぱらっては帰《けえ》ってきやあがって、たった今追い出すから出ろえ。おっかねえ。おまえのような者ア間違《まちげ》えをでかします。こんなやつはたったいま出てゆけ」
富「お腹立ちさまではなんですが、お隅さんにただいまのようなことをしたは富五郎本心でしたとおぼしめしての御立腹なればごもっともでございます」
母「もっともと思うなら出ていけ」
富「わたくしはたいへん酔ってはおりますが富五郎も武士でげす。御当家の旦那様に助けられたことは忘却いたしません。ああありがたいことで、ああ簀巻きにして川へほうり込まれるところを助けられ、かくのごとくめんどうをみてくだすって、江戸へ帰るときはこれこれするとおっしゃって、実にありがたいことで。江戸へ行っても御当家の御恩報じ、お家のためになるよう心得ております」

母「そう心得ておるなれば、なぜお隅にああいうまねエする」
富「そこを申します。そこが旦那様のおためを思うところ、旦那様は世間見ずの方、江戸へもあまりいらしったこともない。ことにはあなた様はそのとおり田舎気質《かたぎ》のけっこうな方、惣吉様は子ども衆で子細ないが、お隅様もけっこうな方でございますが、前々《まえまえ》承れば、水街道の麴屋で客の相手に出た方、縁あって御当家へいらっしゃったが、お隅様の前で申してはすみませんが、もし、お隅様が不実意な浮気心でもあっては惣次郎様のおためにもならぬと思って、どういう御心底かちょっとただいま気をひいたところ、どうもお隅様の御心底、これには実に恐れ入りました。富五郎安心しましたが、ところをどうも薪《まき》でもってポンと頭を、どうも情けないおぼしめしと思う」
母「ああいう言い抜けをこきやあがる。気いひいてみたなどとなおさら置くことはできねえから出ていけ」
隅「お母様《かあ》お腹立ちでございましょう、御気性だから。富さん、おまえは酒が悪いよ。お酒さえ慎めばよろしい。旦那様のお耳に入れないようにするから」
富「え、もう飲みませんとも」
母「まあ、おまえそっちへ引き込んで。わしが勘弁できぬ。ほんとうなれば、お隅が先へ立って追い出すというがあたりまいだが、こういう優しげな気性だから勘弁という お隅の心根ェ聞けば、一度は許すが、こんどあんなまねエすれば、すぐ追い出すからそう思え」

富「恐れ入りました」
とこれから、こそこそ部屋へはいって、と見ると頭に血がにじみました。
富「お隅はまんざらでもねえりょうけんであるのに、ああ太《ふて》え婆《ばばあ》だ」
なに自分が太いくせに、どうかしてお隅を手に入れようと思ううち、ふと思い出して胸へ浮かんだのは、うわさに聞けば去年の秋大生郷の天神前で、安田一角と花車重吉の喧嘩のもとはお隅から、よし、あいつを力に頼んでと、これからべらべらの怪しい羽織を着て、ちょこちょこ横曾根村へ来て安田一角の玄関へかかり、
富「お頼み申す、お頼み申す」

六十二

門弟「どうーれ、どちらから」
富「てまえは隣村におる山倉富五郎と申す浪人で、先生御在宅なれば面会いたしたくわざわざまいりました。これはこなたさまへほんのお土産で」
門「少々お控えなさい。先生」
安田「はい」
門「近村の山倉富五郎と申す者が面会いたしたいと、これは土産で」
安「山倉とは知らぬが、こちらへお通し申せ」

門「こちらへお通りなすって」
富「なるほど、これはけっこうなお住まいで。なるほどこれは御道場でげすな……ようがすな御道場のむこうが……ちょうどこれから畑の見える所が……これはどうもまた違いますな」
安「さあさあこれへ、どうぞ、これはこれは」
富「ええ、山倉富五郎と申す粗忽者《そこつもの》、この後とも御別懇に」
安「拙者が安田一角と申すいたって武骨者、この後とも。ええただいまはお土産をありがとう」
富「いいえ、つまらん物で、ほんのしるしで御笑納ください。大きに冷気になりましたが日中はよほどお暑いようで」
安「さようで、今日《こんにち》はまたちっとお暑いようで。よくおいでで。ええなにか御用で」
富「はい少々内々で申し上げたいことがあって。あの方は御門弟で」
安「はい」
富「少々お遠ざけを願います」
安「はい、慶治《けいじ》、御内談があって他聞をはばかるとおっしゃることだから、あちらへ行っておれ。ええ用があれば呼ぶから」
慶「へえ、さようで」
富「え、もうお構いなく、先生お幾つでげす」

安「てまえですか、もういけません。なんで、四十一歳で」
富「へえお若うげすね。御気力がお確かだからお若く見える。頭髪《おぐし》のつやもよし、りっぱな惜しい先生だ。こちらに置くのは惜しい。江戸へいらっしゃれば諸侯方が抱えまするりっぱなお身の上」
安「なんの御用か承りたい」
富「てまえ打ち明けたお話をいたしますが、ただいまでは羽生村の名主惣次郎方のやっかいになっておる者でござるが、惣次郎のただいま女房というわけでない、まあ妾《めかけ》同様のお隅と申す婦人、あれは御案内の水街道の麴屋に奉公いたした酌取女《しやくとりおんな》、あの隅なるものに先生おぼしめしがあったのでげすな。前にほれていらしったのでげすな、あなた」
安「これははじめておいでで、他人の女房にほれているなどと、いや挨拶のしようがない。麴屋にいた時分には贔屓にした女だから祝儀もやってずいぶん引っぱってみたこともあるのさ」
富「恐れ入ったね。それがそう言えぬもので恐れ入りました。そこが大先生で、えーえらい」
安「なにしにおいでなすった。安田一角を嘲弄《ちようろう》なさりにおいでなすったか。はじめておいでできようなることをおっしゃることがありますか」
富「御立腹ではどうも。なかなかさようなわけではない。てまえ剣道の師とお頼み申し、師弟の契約をしたい心得でまかり出ましたので。実はあのお隅と申すは同家にいるから、だんだんそれまあ、江戸っ子同士で、打ち明けた話をすると、おまえさん、ここに長くいる気はあるまい、ここは腰掛けだろう、故郷忘じ難かろう、わたしといっしょに江戸へ、と言うと、わたしも実は江戸へ行きたい、ことに江戸にはかなりの親類もあり、たとえ名主でも百姓の家《うち》へ縁づいたといわれては親類の聞こえも悪い、そうなればといって御新造《ごしんぞ》というわけではなし、へえへえ言って姑《しゅうと》の機嫌《きげん》も取らなければならんから実は江戸へ行きたいと言うから、そうなればなぜ一角先生のところへいかぬ、むこうはなんでも大先生、弟子《でし》衆《こ》も出はいり、名主などは皆弟子だから、あすこへ行って御新造になれば江戸へ行っても今井田流の大先生、あすこの御新造になれば結構だに、なぜ行かぬというと、それにはいろいろ義理もあって、おやじの借金も名主惣次郎が金を出してくれた恩もあるから、先生のところへ行かれもしないというから、それなら先生がこうと言ったら、おまえ行く気があるかと言ったら、わたしは行きたいが、先生にはいろいろ綾《あや》があるから行かれないというから、そうなればわしが行って話し、わしも江戸へ帰る土産に剣道を覚えて帰りたい。よい師匠を頼もうと思っていたところだというので、そうなればと頼まれてまいったので、先生あれを御新造になさい、どうでげす」

安「お帰んなさい。なんだ、おまえは、これてまえはなんだ、惣次郎方のやっかいになっている者なれば、惣次郎がどうかして安田を馬鹿にしてやれというので来たな。はじめて会って他人の女房をもらえなどと、はい願いますとだれが言う。ことに惣次郎には、去年の秋いささかのまちがいで互いに遺恨もあり、わしも恨みに思っている。その敵同士のところへ来て女房に世話をしましょうなどと、はい願いますとだれが言う。たわけめ、帰れ帰れ」
富「なるほど、これはしごくごもっとも。どうもお気分に障るべきことを申したが、まあ」
安「騒々しい、帰れったら帰れ」
富「まあまあ重々ごもっとも。これには一つのわけがある。ようがすか、てまえが打ち明けた話をいたしましょう。てまえも武士で二言はない。てまえは本所北割下水《げすい》で千百五十石を取った座《ざ》光寺《こうじ》源三郎《げんざぶろう》の用人山倉富右衛門のせがれ富五郎、主人は女太夫を奥方にした馬鹿ですから家は改易、仕方なし、てまえは常陸に知るべがあるからまいったが、ふとした縁で惣次郎方のやっかい。ところが惣次郎人遣いを知らず、名主というを権《けん》にかってひどい取り扱いをするはいかにも心外で、てまえは浪人でも土民なぞにへえつくすることはない。残念に心得ているが、打ち明け話をいたすが、江戸に親類どももある身の上、江戸へ帰るにもなにか土産がないが、実は今まで道楽をして親類でもとり上げませんから、あなたの内弟子になって、おそばで剣道を教えていただいて、免許目録をもらって帰ると、親類でも今まで放蕩《ほうとう》をしても田舎へ行って、これこれいう先生の弟子になってと書き付けを持って帰れば、それが値打ちになってどこへでも養子に行かれる。ところが、御門人にといっても、月々の物を差し上げることもできません身の上でございますが、それを承知であなたの弟子に取ってくださるなれば、わたくしは弟子入りの目録代わりに、御意《ぎょい》にかなったお隅を、御新造に、長熨斗《ながのし》を付けて持ってきましょう」

六十三

安田「これはおもしろいぞ。惣次郎という主《ぬし》のある者をどうして持ってこられます」
富「惣次郎があってはいけませんが、惣次郎を一刀に切ってください」
安「黙れ。馬鹿をいうな、帰れ、帰れ。汝《われ》は惣次郎と同意しててまえの気を引きに来たな。ううん帰れ帰れ」
富「これはなるほど、しごくごもっともですが、まあ」
安「騒々しい行け行け」
富「じゃあ有《あ》り体《てい》に申します。正直なお話をいたしますが、あなたの遺恨ある相撲《すもう》取りの花車重吉が来て、法恩寺村の場所が始まるので、去年の礼というので、明晩になりますと、惣次郎が金三十両やると、ようがすか、用をしまうのは日の暮れ方までかかりましょう。帳合いなどをいたしますからな。用が終わって飯を食ってはどうしても夜《よ》六つ過ぎになります。そこで三十両持って出かける。富五郎がお供でげす。ずうっと河原へ出て、それから弘行寺《ぐぎょうじ》の松の林のところへ出て黒門のところまでは長い道でございますから、そこへ出てきましたら、あなたは顔を包んで薄畳《すすきだたみ》の陰に隠れていて、てまえが合図に提燈を消すと、とたんにあなたが出てずぷりとやり、惣次郎を殺すと金が三十両あるから持って家《うち》へ帰り、構わず寝ていらっしゃい。まあさお聞きなさい。てまえは面部《めんぶ》へ傷を付けて帰って、今狼藉者《ろうぜきもの》が十四、五人出て、旦那も切り合ってわたしも切り合ったが、多勢に無勢かなわぬ、早く百姓をというのでおおぜい来てみると、あなたは家へ帰って寝ている時分だからわからぬてえ。気の毒なといって死骸を引き取り、野辺送りをしてしまってから、ようがすか、その後は旦那様がいらっしゃりませんではわたしがいても済みません。ことにはああいうところへお供をして、旦那があああなれば、なおさらどうも思い出して泣くばかりでございますから、江戸表へという。惣次郎が死ねばお隅さんも旦那様がいなければこの家にいても余計者だから、わたくしも江戸へ帰るという。江戸へ行くなればいっしょにというので、お隅を連れてきてずうっとあなたのところへ長熨斗を付けて差し上げるくふう、富五郎の才覚、ほれた女を御新造にして金を三十両ただ取れるという、これまで種を明かしてこれでも疑念におぼしめすか。ええどうでげす」

安「なるほど、これはおもしろい。それに相違ないか」

富「相違あるもないも身の上を明かしてかくお話をして、これをどうも疑念てえことはない。よろしいてまえも侍で金打《きんちょう》いたします……きょうはいけません……木刀を差してきたから、きょうは金打はできませんが、ほかにどのようなる証拠でもいたします」

安「じゃあ明晩酉刻《むつ》というのか」
富「てまえ供をいたします。あすこは日中も人は通りませんから、酉刻《むつ》を打ってまいり、ふっと提燈を消すのが合図」
安「よろしい、相違なければ」
と約束して帰りました。安田一角は馬鹿でもないやつなれども、お隅にぞっこんほれているから、まったくそういうりょうけんで連れてくるのではないかと思い、これから胸に包んで翌日支度をして早くから家を出て、諸方を回って、夜《よ》に入《い》って弘行寺の裏手林薄畳へしゃがんで待っていることとは知りません。こちらは富五郎が、お隅を手に入れるに惣次郎がじゃまになりますが、惣次郎は剣術も心得ておりますから、自分に殺すことができぬから、一角をだまして惣次郎を殺させて後、お隅を連れ出して女房にしようという企《たくみ》でございます。実に悪いやつもあるものでございます。富五郎は書き物がわかりませんから目を通してと、惣次郎へ帳面を見せ、わざと手間取るから遅くなります。これから夜食を食べて支度をして提燈をつけて出かけようとする。なにか虫が知らせるかして母親もお隅もやりたくない。
隅「なんだか遅いから、あしたむこうからまいりますから、きょうはおやめなさいな」
惣「なあにすぐ帰るから」
隅「そうでございますか。富五郎おまえいっしょにどうか気をつけておくれよ」

富「へえだいじょうぶ、どんなことがあっても旦那様におけがをさせるようなことはございません。てまえも剣道を心得ておりますから」

と、そらを遣って惣次郎の供をして出かけましたが、笠阿弥陀《かさあみだ》を横に見て、林のところへ出てまいりますと、左右は薄畳で見えませんが、左のほうの土手むこうは絹川の流れドウドウとする。ぽつりぽつりと雨が顔にかかってくる。

惣「富五郎降ってきたようだ」

富「たいしたこともありません。恐れ入りましたが、ちょっと小用《こよう》をいたしますから」

惣「小便《ちょうず》をするなれば提燈は持っていてやる。これこれ、どこへ行く、提燈を持っていっては困る」

というち、富五郎はふっと提燈を吹き消しました。

惣「提燈が消えては真っ暗でいかぬのう」

富「いま小用いたしますから」

という折りから安田一角は大松《おおまつ》の陰に忍んでおりましたが、提燈が消えるを合図にスックと立って透かし見るに、真っ暗ではございますが、きらつく長いのを引き抜いてこう透かしております。

惣「富や、おい富、富、なんだかこそこそしてうしろにいるのは、富や富や」

という声を当てにして安田一角が振りかぶる折りから、むこうのほうから来る者がありますが、大きな傘を引っかついで、下駄も途中で借りたとみえて、降る中をここに来合わせましたは、花車重吉という相撲取りでござります。これからは芝居なればだんまり場でございます。

六十四

引き続きお聞きに入れまするは、羽生村の名主惣次郎を山倉富五郎が手引きをして、安田一角と申す者に殺させます。これは富五郎が惣次郎の女房お隅にぞっこんほれておりましても、惣次郎があるのでじゃまになりますから、いっそ、かたづけて自分の手に入れようという悪心でござりますが、田舎にいて名主を勤めるくらいであるから惣次郎も剣術の免許ぐらい取っております。富五郎は放蕩無頼で屋敷を出るくらいで、少しも剣術を知りませんから、自分で殺すことはできません。ここで下手でも安田一角という者は、剣術の先生で弟子も持っているから、ちょうどお隅にほれているのを幸い、一角をおひゃって惣次郎を殺し、惣次郎の亡い後にお隅を無理に口説いて江戸へ連れて行って女房にしようというたくみを考え、やまで脅して上手に見えるが田舎回りの剣術遣いだから、安田一角が惣次郎より腕が鈍くて、もし惣次郎が一角を殺すようなことになれば、このたくみはむなしくなるというので、惣次郎がつねに差して出ます脇差《わきざし》の鞘《さや》を払って、その中へ松脂《まつやに》を詰めて止めをいたしておきました。実に悪いやつでございます。

惣次郎は神ならぬ身の、さようなたくみを存じませんから富五郎を連れて、かの脇差を差して家を出て、ちょうど弘行寺の裏林へかかりますと、富五郎がこそこそ劀《は》ってゆくようですから、なぜかと思ってうしろを振り返る。とたんに出たのは安田一角、面部を深く包み、はしょりを高く取って重ね厚《あつ》の新刀を引き抜き、力に任せてプスーリ一刀あびせかけましたから、惣次郎もひらりと身を転じて、脇差の柄《つか》に手をかけ抜こうとすると、松脂をつぎ込んでから一日たっているので粘って抜けない。脇差の抜けませんのにいらだつところをまた一刀、バッサリと骨を切れるくらいに切り込まれて、むこうへ倒れるところを、また一刀あびせたから惣次郎は残念と心得て、脇差の鞘ごと投げつけました。一角がツト身をかわすと肩のところをすれて、薄《すすき》の根方へずぽんと刀が突っ立ったから、一角は血《のり》をふいて鞘に収め、懐中へ手を入れて三十両の金を胴巻きぐるみ盗んで逃げようとすると、むこうのほうから蛇《じゃ》の目《め》の傘をさし、高足駄《たかあしだ》をはいて、花車重吉という相撲がまいりましたときには、一筋道でどこへも避けることができません。一角はうろたえて後《あと》へ帰ろうとすれば村が近い。しかたがないからさっさっとそばの薄畳の陰のところへ身を潜め、小さくなって隠れております。こちらは富五郎はバッサリ切った音を聞いて、すぐに家《うち》へ駆けてゆく。その道すがら茨《いばら》かなにかでわざと蚯蚓《みみず》膨《ば》れの傷をこしらえましてせっせっと息を切って家へ帰り、

富「ただいま帰りました」

という。ところが富五郎ばかり帰ったからびっくりして、

隅「おや富さん、お帰りかい、どうかおしかえ」

富「へえもう騒動ができました。あの弘行寺の裏林へかかったら悪者が十四、五人、で、で、で、出まして、二人とも懐中の金を出せ、身ぐるみ脱いで置いてゆけと申しましたから、驚いて旦那にけがをさせまいと思いまして、松の木を小楯《こだて》に取りまして、不埒《らち》しごくなやつだ、旦那をなんと心得る、羽生村の名主様であるぞ、粗相をすると許さんぞと言うと、おおぜいで得物得物を持って切ってかかるから、てまえも大勢《たいぜい》を相手に切り結び、旦那も刀を抜いて切り結びまして、二人でおおぜいを相手にチョンチョン切り結んでおりましたが、なにぶん多勢に無勢、旦那にけががあってはならぬと思って、やっと一方を切り抜けてまいりました。このとおり顔を傷だらけにして……早くお若い衆《しゅ》早く早く」

とまことしやかにせえせえ息を切って言いますから、お隅は驚いて、それ早く早くというので、村の百姓を頼んで手分けをして、どろどろ押してまいりましたが、もう間に合いはいたしません。切ったやつは、疾《と》うに家《うち》へ帰って寝ている時分、百姓衆《しゅ》がおおぜい行ってみると、情けないかな惣次郎は血に染まって倒れておりますから、百姓衆も気の毒に思い、死骸を戸板に載せて引き取り、このことを代官へ訴え、まず検視も済み、しかたなく野辺送りも内葬の沙汰《さた》で法蔵寺へ葬りました。これほどの騒ぎで村の者は出かけて追いはぎの行方を詮議《せんぎ》いたし、また四方八方、八州の手が回ったが、殺した一角は横曾根村に枕を高く寝ておりますので容易に知れません。惣次郎と兄弟分になった花車重吉という相撲は法恩寺村にいて、場所を開こうというところへこの騒ぎがあるのに、とんと悔やみにもまいりませんから、母も愚痴が出て、

母「ああ家《うち》の心棒がなくなればそうしたもんか、情けないもの」

と愚痴たらたら。そうこうすると九月八日は三七日《みなのか》でございます。花車重吉が細長いふろしきに包んだ物を提げて土間のところからはいってまいりまして、

花「はい、ごめんなせい」

多「いや、おいでなさえまし」

花「まことにだいぶ御無沙汰いたしました」

多「家《うち》でもまあ、どうしたかってえねえ。ちょっと知らせるだったが、家がまあせわしくって手が回らないだで、まあ一人で歩いてることもできなえから、まことに無沙汰あしましたが、旦那様あ殺されたことは、あんた知っているだね」

花「まことにまあ、なんとも申そうようはございません。知っておりましたが、旦那とわしとは別懇の間柄だから、わしが行って顔を見ればお母様《つか》やお隅さんになおさら嘆きを増させるようなものだから、それゆえ、まあ知っていながら遅くなりました。多助さん、とんだことになりましたね」

多「とんだにもなんにも、たまげてしまってね。お内儀《かみ》さんははあ年ィ取ってるだから愚痴ィ言うだ。花車は家に奉公をした者で、ことに相撲になるとき、前の旦那様の御《ご》丹精《たんせい》もあるとねえ。惣次郎とは兄弟じゃあねえか、それでこの騒ぎが法恩寺村まで知ん

ねえわけアねえ、知って来ないは不実だが、それとも知んねえか、江戸へでも帰《けえ》ったことかとお内儀さん、あんたのことをば言って、ただ騒いでいるだ。どうか行って心が落ち着くように気やすめを言ってくださえ。泣いてばい、いるだからねえ」

花「はい、来たいとは思いながら少しわけがあって遅くまいりました。まあごめんなせえ」

多「さあこっちへおはいり」

というのでふろしき包みを提げたなり奥へまいります。来てみると香花《こうはな》は始終絶えませぬから、そこらが線香臭うございます。

多「お内儀さん、法恩寺の関取がまいりましたよ」

母「やあ花車が来たかい。さあこっちへはいっておくんなせえ」

花「はい、お内儀さん、なんともこのたびは申そうようもございません。さぞ御愁傷さまでございましょう」

六十五

母「はい、ただどうもね、たまげてばい、います。おまえも知っているとおり小せえ時分から親孝行で父様《とっさま》アとは違って道楽もぶたなえ、こんな堅い人はなえ、小前の者にも情けをかけて親切にする、ああいう人が、こんな、はあ、殺されようをするというは神も仏もないかと村の者が泣いて騒ぐ。わしも、はあ、この年になって跡目相続をする大事な倅《せがれ》にはあ死に別れ、それも畳の上で長患いして看病をした上の臨終でないだから、なんたる因果かと思えましてね。愚痴ィ出て泣いてばい、います。それにお隅は自分の部屋にばい、はいって泣いているから、これえだもお寺へ行ったら法蔵寺の和尚様ア因果経というお経を読んで聴かせて、因果というものアあるだから、あきらめねばなんねえて意見を言われましたが、はあ、どうも諦めがつかなえで、ただどうもたまげてしまって、どうかまあ、こういうことなら父《とっつ》あんの死んだときいっしょに死なれりゃあ死にたかったと思えますくらいで」

花「はい、わしもねえ、お寺参りにはたびたびまいります。それも一人で、実は人に知れないようにまいりました。これには深いわけのあることで、わしが不実で来ないと思ってさだめて腹を立てておいでなさるとは知っていますが、少し来ては都合の悪いことがあって来ませぬ。おまえさん、わしは今まで泣いたことはありません。また大きななりをして泣くのは見っともねえから、めろめろ泣きはしませんけれども、ほかに身寄り兄弟もなし、重吉、てまえとは兄弟分となって、なんでもお互いに胸にあることを打ち明けて話をしよう、力になり合おうと言っておくんなさいました、そのおまえさん、力に思う方に別れて、実にこんどばかりは力が落ちました。墓場へ行って花をあげて水を手向《たむ》けるときにも、どうも愚痴のようだけれどもあきらめがつかないでつい、はあ、泣きます。まあなんとも言いようがありません。さぞおまえさんにはひととおりではありますまい。お察し申しております。お隅さんもさぞ御愁傷でしょう」
母「はい、わしの泣くのはあたりまえのことだが、あのお隅は人にも会わなえで泣いてばい、おるから、そう泣いてばい、いると体に障るから、ちっと気イ紛らすがええ。幾ら泣いても生きけえるわけでなえというけれども、ただあすこへ蹲《つくな》んで線香を上げ、水を上げちゃあ泣いてるだ。まことに、はあ、困ります」
花「はい、お隅さんをちょっとここへお呼びなすってください」
母「お隅や、ちょっくりここへ来《こ》うや。関取が来たから来うや」
隅「はいはい」
母「さあ此処《こけ》へ来《き》や。待ってるだ」
隅「関取おいでなさい」
花「はい、お隅さん、まあなんとも申そうようはありません。とんだことになりました。さぞお力落としでございましょう」
隅「はい、もうね毎日お母さんとあなたのうわさばかりいたしまして、どうしておいでなさいませんか、なにかお心持ちでも悪いことがありはしまいか、よもや知れないこともあるまいが、なにかわけのあることだろうと、おうわさをいたしておりましたが、実に夢のような心持ちでございましてねえ。これはあなたとは別段に仲がよくってねえ。旦那がいつも癇癪《かんしゃく》を起こしておいでなさるときにも、関取がおいでなさいますと、すぐに御機嫌《ごきげん》が直って笑い顔をなさる。こうやって関取が来ても旦那様がお達者でいらしったら、さぞお喜びだと存じまして、わたしは旦那の笑顔が目につきます」
母「これ泣かないがええ。そう泣かば病に障るからというのに聞かなえで、あのように泣いてばい、いるから、汝《われ》が泣くから、おらがも共に悲しくなる。泣いたって生きけえるわけエなえからあきらめろと言うだ。ねえ関取」
花「へえ、御愁傷のところはごもっともでございますが、お隅さん、旦那をば何者が殺したというところの手掛かりはちっとはございますか」
隅「もう関取のところへ早く行きたいというのが、御用があって二日ばかり遅くなりましたから、これから富五郎を供に連れて関取にお目にかかりにまいるとおっしゃるから、きょうはだいぶ遅いから、あすになすったらよかろうと言っても、ぜひきょうはと言って、どういうことか、たいそう急《せ》いておいでになりました。ところがちょうど弘行寺の裏林へ通りかかりますと、十四、五人の狼藉者が出まして、得物得物を持って切りつけましたから、旦那はお手利きでございますからすぐに脇差を抜いて向かうと、富五郎も元は武士で剣術も存じておりますから、二人で十四、五人を相手に切り結んだけれども、幾ら旦那が御手練でもむこうは大勢《たいぜい》でございますから、しかたなく、富五郎が旦那におけがをさしてはならぬと、やっと切り抜け駆けつけてきました。すぐに村の若い衆もおおぜいまいりましたけれども、その甲斐《かい》もなくもう間に合いませんで、まことに情けないことでございます」
花「じゃあ富五郎さんがいっしょについていって弘行寺の裏林へかかったところが十

四、五人狼藉者が出て取り巻いたから、旦那も切り結び、富五郎も切り合ったというところをだれも見た者はないので、富五郎が帰ってそのことを話したのですね」

隅「さようでございます」

花「うん、富五郎という人は家《うち》におりますか」

隅「お母《つか》さん、きょうは富五郎はどこかへ使いにまいりましたか」

母「今なにまで使いにやっただ。どこまで行ったかのう。また水街道のほうへ回ったか知んなえ。じき横曾根までやったがね」

花「御新造さん、留守かえ。そんなら話をしますが、あの富五郎というやつは、べちゃくちゃ世辞を言う口前のいい人だね。実はわしはね、人には言わないが旦那の殺されたばかりのところへ通りかかったところが、ちょうど二十五日で真っ暗だ。わしがずんずん行くと、むこうから頭巾《ずきん》をかぶったやつが来やあがる様子だから、はて、こんな林に胡散《うさん》なやつがおる。ことによったら盗賊かと思うたから、油断せずに透かして見ると、そいつが脇道《わきみち》へ曲がって、むこうへこそこそはいってゆくから、なんでもこれは怪しいと思うて、急いで来ると、わしの下駄《げた》で蹴《け》つけたのは脇差じゃ。はて、これは脇差じゃが、どうしてここにあるかと思うて、見るとむこうからワイワイとお百姓が来まして、高声《たかごえ》あげて、ああ情けない、もう少し早かったらこんなことにはならぬ、無惨なことをした、情けないことをしたと言うから、こいつしまった、そんなら頭巾をかぶったやつが旦那を殺したと思って、そのことを皆の中で話をしようかと思ったが、旦那とわしと深い仲のことは知っているし、もし相撲が加勢をすると思って、遠く逃げてしまわれたら手掛かりはないから、これは知らぬつもりで家《うち》へ帰ったがよいと思うて、その脇差を提げて帰ってからはどこへも出ず、ほかの者にも、黙ってろ知らぬつもりでいろと言いつけて来ずにいましたが、きょうはこうして脇差を持ってきました」

母「あれやまあ、どうも不思議なこんだ。殺されたところへ通りかかって脇差ィ拾ったって、その切ったやつはどんなやつだかね」

花「お隅さん、それはね、この脇差はどうしたのか知れないが、ちょっくり抜けない。わしの力でもちょっくり抜けない。なんでも松脂かなにかついてるとみえてねばねばしてるから、ひっついて抜けないが、これは旦那のふだん差す脇差で、わしもよく知っております」

母「あれやまあどうも、おまえが知ってるのが手にはいるのは不思議だねえ」

六十六

隅「お母《つか》さん、もう少し関取が早かったら助かりましたものを」

花車「このとおり抜けない。抜けないから脇差をほうりつけたのを泥棒が置いて行ったか、そこはわからんが、今富五郎がわしも切り合い旦那も切り合ったが、相手がおおぜいでかなわんというので駆け付けて来て知らしたというのは、それはどうもわしは胡散なことと思う。たとえ相手が多かろうが少なかろうが、旦那さんが危ないのを一人おいて逃げてくるというわけはないねえ。そうじゃないか、大切な主人と思えば、どこまでも助けるにはそばにいなければならぬ。それをおいてくるとは、怖いから逃げたとしか思えない。旦那が脇差を抜いて切り合ったというが抜けやしない。ねえ、どうしても抜けない刀を抜いて切り合ったという道理がないから、どうも富五郎というやつが怪しい、というわけは、お隅さん、去年の秋大生郷の天神前で喧嘩《けんか》をしかけたやつがお隅さんが麹屋にいた時分、おまえさんにほれていて冗談を言ったやつがある。ところがお隅さんは堅いから、言うことを聞かんではねつけたのを遺恨に思うているということを知っている。ことによったら安田一角が旦那を切って逃げやあしないかと考えた。ついては山倉富五郎という野郎は、口前はいいやつだが心に情けのない欲張ったやつだから、ことによったら一角に、おいでおいでをされて鼻薬をもろうて、一角のほうについて、あいつが手引きをして殺させせやあせんかと思う。それ、このとおり抜けぬのに抜いて切り合ったというのが第一おかしいじゃあないか」

母「あれやまあ、そこらには気がつかんで、ただまあたまげてばい、いました。ほんにそうかもしんなえよ。その頭巾かぶったのはどんな格好だっきゃあ」

花「それは闇《やみ》だからしっかりわからんが、一角じゃないかと、わしの心に浮かんだ。こうしておくんなさい、わしは黙って帰るが、富五郎が帰ったら、きょう花車が悔やみに来ていろいろ取りこんだことがあって遅くなった、ついては他《わき》へ二百両ばかり貸したが、どう掛け合っても取れないから、どうかして取ろうと中へ人を入れたが、なにぶん取れないが、もし富五郎さんが間へはいったらむこうのやつも怖いから返すだろう、もしおまえの腕から二百両取れたら半分は礼にやるが、どうか催促の掛け合いに行ってくれまいかと、花車が頼んだが、行ってやらんかといえば、欲張っているから、きっとやってくるにちがいない。法恩寺村のわしのところへ来たら富五郎さん富五郎さんと言って富五郎をそばに寄せ、腕を押さえて、さあ白状しろ、一角に頼まれて鼻薬をもらって、惣次郎さんを殺したと言え、どうだ、どうだ、言わなけりゃあ土性骨をどやして飯を吐かせるぞ。白状すれば、命は助けてやると言うたら、痛いから白状するにちがいない。実はこれこれこれこれであるとしゃべったらうまいもんで、そうしたら富五郎はくりくり坊主にして助けてもよし、物置へほうり込んでもいいが、いよいよ一角と決まったらお隅さんはかぼそい女、お母《つか》さんは年を取っており、惣吉さんはまだ子どもだからわしが先へ行きます。一角のところへ行って、さて先生、大生郷の天神前で、とんだ不調法をいたしましたが、どうか堪忍しておくんなさいと、ひたすら詫《わ》びる。そうすれば切ることはできぬから、うっかり近寄る、近寄ったら両方の腕を押さえて動かさぬ。さあてめえが惣次郎を殺したことは富五郎が白状した。敵《かたき》を取るから覚悟をしろと腕を押さえたところへ、おまえさんが来て小刀でも錐《きり》でも構わぬから、ずぶずぶ突っついて一角を殺すがいい、どうじゃ」

隅「ほんとうにありがたいこと、さぞ旦那様が草葉の陰でお喜びでございましょう。

関取、わたしは殺されてもいいから旦那様の敵《かたき》を取って」
母「なにぶんにもよろしくねがえます」
花「あまり敵々と言わないがいい。わしは先へ帰りますから」
と脇差を元のごとく包んで帰りました。後へ入り替わって帰りましたのは山倉富五郎、
富「へえ、ただいま帰りました」
母「富や、たいそう帰《けえ》りが遅かったね」
富「なに帰りがけに法蔵寺様へ回りまして、幸いいい花がありましたからお花を手向けましたが、お墓に向かいましてなあ、実に残念でございまして、なんだかこないだまで富、富とおっしゃったお方がまあどうも、石の下へおはいりなすったかと存じましたら胸が痛くなりまして、いやな心持ちで、また家《うち》へ帰って、あなたがたのお顔を見ると、胸が裂けるような心持ち、仏間に向かって御回向《ごえこう》いたしますると落涙するばかりで、まことにはやなんとも申そうようはありません」
母「まあよく心にかけて汝《われ》が墓参りするって、さぞ草葉の陰で喜んでいるべえ」
富「どうも別に御恩返しの仕方がありませんから、お墓参りでもするよりほかしかたがありません。仏様にはお念仏や花を手向けるくらいで、御恩返しにはなりませんが、それよりほかにしかたがありません、へえ」
隅「あの富さん、さっき花車関が悔やみにまいりましたよ」
富「おやおやおや、さようでござりましたか。へえなるほどどうなすったか、御存じ

ないのかと思いましたが」

母「なに知ってたてや。知ってたけれども早く来て顔を見せたら、深《ふけ》えなじみの仲だで思い出して嘆きが増して母様が泣くべえ。それにいろいろ用があって来ねえでいたが悪く思ってくれるなって、大《でか》い体アして泣いただ」

富「そうでげしょう。兄弟の義を約束した方でございますから、さぞ御愁傷でげしょう、お察し申します」

母「ついてねえ、あの関取が他《わき》へ金ェ二百両貸したところが、むこうのやつがずりいやつで、返さなえでまことに困るから、どうか富さんを頼んで掛け合ってもれえてえ、富さんの口前で二百両取れたら百両礼をするてえ言うだ。どうだい、帰《けえ》ったばかりでくたびれているだろうが、行ってやってくんろよ」

富「へえなるほど、関取が用立ったところがむこうのやつが返さんのですか、なにすぐ取ってあげましょう。造作《ぞうさ》もありません。百両……百両……なあに金なんぞお礼に頂かぬでも御懇意の間でげすから、すぐに行ってまいります」

とよせばよいのに黒い羽織を着て、一本差して、ひょこひょこやってきましたのが天命。

富「はい、ごめんなさい。関取のお家《うち》はこちらでげすか、頼みます頼みます」

弟子「おーい、ここだい」

花「これこれ、ちょっとここへ来い。富五郎という人が来たら奥へ通しておれがだんだん掛け合いになるのだで、切迫《せっぱ》詰まって、あいつが逃げ出すかも知れないから、逃げたらば表に二人も待っていて、逃げやがったら生け捕って逃がしてはならぬぞ。ええ、はじめは柔和な顔をして掛け合うから」
弟子「逃げたら襟首《えりくび》を押さえて」
花「こうこう、そんな大きな声を。こちらへおはいりなさいと言え」

六十七

弟子「こっちへおはいんなせい」
富「ごめんをこうむります」
花「さあ富さん、こっちへ、取り次ぎもなにもなしにずかずか上がっていいじゃないか。さあこっちへ来てください」
富「ええ、その後は存外御無沙汰を、ええ、いつも御壮健でますます御出精で陰ながら大悦《たいえつ》いたします。関取はたいそう評判がようげすから場所が始まりましたら、ぜひ一度は見物いたそうと心得ていましたが、御案内のとおりさんざんの取り込みで、つい、ちょっとの見物もできません。しかし御評判は高いものでござります。昨年から見るとたいしたことで、おうらやましゅう。実に関取は体もできていらっしゃるし、ことには相撲が上手で、愛敬があり、実に自力のあるところの関取だから、今に日の下開山横綱の許しを取るのはあの関取ばかりだと言っています」
花「よけいな世辞はよしてくだせい。わしはよけいな世辞はだいきらいだから」
富「いや世辞は申しません。これはたとえのとおり人情で、好きなものは一遍顔を見た者には、知らぬ人でも勝たせたいと思うのが人間の情でげしょう。まして旦那とは兄弟分でこうやってちかぢか拝顔を得ますから、場所中は、どうか関取がお勝ちになるようにと神信心をしていますよ」
花「それはありがたい。たとえ、うそでも日の下開山横綱と言ってもらえばなんとなく心うれしい。やあ、お茶をあげろよ。さあこっちへ」
富「関取、さぞ御愁傷で」
花「やあ、お互いのことで。さぞ、おまえさんもお力落としでございましょう」
富「いや、こんどは実に弱りまして、ただもうどうも富五郎は二親に別れたような心持ちがいたしますなあ」
花「そうでございましょう。わしも実は片腕もがれたようだと言いましょうか」
富「そうでげしょう。わたしも実に弱りましたね」
花「ついて富さん、おまえさんが供に行ったのだとねえ」
富「さよう」
花「どんなやつでございますえ、切ったやつは」
富「それはもうなんとも残念千万、弘行寺の裏林へかかると、面部を包んで長い物をぶち込んだやつが十四、五人でずっと取り巻いて、旦那が金を三十両持っているのを知って、出せ身ぐるみ脱いで置いてけと言うから、旦那にけがをさせまいと思って、旦那をなんと心得る、旦那は羽生村の名主様だぞ、もし無礼をすれば引っくくって引くからそう心得ろと言うと、なに、といきなり竹槍《たけやり》をもって突いてくるから、わたしも刀を抜いて竹槍を切って落とし、杉の木を小楯《こだて》に取ってちょんちょんちょんちょん、しばらく大勢《たいぜい》を相手に切り合いました。すると旦那も黙っている気性でないから、すらり引き抜いて一生懸命におおぜいを相手にちゃんちゃん切り合いましたから、刀の突先《とっさき》から火が出ました。真に火花を散らすとはこのことでしょう。けれども多勢に無勢というたとえのとおりで、とてもかなわぬから、旦那にけががあってはならぬと、危ういところを切り抜けて駆け込んで知らせたから、そら早くというのでおおぜいの若い衆《しゅ》がどっと来てみましたが、間に合いません。実に残念で、どうも」

花「おまえさん供をしたから、さぞ残念だったろうねえ」

富「実にどうもこの上ない残念で」

花「そこで、なんですかい、むこうは十四、五人で、そのうち一人か二人捕まえるとよかったね」

富「ところがむこうがおおぜいでげすから、こっちが剣術を知っていても、おおぜいで刃物を持って切りつけるからかないません」

花「じゃあ旦那が刀を抜いて切り合ったところをおまえさんは見ただろうねえ」

富「そりゃあ見ましたとも。旦那はお手利きでげすから、ちょんちょんちょんちょん切り合いました」

花「それに相違ないねえ」

富「相違もなにもありません。現在わしが見ておったから」

花「うん、そうかえ、富さん、もっとそばへおいでなさい。きょうは一杯飲みましょう」

富「それはまことにありがたいことで。ときになにかお頼みがあるということでげすが早速取り立てましょう。なに造作もないことで」

花「それについていろいろ話があるのだが、もっとそばへ」

富「じゃあごめんをこうむって」

花「さて富さん、人と長く付き合うにはうそをついてはいかないねえ」

富「それはまことにそのとおり信がなくてはいけませぬねえ」

花「今おまえの言ったのはみなうそと考えている。旦那様が脇差を抜いてちょんちょん切り合い、おまえも切り結んだと、そんなでたらめのことを言わずに正直なことを言ってしまいねえ」

富「な、なんだ、これは恐れ入ったね。どうもけしからんことを。ど、どういうわけで、な、なんで」

花「やい、それよりも正直に、欲に目がくらんで一角に頼まれて恩人の惣次郎をわしが手引きで殺させましたと言っちまいねえ」

富「これはけしからん。けしからんことがあるものだね。関取、ほかのこととは違います。わしは一角という者は存じませぬ。知りもしないやつにたとえどのような欲があっても、頼まれて旦那様を殺させたろうという御疑念は、なんらの廉《かど》を取ってさようなことをおっしゃる、関取でなければ捨て置けぬ一言。てまえも元は武士でござる。なにを証拠にさようなことを仰せられるか、関取承りたいな」

花「嘘《そら》つくない。正直に言ってしまいな。てめえが鼻薬をもらって、一角に頼まれて旦那を引き出したと言ってしまえば、命ばかりは助けてやる。相手は一角だから敵を討たせるつもりだが、どこまでも隠せば、よんどころなくおめえの背骨をどやして飯を吐かしても言わせにゃならん」

富「これはどうもけしからん。関取の力で打たれりゃあ飯も吐きましょうが、ど、どういうわけで。けしからん、な、な、なにを証拠に」

花「そんなら見せてやろう。これはその時旦那の差して行った脇差だろう。これを差して出たことは聞いてきたのだ。さ、どうだ」

富「さよう、どうしてこれを」

花「これはてまえが刀を抜いてちょんちょん切り合ったという後で、ちょうどそのそばを通りかかってこの刀を拾うたが、ちっとも抜けない。この抜けない脇差をどうして抜いて切り合ったか、それを聴こう」

富「それあ、それあ、わしが転倒《てんどう》いたした」
花「なにが転倒した」
富「それはわしはおおぜいを相手に切り結んでおり、夜分でげすからよくわかりませぬが、まったく鞘《さや》の光を見て抜き身と心得ましたかもしれませぬが、わしが手引きをして……これはけしからんことでげす。どうもさような御疑念をこうむりましては残念に心得ます」
花「そらそら、てめえの言うことはみんなまちがっていらあ。鞘の光を見て抜き身で切り合ったと思ったというが、鞘ごと切れば鞘に傷がなけれあならねえ。切っ先から火花を散らしたというが、鞘ごと切り合ってどうして火花が出るい」
富「じゃあ、まったく転倒いたしたのでげす。まったくむこう同士ちょんちょん切り合って火花が出たのでげしょう。おおぜいの闇撃《やみう》ちでむこう同士……どうもさような手引きをして殺したという御疑念はてまえ少しも覚えがございません」
花「なに言わなけりゃあ背骨をどやして飯を吐かせても言わせるぞ」
富「ああ痛い痛い、痛《いと》うございます、ああ痛い、腕が折れます、あ痛い」
花「さ、言ってしまえ。言わなければどやすぞ」
富「ああ痛うございます」
花「やい、よく考えてみろ。実は大恩があるのにすみませぬが、旦那はわしが手引きをして殺させました、その申しわけのために、わしは坊主になって旦那の追善供養をいたしますと言えば、お内儀《かみ》さんに命乞いをして命だけは助けてやるから、一角が殺したと言ってしまえよ」

富「言ってしまえとおっしゃっても、ああ痛い、痛うございます。だからわしは申しますがね、あ痛い。これはどうも恐れ入ったね、ああ痛い、腕が折れます、ああ申します、申します、申しますからお放しください。そう手をぐっと関取の力で押さえられると骨が折れてしまいますから。ああ痛い、どうも情けない、とんだ災難でげす。無実の罪ということはいたし方がないなあ。関取よくお考えください。わたしは恥をお話したしますよ。昨年夏の取っ付きでげしたが、瓜畑を通りかかりまして、真桑瓜を盗んで食いまして、すでに縛られて生き埋めになるところを、旦那様が通りかかって助けて家《うち》に置いてくださるおかげでもって、黒い羽織を着て、村でも富さん富さんと言われるのはまったく旦那の御恩でげす。その御恩のある旦那を、悪心ある者のために手引きをして殺させるというようなことは、どのようなことがあっても覚えはござりませぬが、ああ痛た、た、た、ああ痛うござります、腕が折れてしまいます」

花「なに痛いと、腕を折ろうと背骨を折ろうと、おれのりょうけんだ。おれが兄弟分になった旦那を、殺したやつを捜して敵を討たにゃならぬ。てまえ一人に換えられないから言わなけりゃあ殺してしまう。それとも殺させたと言えば助けてやるが、言わないか、この野郎」

と松の木のような拳《こぶし》を振り上げて打とうといたしましたときには、実に鷲《わし》に捕まった小鳥のようなもので、逃げるも退《ひ》くもできません。このときに富五郎がどう言いわけをいたしますか、ちょっと一息つきまして。

六十八

富五郎が花車に取って押さえられましたは天命で、おのれがたくみで、惣次郎の差料の脇差へ松脂をつぎ込んでおきながら、その脇差を抜いて惣次郎がちょんちょん切り合ったというところから事があらわれて、富五郎はなんといっても逃れ難うございます。ことに相手は相撲取り、富五郎の片手を取って逆に押さえて拳を振り上げられたときには、どうにもこうにも逃げ途《ど》がありませぬ。表の玄関には二人の取り的が張り番をしていて、もし逃げ出せば首を取って押さえようと待っておりますから、このときは富五郎が真っ青になって、いっそ白状しようかと胸に思いましたが、そこはもとより悪才に長《た》けたやつ。

富「関取、御疑念のほど重々ごもっとも。もうこうなれば包まず申します、申しますからお放しください」

花「申しますと、言ってしまえばそれでよい」

富「言ってしまいます。これまでのことを残らずお話しいたします、いたしますが関取、そう手を押さえていては痛くって痛くって、しゃべることができません。こうなった以上は逃げも隠れもいたしませぬ。有り体《てい》に申すからその手を放してください、ああ痛い」

花「言ってしまえばよい。さあ残らず言ってしまえ」

と押さえた手を放しますと、そばに大《おお》きな火鉢《ひばち》がありまして、かんかんと火がおこっております。それにかかっている大薬罐《おおやかん》を取って、

富「申し上げまする」

と言いながらひっくりかえしましたから、ぱっと灰神楽《はいかぐら》が上がりまして、真っ暗になりました。なれども相撲取りらは大様《おおよう》なもので、あぐらをかいたなり立ち上がりもいたしません。

花「なにをするぞ」

と言ううちに富五郎は逃げ出しましたが、悪運の強いやつで、表へ逃げれば弟子ががんばっているから、すぐに取って押さえられるのでございますが、裏口のほうから駆け出し、畑を踏んで逃げたの逃げないの、一生懸命になってドンドンドン逃げましたが、羽生村へは逃げて行かれませぬから、すぐに安田一角のところへ駆け込んで行って、

富「ハ、ハ、先生先生」

安「なんだ、さあこちらへ」

富「は……あ、水を一杯ちょうだい」

安「なんだ、なに水をくれと、どうしたんだ。喧嘩でもしたか」

富「いいえ、どうも喧嘩どころではございませぬ。背骨をどやして飯を吐かせるて、実にどうも驚きました」

安「だれが飯を吐いたか」

富「なに、わしが吐くので、先生運よくここまで逃げたが、もうここにもおられぬので、すぐにわしは逃げますから、路銀を二、三十金《きん》拝借いたしたい」

安「どうしたか、そう騒いではいかない」

富「どうも先生、これこれでげす」

と一部始終の話をしまするると、相手は相撲取りですから一角も不気味《ぶきび》でございますが、

安「そうか、驚くことはない。わしが殺《そっか》したということを言いはしまい」

富「なんで……それは言いませぬ。足下とちゃんとお約束をいたした廉《かど》がありますから、たとえ背骨をどやされて骨が折れてもそれは言わん。言わぬによって、こんな苦しい目をいたしたから、かわいそうと思って二、三十金ください。すぐにわしは逃げますから」

安「なんだ、なんにも怖いことはない」

富「怖いことはないとおっしゃるが、足下知らないからだ。どうもあいつの力は無法な力で、ただ握られたばかりでも、こんなに痣《あざ》になるのだもの」

安「じゃあ貴公に路銀をやるから逃げるがよい」

富「足下も早く、すぐに後からやってきますよ」

安「やってきても言いさえせんければよろしい」
富「理不尽に……」
安「幾ら理不尽でも白状せぬのに踏ん込んで、どうこうというわけにはいかぬ」
富「無法にぶちますよ」
安「なにぶたれはせぬ。子細ない」
富「子細ないとおっしゃるが、わしの後を追っかけてきて富五郎はいるか、かくまったろう。いえ、かくまわぬ。いないといえば、じゃあ戸棚にいましょうというので捜しましょう。そうでないにしても表で暴れて家を揺すぶると家がつぶれるでしょう。やつの力はたいしたものだから、やあと言うと家《うち》に地震が揺《い》ってぶっつぶされてしまいます。なんにしても家にいるとめんどうだから逃げてください。え、先生」
安「じゃあ路銀をやるから先へ逃げな」
富「逃げるならいっしょに逃げたいものです」
安「いっしょに逃げては人の目に立ってよくない。おれが手紙を一本付けるからこれを持って、常陸《ひたち》の大方村《おおかたむら》という所にわしの弟子があるから、そこへ行って隠れておれば知れるわけはないから、ほとぼりが冷めたら、また出てこい。わしは一足後から、なに暴れても子細ない。会いたいと言えば余儀ない用事ができて上総《かずさ》へ行ったとか、江戸へ行ったとか、でたらめを言っておれば取りつく島がないからしかたがない。貴公は先へ行きな」

富「じゃあ路銀をちょうだい、わしはすぐ行きます」

安「そう急がずに」

と落ち着いて手紙一本書いて、路銀を付けてやると、富五郎はその手紙を持って人に知れぬように姿を隠し、間道《かんどう》間道ととうとう逃げおおせて常陸へまいりました。安田一角も引き続いて逃げる。花車重吉は、

花「おのれ逃げやあがったか」

とすぐに後を追いかけましたけれども、羽生村ではこっちへは来ないというから、さて怪しいと諸方を尋ねたがなにぶん手掛かりがありません。一角の様子を聞くとこれは私用があって上総まで出たというので、とんと手掛かりがない。風を食らって二人とも逃げてしまったから、もう帰る気遣いはないが、安田一角の家《うち》はそのままになって弟子が一人、留守番に残っている。どういうわけかわからぬが、なんでも怪しいから取って押さえんければならぬが、それにはまず第一、富五郎をどうかして押さえなければならぬと心得、

花「残念なことをしました。これこれ、これこれで押さえたやつを逃げられました」

と言うと、お隅も母も残念がって嘆きますけれどもいたし方がない。翌月の十月の声を聞くと、花車は江戸へまいらなければならぬから、花車重吉がいとま乞いに来て、

花「わしはこれこれで江戸へまいりますが、なにごとがあっても手紙さえくだされば、すぐに出てきて力になってあげますから、心丈夫に思っておいでなさい」

と二人に言い聞かして、花車重吉は江戸へ帰りました。跡方は惣吉という取って十歳の子どもとお隅に母親と、多助という旧来この家にいる番頭様《よう》の者ばかりで、なんとなく心細い。十一月の三日のことで、空は雪催しで、曇りまして、筑波《つくば》おろしの大風が吹き立てて、身を裂かれるほど寒うございます。

母「ああ寒いてえ。年イ取ると風が身にしみるだ。そこを閉《た》ってくんろよ。なんだかことしになって一時《いちじ》に年イ取ったような心持ちがするだ。ひどく寒いのう、多助や、ぴったりそこを閉《た》ってくんろよ」

多「なにあんた、そんなに年イ取った年イ取ったと言わなえがいい。若《わけ》え者《もん》でも寒いだ。なんだかはあ雪イ降るばいと思うように空ア曇ってめえりました」

母「そこを閉ってくんろよ。お隅はどこへか行ったか」

隅「はい」

と部屋から着物を着換《きか》え、乱れた髪をなでつけて小包みを持ってまいりましたから、

母「このまあ寒いのにどこへか行くかい」

隅「はい、改めてお願いがござります」

六十九

隅「不思議な御縁で、水街道からこちらへ縁づいてまいりましたところが、旦那様も

ああいうわけでおかくれになりました。旦那がおいでなら、おそばで御用をたして、たとえ表向きのひろめはなくとも、わたしも今までは女房の心持ちで働いておりましたけれども、こうなって旦那のない後《のち》は余計者で、かえってごやっかいになるばかりでございますし、江戸には大小を差す者も親類でもございますから、どうか江戸へまいりたいと思いまして。わたしもべんべんとこうやってもおられません、今のうちなら、どうか親類が里になってかたづく口もできましょうと思いまして、わたしは江戸へ帰りますから、どうか親子の縁を切って、旦那はいなくっても、あなたの手で離縁になったという証拠を頂きませぬと、親類へも話ができませぬから、ごめんどうでもちょっとお書きなすって。まことに長々お世話さまになりまして」

母「それあ、はあ、困りますな。今おめえに行かれてしまうと心細えばかりでなく、後がしようがねえだ。惣吉は年ィいかなえで、惣次郎のなえ後は、おめえがなにもかもしてくれたから任しておいて、おらあまあ家《うち》の勝手も知んなくなったくれえだね。どうかまあ、そんなことを言わずに、どうかおめえがいてくれねえば困りますから」

隅「ありがとう存じますけれども、どうもいられませぬ。いたってしかたがありませんもの。ほんの余計者になりましたから、どうかごめんどうでも……きょうすぐと帰ります。水街道の麴屋に話をして帰りますから」

母「そりゃあはあ、まちがったわけじゃあねえか。おめえは今までまあ、ほかの女と違って信実な者《もん》で、おらあ家《うち》へかたづいても惣次郎を大事《でえじ》にして、姑へは孝行尽くし、小前《こめえ》の者《もん》にも思われるくれえで、さすがお侍《さむれえ》さんの娘だけ違ったもんだ。婆様《ばあさま》ア家《うち》はいい嫁えもらったって村の者《もん》がだれもほめねえ者《もん》はなえ。惣次郎がなえ後もわずか、はあ、夫婦になったばかりでも、亭主と思えば敵イぶたねえばなんなえて、さすが侍《さむれえ》の娘は違ったもんだと村の者《もん》もたまげて、なんとまあ感心な心掛けだって涙アこぼしてうわさアするだ。今に富五郎や安田一角の行方は関取が捜してどんなことをしても草ア分けて捜し出して、敵イぶたせるって、これまで丹精したものを、おめえがふっと行ってしめえば、あとは年寄りと子どもでしようがなえだ。ねえ困るから、どうかいてくんなよ」

隅「いやですねえ。江戸で生まれた者がこんな所にはいって、実に夫婦の情《じょう》でいましたけれども、こうなってみると寂しくっていられませぬもの。田舎といっても宿場と違ってほんとうに寂しくっていられませんからねえ、どうかすぐにやってくださいな、ここにいたってしかたがありません。江戸へ行けば親類は武士でございますから、相当なところへ縁づけてもらいます。わたしもまだそう取る年でもございませぬから、いつまでもべんべんとしてはいられませぬ。おまえさんはどうせ先へ行く人、惣吉さんは兄弟といったところが元をいえば赤の他人でございますからねえ。考えてみると行く末の身が案じられますから」

母「じゃあ、どうあっても子どもや年寄りが難儀イぶっても構わなえで置いてゆくというかい。今まで敵イぶつと言ったじゃあなえか。今それに敵イぶたなえで縁切りになって行くとあおかしかんべい。敵イぶつといった廉《かど》がなえというもんじゃあなえか」

隅「始まりは敵を討とうと思いましたけれども、だれが敵だかわからぬじゃあありませんか。よくよく考えてみますと、富五郎を押さえて白状さして、いよいよ一角が殺したと決まったら討とうというのだが、きっと富五郎、一角ということもわからず、それも関取が付いていればようございますが、関取もいず、してみれば敵がわかっても女の細腕では敵に返り討ちになりますからねえ。また、それほどどなたにもこちらさまに義理はありません。ようやくかたづいて半年ぐらいのことで、命を捨てて敵を討つというほどの深い夫婦の間柄でもありませんから、返り討ちにでもなっては馬鹿馬鹿しゅうございますから、敵討ちはおやめにして江戸へ帰ります」

母「たまげたなあまあ、それじゃあ、なんだあ今まで敵イぶつと言ったことア水街道の麴屋でお客に世辞を言うように、心にもなえでたらまえを言ったのだな。世辞だな」

隅「いいえ世辞ではない。関取を頼みにしてだいじょうぶと思っていましたが、関取もいなければわたしはいやだもの。そんな返り討ちになるのはつまりませぬからねえ」

母「あきれたよまあ、なんとたまげたなあ。汝《われ》がそんな心と知んなえで惣次郎が大い《でか》金エ使って、家《うち》イ連れてきて、真実な女と思ってばかされたのがくやしいだ。そういう畜生《ちきしょう》のような心なら、たった今出て行けやい。縁切り状を書《きゃ》えてくれるから」

隅「出て行かなくって。あたりまえだあね」

多「お隅さん、まあ待っておくんなさえ。お内儀さん、あんた人がいいから、じき腹ア立つがお隅さんはそんな人でなえ、わしが知っているから。さてお隅さん、ここなあ母様ア江戸を見たこともなし、大生《おおな》の八幡へも行ったことアなえという田舎気質《かんぎ》の母様だから、いちいち気に障るこたアあるだろうが、実はこういうことがあって気色《きしょく》が悪いとか、ああいうことを言われてはならぬということがあるなら、わしがに話イしておくんなさえ。まあ旦那がああなってからは力に思うのは、おまえさんのほかにだれもないのだ。惣吉さんだって、あのとおりほんとうの姉《あね》さんか母様《かかさま》アのように思ってすがっているし、敵の行方は八州へも頼んでえたから、今に関取が出てくれば手分けえして富五郎を押さえてたたいたら、たいがい敵は一角にちげえねえと思ってるくらいだから、機《き》嫌《げん》の悪いことがあるなら、わしにそう言って、どうか機嫌直してくださえ。ねえお隅さん」

隅「なにを言うのだねえ。おまえはなにも気をもむことはないやね。お母《つか》さんもあきれて出てゆけというから離縁状をもらっておくんなさい。わたしは仇討ちはできません。しかたなしに仇を討つと言ったので実は義理があるからさ。よくよく考えてみれば馬鹿げている。それほど深い夫婦でもありませぬからねえ」

多「それじゃあお隅さん、ほんとうに旦那の敵イぶつてえ考《かんげ》えもなえ。惣吉さんもお母様も置いてゆくというのかあ」

隅「さようさ」

多「たまげたね、ほんとかあ」

隅「うそにこんなことが言えるものか。きょう出てゆこうというのだよ」

多「あきれたなあ。そんだら、おれェ言うが」
隅「なにを言うの」

七十

多「旦那が麴屋へ遊びに行ったとき酌に出て、器量はええし、人柄に見えるが、どこの者《もん》だというと、元は由ある侍の娘《さむれえ》で、これこれで奉公しております。ほかの女アみんな枕《まくら》付きでいる中に、わしは堅気で奉公をしようというんだが、どうもつらくってならねえて涙アこぼして言うだから、旦那がかわいそうだというので、金エくれたのが始まり。それから旦那がもれえきってくれべいといったとき、手を合わせて、まことにそうなれあ浮かびます助かりますと喜んだじゃあなえか。それにまた旦那様ア切り殺されたというのも、早《はえ》え話が一角というやつが、おめえにほれていたのをこっちへかたづいたから、それを遺恨に思って旦那ア殺したんだ。してみれあ、おめえが殺したも同しことじゃあなえか。それをわきまえなえでお母様や惣吉さんを置いて出れば、義理もなにも知んねえだ。狸阿魔《たぬきあま》め」
隅「なんだい狸阿魔とは、失礼なことをお言いでない。そりゃあ頼みもしましたから恩も義理もあるにはちがいないけれども、それだけの勤めをして御祝儀を頂いたのであたりまえのことだあね。それからわたしをもらいきってやるから来い、はいと言って来ただけのことだから、旦那が殺されたって、敵を討つほどの義理もないじゃあないか。表向き、ひろめをした女房というでもなし、いわば妾《めかけ》も同様だから、旦那がいなけりゃあ帰りますよ」

多「この阿魔、どうも助けられなえ阿魔だ。ぶつぞ、出るなら出ろ」

隅「なんだい、手を振り上げてどうするつもりだい。怖い人だね。さ、ぶつならぶってごらん。これほどの傷ができても水街道の麴屋がうっちゃってはおかないよ」

多「なに麴屋……金をくれたことアあるけど麴屋がどうした」

隅「このあいだお寺へ行くといって、路銀を借りようと思って麴屋へ行って詰をして、江戸へ行けば親類もありますから、江戸へ行きたいと思いますが、行くには少し身装《みなり》もこしらえてゆきたいから、まあここで、三年も奉公してゆきますからお願い申しますといって、証文の取り決めをして、前金も借りてきてあるのだから、これから行って麴屋で稼《かせ》ぎ取《ど》りをしていこうと思うのだ。もうわたしの体は麴屋の奉公人になっているのだから、少しでも傷がつけば麴屋でうっちゃっておかないよ、願って出たら済むまい、さ、ぶつならぶってごらん」

多「あきれたあ、こいつどうも。お内儀さん、こねえだ、お寺へ墓参《めえ》りに行くふりイして麴屋へ行って証文ぶってきたてえ、この阿魔、こりゃあぶてねえ。ええ内儀《かみ》様、義理も人情も、ああこれえ、ほんとうにどうもぶてねえ阿魔だ」

母「やあ、もういいわい。恩も義理も知んなえような畜生《ちきしょう》と知らずに、惣次郎がだまされて命まで捨てることになったなあ、なんぞの約束だんばい。そんな心なら、いてもらってもだめだから、さあ此処《こけ》え来う。離縁状書えたから持たしてやれ」
多「さあ持ってけ、この阿魔《あま》ア。これえ、ぶてねえやつだ」
隅「持ってかなくってどうするものか」
とお隅は離縁状を開いて見まして、苦笑いをして懐へ入れ、
隅「ありがたい。ああ、これでさっぱりした」
多「あ、さっぱりしたと言やあがる。どうも憎い口イたたきやあがるな、この阿魔」
隅「なんだねえ、ぎゃあぎゃあお言いでない。長々ごやっかいさまになりました。お寒さの時分ですからずいぶん御機嫌よう」
多「ええぐずぐず言わずに、さっさと早く行かなえかい」
隅「行かなくってどうするものか。縁の切れた所にいろっても、いやあしない」
と悪口を言いながら、つかつかと台所へ出てきますと、惣吉は取って十歳、田舎育ちでも名主の息子でございますから、どこか人品が違います。かわいがってくれたから真実の姉のように思っておりますから、前へ回ってぴったり袂《たもと》にすがって、
惣「姉様《あね》ア、お母《つか》あが悪ければ、おれがあやまるからいてくんなよ。多助があんなこと言っても、あれはだれがにも言う男だから、おれがあやまるから、姉さん、いてくんなえ。困るからよう」
隅「なんだい、そっちへおいでよ。うるさいからおいでよ。袂へ取っつかまってしよ

うがないよう。そっちへおいでったらおいでよ」
多「惣吉さん、こっちへおいでなさえ。今まで坊ちゃんをかわいがったなあ」世辞でかわいがった狸阿魔だから、そばへ行かないがええ」
母「惣吉や、此処《こけ》へ来う。幾らすがってもみんな世辞でかわいがったでえ。心にもない世辞イ言って汝《われ》がをかわいがる振りイしただ。それでも子ども心に優しくされりゃあ、真実姉と思って、おれがあやまるからいてくんろと言うだ。其処《そけ》えらを考えたって、なかなか出ていかれるわけのものであなえ。あきれた阿魔だ。惣吉此処《こけ》へ来い」
多「こっちイおいでなさえ。坊ちゃん、だめだから」
隅「来いというから、あっちへおいでよ。今までおまえをかわいがったのもね、お母《つか》さんの言うとおり、よんどころなく兄弟の義理を結んだから、お世辞にかわいがったので、みんなほんとうにかわいがったのじゃあないよ。あっちへおいで。行っておくれ、行かないか」
多「あれ坊っちゃんを突き飛ばしやあがる。惣吉さん、おいでなさえ……こいつア……またぶてねえ……さっさと行けい」
隅「行かなくってどうするものか」
とお隅は土間へ下り、庭へ出まして門《かど》の榎《えのき》の下に立つと、ピューピューという筑波おろしが身にしみます。
隅「ああもう覚悟をして思いきって愛想《あいそ》づかしを言わなけりゃあ、ためにならんと思ってあれまでに言ってみたけれども、なにも知らない惣吉が、、わたしの片袖《かたそで》にすがって、どうぞ姉さん、わたしがあやまるからいておくれ、坊が困ると言われたときには、実はこれこれと打ち明けて言おうかと思ったが、なまじい言えばお母さんや惣吉のためにならんと思って思いきって、心にもない悪態《あくたい》を言って出てきたが、これまで真実に親子のようにわたしに目をかけておくんなすった姑に対して実に済まない。お母さん、そのかわりきっと、旦那様の仇をことしのうちに捜し出して、本望《ほんもう》を遂げたうえでお詫《わ》びいたします。ああもったいない、口が曲がります。ごめんなすってください」

と手を合わせ、こらえかねてお隅がわっと声の出るまでに泣いております。

多「まだ立ってやあがる。あすこに立って悪態口をきいていやあがる。早く行け」

隅「大きな声をするない。てまえのような土百姓に用はないのだ。やっとサバサバした」

とわざと口汚いことを言って、これから麹屋へ来て亭主にこの話をすると、

亭「よく思いきって言った。よし、おれがどこまでも心得たから、心配するな。まず手ぬぐいでも染めて、すぐひろめをするがよい。これこれ、これこれこしらえて」

というので、手ぬぐい等を染めて、残らず雲助や馬方に配りました。

亭「今までとは違って、お隅はよんどころないわけがあって客を取らなくっちゃあならん。みんなと同じに、枕付きで出るから方々へ触れてくれ」

というと、この評判がぱっとして、今までは堅い奉公人で、ことに名主の女房にもな

った者が枕付きで出る。金さえ出せば自由になるというので、たいそう客がありまして、近在の名主や大尽《だいじん》がせっせとお隅のところへ遊びに来ますけれども、なかなかお隅は枕を交わしません。お隅の評判がたいへんになりますると、常陸《ひたち》にいる富五郎が、このことを聞きまして、

富「しめた、金で自由になる枕付きで出れば、望みは十分だ」

と天命とはいいながら、富五郎がうかうかとお隅のところへ遊びにまいるという、これから仇討ちになりまするが、ちょっと一息。

七十一

お隅は霜月の八日からひろめをいたしまして、客を取るようになりました。なれどもお隅は貞心な者でございますから、いいように切り抜けては客と一つ寝をするようなことはいたしません。もとより器量はよし、様子はよし、その上世辞がありまするので、たいして客がございます。ちょうど十二月十六日ちらちら雪の降る日に山倉富五郎がやってまいりましたが、客が多いので、いつまで待ってもお隅が来ません。そのうちにおいおいと夜が更けてきますが、お隅はほかの客で来ることができませぬから、代わりの女がときどき来ては酌をしてまいり、その間には手酌で飲みましたから、よほど酒の回っているところへ、隔ての襖《ふすま》を開けてはいった人の扮装《なり》はじゃがらっぽい縞《しま》の小袖《こそで》にて、

まあそのころは御召縮緬《おめしちりめん》が相場で、頭は達磨返《だるまがえ》しに、ちょっとした玉の付いた簪《かんざし》をさし散斑《ばらふ》の斑のきれた櫛《くし》を横のほうへよけてさしており、襟《えり》には濃《こっ》くり白粉《おしろい》をつけ、顔は薄化粧のところへ、酒の相手でほんのりと桜色になっておりますす。帯がじだらくになりましたから白縮緬の湯巻きがちらちら見えるという、前《ぜん》とはすっぱり違ったこしらえで、

隅「富さん」

富「いや、これはどうも、どうもこれは」

隅「わたしアね、富さんじゃないかと思って、内々見世《ないないみせ》でこうこういう人じゃあないかというと、そうだというから、早く来たいと思うけれども、長っ尻《ちり》のお客でねえ、今やっと抜けてきたの。ほんとうによく来たね」

富「これはどうも、はなはだどうも御無沙汰を。実はその不慮の災難で御疑念をこうむりました。それゆえ、お宅へまいることもできない。こんなつまらぬことはないと存じて、存じながら御無沙汰を。ただいままで重々御恩になりましたあなたが、御離縁になって、こちらへいらっしゃったことを聞いて訪ねてまいりました。どうも妙でげすねえ、御様子がずうっと違いましたね」

隅「おまえさんも知ってるとおり、べんべんとああやっていたっても、先の見当てがないし、そんならばといって生涯《しょうがい》楽に暮らせるといったところが、あんな百姓家でなんにも見る所も聞くこともなし、ただ一生楽に暮らすというばかりじゃあしようがないから、江戸へ行こうと思って。江戸には親類があって大小を差す身の上だから、ちっとも

早く頼んで身を固めたいと思って離縁を頼むと、不人情者だって腹を立って、狐《きつね》阿魔だの狸阿魔だのというから、いまいましいから強情に無理無体に縁切状を取って出てきましたの。江戸へ行くにも、小づかいがないもんだから、こんなまねをして身装《みなり》もこしらえたり、金の少しも持っていきたいと思って、ついにこんなところへ落ちたから笑っておくんなさい」

富「笑うどころか、まことにどうも。なに必ずわたしは買いにきたというわけではありませんから、けっして御立腹くださるな。そんな失敬の次第ではないが、どういうわけで羽生村をお出あそばしたかと存じて御様子を伺おうと思ってまいったところが、数《すう》献《こん》傾けて大酩酊《おおめいてい》」

隅「まあ、これから二人で楽々と一杯飲もうじゃあないか。早く来て久しぶりで昔話をしたいと思っても、長っ尻のお客でめったに帰らぬから、いろいろ心配して、やっとお客をはずして来たの。まあうれしいこと、たいそうおまえ若くなったことね」

富「恐れ入ります。あなたの御様子が変わったには驚きましたねえどうも、前とはすっかり違いましたねえ」

隅「さお酌いたしましょう」

富「これはどうも。まあ、ちょっと一杯、さようですか」

隅「わたしは大きな物でなくっちゃあ酔わないから、大きな物でほっと酔って胸を晴らしたいの。いやな客の機嫌気褄《きづま》を取って、いやな気分だからねえ。富さん今夜は世話をやかせますよ」
富「大きな物で、え、湯飲みであがりますか。御酒《ごしゅ》はちっともあがらなかったんですが、血に交われば赤くなるとか、妙でげすなあ。お酌をいたしましょう。これは妙だ、どうも大きな物でぐうとあがれるのは妙でげすな。これは恐れ入りましたな」
隅「わたしは酔って富さんにわがままなことを言うけれども、富さん聞いておくれな」
富「ううん、お隅さん、必ず御疑念はお晴らしなすって、惣次郎さんをわたしが手引きして殺させたというので花車の関取がわたしの背中をどやして、飯を吐かせるというから、わたしは驚いて、あの腕前ではとてもかなわぬから一生懸命逃げたんだが、あのくらい苦しいことはありませぬ。それゆえ御無沙汰になって、あなたが枕付きで客をお取りになるということを聞いて、きょう口をかけたのは相済みませぬが、実はどういうわけかと存じてただ御様子を伺いたいというのでまいっただけで」
隅「まあ、そんなことはいいじゃあないか。今夜わたしは酔うよ」
富「お相手をいたしましょう」
隅「お相手もなにもいるものか」
と大きな湯飲みに一杯受けて息もつかずにぐっと飲んで、
隅「さあ富さん」
富「わたしはもう数献……えお酌でげすか、置き注《つ》ぎには驚きましたね……それだけは……妙なものでげすな。あなた、お酒はもとからあがりましたか」

隅「なに旦那のそばにいる時分には慎んで飲まなかったんだが、ここへ来てから頂くようになりました」

富「へえありがとう、もう……お隅さん、どうか御疑念をね……これだけはどうか……わたしはつまらん災難で、わたしがなんぼなんでも、一角は知らないやつ、会ったこともないやつに、なんでかくのごとく、な、御疑念がかかるか、わたしも元は大小を帯《たい》した者、このままには捨て置けぬと、よっぽど争いましたが、関取がむやみにぶつというから、あの力でぶたれてはたまらぬから逃げるというわけで、実にてまえつまらぬ災難でげして……」

隅「いいじゃないか。わたしになにも心配はありゃあしないやね。羽生にいる時分には、くやしい、敵討ちをするというから、わたしもつれてそういったけれども、もうあすこを出てしまやあ、なんにも義理はないからわたしに心配はいらないが、ただ聞きたいのは富さん忘れもしない羽生にいるとき、おまえが酔って帰ったことがあったろう。そのとき、おまえが旦那のいない所でわたしの手をつかまえて、江戸へ連れていって女房にしてやろう、うんといえば、わたしが身の立つようにするが、江戸へいっしょに行ってくれぬかと言っておくれのことがあったねえ。あれはほんとうの心から出て言ったのか、わたしが名主の女房になってたから、お世辞に言ったのか聞きたいねえ」

七十二

富「これは恐れ入りました。こりゃあどうも御返答にさしつかえる……こりゃあ恐れ入ったね。富五郎困りましたね……おやおや、またいっぱいになった。あなた、そばから置き注ぎはいけません……よほど酔っているから、もうごめんなさい……あれはお隅さん、あなたが恩人の内宝《ないほう》になっているから、居候の身として、酔ったまぎれで、女房になれ……江戸へ連れていこうと言ったのは実に済まない……済まないが、心にないことは言われんようなもので、富五郎深くあなたを胸に思っているから酔った紛れに口に出たので、どうも実に御無礼をいたしました。どうか平《ひら》にごめんを……」

隅「あやまらなくってもいいじゃあないか。ほんとうにおまえが心に思《なり》ってくれると言えばうそにもうれしいよ。富さん、わたしもね、いつまでもこんな姿をしていたくない……江戸へ知れては外聞が悪いからねえ……江戸へ行くったって親類は絶えて音信《いんしん》がないし、ほんとうの兄弟もないからなんだか心細くって、それには男でなければ力にならぬが、こういう汚《けが》れた体になったから、いまさら行けない。行けないけれどもわたしもがねえ、わたしのような者でも連れていって女房にすると言っておくれなら、わたしもおまえ親類へ行って、この人も元はこれこれのお侍でございましたが、運が悪くって、こういうわけになったからと言って頼むにも、二人ながら武士の家に生まれた者だから、親類へも話がしいい。よう富さん、ほんとうにおまえ、わたしがこういう所へはいったからいけないかえ……前に言ったことはうそかえ」

富「こりゃあ、なんとも恐れ入ったね……うまいことをおっしゃるなあ……またいっぱいになった、そう注いじゃあいけない……ええ……ほんとうにそんなことをする気遣いはないいて……どうか御疑念のところは……わたしは困るよ……どうも理不尽にわたしを疑《うたぐ》って、背骨をどやすというから、驚いて、言いわけする間《ま》はないから逃げたのだが、神かけて富五郎そんなことはないので……」

隅「そんな心配はないじゃあないか。なんだねえ、おまえ、わたしがこんな身の上になっていても、敵とかなんとか言って騒ぐと思ってるのかえ。わたしは表向きひろめをしたわけでもなし。敵を討つというほどな深い夫婦でもない。それほどなにも義理はないと思うから、悪態をついて出たのだもの」

富「そりゃあ義理はありましょうが、わたしはあなたが、あんな愚痴婆《ばばあ》の機嫌を、よく取っておいでなさると思っていました。あなたがこれを出るのはほんとうでげす。ごもっともでげすねえ」

隅「だからさ、おまえがいやならしかたがないけれども、ほんとうなら、おまえのためにどんな苦労をしても、いやな客を取っても、張り合いがあると思っているのさ。それには、判人《はんにん》がないといけないから、おまえが判人になって、そうしてわたしが稼《かせ》いだのをおまえに預けるから、わたしを江戸へ連れていっておくれな」

富「ほんとうですか」
隅「あら、ほんとうかって、わたしがうそを言うものかね。憎らしいよ」
富「ああ痛い、つねってはいけない。そういう……またいっぱいになってしまった……いけないねえ……だが、お隅さん、ほんとうに御疑念はお晴らしください。富五郎迷惑しごくだてねえ」
隅「どうも、うるさいよ。まだどこまで疑《うたぐ》るのだね、そんなに疑るなら証拠を出して見せようじゃないか。そら、これが羽生村から取ってきた離縁状と、これはお客にもらった三十両あるのだよ。おまえが真実女房に持ってくれる気なら、このお金と離縁状を預けるが、おまえも確かな証拠を見せておくれよ、富さん」
富「ほんとうですか。ほんとうならわたしだって、親類もあるから、おまえさんと二人で行って、話をすればすぐだね。そりゃあ、小さくも御家人《ごけにん》の株ぐらいは買ってくれるだろう。お隅さん、ほんとうなら、生涯うそはつかないねえ」
隅「まあうれしいじゃあないか。富さん、ほんとうかい」
富「そりゃあ、ほんとう」
隅「ありがたいねえ。じゃあ証拠を見せておくれな」
富「別に証拠はない」
隅「だから憎らしいよ」
富「憎らしいってあれば出すけどもないもの。じゃあ、ほかにしかたがないからこうしよう。そう話がきまれば、ここに長く奉公さしておきたくないからね。どこまでも金の才覚をして早く江戸へ行こう。富五郎浪人はしていても、百や二百の金はすぐにできるから」
隅「そう、そんなに要らないが、路銀と土産ぐらい買っていきたいねえ」
富「こうしよう」
隅「だって急におまえに苦労させては済まないから、ここでわたしが二年も稼いでから」
富「なにいい、いいから、こうしよう。一角をだまして百両取ろう」
隅「おや一角さんはどこにいるの」
富「うん、まあいいや。お隅さんほんとうに御疑念のところは」
隅「またそんなことを。ほんとうにおまえは憎らしいよ。じゃあ、おまえは一角となれあって殺したことがあるから、わたしがどこまでも敵をねらっていると疑《うたぐ》るのだろう。そんな疑りがあって、わたしを女房にしようというのはよっぽどわからない。怖い人だね。もうよしましょう。書き付けまで見せて、生涯身を任して力になろうと思う人がそう疑ってはお金も書き付けも渡されないから、よしにしましょう」
富「そういうわけではない。けっして疑るわけではない。けっして疑るわけではないがね」
隅「だからさ、疑る心がなければ、一角さんは何処にいると言ったっていいじゃないか。どうしてだまして金を取るのか、それをお言いよ」
富「うーん、それは一角がおまえにほれているのだから」
隅「そうかい」
富「前からほれてる。それだから一角のところへ行って、おまえがこうこうでございますから、あなた御新造にしておやりなさい、ついては内証に百両借金がありますから、これを払ってやれば、すぐにここへ来られるわけだ、出してくださいと言えばぜひ金を出す……いいえ出るに決まっているのだから、出したら借金を払って、おまえと二人で、ねえ、江戸へ行こう。こいつがいいじゃないか」
隅「どうもうれしいことねえ。一角さんはどこにいるの」
富「うーん、それ」
隅「おかしいねえ。もう夫婦になっておまえは亭主だよ。添ってしまって、今夜一晩でも枕を交わせば大事な生涯身を任せる亭主だもの。前の亭主の敵といって、刃《やいば》が向けられますか。わたしも武士の娘、けっしてうそはつきませぬよ」

七十三

富「こりゃあ驚いた。さすがは武士の御息女、うれしいな……またいっぱいになってしまった……こりゃあありがたい。それじゃあ言おうねえ。実はわたしは、おまえにぞっこんほれていたが、惣次郎があってはしようがない。じゃまになるといっても、富五郎の手に負いない。ところが幸い、安田一角がおまえにほれているから、一角をおひゃって弘行寺の裏林で殺させておいて、顔に傷をこさえて家《うち》へ駆け込んだが、あのとおり花車が感付きやあがって、ぶつというから、こっちは殺されてはたまらぬから、逃げてしまった。まったく一角が殺しは殺したんだが、実はわたしがおひゃってやらしたのだ」

隅「わたしもそう思ってたけれどもね。羽生にいるときは義理だから敵と言っていたけれども、こう出てしまえば義理も糸瓜《へちま》もない他人だあね。あんな窮屈なところにいるのはいやだと思って出たんだが、富さん、こうなるのは深い縁だねえ。どうしても夫婦になる深い約束だよ」

富「これは妙なもんだね。不思議なもので、羽生村にいるときから、わたしが真にほれればこそ、いろいろな策をして、惣次郎を討たせたのもみんな、おまえゆえだねえ」

隅「一角さんはどこにいるの」

富「おとといの晩三人で来て前の家《うち》は策で売らしてしまったから、笠阿弥陀堂《かさあみだ》の横手に交遊庵《こうゆうあん》という庵室がありましょう。二間間《ふたまま》があって、庭もちっとあり、林の中で人に知れないからというのでそこを借りていて、今夜わたしに様子を見てこいというので、わたしが来たのだから、こうこうといえば、ええというので百両出す。なにだいじょうぶだ。それで借金を片づけて行ってしまやあ、あいつはなんとも言えない。人を殺したことを知っているから、なんとも言えやあしないから、煙《けぶ》に巻かれてしまわあ。追っかけようといっても、あいつ江戸へ出られるやつでないからだいじょうぶ」
隅「そう、ほんとうにうれしいねえ。真底《しんそこ》おまえのりょうけんが知れたよ」
富「これほどおまえを思ってるのに、それを疑るということはない。まことにつまらぬこと……」
隅「ここで寝るといけないから、あっちへおいでよ。あっちに床《とこ》が取ってあるから、さ、このお金と書き付けを」
富「やあ、そんなもの」
隅「おっことすといけないからお出し」
と、金と書き付けを引ったくって、むやみに手を引いて、細廊下のところを連れてゆくと、六畳ばかりの小間《こま》がありまして、そこに床がちゃんと敷いてある。
隅「さ、お寝と言ったらお寝、あら、つっぷしちゃいけないから、あお向けにおなり」
とあお向けに寝かし、枕をさして、
隅「さ、寒いから夜具《これ》を」
富「ああ、ありがたい。こっちィはいって寝なよ」
隅「いま寝るが、寒いから掻巻《かいま》きを」
富「いいよ、雪はどうしたえ」

隅「なに雪は降っているよ。夫婦の固めに雪が降るのは縁が深いとかいうことがあるねえ」
富「うーん、そりゃあ深雪《みゆき》というのだ」
隅「富さん、わたしは言うことがあるよ」
富「どう」
隅「あら顔を見られると恥ずかしいからかぶっておいでよ」
とお隅は搔巻きを富五郎の目の上までかぶせてその上へ乗りました。
隅「わたしは馬乗りに乗るわ」
富「なにをするのだ。息が出なくって苦しい。なにをする、切《せつ》ないよ」
隅「ほんとうに富さん不思議な縁だね」
と言いながら隠してあった匕首《あいくち》を抜いて、
隅「惣次郎を殺したとは感づいていたけども、おまえが手引きで……一角の隠れ家《が》まで……こういうことになるというのは神仏のお引き合わせだね」
富「実に神の結ぶ縁だねえ」
隅「こういうことがあろうと思って、わたしはこの上ない辛い思いをして、恩ある姑や義理ある弟に愛想《あいそ》尽かしを言って出たのもまったくおまえを引き寄せるため、亭主の敵罰《ばち》当たりの富五郎覚悟しろ、亭主の敵」
と富五郎の咽喉《のど》へ突っ込む。

富「うーん」

というのを突っ込んだなり飲み口をあけるようにぐっぐっとえぐると、天命とはいいながら富五郎はばたばた苦しみまして、そのままうーんと息は絶えました様子。お隅はほっと息をつき、匕首の血《のり》をぬぐって鞘《さや》に納め、

隅「南無阿弥陀仏、南無阿弥陀仏」

と念仏を唱え、惣次郎の戒名《かいみょう》を唱えて回向《えこう》をいたします。お隅は落ち着いた女で、すぐに硯箱《すずりばこ》を取り出し、事細かに二通の書き置きをしたためて、一通は花車へ、一通は羽生村の惣吉親子の者へ、実は旦那の仇を討ちたいばかりで、心にもない愛想尽かしを申して家《うち》を出て、麹屋へまいって恥ずかしい身の上になりましたが、幸いに富五郎が来て、これこれのわけと残らず自分の口から申して、一角の隠れ家《が》もこれこれと知れましたから、女ながらも富五郎は首尾よく討ち留めたから、今夜すぐに一角の隠れ家《が》へ踏み込んで恨みを晴らし、本望を遂げるつもり、なれども女の細腕、もし返り討ちになるようなことがあったならば、惣吉が成人の上、関取に助太刀《すけだち》を頼んで、旦那とわたしの恨みを晴らしてください、敵は一角に相違ないことは富五郎の白状で決まりましたという、関取と母親のほうへ二通の書き置きを残してそばにかかっている湯沸かしの湯を飲み、懐へ匕首を隠して庭のほうの雨戸を開けると、雪は小降りになったようでもふっふっと吹っかける中を跣足《はだし》で駆け出して、交遊庵という一角の隠れ家へ踏み込みまするというお隅仇討ちのお話を次回に。

七十四

申し続きまする累ヶ淵のお話で、お隅が交遊庵という庵室に隠れている一角のところへ切り込みまするという、女ながらもお隅は一生懸命でござりまして、雪の降る中を傘もなしに手ぬぐいをかぶりまして、跣足《はだし》で駆けてまいって、笠阿弥陀堂から右に切れると左右は雑木山《ぞうきやま》でござります。この山の間をだんだんと爪先上がりに登ってまいりまするると、裏手は杉檜《すぎひのき》などの樹木がこうこうと生い茂っておりまするところへ、門の入り口のところに交遊庵の三字を題しました額がかかっております。門の締まりは厳重になっておりまするなれども、家へは近うござります。どこかほかからはいり口はなかろうかと横手に回って見ても、ほかに入り口はない様子、しばらく門のところに立って内の様子をうかがっていると、ちょうど一角が寝酒を始めて、貞蔵という内弟子を相手にぐびぐびとやりましたから、門弟もだいぶ酩酊いたしておりまする様子。

隅「ごめんなさいまし、ごめんなさいまし。ちょっとここを開けて下さいまし。あの、先生はこちらにいらっしゃいますか」

というと戸締まりは厳重にしてあり、近いといっても門から家まではよほど隔っておりますが、雪の夜《よ》でしんとしているから、はるかに聞こえる女の声。

安「貞蔵貞蔵、たれか門をたたいている様子じゃ」

貞「いや、だいぶ雪が降ってまいりました。わたくし、さきほど台所を開けたらぷっと吹き込みました。どうしてなかなかよほどの雪になりましたから、この夜中《やちゅう》ことに雪中にだれもまいるはずはございませぬ」
安「でも、それ門をたたく様子じゃ」
貞「いいえだいじょうぶ」
安「いや、さようでない……それそれ見ろ……あのとおり……それたたくだろう」
貞「へえ、なるほど、ええ見てまいりましょう。ええ、少々ごめんあそばして、たいそう酩酊いたしました。ひょろひょろいたして歩けませぬ。ええ少々……なにだれだい、だれか門を叩くかい……だれだい」
隅「はい、あの安田一角先生はこちらにいらっしゃいますか」
貞「安田と、安田先生ということを知ってきたのはだれだい」
隅「はい、わたしは麴屋の隅でございますが、ちょっと先生にお目にかかりたいと存じまして、わざわざ雪の降る中をまいりましたが、ちょっとここをお開けあそばしてくださいませんか」
貞「あ、少々控えていな」
とよろよろしながら一角の前へ来て、
貞「へえ先生」
安「来たのはだれだ」

貞「麴屋のお隅が、先生にお目にかかってお話し申したいことがあって、雪の降る中をわざわざまいったと言います」

安「隅が来たか。はて、うっかり開けるな。ええ、かれはこの一角をかねて敵とつけねらうことは風説にも聞いていたが、まったくさようと見える。うっかり開けて、相撲取りなどを連れてずかずかはいられては困るから、よく気をつけろ。ええまったく一人か、一人なら入れたってもいいが」

貞「これ、お隅、何かえ、おまえだれか連れがありますかい。大勢連れておいでかい。相撲取りは来ましたのかい」

隅「いいえ、わたし一人でございます。ちょいとここを開けてくださいませんか。おまえさん貞蔵さんじゃあありませんか」

貞「なに貞蔵、おれの名を知ってるな。うんなるほど知ってるわけだ、わしが水街道へ先生のお供にいったことがあるから。いま開けるよ、妙なもんだなあ、おう、よいあんばいにこれ雪が上がってきた。たいそう積もったなあ。おおおお、ふっ、足の甲までずかずか踏み込む様だ、待ちな、いま開けるぞ、待ちな、閂《かんぬき》がかって締まりが厳重にしてあるから、や、そら、おや一人で傘なしかい」

隅「はい少しは降っておりましたが、気が急《せ》きましたから、跣足でまいりました」

貞「おお、おお、わしはやっとここまで雪を渉《わた》ってきたのだが、よく夜中《やちゅう》に渡しの船が出たねえ」

隅「はい、あの、船頭はなじみでございますから、頼んで渡してもらって、やっとのことでまいりました」
貞「それはえらい。さあこっちへ。先生たった一人で渡しを渡って、跣足でまいったというので」
安「それは思いがけない。なに傘なしで、それはそれは、雪中といい、どうも夜中《やちゆう》といい、一人でえらいのう。まことにどうも、さあこっちへ」
隅「先生まことにしばらくお目にかかりません」
安「いやまことにこれは、うーん、おれは無沙汰をしております、しばらく常陸へまいったところが、あちらでちっと門弟もできたから、近郷の名主庄屋などへ出稽古《でげいこ》をいたして、久しくあちらにいて、今度またこちらへ来たところが、先《せん》に住まった家は人に譲ったから、まあ家のできるまで、当期この庵室におるつもりで、だが、てまえよく訪ねてきたねえ」
隅「まことにどうも御無沙汰をいたしまして」
安「この夜中《やちゆう》雪の降る中を踏み分けてどうして来た」

七十五

隅「あのきょう富五郎が来ましてね、なにか先生に頼まれたことがあると言って、わたしのところへ客になってきまして、お酒に酔って、なんだかいろいろなことを言いますの。けれども、その様子がさっぱりわかりませんから、そのことについて先生にお目にかからなければ様子がわかりませんから」
安「それはどうも。富五郎が行ったかい。貞蔵、富五郎が行ったって」
貞「だから、わたしが先生に申し上げておきました。あいつはまことにあゝいう所ばかり遊びにまいるのが好きでげす。ぜんたい道楽者でげすからなあ。あいつ、よっぽど婦人好きでげすよ」
安「で、富五郎が行ってどういう話しぶりの、まあ一杯飲め」
隅「ありがとうございます。まあお酌を」
安「イヤ一杯飲め」
隅「さようでございますか。貞蔵さん、お酌を、恐れ入ります」
貞「いや久しぶりでお酌をする。わしの名を心得ているから妙でげすな。久しい前に一度先生のお供をいたしましたが、そのとき会った一度で、わしの名まで覚えているというのは、商売柄はまた別なものでげす。お隅さん、相変わらず美しゅうございますな」
安「これお隅、てまえ名主の手を切って麴屋の稼ぎ女になったとか、枕付きで出るとかいううわさがあったが、うそだろうな」
隅「いいえ、うそではございません。まことにお恥ずかしゅうございますけれども、べんべんとああやってもいられませんから、いろいろ考えましたところが、江戸には親類もありますから、どうぞ江戸へまいりたいと思いまして、故郷が懐かしいまま無理に離縁を取って出ましたが、手振《てぶ》り編笠《あみがさ》、姑が腹を立って追い出すくらいでございますから、なに一つもくれませぬ。それゆえ少しは身形《みなり》もこさえたり、江戸へ行くには土産でも持ってゆかなければなりませぬ。それにはただの奉公では埒《らち》があきませんから、いやいやながら先生お恥ずかしいことになりました」

安「おお、さようか。じゃあみずから稼いで苦しみ、金をためて、なにかい身形をこさえて江戸へ行こうというわけか。どうもよく離縁が出たのう」

隅「それがむこうで出さないのを、こっちから強情に取りましたので、先生まことに久しぶりでございますねえ」

安「うん、それは妙だなあ」

貞「これは先生妙でげすな。あなたのほうでお呼びあそばさぬのに、お隅さんがこの雪の降る中を訪ねてくるなんて、自然にどうもあなたの……実に感服でげすなあ」

安「なに、そういうわけでもなかろう。なにかこれにはわけがあって来たんだろう。なにかい富五郎がどういうことを言ったい」

隅「はい、富さんの言うには、べんべんとこんなあ卑しい奉公をするよりも、一角先生の御新造《ごしんぞ》にならないかと言いますから、馬鹿なことをお言いでない。いったん名主の家《うち》へかたづいたのだから、ひろめはしないでも、こんど行けば再縁をするわけじゃあないか、それだから先生はけっして御新造になさるわけはない、妾《めかけ》にするとおっしゃればまだしものことだけれども、御新造にというのはおかしいじゃあないかというと、いいえ、まったくおまえさえよければ、先生は御新造になさるおぼしめしがあるのだから、おまえがたって……頼みたいと思うなら、骨を折ってよいようにとりなすからりょうけんを決めろと言いますから、それはまことに思いがけないありがたいこと、わたしのような者を先生がたとえ妾にでもなすってくださるなら、わたしはほんとうに浮かぶわけで、べんべんとこんな所にいたくないから、きっととりなしておくれかと言うと、お酒が始まって、すると、あの人の癖ですぐに酔ってしまって、まあ馬鹿らしいじゃあありませんか、先生に取り持つ代わりに、おれの言うことを聞けといって口説き始めたんでございますよ」

安「こりゃあけしからんやつだ。どうだい貞蔵」

貞「でげすから、あれは先生いけませぬ。先生はあいつを御《ご》贔屓《ひいき》になさいますが、ぜんたい、よくないやつで、そういうりょうけん違いなやつでげすからなあ。いったい先生があまり贔屓になさり過ぎると思っていましたが、どうも御新造に取り持とうという者、いわば仲人がいったん自分の言うことをきかして、それからかたづけると、そんなことがありましょうか。だから、あれはもう、お置きなさらんほうがよい。おためになりませぬからなあ。あいつが来てから、わたしはあいつに使われるようなわけで、先生もう、あいつはおよしあそばしたほうがようございますよ」

安「お隅、それからどうしたい」

隅「それで、わたしが馬鹿なことをお言いでないと言うと、そんなつまらんことを言わんでもいいじゃあないかと言いますから、いいじゃあないかって、おまえさんの言うことを聞いたうえで先生のところへ妾に行けるか行けないか考えてごらん、富さん酔うにもほどがある、冗談はたいがいにおしよと言っておりましたら、しまいにはひどく酔ってきまして、短いのを抜いて、言うことを聞かなければこれだと脅し始めましたから、わたしもむっとして、たいがいにおしなさい、おまえは腕ずくで強淫《ごういん》をするつもりか、馬鹿なことをする怖い人だ、いやだよと言ってゆこうとすると、そうはやらぬと、わたしの裾を押さえて離さないところへ、お兼さんやお力《りき》さんが出てまいりまして取り押さえる拍子に、お兼さんが指にけがをするやら、金《きん》どんも親指にけがをしまして、ようやくのことでなだめて刃物をもぎ取ったんでございますが、まったく先生のところから来たのなら、あすの朝先生がいらっしゃるであろう、そのうえ当人も酒が覚めるだろうから、まあ縛っておくがいいというので縛っておきました」

七十六

安「こりゃあ、どうもけしからん。白刃《はくじん》を振るっておどすなぞとは、ええ貞蔵」

貞「どうもけしからん、あいつはいけません。あいついったいそういう質《たち》のやつでげす。どうもけしからん、抜き身で口説くなんて、実につまらんわけでげすなあ。だから先生、もうあいつはおよしなすって家《うち》に置かぬほうがよろしい、どうもそういう……」
安「お隅、貴様はなにか主人に話をしてきたか」
隅「はい、なんとも言いませんけれども、お力さんに頼んでおきまして、なにしろ先生の御様子を聞かなければわからない。まことに恥ずかしいことでございますけれども、先生のところへ行って御様子を聞いて、そうして先生になだめていただきたいと思って出てまいりました」
安「さようか。雪の夜《よ》ではあるし、これから行くといってもたいへんだが、あんな馬鹿にかかわらないがいいよ」
隅「なにもう、あしたでもようございますけれども、わたしはこれから一人で帰るのはつらくって、まいるときは一生懸命で来ましたが、帰るとなると怖くっていけませんが、どうか、おじゃまさまでも今夜一晩泊めてくださるわけにはいきますまいか」
安「うん、それはよい。泊まっていくなら、なあ貞蔵」
貞「これは先生御恐悦でげすなあ。お隅さんのほうから泊まっていいかと言うのはこりゃあ自然のお授かりでげすな」
安「なに、お授かりなことがあるものか、のうお隅。だが貴様には、どうもわからぬことが一つある。というのは惣次郎の女房になって、どういうまちがいかは知らんけれども、安田一角が惣次郎を殺害《せつがい》いたしたというので、わしを夫の敵とねらって、花車重吉を頼んでどこまでも討たんければならぬと言って、ひとしきり、わしをねらっているということをたしかに人をもって聞いた。そういうてまえが心でいたものが、またここに来て、一角の女房になろうとはちっと受け取れぬじゃないか、のう貞蔵」

隅「いいえ。ねえ貞蔵さん、考えてごらん。羽生村にいるうちは義理だから敵を討つとかなんとか言いましたけれども、なにもねえ、もともとわたしが麴屋に奉公をしていて、あの時分枕付きではありませんが、あの名主に請け出されて行って、妾同様表向きのひろめをしたわけでもなし、ほんの半年か一年亭主にしただけでございますから、おふくろの前や村の人や相撲取りの前で義理を立って、敵を討つと言いは言いましたが、よくよく考えてみたところが、あなたがきっと殺したということがわかりもしない、こんな当てもないのに敵を討つといったってもしかたがないわけだから、いっそ敵討ちということはやめてしまおう、それにしては、いつまでもべんべんとしてもいられませんから、思いきって暇をもらって出たのでございますから、もう今になればちっとも、そんな心はありゃあしません。ねえ、貞蔵さん」

貞「なるほど、こりゃあほんとうでげしょう。先生は人を殺すような方でないし、ただおまえさんへ執心があったところから相撲取りと喧嘩、ありゃあいったい相撲のほうがいけないよ。変に力があってねえ。あれだけは先生ひどく野暮になりますな」

安「つまらん疑念を受けてとんだ災難と思ったが、こっちにいてはめんどうだから、しばらく常陸へ行っていたんだが、てまえ、まったくか」

隅「ほんとうでございますから疑《うたぐ》りを晴らして一献《ひとつ》頂きましょう」
安「てまえ飲めるか」
隅「はい、なんだか寒くっていけません。跣足で雪の中を駆けてきたもんですから、足が氷のようになっていますもの」
安「うーん、なかなか飲めるようになったのう」
隅「勤めをしていて、しかたなしに相手をするので上がりましたよ」
安「ふん妙だのう、貞蔵」
貞「これはこれは、お隅さん、あなた御酒をあがりますか。お酌をいたしましょう」
隅「はい、ありがとうございます」
と大杯《たいはい》に受けたのをグイと飲んで、
隅「あなた、なんだかまじめでいけないから、わたしがお酌をいたしましょう」
と横目でじっと一角の顔を見ながら酌をする。一角はもとより、ほれている女が酌をしてくれるから快く大杯で二、三杯傾けると、下地のあったところでございますから、ぐっすり酔《え》いが回ってきます。貞蔵もたいへん酩酊いたしまして、
貞「わたくしもう、たいそう頂きました。お隅さん、わたしはごめんをこうむりまして、長くこういう所にいるべきものでありませんから、さようなら先生、御機嫌よう」
隅「まあお待ちなさいよ。先生がお酔いなすったから、おやおや、次のほうに床《とこ》が取ってありますねえ」

貞「いいえ、わたくし床を取っておいて、先生がぐっと召し上がってしまうとすぐにおやすみという都合にしておきました。ええまことにありがとう」

隅「じゃあ先生、ちょっと貞蔵さんを寝かしてきますからお床の中にいてねえ。寝てしまってはいけませんよ」

安「なに貞蔵などは捨てておけよ」

隅「いいえ、そうでありません。ひょっとして、あなたがわたしのような者でも娶《よ》んでくださいますと、禍いは下《しも》からといって、ああいう人に胡麻《ごま》をすられるとたまりませんからねえ」

安「なに心配せんでもよい。じゃあ、おれここに、なに寝やあせんよ。おお酔った。貞蔵、隅が送ってやるとよ」

貞「いや、これは恐れ入ります。じゃあ先生御機嫌よう。お隅さん、ようございます」

隅「いいえ、よくないよ、そらそら危ない、どこへ、あっちがお台所《だいどこ》かえ」

とよろける貞蔵の手を取って台所の折れ回ったところの杉戸《すぎど》を開けると、三畳の部屋がございます。

隅「さ、貞蔵さん、ここかえ。おやおや、お床がのべてあるの」

貞「いいえ、わたしの床はまいってから敷きっぱなしで、いつも上げたことはないから、ずっとやると、こう潜り込むので。へえ、ありがとう」

隅「恐ろしい堅そうな夜具ですねえ」
貞「ええ、なに薄っぺらでげすが、この上へ布団を掛けます。寒けりゃあ富五郎のがありますから、それを掛けてもいいので、へえありがとう」
隅「さあ、あおむけにおなり。よく掛けてあげるから」
貞「これは恐れ入ります、へえ恐れ入ります。御新造に掛けていただいて、もったいしごくもない」
隅「さ、掛けますよ、寒いから額《ひたい》まですっかり掛けますよ。そう見たりなにかすると間が悪いわね、さ、襟《えり》のとこを」
貞「ああ、ありがとう」
隅「どうも重たいねえ」
貞「へえ、ありがとう。あったかでげす」
隅「なんだか寒そうだこと。なにか重い物を裾のほうに押っつけるとあったかいから」
というので台所を捜すと醬油樽《しょうゆだる》がある。ちょうど昨日《さくじつ》取ったばかりの重いやつを提げてきて裾のほうに載せ、沢庵石《たくあんいし》と石の七輪を搔巻きの袖に載せると、
貞「ああありがとう、たいそうあったかで、ちっと重たいくらいでげす」
と言ったが、これはなるほど重たいわけ。石の七輪や沢庵石や醬油樽が載っておりますから、当人は押しつけられるような心持ち。

貞「へえ、ありがとう、あったかでげす」

と言ったぎり、ぐうぐうとよい心持ちに寝つきました。

七十七

お隅はそっと奥の様子を見ると、一角がよろけながら、四畳半の床の上に横になった様子でございますから、そっと中仕切りの襖《ふすま》を閉《た》って、台所の杉戸を閉め、男部屋の杉戸を静かに閉《た》って懐中から出して抜いたのは富五郎を殺害《せつがい》して血に染まったなりの匕首、この貞蔵があっては敵討ちの妨げをする一人《にん》だから、まず貞蔵《これ》から片づけようというので、あお向けに寝ている貞蔵の口のところへどんと腰を掛けながら、力任せに咽喉《のど》を突きましたから、

貞「ワーッ」

と言ったが掻巻きと布団が掛かっておりますから、苦しむ声が口ごもって外へ漏れませぬ。ひとえぐりえぐると足をばたばたとやったきり貞蔵は息が絶えました。お隅はほっと息をついて掻巻きの袖で匕首の血をぬぐって鞘《さや》に納め、そっと杉戸を開けて台所へ来て、柄杓《ひしゃく》で水をぐっと飲み、はっはっという息づかい。もうこれで二人の人を殺しましたなれども、夫の仇を討とうという一心でございますから、顔色の変わったのを見せまいと、一角の寝床へそっと来て、顔を横にいたしまして、

隅「先生先生、もうおやすみなすったか」
安「うーん貞蔵は寝たか」
隅「はい、よく寝ました。たいそう酔いましてねえ」
安「酔ってもいいから、あんなやつにかまうな。寝ろよ」
隅「寝ろって夜具がありません。わたしは居候でございますから、ここに座っています」
安「そんなつまらぬ遠慮にはおよばぬ。まったく疑念が晴れて、おれの女房になる気なら真実かわいいと思うから、てまえに楽をさして真実を尽くすぞ」
隅「まことにありがたいこと、もったいないけれども、そんならこの掻巻きの袖のほうから少しばかりはいりまして」
安「いや少しばかりでなくって、たんとはいれ」
隅「それじゃあ、ごめんなさいまし」
と夜着の袖をはねて、懐中から出した匕首を布団の下にはさんで、足で踏んで鞘を払いながら、
隅「じゃあごめんあそばせ、横になりますから」
安「さあはいれ」
と一角が夜着の袖をみずから揚げるところを、
隅「亭主の敵」

と死に物狂いに突っ掛かるという。

お話二つに分かれまして、麹屋ではさらにかようなことは存じません。明け方になって、お隅がいないところから家《うち》じゅう捜してもいない。六畳の小間が血だらけになっているから掻巻きをはねると、富五郎が非業《ひごう》な死によう、わきのところに書き置きが二通あって、これにお隅の名が書いてあるから、亭主は驚きまして、すぐにこれを開いて読んでみると、富五郎の白状によって夫の敵は一角と定まり、女ながらも富五郎はたやすく仕止めたから、すぐに一角の隠れ家交遊庵へ踏ん込んで、首尾よくいけば立ち帰ってまいりますが、女の細腕、もし返り討ちになりましたときは、羽生村へ話をして、このしの敵を討たしてください、また関取へもお便りなすって、惣吉成人の後関取を頼んで旦那とわたしの敵を討たしてください、証拠は富五郎の白状によって手引きをした者は富五郎、切った者は一角と定まりました、それゆえに今晩交遊庵に忍び入ります、長々お世話様になりました、ありがたい、という重ね重ねの礼まで書き残してあるから、それっというので、麹屋の亭主はおおぜいの人を頼んで怖々《こわごわ》ながら交遊庵にまいったのは、ちょうど夜の明け方。まいってみると戸が半ば開いております。何事かわかりません。小座敷には酒肴《さかな》が散らかっており、四畳半の部屋に来てみると情けないかな、お隅は返り討ちに会って非業な死によう。

主「ああ気の毒なこと、かわいそうに」

でも、女一人で行くのは実に不覚であった。もういまさらどうも、しかたがないが、一角はというと、一角はここを逃れて行方知れず。二畳の部屋を開けてみると沢庵石だの、醤油樽だの七輪の載せてある夜具の下に死んでいる者が一人ございますから、これからすぐに麹屋から確かに証拠があって敵討ちをしようと思って返り討ちになったということを訴えになり、すぐにお隅の書き置きを羽生村へ持たせてやりましたときには、母も惣吉も多助も、

「ああ、そうとは知らずに犬畜生《ちきしょう》のような恩知らずの女と憎んだのは悪かった」

ああいう愛想尽かしを言ったのも、まったく敵が討ちたいばっかりで、お隅が家《うち》を出たのであったか。かわいそうなことをしたが、お隅が心配して命を捨てたばかりに敵は一角と定まり、まず富五郎は討ち止めたが、一角のために返り討ちになって死んだといえば憎いは一角、早く討ちたいと思いまするが、なにしろ年を取った母と子どもの惣吉ばかりでございますから、関取を頼んでと、もう名主役も勤まりませんから、作右衛門《さくえもん》という人に名主役を預けておき、花車重吉が上総の東金《とうがね》の相撲に行ったということを聞きましたから、すぐにそこに行こうというので旅立ちの支度をいたし、永く羽生村の名主をいたしておりましたから金はずいぶんございます。これを胴巻きに入れたり、襦袢《じゅばん》の襟に縫いつけたり、いろいろにいたして旅の用意をいたします。そのうちに荷ごしらえができると、これを作右衛門の蔵へ運んで預けるというわけで、ただいままで名主を勤めて盛んであったのが、ぱったり火の消えたようでございます。

七十八

母「多助や」
多「へえ」
母「作右衛門が所《とけ》え行ってきたかい」
多「へえ行ってめえりました。蔵のほうにゃ預かる者があるから心配《しんぺえ》しなえがええ、いつでも帰《けえ》ったらすぐに出すばいて、蔵の下は湿《しけ》るから湿《しけ》なえ高《たけ》えとこに上げておくばいといってね。作右衛門どんも旧来《きゅうれえ》のなじみで、はあ、どうか止めたいと思うが敵を討ちに行くてえのだから止められねえって名残ィ惜しがってるでがんす。村の者もねえ、みんな御恩になっただから渡し口まで送りてえと言ってますが、あなた、そういうから年ィ取った者ア来ないでええと言っておきましたが、わしだけは戸頭《とがしら》まで送りてえと思って支度ウしました」
母「汝《われ》も送らなえでえいから若《わけ》え者《もん》を止めてくんろよ。汝《われ》が送ると若《わけ》え者《もん》も義理だから戸頭まで送りばいと言ってくるだ。そうすりゃあ送られると送られるほど名残ィ惜しいから、汝《われ》も送らなえでもえいよ」
多「だけんどもはあ村の者《もん》はともかくも、わしはこれ十四歳の時からごやっけえになっておりまして、おめえさんのおかげでこれいろいろ覚えたり、このごろじゃあ、はあ手紙の一本ぐれえ書けるようになったのあ前《めえ》の旦那のごやっけえでがんすから、お家《うち》がこうなって遠いとけえ行くてえこったら、わしも付いて行かないばなんねえが、婆《ばあ》様あ塩梅《あんべい》が悪うござえまして、見捨てちゃあなんなえと言うから、あなたのお心へ任して送りはしねえが、せめて戸頭まで送りてえと思っております。塚前《つかざき》の弥《や》右衛《え》門《もん》どんは死んだかどうか知んねえが、通り道から少しへいるばかりだから、ちょっくり塚前へも寄ったがえい」

母「それもどうするかも知んなえが、汝《われ》は送らなえがえいよ」

多「でも戸頭まで送るばいと思っております」

母「送らんでえいというになぜそうだかなあ。汝《われ》ア死んだ爺様《とっさま》の時分からずいぶん世話も焼かしたが、家《うち》の用もよく働いたから、なんぞくれてえと思うけれども、なにもなえだ。これあ惣次郎がいる時分に祝儀不祝儀に着た紋付だ。汝《われ》もこれからおらあ家《うち》がなくなれば一人前《いちにんまえ》の百姓になるだから、祝儀不祝儀にゃあ、こういう物もいるから、この紋付一つくればいというわけだよ。それから金もたくさんくれてえが、ここに金が七両あるだ。これあ少しわけがあって、おらが手元にあるだから、これを汝《われ》がにくればい。この紬縞《つむぎじま》ああんまりよくなえが、丹精して撚《よ》りをかけて織らした紬縞で、ちょくちょく阿弥陀《あみだ》様へお参《めえ》りに行ったり寺参《めえ》りに着て行った着物だから、これを汝《われ》がにくれるから仕立て直してときどき出して着るがええ。三日でも旅というたとえがあるが、子どもを連れて年寄りが敵討ちに行くだから、一角の行方が知んなえば、いつ帰《けえ》ってくるか知んなえ。長《なげ》え旅で死ななえとも言われなえ。これあ、おれが形見だから、おれが無《な》え後もときどきこれを着て、おれがに会う心持ちで永く着てくんろ、よ」

多「はい、わし戸頭まで送るばいと思ったに……どうもこれ要《い》りません……形見……形見なんて心細えこと言わずにの、あんたも惣吉さんも達者で帰《けえ》って、もう一度名主役を惣吉さんが勤めなえば、わしの顔が立ちませんから、どうか達者で帰《けえ》っておくんなさえよ。惣吉さん、今までとあ違うから、母様《かかさま》に世話あ焼かせねえように、母様あ大事《でえじ》にしなえばなんねえよ。惣吉さん、いいかえ。今までのようなだだ言っちゃあなりませんよ。いいかえ、どうかわしは戸頭まで」

母「送らんでええというに。汝《われ》が送るてえば、みんな若《わけ》え者《もん》も送りたがるから。だれか来たじゃなえか」

作「へえごめん」

多「やあ作右衛門どんが」

母「さあこっちへおはいりなさえ」

作「まことにどうも、たまげて、どういうわけで急に立つことになったか、村の者もどうか止めてえというから、馬鹿あ言うな、止められるもんか。こんどあ物見遊山《ゆさん》でなえ、敵討《かたきぶ》ちに行くだというと、なるほど、それじゃあ止められねえが、まあ名残イ惜しいってね。若《わけ》え者《もん》ばみな恩になってるだから心配《しんぺえ》ぶっております。留守中は役にゃあ立たないが、お帰《けえ》りまであ確かに荷物はみんな蔵へ入れておきましたが、どうかまあ早く帰《けえ》っておいでなさるように願《ねげ》えてえもんで」
母「はい、おまえ方も古《ふり》いなじみでがんしたけんども、こんどが別れになります。はい、ありがとうござえます。多助や、だれか若え者《もん》がおおぜい来たよ」
多「やあ兼《かね》か、さあこっちへへえれ。お、太七郎《たしちろう》こっちへ」
太「はい、ありがとう。まことにまあどうも、あした立つだって、たまげて来たでがんす。どうもこれ名残ィ惜しくって渡し口まで送るという者《もん》がたくさんござえます」
母「ありゃまあ、送らねえでもええよ、用がえれえに」
太「なに用はなえだからみな送りてえと思《おめ》えまして、名残ィ惜しいが寒《さみ》い時分だから大事にしてねえ」
母「はい、ありがとう。また祝いの餅ィくれたって気の毒なのう。どうか婆様《ばあさま》あ大事にして」
太「へえ婆《ばば》あもどうかお目にかかりてえと言っております」
母「おお、だれだい、さあこっちへはいりな」
甲「へえ、まことにはあ、たまげまして。どうかまあ止めたえといったら止めてはなんねえってしかられた。ずいぶん道中を大事に」
九「へえ、ごめん」
母「だれだい」
九「九八郎《くはちろう》で。まことにどうもさっぱり心得ませんで、急にお立ちだというこって、お名残ィ惜しゅうござえます」
　母「おやおや上《かみ》の婆様《ばばさま》、あんた出できなえでええによ」
　婆「はい、ごめんなさえ。まことにまあどうも、ただお名残ィ惜しいから、どうぞろくに見えない目だが、ちょっくりお顔を見てえと思っておいとま乞《ごえ》にめえりました。あした立つだって、なんだか、あっけなえこったって、わしの嫁なんざあ泣《ね》えてばい、いるだ。ずいぶん大事《でえじ》になえ」
　母「はい、ありがとうござえます。おめえもずいぶん大事《でえじ》にして、いつも丈夫でよくねえ」
　乙「へえまことにどうもお力落としでがんす」
　丙「おいおい、なんだってお力落としなんて言うんだ」
　乙「でもとんだことだというじゃあなえか」
　丙「馬鹿言え、敵討《かたきぶ》ちにおいでなさるのに力落としというやつがあるか」
　乙「へえ、まことにそれはあ、おめでてえこって」
　丙「これこれ、おめでてえでなえ」
　乙「なんでもいいじゃあなえか」
　という騒ぎで、村じゅう餅を搗《つ》きましたり、蕎麦《そば》を打ったりいたして一同出立《しゅったつ》を祝するという、惣吉仇討ちに出立のところはちょっと一息。

七十九

さて時は寛政十一年十二月十四日の朝早く起きまして、旅支度をいたしますなれども、三代も続きました名主役、たとえ小村《こむら》でも村方を離れて知らぬ他国へまいりますものは快くないもので、ことには年を取りました惣右衛門の未亡人《びぼうじん》が、十歳になる惣吉という子どもの手をひいて敵討ちの旅立ちでありますから、村方一同も止めることもできず、名残を惜しんでおります。みな小前の者がぞろぞろとおおぜい川端まで送ってまいります。

母「さあ作右衛門さん、これで別れましょうよ。どこまで送っても同じこったからこれで」

作「だけんども船へ乗るまで送り申していと、みなこう言っている」

母「だけんども、けえって船にわし乗っかって、みんなが土手のところにいかいこと、みんなが立っていると、わし快くねえ。名残惜しくってみんなが昨夜《ゆうべ》から止められるのでね。まことに立ちたくござえませんよ。どうぞ、おまえが差図して帰しておくんなさいましよ」

作「はい、それじゃあみんなこれにてお別れとしましょうよ。ええ送れば送られるほど御新造は心持ちイ悪いてえからよう」

村方の者「さようなら、まあずいぶんお大事に」
村方の者「さようなら、はあお大事《でえじ》に」
作「どうぞ早くお帰《けえ》りをお待ち申しますよ」
母「さあよ多助どうしたもんだ。汝《われ》そこに立っているからみんな立っていべえじゃあねえか。汝《われ》から先帰《けえ》ろというに」
多「おれだけは戸頭まで送る」
母「送らねえでもええてえに」
多「送らねえでもええたって、村の者《もん》とおれとは違う。おれはあんた十四の時からそばにいるので、どこまで送っても村の者はとやこう言う気遣えねえから送り申しますよ」
母「ああいう馬鹿野郎だもの、汝《われ》が送ると言えばみんなが送ると言うから汝帰《われけえ》れてえに、昨夜《ゆうべ》言ったことわからなえか」
多「へえ、じゃあ御機嫌よく行っておいでなせえ。惣吉様、道中でお母様《つかさま》に世話やかしてはいけませんよ。今まではくたびれれば多助がおぶってあげたが、もうおぶってあげる者《もん》はねえよ。ええ気の毒でもあんた歩いてまいらなえばならんだ。長旅だからわがままして、お母様に心配《しんぺえ》かけてはなりませんよ。大事《でえじ》に行っておいでなさえましよ」
惣「うーん、だいじょうぶだよ。多助も丈夫で」

多「こんな別れのつらいこたあ今までねえね」
母「別れエつれえたって、おっ死《ち》ぬじゃあなし。関取がに会って敵イぶってめでたく帰《けえ》ってきたらええじゃあねえか」
多「それまあ楽しみにするだが、あんた昨夜《ゆうべ》も人間は老少不定だなんて言われると心持ちよくねえからね」
母「これで別れましょうよ」
多「さようなら気イつけてね。はじめからあんまりたんと歩かねえようにしてねえ。早く泊まるようにしなければなんねえ。寒い時分だから遅く立って早く宿へ着かなけんばいけませんぞ……ああ押さねえでもええ、危《あぶね》えだ。前《めえ》は川じゃあねえか。ここへぶちはまったらどうする……どうぞ大事《でえじ》に行ってきておくんなせえましょ……なに笑うだ。名残イ惜しいから声かけるになんだ馬鹿野郎、情合《じょうえ》えのねえやつだ、笑やあがって……あれまあ肥料桶《こいたごかた》担げだしやあがった。桶《たご》をかたせ。ああ桶を下ろして挨拶しているが……ああ兼《かね》だ、新田《しんでん》の兼だ。ごやっけいになった男だからなあ、あの男も……惣吉様小《ちっ》せえだけんども利口だから、やっぱり名残イ惜しがって、昨夜《ゆうべ》もおいらは行くのはいやだけんども、母様《かかさま》が行くからしかたがねえ行くだって得心したが、うしろを振り返《けえ》り振り返《けえ》り行く……見ろよ……ああだれか大《で》え馬あ引き出しやあがって、馬の陰で見えなくなった。馬を田の畦《くろ》へ押っつけろや……あれまあ大《で》え庚申塚《こうしんづか》が建ったな。あれア昔からある石だが、あんなもの建てなけりゃあいいに、庚申塚があって見えやあしねえ。庚申塚かたせ」

村方の者「そんなことができよかえ」

と伸び上がり伸び上がり見送っていとまを告げる者はどろどろ帰る。こちらは後に心が引かされるから振り返り振り返り、ようようのことで渡しを越して水街道から戸頭へさして行きます。

するとその翌年になりまして花車重吉という関取は行き違いになりましたことで。毎年春になると年始にまいりますが、惣次郎の墓参りをしたいと出てきましたが、取り急ぎ水街道の麴屋へも寄らず、すぐに菩提所へまいりまして和尚様に会うと、これこれと言い、つい話も長くなりましたが、墓場に香花《こうはな》をたくさんあげて、
花車「ああお隅様情けないことになった。敵を討つなれば、わしに一言《ひとこと》話をしてくれれば、おまえさんにこんな難儀もさせまいに。いま言うは愚痴だが、だがよくおまえが死んでくれたばかりで敵は安田一角ということがわかりましたから、惣吉様に助太刀《すけだち》してきっと花車がおまえさんの恨みを晴らします。ああ入れ違いになり上総の東金へ行きなすったか。さぞ情けないことだと思いなすったろうが、わしはこれから後追いかけてお目にかかり、どこに隠れ住もうとも草を分けても引きずり出してきっと敵を討たせますから」

と生きている者にものを言うようにわからぬことを繰り返し、大きに遅れたと帰ろうとすると、ばらばら降り出してきて、ほかに行く所もないから水街道の麴屋へ行こうと

すると、和尚様は、

「少し破れてはいるが、これをさして、はきにくかろうがこの下駄を」

　というので下駄と傘を借りて、これから近道を杉山の間のところからなだれを通って、田を回って、こう東のほうへついて行くと、大きな庚申塚が建ててあって、うしろには赤松がこう四、五本ありまして、前には沼があり、そのほとりに枯れ蘆《あし》が生えております。ずうっと見渡すばかりの田畑、寂しい所へばらばら降っかけてくる中をのそりのそりやってくると、だしぬけに茂みからばらばらと出た侍が、みな面部を包み、端折りを高くして小長い大小を落とし差しにして、つかつかと来てものをもいわず花車の片々の手を一人が押さえる。一人は前から胸倉を押さえた。一人はうしろから羽《は》交《が》い締めに組みつこうとしたが、関取は下駄をはいており、大きな形《なり》で下駄ばきだから羽交い締めどころではない。ようやく腰のところへ小さい武士が組みつきました。

八十

花車はびっくりしたが、左の手に傘を持っており、右の手はあいておりましたが、押さえつけられ困りました。

花車「なんだい、なにをなさる」

武士「われわれは浪人者で食い方に困る。天下の力士と見かけてお頼み申すが、路銀を拝借したい」

花「路銀だって、あんた、わしはおまえさん、相撲取りで金もなにもありはしないが、困りますよ。そんなことして金持ちと見たは眼違いで、金もなにもない、相撲取りだよ」

武「金がなければ気の毒だが、差している胴金《どうがね》から煙草入《たばこい》れから身ぐるみ脱いでいってもらいたい」

花「そんなこと言って困りますよ。身幅の広いこんな着物を持っていったって役に立ちはしません。煙草入《たばこい》れだって、こんな大きな物持っていったって提げられやあせん。売ったって銭にもならぬに困りますよ。そう胴突《どうづ》いては困るよ困るよ」

と言いながらだんだん花車は後へ下がると、うしろの見上げるような庚申塚のところへこう寄りかかりました。前のやつは二人で、一人は右の腕を押さえ、一人は胸倉を取って押さえる。うしろのやつはせつない、庚申塚と関取の間にはさまれ、

「もっと前に」

といっても同類の名を言うことができない。この三人は安田一角の回し者、花車を素っぱだかにしてなぶり殺しにいたすようにすれば、これだけの手当をやるということに疾《と》うより頼まれているところ、出会ってちょうど幸い、いい正月をしようという強欲非道の武士三人、やっと捕《とら》まいたが、花車は利口ものだから、こやつらは悪くしたら回し者だろうと思い、

花「まあそんなに押さえられては困りますね。待ちなさい、あげますよ。たってと言えばあげますよ、あげますよ」
武「くれぬと言えば許さぬ。浪人の身の上切り取り強盗は武士の習い、言い出しては後へ引かぬから、お気の毒ながら切り刻んでも、おまえの物は残らず剝《は》ぐぜ。逃れぬことあきらめて出しな。裸はおまえの商売だ。裸で行くのはなんでもないわ」
花「だから、あげるけれども、待ちなさいよ」
と左の手に持っていた傘をぽんと投げ出し、前から胸倉を取って押さえている一人の帯を押さえて、
花「おまえさん、そう胸倉を押していては、わしは着物を脱ぐことができぬから、胸倉を緩めて。裸になりますよ、わしも災難じゃあ、寒くはないから、わしに裸になれてえばなりますから、胸倉を押さえていては脱げませんから緩めて」
前のやつのうっかり緩めるところを見て、
花「なにをなさる」
と言いながら一人のやつの帯を取ってぽんと投げると、庚申塚を飛び越して、うしろの沼の中へ、ぽかんと薄氷の張った泥の中へはいった。すると右の手を押さえたやつは驚きばらばら逃げ出した。
花「悪いやつじゃ。こんな村境のところへ出やあがって追剝《おいはぎ》をしやあがって悪いやつじゃ。こんだ、ここらアうろうろしやあがるとぶち殺すぞ。いや、うしろにたれかいや

あがるな。こいつ組みついていやあがったか」
武「まことにどうも恐れ入った」
花「まことにも糞《くそ》もいらん。これ汝《てまえ》のようなやつが出ると村の者が難儀するから、この後《のち》しないか」
武「するどころではござらぬ。まことにどうも」
花「悪いことするな。これからはしないかどうだ、この野郎」
と押しつけると、
武「うーん」
と息が止まった。
花「野郎死にやあがったか、くたばったか。野郎死んだか。ああ死にやあがった、馬鹿なやつだ」
とひねり倒すと、尾籠《びろう》のお話だが鼻血が出ました。
花「みっともねえ面《つら》だなあ、こいつも投げ込んでやれ」
と襟髪《えりがみ》を取って沼へほうり込み、傘を持ってのそりのそり水街道の麹屋へ帰るという、相撲取りという者はおおまかなもので。さて、お話は二つに分かれて、こちらは惣吉の手を引き、ようようのことで宿屋へ着きましたなれども、心配をいたしましたあげくで、母親がきりきり癪《しゃく》が起こりまして、寸白《すばく》のようで、宿屋を頼んでも近辺によい医者もございませんから、思うように治りません。まあ治るまではというので、逗留《とうりゅう》いたしておりました。そのうちにおいおいと病気も治る様子なれども、ときどききやきや痛み、固い物は食われませんから、お粥《かゆ》をこしらえてこれを食い、そのうち年も果て正月となり、ちょうど元日で、元日に寝ていては年の始め縁起が悪いと、田舎の人は縁起を祝ったもので、体が悪いくせに我慢して惣吉の手を引いて出立《しゅったつ》致し、小金ヶ原へかかり、塚前村《つかざきむら》の知るべのところへ寄って病気の間やっかいになろうと、小金ヶ原から三里ばかりまいると、大きな観音堂がございますが、霙《みぞれ》がぱらぱら降り出してきて、子どもに婆様《ばあさま》で道ははかどりません。とっぷり日は暮れる。するとしきりに痛くなりました。

惣吉「母様《かかさま》また痛いかえ」

母「ああ痛い。ああ、あのお医者様からもらったお薬は小さえ手包みの中へ入れておいたが、彼処《あすけ》えあげておいたが、あれ汝《われ》持ってきたか」

惣「あれ、おれ置いてきた」

母「困るなあ。子どもだあ、母様塩梅悪《かかさまあんべえわり》いだから、薬大事《でいじ》だからてえ考《かんげ》えもなえで」

惣「だって、おれもういいてえから、よかんべえと思ってなにも持って来なかった」

母「困ったなあ。ああ痛い痛い」

惣「母様《かかさま》雪降ってきたようだから、ここにいると冷てえから、この観音様の御堂にはいって、ちっとおれおっぺそう」

母「そうだなあ、押してくれ」

惣「あい」

母「おお、大《でけ》え観音様のお堂だ。南無大慈大悲《なむだいじだいひ》の観世音菩薩様《ぼさつさま》少々ここを拝借しまして、ここで少し養生いたします。さあ惣吉力いっぺえ押せよ」
惣「母様ここなところかえ」
母「もっとこっち」
惣「もっと塩梅《あんべえ》が悪くなると困るよう。しっかりしてよう。多助爺やあを連れてくるとよかった」
とかわいらしい紅葉《もみじ》のような手を出して母の看病をして、ここを押せと言われて押しても力が足りません。
母「ああ痛い痛い。そうなでてもだめだから拳骨《げんこつ》で力いっぺえおっぺせよ、拳骨でよ。ああ痛い痛い」

八十一

女「なんだか、たいそうなる声が聞こえるが……あなたかえ」
母「へえ、旅の者《もん》でござえますが、道中で塩梅《あんべえ》が悪くなりましてね。快くなえうち歩いてきましたから、原中《はらなけ》えかかって寸白《すばく》が起こって痛《いと》うごぜえますから、観音様のお堂をお借り申しました」
女「それはお困りだろう。お待ち、どれどれ、こっちへはいりなさい」

と観音堂の木連格子《きつれごうし》を開けると、畳が四畳敷いてございます。その奥は板の間になっております。年のころ五十八、九にもなりましょう、色白のでっぷりした尼様、鼠木綿《ねずみもめん》の無地《むじ》の衣を着て、

尼「さあこちらへおはいり、さあさあ、さすってあげましょう。かわいそうに、この子が小さい手で押しても、さすっても効きはしない。おおひどく差し込んでくるようだ」

母「ありがとうごぜえます。痛くってたまらねえでね、宿屋へちょっと泊まりましたが治らねえで」

尼「こう苦しむに子どもを連れてどこまで……なに塚前まで、これから三里ばかりで近くはない。薬はお持ちかえ」

母「はい、薬はあったが、惣吉《これ》がに言いつけておいたら、あわてて、包みの中へ入れておいたのを置いて参《めえ》りまして」

尼「薬がなくっては困ったもの。こういうときは苦い物でなければいけない。だらすけがいいが、今この先にねえ、あの榎《えのき》の出ている家《うち》がある。あれから左のほうへ構わず曲がってゆくと、家《うち》が五、六軒ある。そこの前に丸太が立って、屋根の上に葦簀《よしず》がかかっていて、そこに看板が出てあったよ。癪だの寸白、疝気《せんき》なぞに効くなんとかいう丸薬で、黒丸子《くろがんし》のようなもので苦い薬で、だらすけみたいなもので、癪にはよく効くよ。おまえねえ、知れまいかねえ、行って買ってこないか。安い薬だが効く薬だが、さっき通

ったとき榎があって、ちょっと休むところがあって、掛け茶屋ではないが、あれから曲がって一町ばかり行くと四、五軒家《うち》があるが、どうか行って買ってきて、わたしが行ってあげたいが手が離されないから」
惣「ありがとう」
尼「ここにお銭《あし》があるから、これを持っていっておいで、心配せずに」
惣「じゃあ母様《かか》、わしが薬買ってくるから」
母「よくお聞き申して早く行って来《こ》うよ」
惣「はい、御出家様お願え申しますよ」
尼「あいよ、心配せずに行っておいで。かわいそうに年もいかぬに旅だから、おろおろして涙ぐんで。いいかえ知れたかえ、さっき通った四、五町先の榎から左に曲がるのだよ」
惣「あい」
とおろおろしながら、惣吉は年は十《とう》だが親孝心で発明な生まれつき、急いで降る中を四、五町先を見当てにしてまいりました。さっき通りました所は覚えておりまして、榎の所から曲がるとなるほど四、五軒家《うち》がある。そこへ来て、
惣「ここらに癪《しゃく》に効く薬でだらすけというような薬はどこで売っておりますか」
ときくと、
男「ここらに薬を売る所はない。小金《こがね》まで行かなければない」

惣「小金というのは」
男「小金までは子どもでこれからはとても行かれない。そのうちには暗くなって原中《はらなか》で犬でも出ればどうする。早くお帰り」
と言われ、心細いから惣吉は帰って観音堂へ駆け上がって見ると情けないかな母親は、咽喉《のど》を二巻きほど丸ぐけでくくられて、虚空をつかんで死んでいる。背負った物もまた母が持っていた多分の金も引きさらって、かの尼が逃げました。
惣「ああ、お母様、どうして絞め殺されたかねえ」
と首に縛りつけてある丸ぐけを震えながら解いているところへ、通りかかった者は、藤心村《ふじごころむら》の観音寺の和尚道恩《どうおん》と申しまして年とっておりますが、村方では用いられる和尚様、隣り村に法事があって男を一人連れての帰りがけ。
和尚「急がんじゃあいかん」
男「なんだかヒイヒイという声が聞こえるように思うだ」
和「ヒイヒイと」
男「おっかねえと思って、ここはね化け物が出るとこだからねえ」
和「化け物なぞは出やせん」
男「けれども原中でヒイヒイという声がおかしかんべえ」
和「なにも出やあしない」
男「あれ冗談じゃあねえ。だんだん、あれあれ」

和「あれは観音様のお堂だ。あすこに人がいるのではないか。暗くって見えはせん、提燈《ちょうちん》出しな」

と提燈を引ったくって和尚様が来てみると、縊《くび》り殺された母にすがりついて泣いている。

和「どういうわけか」

ときくと、泣いてばかりいてとんとわかりません。ようやくだましてきくと、これこれという。

和「とんだことだ」

とすぐに供の男を走らして村方へ知らせますと、百姓が二、三人来て死骸とともに惣吉を藤心村の観音寺へ連れてきて、だんだんきくと、頼る所もない実に哀れの身の上でありますから、

和「まことに因縁の悪いので、親の菩提のため、わしが丹精してやるから、敵を討つなぞということは思わぬがいい。わしの弟子になって、母親や兄《あに》さんのために追善供養《くよう》を弔うがいい」

と、この和尚が丹精してようやく弟子となり、頭をそりこぼち、惣吉が宗観《そうかん》と名を変えて観音寺にいるところから、はからずも敵の様子が知れるというお長いお話。ちょっと一息つきまして。

八十二

さて一席申し上げます。久しく休みおりました累ヶ淵のお話は、わたくしも昨冬《さくふゆ》より咽喉《いんこう》カタルでさっぱり音声が出ませんから、寄席《せき》を休むようなわけで、なれども、このほどはだいぶ咽喉カタルのほうはようございますが、また風邪を引き風邪声《かざごえ》になりまして、風邪声と咽喉カタルとが掛け持ちをいたしておりまするというわけでもござりませんが、いつまでもお話をいたさずにもおられませんから、このほどはようやく少々よろしゅうございますから、申し残りのところを一席お聞きに入れます。さてお話が二つに分かれまして、ちょうど時は享和《きょうわ》の二年七月二十一日のことでございまする。下総の松戸のわきに、戸ヶ崎村と申す所がございまして、そこに小僧弁天《べんてん》というのがありまするが、どういうわけで小僧弁天と申しますか、あえて弁天様が小さいというわけでもなし、弁天様が使いに行くわけでもないが、小僧弁天と申します。境内《けいだい》は樹木が繁茂いたしまして、とんと掃除などをいたしたことはなく、破《や》れ切れた弁天堂の縁は朽ちて、間から草が生えており、堂のわきには落ち葉でうずもれた古井《ふるい》があり、手水鉢《ちょうずばち》の屋根はぶっ壊れて、むこうのほうに飛んでおります。石塚《いしづか》は苔《こけ》の花が咲いて横っ倒しになっておりまするほどの所。その少し手前に葦簀《よしず》っ張りがあって、住まいではありません。店の端には駄《だ》菓子の箱があります。中にはお市《いち》、微塵棒《みじんぼう》、達磨《だるま》に玉兎《たまうさぎ》に狸《たぬき》の糞《くそ》などという汚い菓子に塩煎餅《せんべい》がありまするが、田舎のは塩を入れまするから、見たところでは色が白くてうまそうだが、やはり、こっくり黒い焼き方のほうがうまいようです。田舎の塩煎餅は薄っぺらで軽くてべらべらしておりまする。大きな煎餅壺《つぼ》にいっぱいはいっておりまする。それから鳥でも追うためか、渋うちわがぶら下がり、風を受けてフラフラあおっておりまする。これは蠅《はえ》よけであると申すことで。袖無《そでなし》を着た婆《ばあ》さまが、ほこりよけのために頭へ手ぬぐいを巻きつけ、土竈《どべっつい》の下を焚《た》きつけておりまする。破れた葦簀の衝立《ついたて》が立ってあり、看板を見ると御休所煮染酒《おんやすみどころにしめざけ》と書いてありまするのは、いかさま一膳飯《いちぜんめし》ぐらいは売るのでござりまする。ちょうどその日の申刻《ななつ》下がり、日はもう西へ傾いたころ、この茶店へ来て休んでいる侍は、回し合羽《がっぱ》を着て、柄袋《つかぶくろ》のかかった大小を差し、半股引《はんももひき》の少し破《や》れたのをはいて、盲縞《めくらじま》の山なしの脚半《きゃはん》にていねいに刺した紺足袋、切れ緒の草鞋《わらじ》をはき、傍らに振り分け荷を置き、菅の雪下ろしの三度笠《どがさ》を深くかぶり、煙草《たばこ》をパクリパクリのんでおりまするところ、門口からはいってまいりました馬方は馬を軒の傍らへつないではいって来ながら、

馬「婆《ばあ》さま、お茶あ一杯《いっぺえ》くんねえ。今の、お客を一人新高野《しんこうや》まで乗っけてきた」

婆「おめえさまは、いつもよい機嫌だのう」

馬「いい機嫌だって、機嫌悪くしたって銭のもうかるわけでもねえから、しようがねえのよ」

と言いながら、かの縁台に腰を掛けていたる客人を見て、

馬「お客さん、ごめんなせえ。あんた、どちらへおいででごぜえやすねえ。もうはあ日イ暮れかかってきやしたから、お泊まりは流山《ながれやま》か松戸泊まりが近くってようごぜえましょう。川を越してのお泊まりは御難渋《でけえ》ようだが、今夜はどこへお泊まりか知りやせんが、安くやんべえかな」
士「馬はほしくない」
馬「どうせ帰《けえ》り馬でごぜえやす。今ね、新高野までお客ウ二人案内してね。またこれからむこうへ行くのでごぜえやすが、手間がとれるから、鰭《ひれ》ヶ崎《さき》の東福寺《とうふくじ》泊まりというのだが、幾らでもいいから安くやるべえじゃあねえか」
士「馬はほしくないよ」
馬「ほしくねえたって安かったらええじゃあねえか」
士「安くっても乗りたくないというのに」
馬「そんなことを言わずに我慢して乗ってってくだせえな」
士「うるさい。乗りたくないから乗らんというのだ」
馬「乗りたくねえたって、乗っておくんなせえな。馬にもうめえ物を食わしてやりてえさ。りっぱな旦那様、や、あんたあ安田さまじゃありゃせんか」
士「だれだ」
馬「おお先生かえ。まことに久しく会わねえ。まあほんとうに思えがけねえ。横曾根村にいた安田先生だね」

士「大きな声をするな。おれは少々子細あって隠れている身の上だが、だしぬけに姓名をいわれては困る。貴様はだれだ」

馬「だれだって先生、一つ所《とこ》にいた作蔵でごぜえやすわね」

士「なに作蔵だと、おお、そうそう」

作「ええ、まことにお久しくお目にかかりやせんが、いつもお達者で若えねえ。もうたしか四十五、六になったかえ」

士「てめえもいつも若いな」

作「おらあもうしようがねえ。あんた実はね、わしもさっきから見たような人だと思ってたが、安田一角先生とは気がつかなかったよ」

士「おれの名を言ってくれるなというに」

作「だって、知んねえだから気イつかずに言ったのさ。しかし、どうも一角先生に似ていると思ったよ」

安「これ名を言うなよ」

作「なるほど、よくよく見れば先生だ。なんでも隠し事はできねえねえ。笠あかぶっているから知れなかったが安田先生だった」

安「これこれ困るな、名を言うなというに」

作「つい、うっかり言うだが、もう言わねえようにしやしょう。実に思えがけねえ。あんた今どこにいるだ」

安「少し子細あってこの近辺に身を隠しているが、てめえどうして、あっちを出てきた」

作「しようがねえだ。おらあこんなむかっ腹を立てる気象だが、つまらねえことで人に難癖エつけられたから、ここばかり日は照らねえと思って出てきたのさ」

安「てめえはたしか森蔵《もりぞう》の家《うち》にやっかいになっていたじゃあねえか」

作「はい、森蔵といっちゃあ、あすこでは少しはばくち打ちの仲間じゃあ、いい親分だが、なんてっても、もう年イ取ってしまって、親分は耄碌《もうろく》していやすから、若《わけ》えやつらもいけえこといやすから、わしもやっけえになってると、金松《かねまつ》というやつがいて、そいつが壊れたろくでもねえ行李《こり》を持っていて、自分の物は褌《ふんどし》でも古手ぬぐいでもみんなそん中《なけ》へ置くだ。あるとき、おれがその行李を棚から下ろしてね、開けて見ると、財布《せえふ》がへえってて金が一分二朱と六百あったから出して使ってしまうと、そいつが言うには、この行李の中へ入れて置いた財布《せえふ》の金がねえ。てめえ取ったろうと言うから、おれア取りゃあしねえが、ただ黙って使ったのだと言うと、この泥棒野郎というから、わしが合《がっ》点《てん》しねえ。泥棒とはなんだ。どういう理屈で人のことを泥棒というのだ。ただ汝《われ》が金エ出して使ったばかりで、黙って人の物を出して使ったって泥棒という理合いがどこにあるかと、喧嘩をおっ始《ぱじ》めたというわけさ」

安「やはり泥棒のようだな」

八十三

作「親分の言うには、泥棒に違えねえとって、おれの頭あぶんなぐって、汝《われ》のようなわからねえものあねえと、親分までともにおれに泥棒の名をつけただが、盗んだじゃあねえ、ただ無断で使ったものを泥棒なんぞというような気の利かねえ親分じゃしようがねえと思って、おっ走ってしまったが、しようがねえから今じゃあ馬小屋みてえな家《うち》を持って、こうやって、馬子《まご》になってわずかな飲《の》み代《しろ》を取って歩いてるんだが、ほんの命をつないでるばかりでしようがねえのさ。ばくち打ちの仲間へはいることもできねえから、ただもう馬と首っ引きだ。馬ばかり引いてるから背骨へないいらが起こるかと思ってるよ。昔なじみに、小遣《こづけえ》を少しばかりおくんなさえな」

安「そんなら、てまえは風来で遊んでるのか」

作「遊び人というわけでもねえが、馬を引いてるから、ばくちをぶって歩くこともできねえのさ」

安「少してまえに話があるから、婆《ばばあ》を煙草でも買いにやってくれねえか」

作「はあようごぜえやす。婆《ばあ》さま、旦那さま煙草買ってくんろとおっしゃるから買ってきてあげなよ。この旦那はいいんでなけりゃあ気に入るめえ。ただの方《かた》ではねえ安田一角先生てえ」

安「これこれ」

作「はあようござえやす。りっぱな先生だから悪《わり》い煙草なんぞあ、のまねえから、大急ぎでいいのを買ってきなせえ……あんた銭ありますかえ」

安「さ、これを」

作「さ婆さま、これで買ってきてあげな」

安「使い賃はやるよ」

婆「はい、かしこまりました。じきにいってまえりまする」

と婆さんは使い賃ということを聞いて喜んで、煙草を買いに出てまいりました。後は両人差し向かいで、

安「てまえ馬を引いてるのが幸いだ。おれは木下《きおろし》へ上がる五助街道の間道に、藤ヶ谷という所の明神山に当時隠れているんだ」

作「へえ、あのでっけえ森のある明神さまの、あすこに隠れているのかえ。人の往来《おうれえ》もねえくれえのとこだから、さだめて不自由だんべえ。あすこは生街道《なまかいどう》てえので、松戸へつん抜けるによほど近《ちけ》えから、夏になると魚あ車にぶっ積《つ》んで少しは人も通るが、なんだって、あんな所におるんだえ」

安「それには少しわけがあるのだ。おれも横曾根にいられんで当地へ出たのだ」

作「なんだか名主の惣次郎を先生がぶっ切ったてえうわさがあるが、ええ先生のこったから、ずいぶんやりかねねえ。殺《や》ったんべえ、この横着《おうちゃく》もののめ、そんなうわさがたっ

て居づらくなったもんだから、おっ走《ぱし》ってきたんだろう」
安「そんなことはねえが、侍の果てはほかにいたし方もなく、うまい酒も飲めないから、どうせ永い浮き世に短い命、切り取り強盗は武士の習いだ。今じゃあ十四、五人も手下ができて、生街道に隠れていて追剝《おいはぎ》をしているのだ」
作「ええ追剝を。えれえ、うーん、おっかねえ、うーん、おれ剝《は》ぐなよ」
安「てまえなぞを剝いでもしようがないが、てまえは馬を引いてるんだから、たまにはずいぶん多分の金を持ってるよい旅人が、佐原《さわら》や潮来《いたこ》あたりから出てくるから、てまえその金のありそうな客を見たら、なりたけ駄賃《だちん》を安くして馬に乗せ、ここは近道でございます、とうまくだまかして生街道へ引っ張り込み、藤ケ谷の明神山のところまで連れてきてくれ。しかし薄暗くならなくっちゃあ仕事ができねえから、いい加減にどこかで時を移すか、のさのさ歩けば自然と時が遅れるから、そうして連れて来てくれれば、おおぜいで取り巻いて金を出せと言えば驚いてしまう。てまえは馬を置きっ放してなり引っ張ってなり逃げてしまいねえ。そうして百両金があったらそのうち一割とか二割とか、てまえに礼をしようから、おれの仲間にならねえか」
作「そんなら礼が二割といえば百両ありゃあ二十両おれにくれるのか」
安「そうよ」
作「うめえなあ。ただ馬を引っ張って百五十文《もん》ばかりの駄賃を取って、酒が二合に鰊《にしん》の二本も食えば、後に銭が残らねえようなことをするよりいいが、同類になって、もし知れたときは首をぶっ切られるのかよ」
　安「そうよ」
　作「うーん、それだけだな。おれはもうこれで五十を越してるんだから百両で二十両になるのなら、こんな首はぶっ切られても惜しくもねえからやるべえか」
　安「てまえ馬を引いて、おれの隠れ家《が》まで来い。あの明神山の五本杉の中に一本大きな楠《くすのき》がある。その裏の小山がある所に、少しばかり同類を集めているんだ」
　作「じゃあ、あのもと三峰山《みつみねさん》のお堂のあった所だね。よくまあ、あんな所にいるねえ。あすこは狼や蟒《うわばみ》が出たとこなんだから。もっとも泥棒になれば狼や蟒を怖がっていちゃあできねえが、そうかえ」
　一角は懐から金を取り出し作蔵に渡しながら、
　安「これはてまえが同類になった証拠のため、少しだが小遣い銭にやるから取っておけ」
　作「え、ありがてえ。これは五両だね。きょうはほんとうに思えがけねえで五両二分になった」
　安「なぜ」
　作「不思議なこともあるものだ。きょうはね、あのもさの三蔵に会ったよ。羽生村の質屋で金かした婆様《ばあ》が死んだって、その白骨を高野《こうや》へ納めるてえ来たが、きょうは二十一日だから新高野山へお参りをするてえ《めえ》ので、与助《よすけ》を供につれて、おれがさっき東福寺まで送ってったが、昔なじみだから二分くれるって言ったが、ありがとうござえやす、実にきょうは思えがけねえ金儲けができた」

安「その五両を取ってみると、もう同類だから、これきり藤ケ谷へ来ずにいて、もしてまえの口からおれの悪事を訴人《そにん》しても、てまえはやっぱり同罪だ。たとえ五両でももらってみれば同類だからそう思え」

作「おれも覚悟をきめてやるからには、きっとやりやすよ。それはいいが、あんた、すぐに独りで行くか、馬に乗って行かないか。歩いて行く。そうか、さようなら……あそっちへ行ってあ損だから、その土橋《どばし》を渡ってまっすぐにおいでなせえ。道イ悪いから気イつけて行きなさえ。なあ安田先生も剣術使いだから、どうして剣術使いじゃあ飯《まんま》あ食えねえ。あの人はもとからずいぶん泥棒ぐれえやったかも知んねえ。今おれがに五両くれたはいいが、これを取ってみれば同類に落とすと言ったが、困ったな。ああもう行ってしまったか、りっぱな男だ。婆さまはどこまで煙草を買《け》えに行ったんだろう。もっとも要らないのだ。人払《ばれ》えのために買《け》えにやったんだが、あんまり長えなあ」

と独り言をいっているうしろから、

男「おい作《さく》」

作「え、だれだえ、おれを呼ばるのあ、だれだ」

男「お、おれだ。久しく会わねえのう」

八十四

作「だれだ。人がどこにいるのだ」

と言いながら、方々見回し、振り返って見ると、二枚折りの葦《よし》の屏風《びょうぶ》の陰に、蛇形《じゃがた》の単物《ひとえもの》に紺献上《こんけんじょう》の帯を神田《かんだ》に結び、結城平《ゆうきひら》の半合羽《はんがっぱ》を着、わきのほうに振り分けの小包みを置き、年ごろ三十ばかりの男で、色はくっきりと白く目のぱっちりとした、鼻筋の通った、口元の締まったいい男で、そのそばにいるのは女房とみえ、二十七、八の女で、頭は達磨返しに結び、鳴海《なるみ》の単衣《ひとえ》に黒繻子《くろじゅす》の帯をひっかけに締め、一杯飲んでいる夫婦づれの旅人《りょじん》で、

男「作や、こっちへへえんねえ」

と言いながら、葦屏風をあけて出てきた男の顔を見て、

作「いやあ兄《あに》いか、どうした、新吉さん珍しいなあ。久しぶりだ。これはどうも珍しい。実に思えがけねえ」

新「てめえ、大きな声でどなっていたが相変わらずだなあ」

作「おや、お賤《しず》さん、まことにお久しぶりでござえやした」

賤「おや作蔵さん、おまえのうわさはときどきしていたが、相変わらずいい機嫌だね」

作「ほんとうにお賤さん、見違えるようになった。少し老けたね。旅をしたもんだから色が黒くなったが、思え思った新吉さんと、とうとう夫婦になってあすこをおっ走《ぱし》ったのかえ。今まあ、どこにいるだえ」

新「あちこちと身の置き所のねえ風来人間でしかたがねえが、これもみんな人に難儀をかけ、悪いことをした報いと思ってあきらめているが、何商売をしたくも元手がないのだ。てめえまぶな仕事を安田と相談していたが、おれも半口のせねえか」

作「おめえ、あのことを聞いたか。これ、はあ、困ったなあ。実は銭がねえで困るからへえるまねえしただあ。だが、あまりへえりたくはねえんだ」

新「うまくいってるぜ。しかし三蔵はどこへ行ったんだ」

作「三蔵かえ、あれはね、婆さまが死んだから、その白骨をほんとうの紀州の高野へ納めに行くって、祠堂金《しどうきん》もたくさん持ってる様子だ。お累《るい》さんもああいう死にようをしたのも、やっぱり、おめえら二人でしたようなものだぜ」

新「てめえ、これから新高野へ馬を引いていくのなら、やっぱり帰《けえ》りはここを通るだろう」

作「鰭《ひれ》ケ崎《さき》のほうへ回るのだが、こっちへ来てもいい」

新「そうか、おい作」

作「え、なんだ」

新「ちょっと耳を貸せ」

作「ふーん、怖いことだな」

新「てめえ馬を引いてむこうへ行って、三蔵をここまで乗せて連れてきたら、なにか急に用ができたと言って、馬を置きっ放して逃げてしまってくれねえか。しかし馬を置いて行かれちゃあ三蔵に会って仕事をするじゃまになるから、引いてってくれ。その代わり金を三十両やらあ」

作「え、三十両、ほんとうにおれあ金《かね》運が向いてきた。じゃあ金をくんろえ。して、どういう理屈だ」

新「三蔵とはいったん兄弟とまでなったが、お累が死んでからは、互《たげ》えに敵同士のようになったのだ」

作「敵同士だって、てめえが三蔵を恨むのア、そりゃあ兄い、ちと無理だんべえ。なるほど、お賤さんの前《めえ》もあるから、そういうか知んねえが、三蔵を敵と思えば無理だぞ。お前《めえ》が養子に行っても男ぶりがいいもんだから、お賤さんに見染められ、互《たげ》えに死ぬの生きるのと騒ぎ合い、お累さんを振り捨ててお賤さんとこういうことになったから、お累さんものぼせて、顔があんなに腫れ出して死んでしまったのだから、かえって三蔵のほうで、おめえを恨んでいるだろうが、なにも、おめえのほうで三蔵を憎み返すという理合《りえ》いはあんめえぜ」

新「てめえは深いことを知らねえから、そんなことを言うんだが、なんでも構わねえ。おれが三蔵に会って、百両でも二百両でも無心を言ってみようと思うのだ」

作「三蔵どんが、おめえに金を貸す縁があるかえ」
新「貸してもいいわけがあるのだよ」
作「三十両くれるならやっつけやしょう」
新「もし与助の野郎がじゃまでもしたら、てめえぶんなぐってくれなくっちゃあいけねえぜ」
作「与助おやじなんざあヒョロヒョロしてるから川の中へほっぽり込んでしまうが、それもやっぱり金ずくだがね」
新「ねだり事を言わずにやってくれ。その代わり首尾よくやって利を見たうえで、おめえにまた礼をしよう」
作「それじゃあ三蔵に貸してくれと言っても貸さねえと言えば礼はねえか、困ったな。じゃあ後の礼のところは当てにはならねえな」
新「まあ、そんなものだが、たぶんうまくゆくにちげえねえ。もしぐずぐずして貸さねえなんどと言ったら、三蔵与助の二人をたたっ殺して川の中へほうり込んでしまうつもりだ。おれも安田の提燈持ちぐれえはやるりょうけんだ」
作「お賤さん、新吉さんがあんなことを言うぜ」
賤「おまえ度胸をお据《す》え、しかたがないよ。わたしも板の間稼《かせ》ぎぐらいはやるよ」
作「あれまあ、あんなきれいな顔をしていながら、あんなことを言うのもみんな新吉さんが教えたんだろう。おれはどうせ安田の同類にされたから、知れれば首はぶっ切られるようになってるんだからしかたがねえ。やるべえ、やるべえ。おお婆《ばばあ》が帰《けえ》ってきやあがった」

新「それじゃあ、てめえ馬を引いて早く行け」

作「はい、そんならすぐに馬あ引いて新高野へ三蔵を迎《むけ》えにめえりやしょう」

と出てゆきました。これから新吉、お賤も茶代を払ってそこを立ち出でました。そのうち、もう日はとっぷりと暮れましたが、葦簀っ張りもしまい、川端の葦の茂った中へ新吉、お賤は身を隠して待っていると、むこうから三蔵が作蔵の馬に乗ってまいりました。

作「与助さん、あんたもう、いくつになるねえ。まだ若えのう。長く奉公してるが五十を一つ二つも越したかえ」

与「そうでねえ。もう六十に近くなったから、めっきり年を取ってしまった」

作「羽生村の旦那、ちょっくら下りておくんなせえ」

三「なんだ」

作「なんでもいいから」

三「坂を上がったり下りたりするので、おれもよほどくたびれたが、馬へ乗って少し息をついたが、馬へ乗るとまた、やっぱり腰が痛いのう」

作「旦那まことに御無心だが、わしはね、少し用があるのを忘れていたが、実はこの先へ行って炭俵を六俵積んできてくれと頼まれてるんだが、どうしても積んでいかねばなんねえことがあるだ。まことにお気の毒だが、ここで下りてくだせえな。もうここから先は平らな道だから歩いても造作《ぞうさ》もねえんですが」

三「それじゃあ、どうでもいい、てめえが困るなら下りて歩いていこう」

と言いながら馬から下りる。

作「わしは少し急ぎますからごめんなせえ」

と大急ぎで横道の林の陰へ馬を引き込みました。

八十五

日はどっぷりと暮れ、往来も止まりますと、戸ヶ崎の小僧弁天堂の裏手の草の茂みから、ごそごそと葦を分けながら出てきた新吉は、ものをも言わず、いきなり与助の腰を突きましたからたまりません。与助はもんどりを打って、利根《とね》の枝川《えだがわ》へどぶんと水音高く逆とんぼうを打って投げ込まれましたから、アッといって三蔵が驚いているうしろから、新吉が胴金《どうがね》を引き抜いてだしぬけに三蔵の脇腹《わきばら》へ突き込みました。アッといって倒れるところへ乗りかかり、胸先《むなさき》をえぐりましたが、一刀《いっぽん》や二刀《にほん》では容易に死ねません。死に物狂い一生懸命に三蔵は起き上がり、新吉の髻《たぶさ》をとって引き倒す。そのうち与助は年こそ取っておりまするが、田舎者で小力もあるものでございますから、川中からはい上がってまいりながら、短いのを引き抜き、与「この野郎、なにをしやあがる」

と切ってかかる様子を見るよりお賤は驚き、新吉にけがをさせまいと思い、そっとうしろから出てまいり、与助の髻を取ってうしろのほうへ引き倒すと、なにをしやあがると言いながら、手にさわった石だか土の固まりだかわかりません、それを取っていきなり、お賤の顔を打ちました。お賤は顔から火が出たように思い、

賤「アッ」

と言って倒れると、のしかかり切ろうとするところへ、馬子の作蔵が与助のわきから飛び出して、いきなり足を上げて与助を蹴《け》りましたからたまりません。与助はウンといって倒れました。新吉は刀を取り直して、また一刀三蔵の脇腹をこじりましたから、三蔵もついにそのまま息が絶えました。すると手早く三蔵の懐へ手を入れ、胴巻きの金を抜き取って死骸を川の中へ投げ込んでしまい、

新「お賤お賤」

賤「あい、ああ痛い。どうもひどいことをしやあがった。石かなにか取って、いやというほど、わたしの顔をぶちゃあがった」

新「手出しをするからだ。黙って見ていればいいに」

賤「見ていれば、おまえが殺されてしまったのだよ。与助の野郎が、おまえのうしろから切りにかかったから、わたしが一生懸命に手伝ったのだが、もう少しで、おまえ切られるところだったよ」

新「そうか。夢中でいたから、ちっとも知らなかった」

賤「与助をよく蹴倒したのう」

作「え、なにおれだ。林の陰に隠れていたが、危ねえ様子だから飛び出してきて、与助野郎の肋骨《あばら》を蹴折ってしまった。兄《あに》い無心どころじゃねえ、いきなりにやったんだな」

新「てめえはもう帰《けえ》ったのかと思った」

作「林の陰に隠れていて、どうだかと様子を見ていたのよ」

新「だれか人は来やあしねえか。てめえ気をつけてくれ」

作「でえじょうぶだ。だれも来る気遣《きづけ》えはねえが、割合《わりええ》をもらえてえなあ」

新「てめえはよくうそをつくやつだな。三蔵が高野へ納める祠堂金を持ってるというから、懐を探してみたが、金なんぞ持っていやあしねえ。ようやく紙入れの中に二両か三両しかありゃあしねえ」

作「冗談じゃあねえぜ。そんなことがあるもんか」

新「だって、てめえうそをついたんだ」

作「なに、おれがうそなんぞつくものか。この野郎殺しておいて、その金を取ってしまったにちげえねえ。そんなことを言ってもだめだ」

新「なに、ほんとうだよ」

作「死骸《しげえ》はどうした」

新「川の中へほうり込んでしまった」
作「うそを言え。ふざけずに早くよこせよ。ふざけるなよ」
新「なに、ふざけやあしねえ」
と言われ、作蔵は少し怒気を含み、訛声《だみごえ》を張り上げ、
作「てめえの懐を改めてみよう。おれだって手伝って、姐《あね》さんを切ろうとする与助をおれが蹴殺して、罪をつくっているんだ。裸になって見せろやい、出せってばやい」
と言いながら新吉に取りすがる。
新「やるよ、やるから待てというに。ふざけるな、放せ」
作「なんだ、人をだまして、金え出せよう」
新「やるから待てよ、やるというに。お賤、その柳行李《ごり》の中に少しばかり金がへえってるから出して作蔵にやんな。三蔵の懐にはねえんだから、たんとはやれねえ。十両ばかりやろう」
と気休めを言いながら、すきをねらって、どんと作蔵の腰を突くと、どぶりと用水へ落ちましたが、がばがばとすぐに上がってまいりまするところを見て、ずーんと脳を割りつけると、アッと言って、がばがばと沈みましたが、また這い上がりながら、
作「切りやあがったなあ、この野郎」
という声がりーんと谺《こだま》がして川に響きました。なおも這い上がろうとするところを、また一つ突きましたから、あおむけにひっくりかえりましたが、また這い上がってくる

のをむやみに切りつけましたから、馬方の作蔵はこれまでの悪事の報いにや、ついに息が止まったとみえ、そのまま土手の草をつかんだなり川の中へのめり込んでしまいました。

賤「おまえ、まあ恐ろしいひどいことをするねえ」

新「この野郎はおしゃべりをするやつだから、罪なようだが、五両でも八両でも金をやるのは費《つい》えだから切り殺してしまったが、もうここにぐずぐずしてはいられねえ」

賤「わたしはどうも、ぶたれたとこが痛くってたまらないよ」

新「なんだか暗くってはっきりわからねえ」

と言いながら透かして見ると、石だか泥だかわかりませんが、弾みとはいいながら、ぶたれた痣《あざ》は半面紫色に黒みがかり、腫れ上がっていましたから、新吉がぞっとしたと申すは、ちょうど七年あとの七月二十一日の夜、お累がおれを恨み、鎌で自殺をしたあのときに、蚊帳のそばへ座っておれの顔を恨めしそうににらめた顔が、実にこのとおりの顔だが、今お賤が思いがけないけがをして、半面変相《へんそう》になるというのも、あくまでお累がおれの体につきまつわってたたりをなすことではないかと、さすがの悪党も怖気《こわげ》立ち、ものをも言わず、しばらくはぼんやりと立っておりましたが、お賤は気がつきませんから、

賤「おまえ、早く人の来ないうちにどこかへ行って泊まらなくっちゃあいけない」

と言われ、ようよう心づき、これからお賤の手を取って松戸へ出まして、松新《まつしん》という

宿屋へ泊まり、翌日雨の降る中を立ち出でて本郷山《ほんごうやま》を越し、塚前村《つかざき》にかかり、観音堂に参詣《さんけい》をいたし、図らずお賤が、実の母に出会いまするお話は一息つきまして……。

八十六

申し続きました新吉お賤は、実に仏説で申しまする因縁で、それほどの悪人でもございませんでしたが、することなすことにみな悪念が起こり、人を害するようなこともたびたびになりまする。さて二人は松戸へ泊まり、翌二十二日の朝立とうといたしますると、秋の空の変わりやすく、朝からどんどと抜けるほど降りますから立つことができませんで、ぐずぐずして晴れ間を待っているうちに、ちょうど午刻《ひる》過ぎになって雨があがりましたから、昼飯《ひるはん》を食べてそこを立ちましたなれども、本街道を通るのも脛《すね》で傷持つございまするから、かえって人通りのない所がよいというので、これから本郷山を抜け、塚前村へかかりました時分は、もう日が暮れかかり、また吹っかけ降りに雨がざあざあと降ってきましたから、

新「ああ困ったもんだ」

と言いつつ二、三町まいりますと、傍らの林のところに小さい門構えの家《うち》に、ちらりと明かりが見えましたから、

新「ともかくも、あすこへ行って雨やみをしよう」

と言いながら門の中へはいってみると、木連格子《きつれごうし》になっている庵室で、村方の者が奉納したものか、丹《たん》で塗った提燈が幾つも掛けてあります。正面には正観世音《しょうかんぜおん》と書いた額《がく》が掛けてあります。

新「お賤」

賤「あい」

新「こんなとこに宿屋はなし、しかたがないから、この御堂で少し休んでいこう。お賽銭《さいせん》をあげたらよかろう。坊さんがいるだろう」

と言いながら格子の間からのぞいてみると、むこうに本尊が飾ってありまする。正観世音の像を小さいお厨子《ずし》の中へ入れてあるのですが、あまりよい作ではありません。田舎仏師のこしらえたものでございましょう。なれども金箔《きんぱく》を置き直したとみえ、ぴかぴかと光っておりまする。その前に供えた三つ具足はこのごろ納まったものか、まだ新しく村名《むらな》が彫りつけてあり、坊さんが畑から切ってきたものか黄菊に草花があがっております。すると鼠《ねずみ》の単物《ひとえもの》を着、腰衣を着けた六十近い尼が御燈明《ごとうみょう》をつけにまいりましたから、

新「少々お願いがございますが、わたくしどもは旅のもので、このとおりの雨で難渋いたしますが、どうか少々の間雨《あま》やみをしたいと存じますが、おじゃまでも、この軒下を拝借願いたいものでございまする」

尼「はい、御参詣のお方でございますかえ」

新「いえ通りかかりの者ですが、この雨に降りこめられました。もっとも有験《あらたか》な観音様だと聞いておりますから、お参りもするつもりでございまする」

尼「吹っかけ降りですから、そこに立っておいででは、さぞお困りでございましょう。すぐ前に井戸もありますするから足を洗って、こちらへ上がって、お茶でも飲みながら雨《あま》やみをなすっていらっしゃいまし」

新「ありがとう存じます。え、お賤、金かなにかやればいいから上がんねえ。じゃあごめんなさい。まことにありがとう存じます」

尼「そこに盥《たらい》もありますから、小さいほうを持っていって足を洗っておいでなさい」

新「へえ」

とこれから足を洗い、

新「まことにおかげさまでありがとうございます」

と上がりましたが、新吉もお賤もあつかましいから、囲炉裏のそばへまいり、

新「おかげさまで助かりました」

賤「まことにどうも、とんだごやっかいさまでございました」

尼「おやおや御夫婦づれで旅をなさいますの。藤心村まで出るとお茶漬屋《ちゃづけや》ぐらいはありますが、この辺には宿屋がございませんから、さだめてお困りでしょう。遠慮なしにもっと囲炉裏のそばへお寄んなさい」

新吉はなにほどか金子を紙に包んで尼の前へ差し出し、

新「これはまことに少しばかりでございますが、おかげで助かりましたから、お茶代ではありませんが、どうかこれで観音様へお経でもおあげなすってくださいまし」
尼「いえいえ、それはけっして頂きません。さっきあんたは本堂へお賽銭をおあげなすったから、それでもうたくさんでございます。御参詣の方はみんなおなじみになって、他村のお方が来ても上がり込んで、わたしのような婆《ばばあ》でも久しく話をしていらっしゃいますのですから御心配なくゆっくりとお休みなすっていらっしゃいまし」
と言われ、新吉はお賤の顔を見ながら小声にて、
新「だって、きまりが悪《わり》いな。これはほんのわたしの心ばかりでございますから、あなた後《あと》でお茶請けでも買ってくださいまし」
尼「いえ、わたしは食べ物は少しもほしくはありません。お賽銭をあげたから、もうお金などはようございますよ」
新「そんなことを言わずにどうか取っておいてくださいまし」
尼「そうでございますか。また気になすっては悪いし、せっかくのおぼしめしですから頂いておきましょう。日が暮れると雨の降るときは寒うございます。じきに本郷山がそばですから山冷えがしますから、もっとその粗朶《そだ》をおくべなさいまし」
新「へい、ありがとう存じます」
と言いながら松葉や粗朶をくべ、ちょろちょろと火が移り、燃え上がりました光で、お賤が尼の顔をつくづく見ていましたが、

賤「おや、おまえはお母《つか》あじゃないか」

八十七

尼「はい、どなたえ」
賤「あれまあ、どうもお母《つか》あだよ。まあ、どうしておまえ尼におなりだか知らないが、ほんとうに見違えてしまったよ。十三年あとに深川の櫓下《やぐらした》の花屋へ置き去りにしていかれた娘のお賤だよ」
と言われて尼はびっくりし、
尼「ええ、まあどうも、まことに面目次第もない。わたしもさっきから見たような人だと思ってたが、顔形が違ったから黙ってたが、どうも実にわたしは親子と名乗って、おまえに会われた義理じゃありませんが、頭を剃《す》って、こんな身の上になったから会われますものの、さだめて不実の親だと腹も立ちましょうが、どうぞ堪忍してください、あやまります」
賤「それでもよく後悔してね」
尼「このとおりの姿になって、まあこの庵室にはいって、今では毎日お経を上げた後では観音様へ向かって、若い時分の悪事を懺悔してお詫び申していますけれども、なかなか罪は消えませんが、頭を剃って衣を着たおかげで、村の衆がお比丘《びく》様とか尼様とか言って、いろいろ食べ物を持ってきてくれるので、どうやらこうやら命をつないでいるというだけのことで、このごろはようよう心づいて、十六のとき置き去りにしたお賤はどうしたかと案じていても、親子でありながら訪ねることもできないというのは、みんな罰と思って後悔しているのだよ」

賤「どうもね、ほんとうに。それでもよくまあ衣を着るりょうけんになったね」

と言いながら、新吉に向かい、

賤「おまえさんにも話をした深川櫓下の花屋の、それね……おまえさんのような親子の情合いのない人はないけれども、よくまあ後悔してお比丘におなりだね」

尼「比丘なんぞになりたいことはないが、これもみんなわたしの作った悪事の罰で、世話のしてくれ手もなくなり、だんだんとる年で病み患いでもしたときに看病人もない始末。ああどうしたらよかろう、ああ、これもみんな罰ではないかと、体のきかないときには、ほんにその後悔というものが出てくるものでのうお賤。してこのお方はおまえのお連れ合いかえ」

賤「ああ」

新「いつでも此女《これ》から話は聞いていました。一人お母さんがあるけれども生き死にがわからない。しかし丈夫な人で、若い気象だったから達者でいるかとおうわさはよくしますが、わたしは新吉という不調法ものでございますが、今からなにぶん幾久しゅう願います」

尼「このお賤はわたしのほうでは娘とも言えません。また親とは思いますまい。憎くってねえ。ああ実におまえに会うのもみんな神仏《かみほとけ》のお叱りだと思うと、身を切られるほどつらいということをこのごろはじめて覚えました。言わないことはわかりますまいが、わたしはこのごろはだれが来ても身の懺悔《ざんげ》をして若い時の悪事の話をいたしますと、遊びにくるおじいさんやおばあさんも、おお、おお、そうだのう、悪いことはできないものだと言って、またその人たちが若い時分の罪を懺悔して後悔なさることがあるから、わたしが懺悔をしますと人さまもそれについて後悔してくだされば、わたしの身のためにもなろうと思って、会う人ごとにわたしの若い時分の悪事を懺悔してお話をいたします。わたしも若い時分の放蕩《ほうとう》というものは、お賤は知りませんがなかなかひととおりじゃあありませんでしたよ」

新「お母《つか》さん、なんですか、おまえさんは元どこの出のお方でございます。たぶん江戸っ子でしょう」

尼「いいえ、わたしの生まれは下総の古河《こが》の土井《どい》さまの藩中の娘で、おやじは百二十石の高《たか》を頂いた柴田勘六《しばたかんろく》と申して、少々ばかりはよい役を勤めたこともある身分でございましたから、お嬢様育ちでいたのですが、身性《みじょう》が悪うございまして、わたしが十六の時家来の宇田金五郎《うだきんごろう》という者と若気《わかげ》の至りで私通《いたずら》をし、金五郎に連れられて実家を逃げ出し江戸へまいり、本郷菊坂に世帯を持っておりましたが、ちょうどあの午年《うまどし》の大火事のあった時、宝暦《ほうれき》十二年でございましたかね、そのときわたしは十七で子どもを産んだのろくなものではありません。その翌年金五郎は傷寒《しょうかん》を患ってついに亡くなりましたが、年端《としは》もゆかぬに亭主には死に別れ、子持ちではどうすることもできませんのさ。その子どもには名を甚蔵《じんぞう》と付けましたが、なんにあやかったのか肩のところに黒い毛が生えて、気味の悪い痣《あざ》があって、わたしも若い時分のことだから気色《きしょく》が悪く、ことに亭主に死なれて食い方にも困るから、菊坂下の豆腐屋の水船《みずぶね》の上へ捨て子にして、わたしはすぐ上総の東金へ行って料理茶屋の働き女に雇われているうちに、船頭の長八《ちょうはち》という者といい仲となって、またそこをかけ出して出るようなことになって、深川相川町《あいかわちょう》の島屋《しまや》という船宿を頼み、亭主は船頭をし、わたしは客の相手をして、わずかな御祝儀をもらって、どうやらこうやらやっているうちに、わたしは亭主運がないとみえ、長八がまたふと患いついたのがもとで、これもまた死に別れ、どうすることもできないから心配していると、島屋の姐《ねえ》さんの言うには、とてもおまえにはしんぼうはできまいが、思い切って堅気にならないかと言われ、小日向《こびなた》のほうのお旗本の奥様がおあんばいが悪いので、中働きに住み込んだところが、これでも若い時分はこんな汚い婆あでもなかったから、殿様のお手がついて、わずかなうちにできたのはこのお賤」

八十八

尼「これも世が世ならば、お旗本のお嬢さまと言われる身の上だが、運の悪いというものはしかたがないもので、このお賤が二つの時、そのお屋敷がじきに改易《かいえき》になってしまい、しようがないから深川櫓下の花屋へこの娘を頼んで芸妓に出して、わたしの食い物にしようというりょうけんでしたが、また、わたしが網打場の船頭の喜太郎《きたろう》という者と私通《いたずら》をして、船で房州の天津《あまつ》へ逃げましたがね。それからというものは悪いことだらけさ。手こそ下ろして殺さないでも、口先で人を殺すようなことがたびたびで、わたしのために身を投げたり首を縊《くく》って死んだ男も二、三人あるから、みんなその罰《ばち》で今こうやっているのも、あの時にこういうことをしたから、その報いだとあきらめ、ようよう改心をしましたのさ。しかたがないから頭を剃《そ》りこかし、破れ衣を古着屋で買ってね。方々托鉢《たくはつ》して歩いているうち、この観音様のお堂には留守居がないから、お比丘さん、はいっていないかと村の衆に頼まれるから、仮名《かな》付きのお経を買って心経《しんぎょう》から始め、どうやらこうやら今では観音経ぐらいは読めるようになったが、この節は若い時分の罪滅ぼしと思い、自分によけいな物でもあると困る人にやってしまうくらいだから、なにも物はほしくありません。村の衆がときどき畑の物なぞを提げてきてくれるから、もう別にうまい物を食べたいという気もなし、ただ観音様へ向かってお詫《わ》び事をしているせえか、胸のうちの雲霧《くもきり》が晴れて善に赴いたものだから、みなさんがお比丘《びく》様お比丘様と言ってくれ、この観音様もだんだん繁盛してまいり、お比丘さんにお灸を据えてもらえの、お呪《まじな》いをしてもらいたいのといって頼みに来るから、わたしも何も知らないが、若い時分から疝気《せんき》ならどこがいいとか、歯の痛いのにはここがよいとか聞いてるから据えてやると、むこうから名をつけて観音様の御夢想だなぞと言って、今ではおまえさん、なに不足なくこうやっていますが、きょう図らずおまえたちに会って、わたしはなお、観音様の持っていらっしゃる蓮《はす》の蕾《つぼみ》で背中を打たれるように思いますよ。まだ二人とも若い身の上だから、これから先悪いことはなさらないようにどうぞ気をおつけなさい。年をとるときっと報ってまいります。輪廻《りんね》応報ということはないではありませんよ」

と言われ新吉は打《う》ちしおれ溜息《ためいき》をつきながら、お賤に向かい、

新「どうだえ、お賤」

賤「わたしもはじめて聞いたよ。そんならお母《つか》さん、おまえがお屋敷へ奉公に上がったら、殿様のお手がついて、わたしができたといえば、そのお屋敷が改易にさえならなければわたしはお嬢様、おまえは妾《めかけ》とかなんとか言われているのだね」

尼「おまえはお嬢様にちがいないが、わたしは追い出されてでもしまうくらいのおかしなわけでね」

新「へい、その小日向の旗本とはどこだえ」

尼「はい、服部坂《はっとりざか》上《うえ》の深見《ふかみ》新左衛門《しんざえもん》様というお旗本でございます」

と言われて新吉はびっくりし、

新「ええ、そんならこのお賤はその新左衛門という人の胤《たね》だね」

尼「さよう」

新「そうか」
と口では言えど、ぞっと身の毛がよだつほど恐ろしく思いましたは、八年前《ぜん》、門番の勘蔵《かんぞう》が今際《いまわ》に、わが身の上の物語を聞けば、おれは深見新左衛門の次男にて、深見家改易の前に妾がはいり、間もなく、その妾のお熊《くま》というものの腹へ宿したは女の子、それを産み落とすとまもなく家が改易になったと聞いていたが、してみればお賤は腹違いの兄妹であったか、今まで知らずに夫婦になって、もうことしで足掛け七年、ああとんだことをしたと、体に油のごとき汗を流し、ことにはまたその本郷菊坂下へ捨て子にしたというのは、七年以前、お賤が鉄砲にて殺した土手の甚蔵にちがいない、右の二の腕に痣《あざ》があり、それにべったり黒い毛が生えていたるを問いしとき、われは本郷菊坂へ捨て子にされたものである、とわたしへの話、さては聖天山《しょうでんやま》へ連れ出して殺した甚蔵は、やっぱりお賤のためには血筋の兄であったか、実に因縁の深いこと。ああ、お累が自害の後、このお賤がまた、こういう変相になるというのも、九か年前狂死なしたる豊志賀《とよしが》のたたりなるか、なるほど悪いことはできぬもの、おれは畜生同様兄妹同士で夫婦になり、この年月《としつき》互いに連れ添っていたは、あさましいことだと思うと総毛立ちましたから、新吉は物をも言わず小さくかたまって座り、ただポロポロ涙を落としておりました。

八十九

尼「とんだおもしろくもない話をお聞かせ申したが、まあゆっくりお休みなさい」

新「実にあなたの話を聞いて、わっちも若い時分にした悪事を考えますと身の毛がよだちますよ」

尼「おまえさん、なにを言うのです。若い時分などといって、まだ若い盛りじゃあないか。これから罪を作らんようにするのだ」

新「お母《つか》さん、わたしは真《しん》もって改心してみると生きてはいられないほどつらいから、わたしをあなたの弟子にしてくださいな。ほかに行きどこもないから、おまえさんのそばへ置いてくだされば、本堂や墓場の掃除でもして罪滅ぼしをして一生を送りたいので、だんだんのお話で、わたしはすっかり魂を洗い、誠の人になりましたから、どうかわたしをお弟子にしてくださいまし」

尼「よくね、わたしの懺悔話を聞いて、いちずにああ悪いことをしたと言って、おまえさんのようなことをおっしゃるお方もありますが、その心持ちが永く続かないものですから、そんなことを言わなくっても、ただ、ああ悪いことをしたと思えば、そこがよいので」

新「お賤、おまえとは不思議の悪縁と知らず、これまで夫婦になっていたけれども、表向き杯《さかずき》をしたというわけでもないから、夫婦の縁もきょう限りとし、おれは頭を剃《す》って、おまえのお母《つか》さんだが、おれはお母さんとは思わない。おれを改心させてくれた導きの師匠と思い、このお比丘《びく》さんに仕えて、生涯出家を遂げる心になったから、もうおれを亭主と思ってくれるな。おれもまた、おまえを女房とは思わねえから、どうかそう思ってくれ」

賤「おい、なにを言うんだ、きまりを言ってるよ。話を聞いたときにはいちずに悪いことをしたと思うが、少したつと、じきに忘れてしまうもの。ちょっと精進《しょうじん》をしても、七日《なのか》しようと思っても三日もたつと、もうよかろうと食べるのがあたりまえじゃあないか」

新「今までの魂の汚れたのをすっかり洗って本心になったのだから、もうおれのそばへ寄ってくれるな」

賤「おや新吉さん、なにを言うのだよ。おまえ、どうしたんだえ」

新「おめえはまあほんとうに……どうして羽生村なんぞへ来たんだなあ」

賤「新吉さん、おまえなにを言うのだ。来たって、ああいうわけで来たんじゃあないか。それがどうしたんだえ」

新「おめえはなにもわからねえのだ。ああいやだ、ふつふついやだ。どうぞ後生だからおれのそばへ寄ってくんなさんな」

と言われてお賤は少しムッとした顔つきになり、

賤「ああいやならおよしなさい。だが、わたしもね、おまえと二人で悪いことをしたくもないが、食い方に困るものだからいっしょにしたが、きのうわたしがこんなけがをして、恐ろしい顔になったもんだから、ほかの女と乗り替えるりょうけんで、うまくごまかして、わたしをここへおっつけ、おまえはそんなことを言って逃げる心だろう」
新「けっしてそういうわけじゃあないが、おまえ、どうして女に生まれたんだなあ」
賤「なにを無理なことを言うの。女に生まれたって、気ちがいじみきっているよ」
新「おまえに口をきかれても総毛立つよ」
尼「喧嘩をしてはいけません。わたしもお賤のためには親だから死に水を取ってもらいたいが、親子でありながらそうも言われず、また、お賤もわたしの死に水を取る気はありますまい」
新「まだこのお賤は色気がある、こん畜生奴《ちきしょうめ》。ほんとうにおまえやおれは、しっぽが生えて四つん這いになって椀《わん》の中へ面ア突っ込んで、魚の骨でもかじるような因果に二人とも生まれたのだから、お賤てめえもほんとうにお経でも覚えて、観音さまへその身の罪を詫《わ》びるために尼になり、衣を着て、一文ずつもらって歩く気になんな。いまさらほかにしかたがないからよ」
賤「なんだね、いやだよ、そんなことができるものか」
新「そうそばへ寄ってくれるなよ。どうか、わたしの頭を剃《す》ってください」
尼「まあまあ三、四日ここに泊まっておいでなさい、また心の変わるものだから。互いに喧嘩をしないで、わたしはお経をあげに行ってくるから、少し待っておいでなさい」

新「わたしもいっしょにまいりましょう」

賤「おい新吉さん、おまえほんとうにどうしたんだえ。わたしはどうしてもおまえのそばは離れないよ」

新吉はもうまことに仏心となりまして、

新「おまえはまだ色気のある人間だ。おれは真に改心する気になった」

賤「ほんとうにおまえ、どうしたんだよ」

と言いながら取りすがるのを、新吉は突き放し、

新「こん畜生奴《ちきしょうめ》、おれのそばへ来ると蹴飛ばすぞ」

と言われ、お賤は腹の中にて、わたしの顔形がこんなになったものだから捨てて逃げるのだと思うから油断をいたしませんで、ここに四、五日おりまするうちに、因果のむくいは恐ろしいもので、惣右衛門のせがれ惣吉がこの庵室へ訪ねてまいるというところから、新吉はもうこらえかねて、草刈り鎌《がま》をもって自殺いたしますという、新吉改心の糸口でございます。

九十

さて申し続きました深見新吉は、お賤を連れて足かけ五年間の旅中《たびちゅう》の悪行《あくぎょう》でございまする。ふと下総の塚前村と申しまするところの、観音堂の庵室に足を留めることになりました。これは藤心村の観音寺という真言寺《しんごんでら》持ちでございまして、いっさいのことは観音寺で引き受けていたしまする。村の取りつきにある観音堂で、霊験《れいげん》あらたかというので信心《しんじん》をいたしまする者があって、いろいろの物を納めまするが、堂守を置くといろいろの悪いことをしていなくなり、村方のものも困っているところで、通りかかった尼は身性《みじょう》もよいというところから、これを堂守に頼んでおきました。これへ新吉お賤が泊まりましたので、比丘尼《びくに》は前名《ぜんみょう》を熊《くま》と申す女に似気《にげ》ない放蕩無頼をいたしました悪婆《あくば》でございまするが、今はもう改心いたしまして、頭を剃り落とし、鼠の着物に腰衣《こしごろも》を着け、観音様のお堂守をしているほどの善心になりまして、新吉お賤に向かって、昔の懺悔話をして聴かせると、新吉が身の毛のよだつほど驚きましたは、門番の勘蔵の遺言に、おまえは小日向服部坂上の深見新左衛門というお旗本の次男だが、生まれると間もなくお家改易になったから、わたしが抱いて下谷《したや》大門《だいもん》町へ立ち退いて育てたのだが、お家改易のときお熊という妾があって、その腹へできたは女ということを物語ったが、そんなら七か年このかた、夫婦のごとく暮らしてきたお賤は、わがためには腹違いの妹《いもと》であったかと、総身《そうしん》から冷たい汗を流して、新吉が、ああ悪いことをしたと真もって改心いたしました。人は三十歳ぐらいになりませんければ、身の立たないものでございまする。お賤は二十八、新吉は三十になり、悪いことはことごとくしつくしたやつだけあって、善にも早く立ち帰りまして、出家を遂げ、尼さまの弟子と思ってください、夫婦の縁はこれ限りと思ってくれ、お賤てめえもよく考えてみろ、今までの悪業《あくごう》の罪滅ぼしのために頭を剃りこぼって、どのような辛苦修行《しゅぎょう》でもし、カンカン坊主になって今までの罪を滅ぼさなくっちゃあ行く所へも行かれねえから、おれのことはあきらめてくれとは言いましたが、てめえはおれの真実の妹だとは言いかねており、尼が本堂へ行けば、お熊比丘尼の後についてまいり、墓場へ行けば墓場へついて行く。斎《とき》があればお供をいたしましょうと出てまいり、とにかくにお賤のそばへ寄るをきらいますから、お賤は腹の中にて、思いがけないけがをして半面変相になり、こんな恐ろしい顔になったから、新吉さんはわたしをきらい、おおかたおふくろがこの庵主になっているから、わたしをここへ置き去りにして逃げる心ではないかと、まだ色気がありますから愚痴ばかり言って苦情が絶えません。新吉のよく働きまするこというものは、朝は暗いうちから起きて、墓場の掃除をしたり、門前を掃いたり、畑へ行って花を切ってまいって供えたり、遠い所まで餅《もち》菓子を買いに行って本堂へ供えたり、お斎があるとお比丘さんの供をしてまいり、仮名振りの心経《しんぎょう》や観音経《ぎょう》を買ってきて覚えようとしておりますのを見て、

尼「まことに新吉さんは感心なことではあるが、一時に思い詰めた心はまた解《ほご》れるも

の。まあまあ気永にしているがよい。ただ悪いことをしたと思えば、まだおまえなんぞは若いから罪滅ぼしは幾らもできましょう」

と優しく言われるだけ身にこたえまする。ちょうど七月二十一日のことでございまする。新吉は表の草を刈っており、お賤は台所で働いておりまするところへはいってまいりましたのは、十二、三になるかわいらしい色白なお小僧さんで、名を宗観《そうかん》と申して観音寺におりまする。この小坊主を案内してきましたは音助《おとすけ》という寺男で、二人づれではいってまいり、

音「ごめんなせえ」

新「おいでなさい。観音寺様でございまするか」

音「上《かみ》の繁右衛門《しげえもん》どんの宅で二十三回忌の法事があるんで、おらあ旦那様も行くんだが、どうか尼さんにもというので迎《むけ》えにめえったのだ」

新「いま尼さんは、わきのお斎によばれて行ったから、帰ったらそう言いましょう」

音「よく掃除しやすねえ。墓の間の草あ取って、跨《まて》えでむこうへ出ようとするときにゃあ、よく向こう脛《ずね》をぶっつけ、飛びっ返《けえ》るように痛《いて》えもんだが、若《わけ》えによく掃除しなさるのう」

新「お小僧さんはお小さいによく出家をなさいましたね。おいくつでございまする」

宗「はい十二になります」

九十一

新「十二に、よいお小僧さんだね。十一、二ぐらいから頭を剃《す》って出家になるのも仏の結縁《けちえん》が深いので、まことによい御因縁で、並みの人間でいると悪いことばかりするのだが、こうやって小さいうちから寺へはいってれば、悪いことをしても高が知れてるが、お父《とっ》さんやお母《つか》さんも御承知で出家なすったのですか」

宗「そうじゃあありません。よんどころなく坊さんになりました」

新「よんどころなく。それじゃあお父さんもお母さんも、おまえさんの小さいうちに死んでしまって、身寄り頼りもなく、世話の仕手《して》もないのでお寺へはいったということもありますするが、そうですか」

音「なに、そういうわけじゃあなえが、このまあ宗観さんぐらえかわえそうな人はねえだ」

新「じゃあ、お父さんやお母さんはないのでございますか」

宗「はい、おやじは七年前に死にました」

と言いながらメソメソ泣き出しました。

音「泣かねえがええというに。いつでも父様《とっ》や母様《かか》のことを聞かれると、宗観さんはすぐに泣き出すだ。親孝行なことだが、出家になるのはそこをあきらめるためだから泣くなと、和尚様がよく言わっしゃるが、やっぱりじきに泣くだが、しかし泣くも無理はねえだ」

新「へえ、それはどういう因縁になっておりますのです」

音「ねえ宗観さん、おまえの父様は早く死んだっけ」

宗「七年前の八月死にました」

音「それからこの人の兄《あに》さんが跡をとって村の名主役を勤めていると、そこへ嫁っ子がへえって、なんともはや言いようのなえほど心も器量もいい嫁っ子だったそうだが、そこに安田八角か、え、一角とかいう剣術使《つけ》えがいて、その嫁っ子にほれたところが、思うようにならねえもんだから、剣術使えの一角が恋の遺恨でもってからに、この人の兄《あに》さんをぶっ切って逃げたとよ。そいつに同類が一人あって、なんとか言ったのう。うん富五郎か、その野郎がぐるになって、殺したのだ。するとこの人の家《うち》の嫁っ子がたとえなんでも亭主の敵ィ討《ぶ》たねえではおかねえって、お侍《さむれえ》さんの娘だけにきかねえ。なんでも敵ぶちをするって心にもねえ愛想《ええそ》づかしをして、羽生村から離縁状を取り、縁切りになって出て、敵の富五郎をだまして同類の様子を聴いたら、一角は横堀の阿弥陀堂のうしろの林の中へ来ているというから、亭主の敵を討ち、ぶっ切るべえと思って林の中へへえったが、むこうはなんてっても剣術の先生だ、女ぐれえに切られることはねえから、かわいそうにその剣術使えが、この人の姉《あね》様をひどくぶっ切って逃げたとよ。だから口惜しくってなんねえ。子心にも兄さんや姉さんの敵がぶちてえって、心やすい相撲取りがあるんだ……風車《かざぐるま》か……え、花車、そうか、それが力あえれえから、その相撲取りをたのむよりしようがねえと、おふくろは年イとってるが、この人をつれて江戸へ行くべえと出てくる道で、小金原《こがねっぱら》の観音堂でもってからに塩梅《あんべえ》が悪くなったから、いろいろ介抱《けえほう》して、この人が薬イ買《け》えに行った後で、おふくろさんを泥棒が縊《くび》り殺し、路銀を取って逃げた跡へ、この人が帰《けえ》ってみると、母様は喉《のど》を絞められておっ死《ち》んでいたもんだから、ワアワア泣えてるところへおらあ旦那が通りかかり、とんだことだが、みんな因縁だ、泣くなと、兄さんと言い姉さんと言い母さままでもそういう死にざまをするというのは約束事だから、敵討ちなぞをしようと言わねえで、ともかくも、おらあ弟子になって父さまや母さまや兄さん姉さまの追善供養を弔《ともら》ったがよかろうと勧めて、坊主になれと言ってもならねえだから、和尚様もだんだんかわいがって、気永にやったもんだから、ついには坊様になるべえとって、ようやく去年の二月頭をおっ剃《つ》ったのさ」
新「へえ、そうでございますか。なんですか、このお小僧さんのお家《うち》はどちらでございますと」
音「え岡田郡《おかだごおり》か……岡田郡羽生村というところだ」
新「え、羽生村、へえ、その羽生村で父《とっ》さんはなんというお方でございます」
音「羽生村の名主役をした惣右衛門という人の子の、惣吉さまというのだ」
と言われ新吉は大きに驚いた様子にて、
新「ええ、そうでございますか。これはどうも思いがけねえことで」

音「なんだ、おめえさん知ってるのか」

九十二

新「なに知っていやあしませんがね。わたしも方々旅をしたものだから、どこの村方にはなんという名主があるかぐらいは知っています。惣右衛門さんには、水街道辺で一、二度お目にかかったことがございますが、それはまあ、おいとしいことでございましたな」

というものの、音助の話を聞くたびに新吉が身の毛のよだつほどつらいのは、ちょうどことしで七年前、忘れもしねえ八月二十一日の雨の夜に、お賤がこの人の親惣右衛門の妾になっていたのを、おれと密通し、あまつさえ病中に縊《くび》り殺し、病死の体《てい》で葬りはしたなれども、様子をけどった甚蔵めは捨ててはおかれねえと、お賤が鉄砲で打ち殺したのだが、土手の甚蔵は三十四年以前に、お熊が捨て子にした総領の甚蔵で、お賤がためには胤《たね》違いの現在の兄を、女の身として鉄砲で打ち殺すとは、敵同士の寄り合い、これもみな因縁だ、この惣吉殿の言うことを聞けば聞くほど背筋へ白刃《しらは》を当てられるよりなおつらい、ああ悪いことはできないものだと、再び油のような汗を流して、しばらくは草刈り鎌を手に持ったなり黙然《もくねん》としておりました。

音「あんた、どうしたあだ。塩梅《あんべえ》でも悪《わり》いか、ひどく顔色がよくねえぜ」

新「へえ、なあに、わたしはまだいろいろ罪があって出家を遂げたいと思って、この庵室にまいっておりまするが、このお小僧さんのように年もいかないで出家をなさるお方を見ると、ほんとうにうらやましくなってなりませんから、わたしも早く出家になろうと思って、尼さんに頼んでも、まだ罪があるとみえて出家にさせてくれませんから、こうやって毎日無縁の墓を掃除すると功徳《くどく》になると思っておりまするが、きょうは陽気のためか苦患《くげん》でございまして、ひどく気色《きしょく》が悪いようで」

音「おまえさんの鎌はえらく錆《さ》びていやすね。研げねえのかえ」

新「まだ研ぎようをほんとうに知りませんが、こないだお百姓が来たとき聞いて教わったばかりで、まだ研がないので」

音「おらあ一つ鎌をもうけたが、これを見な、古い鎌だが鍛《きて》えがいいとみえて、研げば研ぐほどよく切れるだ。全体《ぜんてえ》この鎌はね、惣吉どんの村に三蔵という質屋があるとよ。そこが死に絶えてしまったから、家は取壊してしまったのだ。するとおらあ友だちが羽生村にいて、こっちへ来たときにもらっただあが、汝《われ》使ってみねえか、よく切れるだが」

と言いながら差し出す。

新「なるほどこれはいい。切れそうだが、たいそう古い鎌ですね」

と言いながら取り上げてみると、柄《え》のところに山形に三の字の焼き印がありまするから驚いて、新「これは羽生村から出たのですと」
音「そうさ、羽生村の三蔵という人が持っていた鎌だ」
と言われたとき、新吉は肝《きも》にこたえてびっくりいたし、草刈り鎌を握り詰め、ああちょうどことしで九か年以前、累ケ淵でお久をこの鎌で殺し、続いてお累はこの鎌で自殺し、回り回って今またわが手へこの鎌が来るとは、ああ神仏《かみほとけ》がわしのような悪人をなに助けておこうぞ、この鎌で自殺しろと言わぬばかりの懲らしめか、ああ恐ろしいことだと思い詰めておりましたが、
新「お賤ちょっと来ねえ、お賤ちょっと来ねえ」
賤「あい、なんだよ、今行くよ」
とこのごろ疎々《うとうと》しくされていた新吉に呼ばれたことでございますから、心うれしく、ずかずかと出てきました。
新「お賤、ここにおいでなさるお小僧さんの顔をてめえ見覚えているか」
と言われ、お賤はけげんな顔をしながら、
賤「そう言われてみると、このお小僧さんは見たようだが、なんだかさっぱりわからない」
新「羽生村の惣右衛門さんのお子で、惣吉さんといって七つか八つだったろう」
賤「おや、あの惣吉様」
新「この鎌は三蔵どんから出たのだが、てめえのめのめと知らずにいやあがる」

と言いながら、いきなりお賤の髻《たぶさ》をとって引き倒す。

賤「あれえ、おまえ、なにをするんだ」

というも構わず手元へ引き寄せ、お賤の咽笛《のどぶえ》へ鎌を当てプッツリと刺し貫きましたから たまりません。お賤は悲鳴をあげて七顚八倒《しってんばっとう》の苦しみ。宗観と音助はびっくりし、

音「おめえ気でもちがったのか、おっかねえ人だ、だれか来てくれやー」

と騒いでいるところへお熊比丘尼が帰ってまいり、この体《てい》を見て同じく驚きまして、

尼「おまえはこないだから様子がおかしいと思ってた。変なことばかり言って、少しいたじれた様子だが、なんだって科《とが》もないお賤をこの鎌で殺すというりょうけんになったのだねえ。しっかりしないじゃいけないよ」

九十三

新「いえいえ、けっして気はちがいません。正気でございますが、お比丘さん、お賤もわっちもこうやっておられないわけがあるのでございます。お賤てめえはおれをほんとうの亭主と思ってるが、てめえはさだめて口惜しいと思うだろうが、てめえ一人は殺さねえ。てめえを殺しておき、おれも死なねばならぬわけがあるんだ。てめえは知るめえが、ああ悪いことはできねえものだ。この庵室へ来たときにはおまえさんの懺悔話を聞くと、若《わけ》え時に小日向服部坂上の深見という旗本へ奉公して、殿の手がついてできた

のがお賤だとおっしゃったが、わたしもその深見新左衛門の次男に生まれ、小さい時に家は改易となったので町家で育ったもの。腹は違えど胤《たね》は一つ、自分の妹とも知らないで七年あとから互いに深くなった畜生同様の二人。この宗観さんのお父さんは羽生村の名主役で惣右衛門というお方でしたが、お賤を深川から身請けして別に家《うち》を持たせ、楽に暮らさせてお置きなすったものを、わたしは悪いことをするのみならず、申すも恐ろしいことだが、惣右衛門さんをお賤とわたしとで縊《くび》り殺したのでございます。さ、こう申したらさぞお驚きでございましょう。だれも知った者はありません。病死のつもりで葬ってしまったが、人は知らずとも、この新吉とお賤の心にはようく知っておりまする。畜生のような兄妹がこうやって罪滅ぼしのため夫婦の縁を切って、出家を遂げようと思いましたところへ宗観さんがおいでなすって、これこれと話を聞いてみればとても生きてはおられません。この鎌は女房のお累が自害をし、わっちが人を殺《あや》めた草刈り鎌だが、回り回ってわっちの手へ来たのはこの鎌で死ねという神仏《かみほとけ》の懲らしめでございまするから、そのいましめを背かないで自害いたしまする。わたくしども夫婦のものは、あなたの親の敵でございます。さぞ憎いやつとおぼしめしましょうから、どうぞこの鎌でズタズタに切ってくださいまし。お詫《わ》びのためひと言《こと》申し上げますが、おまいさんの兄《あに》さん姉《あね》さんの敵と尋ねる剣術使いの安田一角は、五助《すけ》街道の藤ケ谷の明神山に隠れているということは、妙なわけで戸ケ崎の葦簀っ張りで聞いたのですが、敵を討ちたければ、その相撲取りを頼み、そこへ行って敵をお討ちなさい。安田一角がほかの者へ話しているのをわっちがそばで聴いていたから、事実《たね》を知ってるのでございます。お賤、てまえとおれが兄妹ということを知らないで畜生同様夫婦になって、永い間悪いことをしたが、もう命の納め時だ。おれも今すぐに後から行くよ。お賤、宗観さんにお詫《わ》びを申し上げな」

賤「あいあい」

と血に染まったお賤は聴くごとにそうであったかと善に帰って、ようようと血だらけの手を合わせ、苦しき息の下から、

賤「惣吉さん、まことに済まないことをしました。堪忍してくださいまし。新吉さん早く惣吉さんの手にかかって死にたい。ああ、お母《つか》さん堪忍してください」

と苦しいから早く自殺しようと鎌の柄《え》に取りすがるを新吉は振り払って、鎌を取り直し、わが左の腹へグッと突き立て、柄を引いて腹をかき切り、夫婦とも息は絶え絶えになりましたときに、宗観は、

宗「ああ、お父《とつ》さんを殺したのはおまえたち二人とは知らなかったが、思いがけなくお父さんの敵が知れるというのは不思議なこと。また兄さんや姉さんを殺した安田一角の隠れ家《が》を知らせてくだされ、こんなうれしいことはありませんから、けっして憎いとは思いません。早く苦痛のないようにしてあげたい」

と言いながらうしろをふりかえると、音助はブルブルして腰も立たないようになっていました。

宗「お父さんや兄さん姉さんの敵は知れたが、小金原の観音堂でお母さんを殺した敵はいまだにわからないが、悪いことをするやつの末始終はみなこういうことになりましょう」

というのを最前から聞いていましたお熊比丘は、袖《そで》もて涙をぬぐいながら宗観の前へ来て、

尼「まことに思いがけない、宗観さん、おまいさんかえ」

宗「へえ」

尼「忘れもしない三年前《あと》の七月、小金原の観音堂でおまいさんのお母さんを縊り殺し、百二十両という金を取ったは、このお熊比丘尼でございますよ」

宗「ええ、これは」

と宗観も音助もびっくりいたしました。絶え絶えになっていました新吉は血《のり》に染まった手を突き、耳を欹《たっ》て聞いております。

尼「わたしもいろいろ悪いことをしたあげく、一度出家はしたが路銀に困っているところへ通り合わせた親子づれの旅人《りょじん》、小金原の観音堂で病《やまい》に苦しんでいる様子だから、この宗観さんをだまして薬を買いにやったあとで、おふくろさんを縊り殺したはこのお熊、わたしはおまえさんのお母さんの敵だから、わたしの首を切ってください」

と新吉が持っていました鎌《かま》を取って、お熊比丘尼は喉《のど》を掻き切って相果てました。そのうち村の者もまいり、観音寺の和尚様も来て、なにしろ捨ててはおかれないと、早速

この由を名主から代官へ訴え検死済みのうえ、三人の死骸は観音堂のわきへ穴を掘って埋め、大きな墓標《はかじるし》を立てました。これがいま世に残っておりまする因果塚で、この血に染まった鎌は藤心村の観音寺に納まりました。さて宗観は敵の行方が知れたところから、還俗《げんぞく》して花車を頼み、敵討ちがしたいと和尚に無理頼みをして観音寺を出立《しゅったつ》するという、これから敵討ちになります。

九十四

塚前村観音堂へ因果塚を建立《こんりゅう》いたし、観音寺の和尚道恩がことごとくこの因縁を説いて回向《えこう》をいたしましたから、村方の者が寄り集まって餅を搗《つ》き、たいした施餓鬼《せがき》が納まりました。かくて八月十八日施餓鬼祭りをいたしますと、観音寺の弟子宗観が方丈の前へまいりまして、

宗「旦那様」

道「いや宗観か、なんじゃ」

宗「わたしはお願いがありますが、旦那さまには長々ごやっかいに相成りましたが、わたしは羽生村へ帰りとうございます」

道「うん、どうも貴様は剃髪《ていはつ》するときもいやがったが、出家になる因縁がないとみえる。なぜ羽生村へ帰りたいか、帰ったところが親も兄弟もないし、別に知るものもない

哀れな身の上じゃないか。よし帰ったところが百姓になるだけのこと、実《じつ》どうしても出家は遂げられんか」

宗「はい、わたしは兄と姉の敵が討ちとうございます」

道「これ、こないだもちらりとそのことを聞いたから、音助にもよう宗観に言うてくれと言いつけておいたが、敵討ちという心は悪い心じゃ。その念を切らんければいかん。執念してあくまでもむこうを恨むには及ばん。貴様のおやじを殺した新吉夫婦とおふくろを殺したお熊比丘尼は永らく出家を遂げて改心したが、人を殺した悪事の報いは自滅するから討つがものはない。おのれと死ぬものじゃから、その念を断つところが出家の修行で、あくまでも恨む執念を切らんければいかん。それに貴様は幾つじゃ。十二や十三の小坊主が、相手は剣術使いじゃないか、みすみす返り討ちになるは知れてある。出家を遂げればその返り討ちになる因縁を逃れて、亡くなられた両親やまた兄、嫂《あによめ》の菩提を弔うが死なれた人のためじゃ。え」

宗「はい毎度方丈さんから御意見を伺っておりまするが、このごろは毎晩毎晩兄《あに》さんや姉《あね》さんの夢ばかり見ております。昨夜《ゆうべ》も兄さんと姉さんがわたしの枕元《まくらもと》へ来まして、新吉が《が》敵の隠れ家を教えて知っているに、おまえがこうやってべんべんと寺にいてはならん。兄さん姉さんも草葉の陰で成仏《じょうぶつ》することができないから敵を討って浮かばしてくれろと、ありありと枕元へ来て申しました。実に夢とは思われません。してみると兄さんや姉さんも迷っていると思いますから、敵を討って罪作りをいたしますようでございますけれども、どうか二人の恨みを晴らしてやりとうございます」

道「それがいかん。それは貴様の念が切れんからじゃ。ふだん敵を討ちたい、兄さんは恨んではせんか、姉さんも恨んではせんか、と思う念が重なるによって夢に見るのじゃ。それを仏書に睡眠と説いてある。睡は現《うつつ》、眠はねむる。てまいは睡《ねむ》ってばかりいるから夢に見るのじゃ。敵討ちのことばかり思うているから、迷いの眠りじゃ。それを避けるところが仏の説かれた、かねていう教えじゃ。元はなにもありはせんものじゃ。真言《しんごん》の阿字《あじ》を考えたらよかろう。この寺にいてそのくらいなことを知らんはずはないからあきらめえ」

宗「はい、どうしてもあきらめられません。永らくごやっかいになりましてまことに相済みません。敵討ちをいたしたうえは出家になりませんでも、きっと御恩報じをいたしますから、どうかおやんなすってくださいまし。強《た》ってやってくださいませんければ、お寺を逃げ出し黙って羽生村へ帰ります」

道「いやいや、そんならば無理に止めやせん。みな因縁じゃからそれもよかろう。やるがよかろうが、しっかりした助太刀《すけだち》を頼むがよい。先はりっぱな剣術使い、ことに同類もあろうから」

宗「はい、おやじのときに奉公をしたもので、今江戸で花車という強いお相撲さんがありますから、その人を頼みますつもりで」

道「もしその花車が死んでいたらどうする。人間は老少不定《ふじょう》じゃから、きのう死にましたと言われたらどうする。人間の命ははかないものじゃが、ああしかたがない。行くなら行けじゃが、首尾よく本懐を遂げて念が切れたら、また会いにきてくれ」と実子のような心持ちで親切に申しまする。

宗「これがお別れとなるかもしれません。まことにおことばを背きまして相済みません」

道「いやいや念が切れんとかえって罪になる。これは小遣いにやるから持っていけ」

と、三年この方世話をしたものゆえ実子のように思いまして、和尚はやりともながるのを、強《た》ってというので、音助に言いつけ万事出立の用意が整いましたから立たせてやり、ようやく五日目に羽生村へ到着いたしましたが、聞けば家《うち》は空き屋になってしまい、作右衛門という年寄りが名主役を勤めており、多助は北阪《きたさか》の村はずれの土手下に独り暮らしをしているというからやってまいり、

宗「多助さん多助さん、多助爺《じい》やあ」

多「あい、なんだ坊様か。きょうはちとべえ志があるから、銭イくれるからこっちへへえんな」

宗「修行に来たんじゃあない。おまえはいつも達者でまことにうれしいね」

多「だれだ、だれだ」

宗「はい、おまえ忘れたかえ。わしは惣吉だあね。おまえの世話になった惣右衛門のせがれの惣吉だよ」

九十五

多「おい、なるほどえかくなったねえ。まあ、坊様になったあもんだから、ちっとも知んねえだ。よくまあ来たあねえ」

とうれし涙に泣き沈み、ようよう涙をぬぐいながら、

多「ああ三年前におまえさまが家《うち》を出ていくときは切なかったが、敵討ちだというからしかたがねえと思って出してあげたが、後で思え出しては泣いてばかりいたが、作右衛門様の世話でもって、どうやらこうやら取りついてここにいやすが、おまえさまを訪ねてえっても訪ねられねえだが、おふくろさんは小金原で殺されてから、おまえさまが坊様になったということあ聞いたから、ちょっくら行きてえと思っても出られねえので無沙汰《ぶさた》あしやしたが、よくまあ来てくだせえやした。ほんとうに見違えるような大《でか》くなったね」

惣「爺やあ、わたしは和尚様に願い無理に暇をいただいて、兄さんや姉さんの敵が討ちたくって来たが、お父《とっ》さん、お母《つか》さんの敵は知れました」

とお熊比丘尼の懺悔をば新吉夫婦が細やかに聞き、ついに三人とも自殺したところから、村方の者が寄り集まって因果塚を建立したことまでを話すと、多助も不思議の思いをなして、これから作右衛門にも相談のうえ敵討ちに出ましたが、そういうところに隠

れて泥棒をしているからには同類もあろうから、わたしとおまえさんと江戸へ行って、花車関を頼もうと、やがて多助と惣吉は江戸へやってまいり、花車を頼りてこの話をいたして頼みました。この花車という人はおいおい出世をして、今では二段目の半ばまで来ているから、師匠の源氏山《げんじやま》も出したがりませんのを、義によっておいとまをくださいまし、前にわたしが奉公をした主人の惣右衛門様の敵討ちをするのでございますからと、義によっての頼みに、源氏山も得心してめでたく出立いたし、日を経てかの五助街道へかかりましたのが十月半ば過ぎたころ、もう日暮れ近く空合いはどんよりと曇っておりまするる。三人はとっとと急いで藤ケ谷の明神山をだんだんなだれに登ってまいりまするると、樹木生い茂り、昼でさえ薄暗い所、ことには曇っておりまするからようよう足元が見えるくらい。落ち葉のうずもれている上をザクザク踏みながら花車が先へ立ってむこうを見ると、破《や》れ果てたる社殿があってズーッと石の玉垣《たまがき》が見え、五、六本の高い木のあるところでポッポと焚き火をしている様子ゆえ、あすこらが隠れ家ではないかと思いながらわきのほうを見ると、白いものが動いておりまするが、なんだか遠くでしかとわかりません。

花「多助さん、しっかりしなせえ」

多「もう、めえったかねえ。わしはね、剣術もなんにも知んねえが、この坊様にけがあさせたくねえと思うから一生懸命にやるが、あんたあしっかりやってくだせえ」

花「わしイ神明さんや明神さんに誓いをたててるから、わしが殺されてもかまわねえが、坊様にけがあさせたくねえ心持ちだから、おまえ度胸を据《す》えなければいかんぜ」
多「度胸据えてる心持ちだあけんども、ひとりでに足がブルブル震えるよ」
花「気を落ち着けたがええ」
多「気イ落ち着ける心持ちで力あ入れて踏んばれば踏んばるほど足イ震えるが、どういうもんだろう。わしイこんなに体震ったことあねえ。四年前に瘧《おこり》イふるったことがあったがね。そのときは幾ら上から布団をかけても震ったが、ちょうどそのときのように体が動くだ」
花「はてな、白いものがこっちへころがってくるようだがなんだろう。多助さん先へ立って行きなよ」
多「冗談言っちゃあいけねえ。あの林のところに悪者が隠れているかもしれねえから、おめえさん先へ行ってくんねえ」
と言いながら、やがて三人がかの白いもののとこへ近づいて見ると、大杉の根元のところに一人の僧が素っ裸にされて縛られていまして、わきのほうに笠《かき》が投げ出してあります。

九十六

花「おい多助さん」

多「え」
花「かわいそうに、坊様だが泥棒に縛られて災難に会わしゃったとみえ素っ裸だ」
多「なにしても足が震えて困る」
花「そう震えてはいけねえ」
と言いながら、かの僧に近づき、
花「おまえさん、おまえさん、泥棒のために素っ裸にされたのですか」
僧「はい、災難に会いました。木下《きおろし》までまいりまする途中でもって、馬方がここが近いからと言うて、ここを抜けてまいりますと、悪者が出ましたものじゃから、馬方《はかた》は馬をほうり出したまま逃げてしまうと、わたしはおおぜいに取り巻かれて着物を剝がれ、すぐ逃がしてやるとこっちの勝手が悪い、おいらたちが逃げる間ここにしんぼうしていろと申して、わたしはこの木の根方へ縛りつけられ、どうもこうも寒くってなりません。おまえさんたちも先へ行くとおおぜいで剝がれるから、後へお帰りなさい」
花「なにしろ縄を解いてあげましょう。あなたはどこの人だえ」
僧「ありがとうございます。わたしは藤心村の観音寺の道恩というものです」
と聞くより惣吉は打ち驚き駆けてまいり、
惣「え、旦那様か。とんだ目にお会いなされました」
道「おお、おお宗観か。おまえこの山へ敵討ちに来たか」
惣「はい、おことばに背いてまいりました。多助や、わたしが御恩になった観音寺の方丈様だよ」
多「え、それはまあとんだ目にお会いなせえやしたね」
道「ひどいことをする。人の手は折れようとまま、ひどく縛って、ああ痛い」
と両腕をさすりながら、
道「なかなか同類がおおぜいいる様子じゃから帰るがよい」
花「なにしても風邪を引くといけないから、それじゃあこうと、わたしの合羽《かっぱ》に多助さん、おまえの羽織を和尚様にお貸し申そう。さあ和尚様、これをお着なさい。それから多助さん、ここを下りて人家のあるところまで和尚さんを送っておあげなさい」
多「おれ、ここまで惣吉さんの供をして、今坊様を連れて山を下りては、四年五年心配《しんぺえ》ぶった甲斐《けえ》がねえ」
花「惣吉様が永らくごやっかいになった方丈様だから連れてってあげなさいな」
多「敵もぶたねえで、おれ山を下りるという理合《りええ》はねえから、おらあ行かれねえ。坊様にけがあさせてはなんねえから」
花「そんなことを言わずに行っておくんなせえ」
惣「爺やあ、どうか和尚様をお送り申しておくれ。おまえが行かなけりゃあわたしが送り申さなければならないのだから、行っておくれな」
多「じゃあどうしても行くか。おれ、ここまで来て敵もぶたずに後へ引き返すのか。なんだってこの坊様はおっ縛《ちば》られていたんだなあ」

とブツブツ言いながら道恩和尚の手を引いて段々山を下《お》り、影が見えなくなると木立ちの間から二人の悪者が出てまいり、

甲「てめえたちはなんだ」

花「はい、わたしどもは安田一角先生《しえんしえい》がこちらにおいでなさると聞きまして、お目にかかりたく出ましたもので」

乙「一角先生などという方はおいでではないわ」

花「わたしどもはおいでのことを知ってまいりましたものですが、ちょっとお目にかかりとうございます」

乙「少し控えていろ」

と二人の悪者は、互いに顔を見合わせ耳こすりして、林の中へはいって、一角にこの由を告げると、一角は心のうちにて、おれの名を知っているのはなにやつか、ことによったら、花車が来たかもしれないと思うから、油断はいたしませんで、大刀の目釘《めくぎ》を湿し、遠くに様子を伺っておりますと、子分がそれへ出て、

甲「やい、てめえは何者だ」

九十七

花「いいえ、わしは花車重吉という相撲取りでございますが、先生《しえんしえい》はりっぱなお侍さん

だから、逃げ隠れはなさるまい。たしかにここにいなさることを聞いて来たんだから、尋常にこの惣吉様の兄《あに》さんの敵と名のってくだせい。討つ人は十二、三の小坊主さんだ。わしは義によって助太刀をしにまいったものだから、何十人でも相手になるから出ておくんなせい」

と言われ、悪者どもは、ああかねて先生から話のあった相撲取りはこいつだなと思いましたから、すぐに一角の前へ行きましてこのことを告げました。一角ももはや観念いたしておりまするから、

安「そうか。よいよい、てまえたち先へ出て腕前を見せてやれ」

と言われ、悪者どもも相撲取りだから力は強かろうが、剣術は知るめえから引っ包んで餓鬼《がき》もろとも打ってしまえ、とまず四人ばかりそこへ出ましたが、怖いとみえまして、

甲「尊公先へ出ろ」

乙「尊公から先へ」

丙「相撲取りだから、むやみにそういうわけにもいかない。なかなか油断がならない。尊公から先へ」

丁「じゃあ四人いっしょに出よう」

と四人等しく刀を抜きつれ切ってかかる。花車は傍らにあった手ごろの杉の木を抱えて、総身に力を入れ、ウーンと揺すりました。人間が一生懸命になるときは鉄門でも破ると申すことがございます。花車は手ごろの杉の木をモリモリモリとねじり切って取り

直し、満面朱をそそぎ、つかみ殺さんず勢いにて、

花「この野郎ども」

と言いながら杉の幹を振り上げた勇気に恐れ、みな近寄ることができません。花車は力にまかせ杉の幹をビュウビュウ振り回し、二人をたたき倒す。一人が逃げにかかるところを飛び込んでぶち倒し、一人が急いで林の中へ逃げ込みますから、後を追ってまいると、安田一角が野袴《のばかま》をはき、長い大小を差し、長髪になでつけ、片手に種子島《たねがしま》の短銃《たんづつ》に火縄《ひなわ》を巻きつけたのを持って、

安「近寄れば撃ってしまうぞ。速やかに刀を投げ出して恐れ入るか。てめえは力が強くてもこれではしかたがあるめえ」

と鼻の先へ飛び道具を突きつけられ、花車はギョッとしたが、惣吉をうしろへ囲んで前へかの杉の幹を立てたなりで、

花「卑怯《ひきょう》だ卑怯だ」

と相撲取りが一生懸命にどなる声だから木霊《こだま》いたしてピーンと山合いに響きました。

花「てめえもりっぱな侍じゃあねえか。切り合うとも打ち合うともせえ、飛び道具を持つとは卑怯だ。飛び道具を置いて切り合うとも打ち合うともせえ」

一角もうっかり引き金を引くことができませんから、脅しのために花車の鼻の先へねらいをつけておりますから、なにほど力があってもしようがありません。進むも引くもできず、進退きわまって花車はただウーンウーンとうなっておりまする。多助はかの道

恩を送っていきせき帰ってきましたが、この体《てい》を見て驚きましてブルブル震えております。すると天の助けでございますか、時雨空《しぐれぞら》の癖として、今まで晴れていたのが、にわかにドットと車軸を流すばかりの雨になりました。そういたしますと生い茂った木《こ》の葉にたまった雨水《あまみず》が固まってダラダラと落ちてまいって、一角の持っていた火縄に当たって火が消えたから、一角は驚いて逃げにかかるところを、花車は火が消えればもう百人力《りき》と、飛び込んでむちゃくちゃに安田一角を打ち据えました。これを見た悪者どもは、

「それ先生が」

と駆け出してきましたがそばへ進みません。花車は傍《かたえ》を見向き、

花「この野郎ども、そばへ来やあがるとひねりつぶすぞ」

という勢いに驚いて木立ちの間へ逃げ込んでしまいました。

花「さあ惣吉さん、やっておしまいなせえ。多助さん、おまえ助太刀じゃあねえか、しっかりしなせえ」

惣吉は走り寄り、

惣「関取まことにありがとう。この安田一角め、兄《あに》さん姉《あね》さんの敵思い知ったか」

多「この野郎助太刀だぞ」

と惣吉と二人でむちゃくちゃに突くばかり。そのうち一角の息が止まると、二人ともがっかりしてペタペタと座って、しばらくは口が利けません。花車は安田一角の髻《たぶさ》を取り、拳《こぶし》を固めてポカポカ打ち、

花「よくも汝《われ》は恩人の旦那様を切りやあがった。お隅さんを返り討ちにしやあがったな、この野郎」

と言いながら鬢《びん》の毛を引き抜きました。同類はみなちりぢりに逃げてしまったから、その村方の名主へ訴え、名主からまたそれぞれへ訴え、だんだん取り調べになると、全く兄姉《あにあね》の敵討ちに相違ないことがわかり、花車は再び江戸へ引き返し、惣吉は十六歳の時に名主役となり、惣右衛門の名を相続いたし、多助を後見といたしました。花車が手玉にいたしました石へ花車と彫りつけ、これを花車石《はなぐるまいし》と申しまして、今に下総の法恩寺中に残りおりまする。これでまず、おめでたく累ケ淵のお話は終わりました。

（小相英太郎速記による）

注

（頁）

七　幽霊というものはない、まったく神経病だ　文明開化期の幽霊・妖怪と脳・神経を結びつけて論じたものとして、例えば「夜遊病、瘋癲人はともに脳病にして、脳と神経の交感、常道を失するなり。かれら脳中、魑魅罔両、千怪万妖、こもごも異状を現す」（津田真道「怪説」『明六雑誌』二五―三）がある。

開化先生がた　文明開化にかぶれた偉い先生方。

流違い　流儀が異なる。

下総国羽生村　現茨城県常総市羽生町など。

累の後日のお話　寛文十二年（一六七二）三月十日、祟りを重ねる羽生村の累を、祐天上人が解脱させた霊験譚。残寿『死霊解脱物語聞書』（一六九〇）が出版されて流布し、「累物」として浄瑠璃、歌舞伎、文芸で取り上げられた。

八　釈迦といういたずら者が…　一休作と言われている（『一休諸国物語』四「一休未来物がたりの事」）。

九　根津の七軒町　池之端七軒町（台東区池之端二丁目）の誤り。根津（文京区）と隣接するため、根津七軒町と呼ばれていた。

五両一分で貸そう　五両を月一分の利息で貸す。

一〇　奴蛇の目の傘　「周り二寸計りを淡墨蛇の目にして、中央を墨にせざる物、京坂に之無し。唯だ江戸のみ之を用ふ」（『守貞謾稿』三〇）。

一一　小日向服部坂　現文京区小日向一丁目と二丁目の境を北へ上る坂。
小普請組　旗本・御家人のうち無役の士で編成された組。
取次ぎがあります　取次を求める訪問者がいます。
一二　月迫　月末のこと。ここでは大晦日が差し迫っていること。
有合い　ありあわせ。
一三　三十金　三十両。
一四　四月縛り　貸金の期限が四か月。
一五　主意　趣意。
一七　頭　小普請組支配頭。
正当　真面目。
一八　差担い　前後二人で荷物をかつぐこと。
一九　喜連川様のお屋敷　喜連川家は五千石ながら十万石の交代寄合の格式を誇った旗本で、上屋敷が現台東区池之端一丁目にあった。
秋葉の原　架空の地名。喜連川家上屋敷の隣にあった慶安寺境内の秋葉権現や慶安寺に面した秋葉横町にちなんだ名称か。
二〇　引き取り　受取証文のこと。
町代　個別の町（ちょう）の名主や年寄などを補佐した有給の町役人。平常、自身番・町会所に詰めて町務を扱った。
水口　排水溝、台所の戸。
二一　尻も宮も来やへん　後から苦情が来ることはない。

二四　獣肉　江戸時代「薬喰い」と称して、薬用のために猪や鹿の肉を食べた。また、獣肉を提供する店のことも「ももんじい（ももんじ屋）」と言った。

二五　丹波の国から…　総身に炭を塗った勧進芸「荒熊」の文句。

二六　すっとこかぶり　ひょっとこなどが被る、頭からひろげた手拭いを被り顎の下で結んだ被り方。

二七　もじごうら　綟甲羅。鬘（かつら）の台金の月代の部分「甲羅」に、麻糸をよじって織った目の粗い布「綟」を張って、頭髪が伸びた様を表したもの。

二九　二十五座　各地の神社で行われた里神楽の二十五の演目。あるいは里神楽そのもの（二十五座神楽）。

三〇　路地の戸　長屋の路地の入口には木戸があり、夜は閉じられていた。

訴え　町奉行所へ出頭する。

谷中日暮里の青雲寺　現荒川区西日暮里三丁目にある臨済宗の寺院。

御町　町奉行。

佃島　現中央区佃二丁目にあった石川島の（加役方）人足寄場。火付盗賊改長谷川宣以（のぶため）の建議から寛政二年（一七九〇）に設置された。本作の時代である安永二年（一七七三）とは合わない。また、石川島が町名として佃島になったのは明治五年（一八七二）である。

三一　前町　表通り。

仙台侯　当時の仙台藩藩主は伊達重村。

深川網打場　深川一色町、深川伊沢町、深川松村町一帯の俗称（現江東区福住一丁目）。また松村町にあった岡場所（非公認の遊女屋街区）。

三二　讒訴　人を陥れるため事実を曲げて告げ口をすること。

まかれて　目をくらまされて。
でれすけ　女に甘い男。
キヤキヤ　痛みのにわかにさしこむさま。
三三　鍼に動ずる　鍼で刺激を与える。
三五　按腹　腹部の按摩。
三六　経絡　経穴（ツボ）と経穴を結び連ねる筋。
三八　この伝で病気にしておく　当時は生前に相続の認可を願い出なければならなかったため、死亡を秘密にすることがあった。
取付き　初め。
北割下水　現墨田区本所にあった掘割。本所新町付近から東の十間川（横十間川）まで東西に続いていた。
座光寺源三郎　「旗本五人男」物に登場する架空の旗本。非人の娘で鳥追いのおこよとの身分違いの恋愛が実録小説『月鼈玉の輿』で描かれている。安永四年（一七七五）に妾を殺害して改易となった旗本の座光寺藤三郎がモデルとなっている（『寛政重修諸家譜』一〇七〇）。梶井主膳は、源三郎とおこよの身分違いの恋愛を成就させるために活躍する占い師。
女太夫　鳥追い（編笠を被り、浄瑠璃などを語りながら三味線をひいて門付けした女性）。
浅草竜泉寺　下谷龍泉寺（現台東区竜泉二丁目）のこと。
宅番　蟄居を申し付けられた人物の家を看守すること。
四〇　大門町　上野北大門町あるいは同南大門町（現台東区上野）などの略称。
青松院　未詳の寺院。

谷中七面前　日蓮宗延命院（現荒川区西日暮里三丁目）の門前。

四一　じつめい　実直、真面目。

水の出端　勢いが盛んなさま。

四三　九年母　ミカン科の柑橘類の一種。

四四　上野町　現台東区上野二—四丁目など。

傷寒　漢方で急性熱性疾患の総称。

四五　雲州　正しくは温州。温州蜜柑が主流になるのは明治中期以降。

四七　十一月十五日　七五三の祝い事。

四八　味醂　甘くまろやかなため下戸や女性が飲んだ。下総国葛飾郡流山（現千葉県流山市）は味醂の産地として有名。

四九　池の端の弁天様　寛永寺不忍池中島弁天社のこと。

二十一日　参籠や物忌みなどの単位である七日間を三つ重ねた期間で、二十一日目が満願となる。

五一　色　恋人。

五三　外国人　アーネスト・フェノロサ（一八五三—一九〇八）。アメリカの哲学者、東洋美術史研究者。岡倉天心とともに日本美術復興に尽力した。「婦人」はリジー・フェノロサ。

通弁　通訳。有賀長雄（一八六〇—一九二一）だと考えられる。

五四　百幅幽霊の掛け物　円朝は怪談創作のため幽霊画を収集した。現在は全生庵（台東区谷中五丁目）に収められている。

怪談会　明治八年（一八七五）二月十一日に柳橋の柳屋で怪談会を催し、数十幅の幽霊画を掛けた。
菊池容斎　一七八八―一八七八。日本画家。代表作は『堀河夜討図額』。全生庵には幽霊画『蚊帳の前に坐る幽霊』が収められている。
柴田是真　一八〇七―九一。日本画家・漆芸家。代表作は『茨木童子図額』『烏鷺蒔絵菓子器』。全生庵には幽霊画『桟橋の幽霊』が収められている。
幽霊のありなしの話　「落語家円朝は幽霊の図画を集めて百幅の多きに及べり。米人「フェノロサ」氏円朝に請て之を見、問ふに幽霊の有無を以てす。円朝曰く幽霊は有りと思ふ人には有り、無しと思ふ人には無しと。「フェノロサ」氏曰く実に然りと。円朝よく幽霊の理由を知るが如し」（井上円了「幽霊の有無」『円了随筆』一〇二）。

五五　コロップ　コルク栓。

五六　血の池地獄　出産や月水の血のケガレのために女性が堕ちる地獄。ここでは不産女（うまずめ石女）地獄とあるべきところ。
燈心で竹の根を掘らせられ　不産女地獄は、子どもを産まなかった（産めなかった）女性が堕ちる地獄で、燈心で竹の根を掘らされる。「提燈で餅をつかせられる」は、これを受けてのクスグリ。
荒木田　壁や瓦葺下に用いる荒木田土。荒川沿岸の荒木田原で産出された。

五九　苆　壁土に混ぜて、ひび割れを防ぐつなぎとするもの。荒壁には藁、上塗りには麻または紙を用いた。

六〇　松倉町　現墨田区東駒形三・四丁目、本所三・四丁目。

六二　木舞掻き　壁下地にわたす竹または木を組む職人。

六七　旦那衆　ここでは与力をさす。
六八　南の御役宅　南町奉行所。
六九　富本　江戸浄瑠璃の流派の一つ、富本節。
押っ張って　頑張って。
七〇　張子連・経師屋連　どちらも「張る」作業から、「はる（婦女子をものにしようと狙う）」連中のこと。
狼連　送り狼（親切を装って女性を送る途中で危害を加えようとする男）連中のこと。
本石町四丁目　現中央区日本橋本町三・四丁目あたり。
微禄いたして　零落して。
つかみ煙草　刻み煙草五匁の小束。むきだしでつかみ出して売ったことから。
五布ぶとんの柏餅　表裏とも五幅（一幅は八寸―一尺＝約三〇―三八センチ）の布で仕立てた蒲団を二つ折りにしてくるまって寝ること。
七一　束に立って　踵をつけて直立した姿勢で。
七三　楊枝箱　歯を磨くための房楊枝を入れた箱。
どんな紙くず買いが見てもいい人　いくら安く見積もっても情夫そのもの。
総門口　根津権現の惣門（現文京区根津一丁目）。岡場所があったので、新吉原の大門に見立てられた。
七五　お岩　四世鶴屋南北作の歌舞伎『東海道四谷怪談』（一八二五年初演）の女主人公。毒を飲まされて醜悪な顔になり、夫民谷伊右衛門を恨みながら悶死した後、幽霊となって恨みを晴らした。江戸時代を代表する幽霊。

七六　佐藤先生　佐藤進（一八四五―一九二一）。外科医。順天堂三代堂主。
七七　鼠小紋　鼠色の地に小紋（細かい模様を散らしたもの）を染め出した布地。
お納戸色　納戸色。鼠色がかった藍色。
七九　蓋物　陶器や漆器などで蓋のあるもの。
八〇　錦手　白い釉薬の上に赤・黄・青などの上絵具で絵付けした陶磁器。代表的なものに有田焼がある。
八二　茅町　現台東区池之端一・二丁目。豊志賀が住む七軒町の南に接する。
八三　日野屋　池之端仲町（台東区上野二丁目）の小間物問屋（『江戸買物独案内』二）。
八四　蓮見鮨　池之端仲町片側町の江本屋友吉経営の店（『江戸買物独案内』飲食之部）。
八五　握鮓　握り鮨が、文献上で確認できるのは、文政十二年（一八二九）の「妖術といふ身でにぎる鮨のめし」（『柳多留』一〇八）なので、本作の時代と合わない。
たかい　目が高い。
九〇　四つ手　四つ手駕籠。「四つ手、江戸民間の専用のかご也」（『守貞謾稿』後集三）。
九二　あんぽつ　四つ手より上等な駕籠。「是も江戸の名目なり。（中略）あんぽつ以下は後ろ直立、前は上にて出張たり」（同右）。
九四　きまり　きまり文句。
九五　希代　不思議。
九九　早桶　粗製の棺桶。
湯灌　納棺や埋葬前に死体の清拭を行うこと。
小相さん　小相英太郎（未詳）。筆記者。

傍聴筆記　速記。

一〇〇 社中　本作を連載した『やまと新聞』の社員。

一〇一 小石川戸崎町清松院　現文京区白山二丁目、小石川三・四丁目。清松院は架空の寺院。

一〇三 古賀崎　下総国葛飾郡古ヶ崎村（現千葉県松戸市古ヶ崎、栄町）。

一〇四 花輪村　葛飾郡下花輪村（現千葉県流山市下花輪）。

鰭ケ崎　葛飾郡鰭ヶ崎村（現流山市鰭ヶ崎、南流山一—四丁目）。水街道に向かうには「鰭ヶ崎の渡し」で江戸川を越えるのは不自然で、江戸からの道順では鰭ヶ崎・流山・花輪となり利根川を越えねばならない。

水街道　下総国豊田郡水海道村（現茨城県常総市水海道元町など）。

麴屋　割烹旅館糀屋（現常総市水海道諏訪町）。

横曾根村　下総国岡田郡横曾根村（現常総市豊岡町）。祐天ゆかりの弘経寺がある。

麁朶　切り取った木の枝。薪などに用いた。

祐天和尚　一六三七—一七一八。浄土宗の高僧。累の怨霊得脱や久保田伊織の発心などで尊敬を集めた。将軍徳川綱吉の生母桂昌院らの帰依を得て、正徳元年（一七一一）に増上寺第三十六代住持となった。

絹川　鬼怒川と同じ。

ボサッカ　下総方言で藪のこと。

一〇八 怖い一三昧　ただひたすら怖い。「一三昧」は一心不乱の意。

一一〇 泥ぼっけ　泥まみれ。

浄禅寺ケ淵　架空の地名。累ヶ淵の反対側にあった霊仙寺ヶ淵に因んだものか。

一一一　なだれ　傾斜面。
一一六　弘教寺　下総国岡田郡飯沼村（現茨城県常総市豊岡町）にある浄土宗寺院で、正しくは弘経寺。関東十八檀林のひとつ。
一一七　本郷菊坂　現文京区本郷四・五丁目、西片一丁目。
ぐずっか　ぐずぐず。
一一八　けじめを食う　疎外され卑しめられる。
一二五　卵塔場　墓場。
一二七　法蔵寺様　現茨城県常総市羽生町にある浄土宗寺院。弘経寺末寺。
二両五粒　一両小判二枚と一分金五枚。一両＝四分なので、総額三両一分。
一二八　脛傷　脛に傷持つ（やましいところがある）の略。
一二九　紫中形の腹合せの帯　「紫中形」は、小紋と大形の中間の大きさの型紙を用いて紫に染めた模様。「腹合せの帯」は、表と裏を別の布で縫い合わせた女帯。
一三一　かまぼこ小屋　筵などで覆って作った、かまぼこ形の粗末な小屋。
一三三　日和癖　変わりやすい天候が続くこと。
なんとかにも釣方　どんな人間にも贔屓がいるたとえ「金玉も吊り方」を憚った言い方。
一三四　上手　お世辞。
二十両　三席では「十両」とある（一八頁）。
一四二　てんぼう　手の不具。
一四七　小質　少額の質物。
一五一　麦つき唄　刈り取った麦の穂を扱《しご》き落とし、唐竿で打ったものを臼に入れて精麦にする際に唄う。

めでたいものは芋の種…　『日本歌謡集成』一二の東京都祝賀の部「目出度いものは芋でそろ、茎長く葉広く、子供数多に」と、同埼玉県祝賀の部「めでたいものは、芋の種、葉もしげる、畠でもつくら〳〵子が出来る。先づおめでたや、サーサササ」を合わせたものだと思われる。本来は祝賀歌で、麦つき唄ではない。

一五三　弁慶　巻藁または穴をあけた竹筒に、台所道具を差しておくもの。

一五六　行事　月行事。月交代の町の世話役。

一六〇　迷子札　迷子になった時の用心として、住所・氏名を書いて、子どもの腰などに提げておく札。

唐真鍮　鉛を含まない海外の真鍮で、黄味が濃い。

一六四　亀有　現葛飾区亀有。亀有と新宿の間の渡しは「中川渡」と称した。

菊屋橋　浅草行安寺門前と浅草金六屋敷の間を流れる新堀川に架かる橋（現菊屋橋交差点）。

桐油　桐油紙の略で、美濃紙に油をひいて雨除けにした。

新宿　武蔵国葛飾郡新宿町（現葛飾区新宿）。

四つ木通り　曳舟通り。竹町渡から浅草材木町（現台東区）へ通じていた。

小梅　葛飾郡小梅村（現墨田区向島一―四丁目、業平一丁目、押上一・二丁目、江東区大島一丁目、亀戸一丁目）。

一六五　棒組　駕籠舁きの相棒。

吉原土手　日本堤。浅草聖天町（現台東区浅草七丁目）から下谷三之輪町（現台東区三ノ輪）まで十三町の土手で、土手より南は町奉行支配、北は代官支配で江戸の境界。

茶屋　引手茶屋。妓楼に客を案内するのを主な生業としていた。

橋場　浅草橋場町一帯（現台東区橋場、日本堤、荒川区南千住）。
総泉寺　現台東区橋場にあった曹洞宗寺院（関東大震災後板橋区小豆沢に移転）。秋田藩主佐竹氏の菩提寺。
小塚っ原　豊島郡小塚原町（現荒川区南千住）。飯盛女郎を置き、町場として繁栄した。
本宿　現足立区千住一―五丁目あたり。
一三〇　山谷　山谷浅草町と浅草山谷町一帯（現台東区清川一・二丁目、日本堤一丁目、東浅草二丁目）。

一三一　門跡　浅草本願寺門跡（現台東区西浅草一丁目）。

一三二　お仕置き場　小塚原の浅草御刑場（現荒川区南千住五丁目）。
二つ足の捨て札に　「捨札」は罪人を死刑にする際、氏名、年齢、罪状などを記して公示した高札。ここでは「二つ足の獄門台の横の捨札」などとあるべきところ。

一三四　虫気づきまして　産気づいて。
旅駕籠　旅人を乗せる駕籠。道中筋で雇うので、道中駕籠とも。

一三五　除け　災難よけのまじない。
大宝の八幡様　常陸国真壁郡大宝村（現茨城県下妻市大宝）の大宝八幡宮。

一三六　大生郷の天神様　下総国岡田郡大生（おおの）郷村（現茨城県常総市大生郷町、大生郷新田町）にある菅原天満宮（現常総市大生郷町）。
達磨返し　女性の髪型のひとつで、髪をねじって頭上に留めたもの。
いたした　良くない状態になった、古びた。
万筋　二本ずつ色の違った縦糸を配列した竪縞。

葡萄鼠　赤みがかった鼠色。

半纏羽織　半纏に同じ。

吾妻下駄　畳表を張った薄歯の女性用の下駄。

一七八　櫓下　永代寺門前山本町（現江東区門前仲町二丁目）にあった岡場所。

一七九　江戸口　江戸人好みの甘辛い味付け。

一八〇　下地子　芸妓にするために育成している童女。

一八三　あやまってる　おそれいってる。

一八四　一中節　元禄期に初代都太夫一中によって創始された、浄瑠璃の一流派。

一八六　六七の蚊帳　横六幅、縦七幅の蚊帳。

一九三　男の子は男につく　離婚後の子どもに関する慣行で、男子は夫に帰属した。

一九六　男の鼻血　女性の鼻血は深刻なものだと考えられていた。ぼんのくぼの毛を一本抜いて　盆の窪（うなじの中央のくぼみ）の毛を三本抜くと、鼻血が止まるといわれた。ちり毛を抜く　身柱（ちりけ）は襟首の下で両肩中央の部分。ここでは「ちりけもと（襟首）の毛を抜く」とあるべきところ。

二〇二　富貴天にありぼたもち棚にあり　『論語』顔淵第一二の「死生命有り、富貴天に在り」にちなんだ無駄口。神道者　神主の服装をして他人の家の門に立ち、お祓いをしたりお札を配ったりして、布施を受ける者。塩噌　塩と味噌。転じて、日々の生活。

二〇四　爪を込んで　爪を込みにして

二一〇　たじれている　いらいらして常軌を逸している。宿夫。

二一五　宇治の里　休み茶屋。

二一九　小杉紙　小さい判の杉原紙（小杉原）で鼻紙などに用いる。

二二六　お香剃　死者の髪を剃る「お髪剃（こうぞり）」の江戸訛り。

抱茗荷の紋　向かい合った茗荷の芽を図案化した紋所。

二三〇　幾らカクラ　いくらほど。

二三一　仲宿　男女の密会用の場所を提供した家。出合茶屋。

堂敷　ばくち場。ばくち宿。

地獄の宿　地獄（ひそかに売春を行う娼婦）を置いている宿。

二三三　へえつくもうつく　頭を下げてぺこぺこすること。

二三四　悪事が露れる　「ぼく」は隠していた悪事。旧悪が露見すること。

二三七　食い方　生活、生計。

根本の聖天山　架空の地名。

二四四　いけっ太え　あきれるほどずぶとい。

二四五　種子島　獣害防止のために、百姓は鉄砲の使用を許されていた。

二四八　谷出羽守様　当時の丹波国山家藩藩主は、谷衛量（もりかず）。

二四九　法恩寺村　下総国岡田郡報恩寺村（現茨城県常総市豊岡町）。

細川越中守様　当時の熊本藩藩主は細川斉玆（なりしげ）。

二五二　場所　相撲を興行するところ。

二五三　襠高の袴　襠（袴の内股の部分に足した布）の位置を高くした袴で、乗馬に着用した。

二五四　小前　小前百姓。特別の権利、家格などを持たない平百姓。あるいは小作などの水呑百姓。

二五九　櫓落とし　相撲力士の髪型で、月代を深く剃って鬢（びん　耳ぎわの髪）を横と後ろに出す。

二六一　今井田流　佐倉藩郷士今井田掃部を流祖とする剣術や玉鎖の流派。

長袖　公卿・医師・神主・学者・僧侶などをいうが、ここでは町人。

取りまわし　相撲をとる際に締める褌。

二六四　生鮭　鬼怒川産の鮭。

二六六　菅原家　相撲力士の祖、野見宿禰の末裔。

稲川秋津島　「稲川」は、近松半二等『関取千両幟』（一七六七年初演）の中心人物岩川が、後に猪名川（稲川）に変わったもの。「秋津島」は、並木正三等『関取二代勝負附』（一七六八年初演）の中心人物。

二六七　重ね厚　刀身に厚みがあり、反りを打って棟（背の側）に角度を持っていること。

御朱印付き　幕府からの御朱印状によって、年貢諸役を免除された拝領地を持つ寺社。

豆蔵が水をまく　「豆蔵」は手品や曲芸、物真似などを演じる大道芸人。見物人の輪が縮まると水をまいて退かせた。

二六八　しと詫び言したら　「しと」は「一（ひと）」の江戸訛り。一言詫びたら。

脂さがり　雁首を上にあげて、キセルをくわえること。転じて、悠然と、気取った態度。

二七一　下総瓜　下総産の早生の瓜。下総産の真桑瓜は「東」といい、柏井（現千葉県市川市）、中沢（同鎌ヶ谷市）、道野辺（同）などが産地。

二重回りの帯　二回巻き付けて結ぶ帯。通常は三回巻くので安くつく。
鳥目　銭の異称。
天草の戦　天草・島原一揆（いわゆる島原の乱）のこと。
高松の水攻め　羽柴秀吉が毛利方の備中高松城を足守川の水を引き入れて攻略した（一五八二）。
駒木根八兵衛　？―一六四四。砲術家で駒木根流を創始する。
鷲塚忠右衛門　蘆塚忠右衛門（？―一六三八）で天草・島原一揆の指導者の一人。並木五瓶『けいせい飛馬始』（一七八九年初演）では、鷲塚忠右衛門を役名とする。
天草玄札　会津玄察（一六一一―三八？）。医師で、天草・島原一揆では軍奉行を務めたとされる。
二五二　野荒らし　田畑を荒らして作物を盗むこと。
生空使やあがって　とぼけて嘘を言いやがって。
二五五　ずぶろく　ひどく酒に酔って正体がないさま。
二五六　戸頭　下総国相馬郡戸頭村（現茨城県取手市戸頭など）。
二六五　綾　事情。理由。
二六七　長熨斗　鮑を長く薄く削ぎ乾燥させたもの。祝意を表して贈り物に添える。
二六八　薄畳　一面に青々と薄が生い茂っている様子やその場所を、畳に見立てたもの。
二九〇　笠阿弥陀　瘡阿弥陀堂（弘経寺寺域にある鈴声庵の通称）のこと。
二九一　だんまり場　歌舞伎の演出の一つ。暗闇の中で、登場人物が無言で演じる探り合いの立ち回りを様式化したもの。

おひゃって　おべっかを使っておだてる。
やま　はったり。
二九三 どろどろ　ぞろぞろ。どやどや。
八州　八州廻り（関東取締出役）の略称。関東取締出役は、文化二年（一八〇五）関東の治安維持強化を目的として新設されたもので、本作の時代と合わない。
二九六 因果経『過去現在因果経』の略称。因果応報による仏の出現を説く。
三〇五 日の下開山　武芸や相撲などで、天下に並ぶ者がいないこと。天下無双。
三一〇 転倒　平常の落ち着きを失ってうろたえること。
三一一 昨年夏「此夏」とあるべきところ。
三一三 灰神楽　火鉢など、火の気のある灰に湯水をこぼして、灰が舞い上がること。
三一五 大方村　常陸国久慈郡大方村（現茨城県常陸太田市大方町）、あるいは筑波郡大形村（現つくば市大形）。
三一六 十月の声　当時江戸の相撲興行は十月に開催されることが多かった。
三二〇 心にもなえでたらまえ　心にもねぇでたらめの訛り。
三二三 証文ぶってきた　証文を入れる。
三二七 じゃがらっぽい　派手な。
三二八 散斑の斑のきれた櫛「散斑」は鼈甲に黒い斑点のあるもの。特に、斑点がはっきりと切れて散在しているものが上等とされた。
三三〇 置き注ぎ　酌をするとき、盃を下に置いたまま酒をつぐこと。
三三一 内宝　他人の妻を敬っていう語。

三四三 判人　印判を捺して証人となる人。
三四七 策をして　はかりごとをする。
三五一 ぐっすり　じゅうぶんに。
三五三 禍は下から　わざわいは、とかく下男や下女など身分の低い者の言動から起こる、という諺。
三畳　三五七頁では「二畳」。
三五七 東金　上総国山辺郡東金町（現千葉県東金市）。
三五八 塚前　下総国相馬郡塚崎村（現千葉県柏市塚崎、大津ケ丘）。
三五九 かたせ　片付けろ。
三六〇 寸白　婦人の腰痛、生殖器病の総称。
三六一 小金ケ原　下総国の東葛飾、印旛、千葉の各郡にまたがっていた原野（現千葉県北西部）。
三六三 木連格子　縦横に木を組んだ格子の裏に板を張ったもの。狐格子とも。
だらすけ　陀羅尼助（だらにすけ）の略称。苦味が強い健胃、整腸薬。
疝気　下腹痛、男性の生殖器病の総称。
黒丸子　腹痛などに効くとされた売薬。
三六四 小金　下総国葛飾郡小金町（現千葉県松戸市）。水戸街道の宿駅。
三六五 藤心村　葛飾郡藤心村（現千葉県柏市藤心、逆井藤ノ台）。
観音寺　藤心村ではなく逆井村にある真言宗寺院（現柏市逆井）。当時の和尚は亮盛。
三六七 戸ケ崎　「古ケ崎」とあるべき（一〇三頁参照）。
小僧弁天　現千葉県松戸市古ケ崎にある祠堂。
お市、微塵棒…　駄菓子の名称。お市（落雁に似たもの）、微塵棒（微塵粉〈蒸した糯米の粉〉

を砂糖で煮固め、棒状にねじったもの)、達磨(達磨糖、砂糖に飴を加えて煮詰めたもの)、玉兎(餡を小さく丸めて求肥に包み、兎の形に丸めたもの)、狸の糞(小豆餡に糖蜜をかぶせた干菓子)。

三七八　盲縞の山なしの脚半　「盲縞」は縦糸・横糸とも紺糸で織った綿布。臑の方が膨らむように曲線的に仕立てる「山」付きの脚半に対して、直線的に裁断したもの。

切れ緒　布製の緒。

三七九　菅の雪下ろしの三度笠　菅の皮をさらして編み、白木綿の布を頂につけた深い笠。

東福寺　現千葉県流山市鰭ケ崎にある真言宗寺院。

三八二　ないら　馬の内臓の病気。

三八三　木下　下総国印旛郡竹袋村木下河岸(現千葉県印西市木下)。

五助街道　善光寺(松戸市五香)先にある五助木戸に通じる街道。

藤ケ谷　下総国相馬郡藤ケ谷村(現千葉県柏市藤ヶ谷)。

生街道　利根川と江戸川の間を陸路で繋ぎ、鮮魚類を馬に負わせて送る街道の総称。

三八五　三峰山　武蔵国秩父郡大滝村三峯(現埼玉県秩父市三峰)の三峯大権現(三峯神社)。

二十一日　弘法大師の命日(八三五年三月二十一日入滅)。

三八七　蛇形　縦横とも地糸と縞糸を二本ずつ並べて織り出した小形の格子縞。

神田　男帯の結び方の一つ。左右を縦折りにし、左端の折り返しを再び縦折りに結び、両端を下向きにしたもの。

結城平　現茨城県結城地方で作られた厚手の平織の綿織物。袴地や合羽地などに用いられた。

鳴海　鳴海絞の略称。有松絞とも。

ひっかけ　女帯の結び方の一つ。お太鼓に結ばないで、長くたらしておく手軽な結び方。
三八　まぶな　うま味のある。
三五三　利根の枝川　「利根」は江戸川の別称。
胴金　胴金（刀の柄と鞘の合わせの割れるのを防ぐために嵌める、金属製の幅広の輪）を嵌めた作りの刀。
三五七　本郷山　架空の山。
三九六　三つ具足　仏前を飾る香炉・燭台・花瓶（けびょう）の三種。
四三　古河の土井さま　当時の下総古河藩藩主は土井利厚。
四四　深川相川町　現江東区永代一丁目。
四五　天津　現千葉県鴨川市天津。
四二　悪婆　ひどくたちの悪い性格の女。
四三　カンカン坊主　僧侶を罵り、卑しめて言う言葉。
四七　真言の阿字　密教では、梵語の母音の第一である「阿」を事物の始まり、空（くう　宇宙万物は不生にして不滅であるという真理）を象徴するものとして重視している。

（注作成　木場貴俊）

参考
三遊亭円朝『真景累ヶ淵』岩波書店、二〇〇七（改版）
『三遊亭円朝全集』第一巻、角川書店、一九七五
『円朝全集』第五巻、岩波書店、二〇一三

解説

小松和彦

『真景累ヶ淵《しんけいかさねがふち》』は長編の物語であり、かつまた登場人物が錯綜しているため、その相関関係を理解するのも容易ではない。そこで、粗筋を大きく三つに分けて述べておこう。

第一のパートは、一回から五三回まで。貧乏旗本・深見《ふかみ》新左衛門《しんざえもん》の次男・新吉《しんきち》と因果・悪縁によってかれと結びついた豊志賀《とよしが》、久、累《るい》、賤《しず》といった女たちを中心とした怨恨・殺害・悪行の物語である。江戸を舞台にした部分と下総国羽生《しもうさのくにはにゅう》村（現・茨城県常総市羽生町）を舞台にした部分に分かれる。

物語は、深見新左衛門が鍼医《はりい》で高利貸しの皆川宗悦《みながわそうえつ》を殺害したことに始まる。その後、新左衛門はトラブルに巻き込まれて殺され深見家は改易。新左衛門の次男でまだ乳飲み子であった新吉は、深見家の元門番の勘蔵に育てられる。二一歳のとき、母子ほども離れた三九歳の富本節の師匠・豊志賀と深い関係になる。新吉の悪縁・因果は、ここから始まる。この豊志賀は新左衛門が殺した宗悦の娘だったのだ。新吉が豊志賀の若い弟子のお久と仲良くなったことから、豊志賀は激しい悋気《りんき》を起こし、そのころから目の下に腫れ物ができ、しだいに悪化していく。このこともあり豊志賀の悋気・性格が陰湿になり、新吉とお久は、お久の伯父がいる下総国に逃げようとする。そのとき、豊志賀は

「新吉の新しい女房を七人まで呪い殺す」と書き置いて亡くなる。いっぽう、乳飲み子だった新吉は知らなかったが、放蕩者の新五郎という兄がいた。この新五郎も因果なことに、宗悦の娘で豊志賀の妹のお園《その》に言い寄って拒まれ、誤って殺害していた。新吉はこのことを後に知って苦しむ。

下総国羽生村にたどりついた二人であったが、深夜、鬼怒《きぬ》川の累ケ淵の土手で、新吉はお久を誤って殺害する。新吉は法蔵寺《ほうぞうじ》に葬られたお久の墓参に出かけたおりに質屋の三蔵の妹・お累に出会う。お累はその後熱湯を浴びて醜い顔になったのだが、新吉はそうとは知らずに三蔵のはからいでお累と祝言を挙げる。二人の間に子も産まれるが、やがてお累が疎ましくなり、羽生村の名主の惣右衛門の妾となっていた江戸者のお賤と親密な関係になる。これを嘆いたお累は、赤子を抱いて自害する。その後、新吉はお賤にそそのかされて惣右衛門を殺害し、羽生村から出奔する。

第二のパートは、五四回から八三回まで。新吉と賤が名主の惣右衛門を殺害して出奔したあと、惣右衛門の跡を継いだ惣次郎が、惣次郎の妻のお隅に横恋慕した剣術家・安田一角らによって殺害される。夫の仇を討つため遊女に身をやつして機会を狙っていたお隅も返り討ちにあって殺されたために、今度は惣次郎の弟・惣吉が二人の仇討ちに出立するという話である。ここには新吉らがまったく登場しないので、別の物語といっても過言ではない。

最後のパートは、八四回から最終回の九七回まで。物語から姿を消していた新吉とお賤が下総に戻って来て、惣吉の仇討ちの物語の中に絡み込んでくる。そして、お賤が自分の異母兄妹だと知った新吉は、因果の凄まじさに観念・懺悔し、お賤を殺して自害し、惣吉は相撲取りの花車重吉《はなぐるまじゅうきち》の助太刀を得て見事仇討ちを果たし、大団円となる。

本書の作者・三遊亭円朝《えんちょう》は、幕末から明治にかけての開化期の大衆・娯楽文化の分野で忘れることができない重要な落語家であり、かつ優れた説話作家であった。円朝は、天保一〇年（一八三九）に江戸の湯島に、二代目三遊亭円生の弟子で落語家であった父・橘家《たちばなや》円太郎の子として生まれた。その関係で、早くから落語に親しみ、七歳のときに寄席に上がって落語家としての人生を歩み始めた。血なまぐさい幕末の動乱とめまぐるしく変わる文明開化という激しい転換期の空気を敏感に感じ取りつつ、新作を次々に世に送り出し、講談にも似た道具を用いない扇子一本のみの素ばなしに徹するなどの新機軸によって落語界を盛り立て、三遊派の総師としてのみならず、落語中興の祖として現在も高く評価されている。また、彼の落語口述筆記は、二葉亭四迷らによって進められた言文一致運動にも大きな影響を与えたとされている。没年は、明治三三年（一九〇〇）、享年六二。

奥野信太郎は、円朝の作品の優れた点として、「なによりもかれが説話作家として比類のない空想力をもつ人であったこと、説話構成の上に緻密な頭脳をもっていたこと、現実の社会風俗について細心な観察を怠らず、つねに注意力を十分にはたらかせていたこと」の三点を挙げている（「解説」『怪談 牡丹燈籠』岩波文庫、二〇〇二年）。この指摘が正鵠をえていることは、本書を一読するだけでも十分に納得するだろう。

円朝の作品は、おおまかに分けると、怪談物、人情物、外国の文学作品の翻案物に分けることができる。『真景累ヶ淵』は、『怪談牡丹燈籠』『怪談乳房榎』と並ぶ怪談物の代表作で、これらの作品はこれまでも何度か映画化もされ、このため、円朝といえばこれら怪談を想起する。

ところで、本書は、『やまと新聞』明治二〇年九月（二八〇号）から二一年三月（四一九号）まで、全九七回連載された「口述筆記」に基づいて校訂を施した、春陽堂版を底本にしている。明治半ばの口演記録であるが、本作誕生のエピソードとして次のような話が伝わっている。

安政六年（一八五九）のこと、二一歳で真打となった円朝が準備した噺を、中入りに頼んだ師の二代目円生が、なぜか（多分円朝の才能に対する妬み心があったからだろう）円朝が用意した噺を先に演じてしまうということが続いたため、やむをえず、師匠が知らない新しい噺を創ることにした。その最初が本作で、当初は「累ヶ淵後日《ごにち》の怪談」と題していたが、明治になって「真景累ヶ淵」に改題されたのだという（延広真治「後記（真景累が淵）」『円朝全集』第五巻、岩波書店、二〇一三年）。

西洋の医学が入り、幽霊など存在せず、幽霊を見たというのは「神経病」によるのだ、といった説明がなされるようになった時代の風潮を配慮して、「怪談」という言葉を避け、「神経」をもじった「真景」を用いたのである。実際、この作品の冒頭で、彼は次のように語っている。

……幽霊というものはない、まったく神経病だということになりましたから、怪談は開化先生がたはおきらいなさることでございます。それゆえに久しく廃っておりましたが、今日《こんにち》になってみると、かえって古めかしいほうが、耳新しいように思われます。……名題《なだい》を真景累ヶ淵《しんけいかさねがふち》と申し、下総国羽生《しもうさのくにはにゅう》村と申す所の、累の後日のお話でございますが、これは幽霊が引き続いて出ますする、気味の悪いお話でございます。

円朝は「名題を真景累ヶ淵と申し、下総国羽生村と申す所の、累の後日のお話でございまする」と述べている。当時の人々は「累」（かさね）の話と聞けば、すぐに想起することができたようである。この累をめぐる事件の詳細は、高田衛『増補版　江戸の悪霊祓い師』（角川ソフィア文庫、二〇一六年）に詳しいのでそれに譲るとして、広く人口に膾炙するきっかけとなった『死霊解脱物語聞書』（一六九〇年）によっておよその内容を紹介しておこう。

下総国岡田郡羽生村に累《るい》という顔が醜い女がいた。この女の親譲りの田畑に目がくらんだ与右衛門が入聟となったが、お累は醜いだけでなく心もねじ曲がっていたので、夫婦で畑仕事を終えて帰る夕方、絹川（鬼怒川）にさしかかったとき、お累を川の中へ突き落とし喉をしめて殺した。その後、与右衛門は妻を六人まで迎えたが、前の五人は子をもうけることなく亡くなったが、六人めの妻には菊という娘が生まれた。しかし、この妻もお菊が一三歳の年に亡くなった。

その年の暮れ、お菊に金五郎という聟を迎えた。ところが、年が明けた正月、お菊が患い、口から泡を吹いて苦しみ、「わたしは菊ではない。そなたの妻の累だ。二六年ほど前、絹川でよくもわたしを責め殺したな」と口走って与右衛門に摑みかかってきた。必死の思いで与右衛門は同村の法蔵寺に逃げこんだ。懸命に怨霊をなだめようとする村人に対し、お累の死霊は、冥途の物語をし、後生の弔いのため石仏一体の建立を求めた。

ところが、村人がその要求を受け入れても、死霊はお菊からなお去ろうとはしなかった。たまたま飯沼の弘経寺に止宿していた祐天上人がこの話を聞き、羽生村に赴いて、戒名をつけ十念をさずけてお累の怨念を得脱《とくだつ》させた。石仏が完成し、弘経寺で盛大な法要が営まれ、法蔵寺の庭に据えられた。

お累の死霊もこれで成仏しただろうと人びとは安堵したが、お菊の体にまたも死霊が現れた。祐天がまた駆けつけて、菊に取り憑いた死霊にその正体を問うと、助と名告る子供の霊であった。昔を知る老人から、お累の父すなわち先代の与右衛門が他の村からめとった女に助という連れ子がいたが、与右衛門がこの子を嫌ったため、やむなく母が川に投げ込んで殺したこと、翌年、夫婦の間に生まれたのがお累で、助とまったく同じように醜い子であったことが明らかになった。祐天がこの子にも戒名をつけ十念をさずけると、助の悪念も成仏を遂げた。

「累ヶ淵」とは、このお累が殺された鬼怒川の川辺のことである。また「累」という漢字が「かさねる」という意味であることから、怨霊の祟りが他人の肉体の上にかさなりあっていくといった意味合いも持つようになった。与右衛門の新しい妻たちが次々に亡くなっていったことも、お累の死霊の怨念の「かさなり」を思わせたのだろう。『真景累ヶ淵』は、この話を想起させつつ進む。例えば、豊志賀が死ぬ間際に、書き残した「新吉が新しい妻を得たら七人まで祟り殺してやる」という恨みの言葉は、与右衛門の新しい妻が次々に亡くなったことを思わせるだろうし、豊志賀の怨霊から逃れるかのように新しい女・お久とともにやってきたのが「羽生村」であり、お久を誤って殺してしまった所が「累ヶ淵」の土手であり、さりげなく出てくる「法蔵寺」や「弘経寺」、さらにはその後得た新吉の新しい妻の名が「累」と言い、しかも火傷によって顔が醜くなるというのも、お累の伝承を想起させるようになっている。

延広真治によれば、この事件を踏まえて創られた演劇作品は「真景累ヶ淵」に至るまでに五十余りにのぼるという（前掲「後記（真景累が淵）」）。江戸の庶民は、これらの累ネタの作品を大いに楽しみ、円朝もそのことを踏まえて、この作品を創ったわけである。しかし、本作での累ケ淵は、お久が誤って殺された場所というだけであって、ここで幽霊が出たり怪異が起こったわけでないのだ。

もう一つ、この作品の背景にあるのは、鶴屋《つるや》南北《なんぼく》作の『東海道四谷怪談』である。この作品は今日でも有名な怪談なので、その粗筋は省略するが、お岩《いわ》の顔が醜くなるというあたりは、累伝説の影響がうかがわれる。しかし、豊志賀の顔に腫れ物ができるというアイデアには、『東海道四谷怪談』のお岩のイメージが直接働いていると思われる。実際、円朝は、豊志賀の顔が醜くなっていく様子を語った場面で、「師匠は修羅を燃やして、わくわく悋気《りんき》のほむらは絶える間はなく、ますます逆上して、目の下へぽつりとおかしなできものができて、そのできものがだんだんはれあがってくると、紫色に少し赤味がかって、ただれて膿がじくじく出ます。目はいっぽうはれふさがって、その顔のいやなことというものはなんともいいようがない。いったい少し師匠は額のところが抜け上がっているたちで、毛が薄い上に鬢がはれあがっているのだから、実に芝居でいたす累《かさね》とかお岩とかいうような顔つきでございます」と語っている。さらにいうと、「宗悦」はお岩に毒を盛る「宅悦」を、豊志賀の妹・「園（その）」はお岩の妹・「袖（そで）」を、赤子を抱いて自害する「お累」は赤子を抱いた「お岩」の亡霊を、お累の前にたびたび姿を現す「蛇」は民谷伊右衛門とお花の婚礼の場に出てくる「赤い小蛇」を思わせる。すなわち、羽生村のお累は生まれながらに醜く、お岩は毒を盛られて、豊志賀は悋気の末にという違いがあるものの、顔が「醜い」ということで、三つの物語はかさなり、つながっているのである。

円朝は、本作を「幽霊が出てくる気味の悪い話」と述べている。たしかに物語の前半では幽霊が出てくるので「怪談」と呼びうるだろう。例えば、新左衛門に殺された宗悦の霊が、ちょうど一年後の夜に年寄りの按摩となって現れ、新左衛門がこの按摩を宗悦の幽霊と思って刀で斬り掛かったところ、奥方を斬り殺していたという場面、あるいは、新吉とお久が鮨屋の二階で密会し、羽生村に逃げようと相談していたとき、突然、お久に「おまえさんというかたは不実なかたですねえ」と胸ぐらを掴まれ、ふと見ると、きれいなお久の目の下に腫れ物ができ、みるみる腫れ上がり、新吉が恐怖のあまりその場から逃げ出す場面、あるいは、逃げ込んだ勘蔵の家に豊志賀が来ており、新吉に「ふっつり縁を切るつもりでわたしが来たんだよ」という。どうやらめでたく二人の仲が切れたと思われたのだが、新吉が豊志賀を自宅まで送り届けるために駕籠屋を呼んで豊志賀を駕籠に乗せたところに、豊志賀が亡くなったという使いがやって来る。不審に思って駕籠を改めると豊志賀の姿が消えていたという場面などは、まさしく怪談にふさわしく、とても恐ろしく気味悪い。

しかしながら、物語が進行するにつれ、怪談の要素は薄れてゆき、悪縁・因果によって結びついた愛欲が導く、主人公の新吉らの凄惨な悪と暴力の物語に変わり、物語の終わり近くになると、因果応報を悟った悪党の改心（仏教修行）・自死と仇討ちによる勧善懲悪の物語となって、怪談色はほとんど影を潜めてしまっているのだ。「豊志賀の呪い」も、お賤を含めても三人の死で終わっている。ということは、円朝は勧善懲悪・悪行懺悔の物語への誘い水として怪談を用いたということになるのかもしれない。

しかし、その後、この作品は、年増の豊志賀の悋気に由来する怪談部分が人気を呼んだために、豊志賀と累ヶ淵との間には直接の関係がないにもかかわらず、「怪談累ヶ淵」として知られてゆくことになった。

（民俗学者）

本書は、『三遊亭円朝全集　1（怪談噺）』（角川書店・一九七五年）の「真景累ケ淵」を文庫化したものです。

本文中には、びっこ、めくら、かたわ、てんぼう、きちがい、水飲み百姓など、今日の人権擁護の見地に照らして、不適切な語句や表現がありますが、作品の舞台である江戸時代、および作品の成立した明治時代の社会風俗を正しく理解するためにも、原本のままとしました。

（編集部）

真《しん》景《けい》累《かさね》ヶ《が》淵《ふち》

三《さん》遊《ゆう》亭《てい》円《えん》朝《ちょう》

平成30年 6月25日　初版発行
令和6年 12月10日　5版発行

発行者●山下直久

発行●株式会社KADOKAWA
〒102-8177　東京都千代田区富士見2-13-3
電話　0570-002-301（ナビダイヤル）

角川文庫 21007

印刷所●株式会社KADOKAWA
製本所●株式会社KADOKAWA

表紙画●和田三造

●お問い合わせ
https://www.kadokawa.co.jp/（「お問い合わせ」へお進みください）
※内容によっては、お答えできない場合があります。
※サポートは日本国内のみとさせていただきます。
※Japanese text only

Printed in Japan
ISBN978-4-04-400343-2　C0193

角川文庫発刊に際して

角川源義

第二次世界大戦の敗北は、軍事力の敗北であった以上に、私たちの若い文化力の敗退であった。私たちの文化が戦争に対して如何に無力であり、単なるあだ花に過ぎなかったかを、私たちは身を以て体験し痛感した。西洋近代文化の摂取にとって、明治以後八十年の歳月は決して短かすぎたとは言えない。にもかかわらず、近代文化の伝統を確立し、自由な批判と柔軟な良識に富む文化層として自らを形成することに私たちは失敗して来た。そしてこれは、各層への文化の普及滲透を任務とする出版人の責任でもあった。

一九四五年以来、私たちは再び振出しに戻り、第一歩から踏み出すことを余儀なくされた。これは大きな不幸ではあるが、反面、これまでの混沌・未熟・歪曲の中にあった我が国の文化に秩序と確たる基礎を齎らすためには絶好の機会でもある。角川書店は、このような祖国の文化的危機にあたり、微力をも顧みず再建の礎石たるべき抱負と決意とをもって出発したが、ここに創立以来の念願を果すべく角川文庫を発刊する。これまで刊行されたあらゆる全集叢書文庫類の長所と短所とを検討し、古今東西の不朽の典籍を、良心的編集のもとに、廉価に、そして書架にふさわしい美本として、多くのひとびとに提供しようとする。しかし私たちは徒らに百科全書的な知識のジレッタントを作ることを目的とせず、あくまで祖国の文化に秩序と再建への道を示し、この文庫を角川書店の栄ある事業として、今後永久に継続発展せしめ、学芸と教養との殿堂として大成せんことを期したい。多くの読書子の愛情ある忠言と支持とによって、この希望と抱負とを完遂せしめられんことを願う。

一九四九年五月三日

角川ソフィア文庫ベストセラー

新編 日本の面影
ラフカディオ・ハーン
訳／池田雅之

日本の人びとと風物を印象的に描いたハーンの代表作『知られぬ日本の面影』を新編集。「神々の国の首都」「日本人の微笑」ほか、アニミスティックな文学世界や世界観、日本への想いを伝える一一編を新訳収録。

新編 日本の面影 II
ラフカディオ・ハーン
訳／池田雅之

代表作『知られぬ日本の面影』を新編集する、詩情豊かな新訳第二弾。「鎌倉・江ノ島詣で」「八重垣神社」「美保関にて」「二つの珍しい祭日」ほか、ハーンの描く、失われゆく美しい日本の姿を感じる一〇編。

こんなにも面白い日本の古典
山口 博

『万葉集』は庶民生活のアンソロジー、『竹取物語』は恋する男を操る女心を描き、『源氏物語』の六条院は老人ホーム。名作古典の背景にある色と金の欲の世界を探り、日本の古典の新たな楽しみ方を提示する。

百物語の怪談史
東 雅夫

怪談、百物語研究の第一人者が、古今東西の文献から掘り起こした、江戸・明治・現代の百物語すべてを披露。多様性や趣向、その怖さと面白さを網羅する。怪談会の心得やマナーを紹介した百物語実践講座も収録。

江戸化物草紙
編／アダム・カバット

江戸時代に人気を博した妖怪漫画「草双紙」。豆腐小僧に見越し入道、ろくろ首にももんじい――今やお馴染みの化物たちが大暴れ！ 歌川国芳ら人気絵師たちによる代表的な五作と、豪華執筆陣による解説を収録。

角川ソフィア文庫ベストセラー

新版 好色五人女
現代語訳付き

井原西鶴
訳注／谷脇理史

実際に起こった五つの恋愛事件をもとに、封建的な江戸の世にありながら本能の赴くままに命がけの恋をした、お夏・おせん・おさん・お七・おまんの五人の女の運命を正面から描く。『好色一代男』に続く傑作。

新版 日本永代蔵
現代語訳付き

井原西鶴
訳注／堀切 実

本格的貨幣経済の時代を迎えた江戸前期の人々の、金と物欲にまつわる悲喜劇を描く傑作。読みやすい現代語訳、原文と詳細な脚注、版本に収められた挿絵とその解説、各編ごとの解説、総解説で構成する決定版！

新版 おくのほそ道
現代語曾良随行日記付き

松尾芭蕉
訳注／潁原退蔵・尾形 仂

芭蕉紀行文の最高峰『おくのほそ道』を読むための最良の一冊。豊富な資料と詳しい解説により、芭蕉が到達した詩的幻想の世界に迫り、創作の秘密を探る。実際の旅の行程がわかる『曾良随行日記』を併せて収録。

曾根崎心中 冥途の飛脚 心中天の網島
現代語訳付き

近松門左衛門
訳注／諏訪春雄

徳兵衛とお初（曾根崎心中）、忠兵衛と梅川（冥途の飛脚）、治兵衛と小春（心中天の網島）。恋に堕ちた極限の男女の姿を描き、江戸の人々を熱狂させた近松世話浄瑠璃の傑作三編。校注本文に上演時の曲節を付記。

春雨物語
現代語訳付き

上田秋成
訳注／井上泰至

「血かたびら」「死首の咲顔」「宮木が塚」をはじめとする一〇の短編集。物語の舞台を古今の出来事に求め、異界の者の出現や死者のよみがえりなどの怪奇現象を通じ、人間の深い業を描き出す。秋成晩年の幻の名作。

角川ソフィア文庫ベストセラー

音楽入門
伊福部　昭

真の美しさを発見するためには、教養と呼ばれるものを否定する位の心がまえが必要です——。日本に根ざす作品世界を追求し、「ゴジラ」の映画音楽でも知られる作曲家が綴る、音楽への招待。解説・鷺巣詩郎

クラシック音楽の歴史
中川右介

人物や事件、概念、専門用語をトピックごとに解説。時間の流れ順に掲載しているため、通して読めば流れも分かる。グレゴリオ聖歌から二十世紀の映画音楽まで。「クラシック音楽」の学び直しに最適な1冊。

ビギナーズ　日本の思想　茶の湯名言集
田中仙堂

珠光・千利休・小堀遠州・松平定信・井伊直弼——。一流の茶人は一流の文化人であり、人間を深く見つめる目を持っていた。茶の達人たちが残した言葉から、人間関係の機微、人間観察、自己修養などを学ぶ。

日本的霊性　完全版
鈴木大拙

精神の根底には霊性（宗教意識）がある——。念仏や禅の本質を生活と結びつけ、法然、親鸞、そして鎌倉時代の禅宗に、真に日本人らしい宗教的な本質を見出す。日本人がもつべき心の支柱を熱く記した代表作。

神隠しと日本人
小松和彦

「神隠し」とは人を隠し、神を現し、人間世界の現実を隠し、異界を顕すヴェールである。異界研究の第一人者が「神隠し」をめぐる民話や伝承を探訪。迷信でも事実でもない、日本特有の死の文化を解き明かす。

角川ソフィア文庫ベストセラー